Elisabeth Josephi:
Unser Pastor
Roman aus dem Baltikum

Deutscher
Taschenbuch
Verlag

dtv

Ungekürzte Ausgabe
Juni 1983
Deutscher Taschenbuch Verlag GmbH & Co. KG,
München

Umschlaggestaltung: Celestino Piatti
Gesamtherstellung: C. H. Beck'sche Buchdruckerei,
Nördlingen
Printed in Germany · ISBN 3-423-10166-0

Das Buch

Tempo und Temperament der Erzählerin machen diesen baltischen Pfarrhausroman zu einer spannenden, vergnüglichen Lektüre. Dabei waren die Zeiten, um die es hier geht, nicht immer leicht. Schon die Prüfung vor dem Konsistorium wäre dem jungen Theologiestudenten Fritz Stephani beinahe zum Verhängnis geworden, weil er erklärte, er könne an den Teufel nicht glauben. Während des Vikariats in Riga-Land in den Jahren 1905/06 erlebt der junge Mann, wie die Revolution gegen das Zarenregime unterdrückt wird, und als er schließlich in der kleinen evangelischen Diasporagemeinde Krettingen in Litauen seßhaft wird, steht ihm ebenfalls keine leichte Aufgabe bevor. Es sollte einige Zeit dauern, bis ihm schließlich alle Menschen in der Umgebung den Ehrentitel »Unser Pastor« verliehen. »Wie ein Strom fließt die Handlung dahin, und der Leser wird den Zwang, die Lektüre einmal auch unterbrechen zu müssen, nur mit Unwillen in Kauf nehmen. Ob es Gespräche über religiöse Dinge sind, ob es die Geschehnisse des Alltags sind, die dargestellt werden, immer bleibt das Interesse des Lesers wach. Die Menschen, die hier geschildert werden, gewinnt man lieb.« (Die Heimatstimme)

Die Autorin

Elisabeth Josephi wurde am 7. September 1888 als Tochter des kaiserlich russischen Oberforstmeisters Hermann von Kade in Kurland geboren und besuchte in Riga die Schule. 1910 Heirat mit Karl Josephi, Pastor von Krettingen in Litauen. Nach dem Tode ihres Mannes im Jahre 1926 Übersiedelung ins Memelgebiet. 1944 Flucht in den damaligen Warthegau und schließlich nach Thüringen. Elisabeth Josephi lebt seit 1952 in Sarstedt. Für ihre Romane und Erzählungen wurde sie vom Bund der Vertriebenen und den deutschen Landsmannschaften ausgezeichnet. Der Roman ›Arzt im Osten‹ erschien 1976 in München.

D[illegible]

Tempo und Intensität der [illegible] machen [illegible] [illegible] (Tempo [illegible]) [illegible] [illegible] die Zehn [illegible] die [illegible] [illegible] [illegible] [illegible] [illegible] des Vietnams [illegible] wie die [illegible]

Bi[illegible]

[illegible]

I. Teil
Im Elternhaus

»Verstehe ich nicht, das verstehe ich einfach nicht«, sagte Felix Balzer, »ich habe immer gedacht, diese Prüfung vor dem Konsistorium sei mehr eine Formsache ...«

»Das habe ich auch gemeint«, pflichtete ihm sein Freund Stephani, Kandidat der Theologie, bei.

»Wie kann da einer durchfallen? Es ist doch in der Hauptsache eine Prüfung des Glaubensstandes ...«

»Ja, eben, das war es, darin habe ich nach Ansicht der Konsistorialräte versagt«, erklärte Stephani niedergeschlagen.

»Mensch, wie hast du das wieder gemacht? Versagt? Was heißt das? Konntest du die Zehn Gebote nicht fehlerfrei hersagen, oder stocktest du bei der Erklärung zum dritten Glaubensartikel?«

»Mach keine Witze, mir ist nicht danach zumute.«

»Dann sag doch endlich, was eigentlich los war! Bei mir ging alles glatt und einfach.«

»Mein berühmtes Pech spielt natürlich auch eine Rolle dabei. Der Generalsuperintendent war erkrankt, an seiner Stelle prüften mich sehr würdige Herren, die allem liberalen Denken abgeneigt waren«, verteidigte sich Stephani. »Kurz und gut: ich bin auf ein Jahr zurückgestellt, offenbar in der Hoffnung, daß ich mich während dieser Zeit bessern würde und doch noch dazu komme, an den Teufel zu glauben.«

»Was hat denn der Teufel mit deiner Prüfung zu tun?«

»Oho, viel, mein Lieber, sehr viel ...«

»Und du ... was gedenkst du zu tun? Zurück auf die Universität?«

Ein Strahl flog über das Gesicht des jungen Theologen.

»Mit Begeisterung täte ich das«, rief er, »nichts lieber als das, was könnte es Schöneres geben, als zu forschen, zu studieren ... aber das kann ich meinem Vater nicht mehr zumuten. Ich habe ihm lange genug auf der Tasche gelegen, ich muß ins praktische Amt.«

»Das ist auch meiner Ansicht nach das einzig Richtige. Aber sicherlich ist dir doch geraten worden, was du jetzt tun sollst.«

»Ja natürlich, es ist mir gesagt worden, daß ich das ›pro venia concessionandi‹ bestanden habe und damit das Recht besitze zu predigen, aber zum ›pro ministerio‹ müßte ich mich nach einem Jahr wieder melden, das heißt, die Verwaltung der Sakramente wird mir noch nicht anvertraut.«

»Diese beiden Prüfungen gehören doch zusammen, ich habe noch nie von einem Fall gehört, daß sie jemand getrennt absolvieren mußte.«

»Ich auch nicht, außer jetzt bei mir . . .«

»Nimm's mir nicht übel, lieber Freund, du mußt dich aber wieder sehr ungeschickt angestellt haben, du alter Unglücksrabe. In wieviel Kollisionen bist du schon durch deinen Wahrheitsfanatismus geraten. Du bist ihnen wohl mit allen Zweifeln gekommen, die dich je und je geplagt haben?« warf ihm Balzer vor.

»Was soll ich denn tun, wenn mich meine geistliche Behörde auf Herz und Nieren prüft, dann muß ich doch wahrheitsgemäß nach bestem Wissen und Gewissen antworten, ich kann ihr doch nicht etwas vormachen.«

Der Freund seufzte. »Wenn du doch mal das begreifen würdest: es kommt immer darauf an, wie man es sagt, wie du die Fragen beantwortest. Wir jungen Theologen sind ja alle als liberal verschrien, und die alten Herren im Amt vergessen, daß sie auch mal im Gegensatz zur älteren Generation gestanden haben. Aber es ist nichts zu machen, wir müssen darauf Rücksicht nehmen und diplomatisch sein.«

»Zum Kuckuck mit deiner Diplomatie! Wenn ich gefragt werde, ob ich mir das Böse in Person vorstelle, ein persönliches Böses wie einen persönlichen Gott, mit anderen Worten, an einen Teufel glaube . . . wenn ich so etwas gefragt werde, dann schreie ich nein und immer wieder nein!«

Der Freund schwieg. Beide sahen stumm vor sich hin.

Dann sagte Balzer: »Ordnung muß sein, es kann nicht jeder darauf loslehren, wie und was er will. Du kannst doch nicht behaupten, daß die Welt gut ist, daß in der Welt alles gut ist.«

»Ach, du willst mich jetzt nicht verstehen, du willst mich ins Unrecht setzen. Haben wir nicht oft genug über diese Frage auf der Universität diskutiert?«

»Und sind wir zu einer Lösung gekommen? Nein! Waren die Meinungen nicht immer sehr verschieden, die Ansichten sehr geteilt? Ich kenne dich, du hast die alten Herrn gereizt. Du hättest doch sagen können: ›Ich bin mir noch nicht im klaren, ich bemühe mich um Erkenntnis‹, das ist doch auch die Wahrheit«, belehrte ihn Balzer.

»Halbe Lüge ist es«, trumpfte Stephani auf, »ich werde ja nicht daraufhin geprüft, was in Zukunft sein könnte, wie es einmal mit mir stehen wird, das weiß ich doch selbst noch nicht, sondern wie ich jetzt bin.«

»Na, schön und gut, aber lassen wir das jetzt, das ist auch nicht so wesentlich ...«

»Nicht wesentlich?« brauste Stephani auf.

»Ja, stell dir vor, nicht wesentlich«, jetzt wurde Balzer energisch, »von deinem ehrlichen und guten Willen bin ich überzeugt, aber den spreche ich auch den alten Herren nicht ab. Ich möchte nur wissen, was du zu tun gedenkst.«

»Ich geh' ins Probejahr«, antwortete Stephani verdrossen.

»Ausgezeichnet, ins Probejahr! Ich fürchtete schon, du würdest doch noch die akademische Laufbahn einschlagen, ich sage dir, du mußt weg von der Studiererei und der Grübelei, du mußt hinein ins praktische Amt, ins Leben, wie es wirklich ist und nicht wie man es vom Katheder aus ansieht, jetzt zeig mal, was du gelernt hast ...«

»Ich bin nicht so weit, daß ich andern etwas zeigen kann. Wer selbst unsicher ist, der kann nicht andere führen.«

»Suchende bleiben wir immer, aber die Hand dem andern reichen mit der Aufforderung, komm, wir suchen gemeinsam, das kann jeder und du auch. Hier an der St. Gertrudkirche wird ein Kandidat gebraucht, gesucht ... du kannst gleich anfangen.«

»Und dann? An den städtischen Kirchen ist doch auf absehbare Zeit keine Stelle frei, und wer aufs Land geht, der muß Lettisch können. Ich muß die Sprache des Landes erlernen, deshalb gehe ich nach Malmuische zum Propst Blieden.«

»Du bist und bleibst ein Dickschädel. Mein Geschmack wäre es nicht. Bedenke, eine Sprache so weit zu beherrschen, daß man darin predigen kann ... dazu gehört viel Arbeit und Mühe.«

»Das will ich auf mich nehmen, immerhin besser, als auf eine Stelle an einer Stadtkirche lungern.«

»Du hast Ausdrücke ... jetzt könnte ich mich wirklich über dich ärgern, aber ich kenne dich ja. Jedenfalls hast du Glück, daß du zu Propst Blieden kommst, einem solchen Kenner der lettischen Sprache. Seine Übersetzungen haben die größte Anerkennung gefunden. Verlier dich nur nicht wieder darin.«

»Du alter Philister bist immer zufrieden, wenn du auf eingefahrenen Wegen dahintrotten kannst.«

»Und aus dir, was wäre aus dir geworden, wenn nicht dein

Freund, der Philister, dich ab und zu von deinen Nebenfahrten zurückgerissen hätte?«

»Du bist und bleibst eben ein Musterknabe.«

Nun lachten beide und sahen sich wieder in gutem Einvernehmen an.

»Wann fährst du los?«

»Das ist noch nicht ganz festgelegt, aber zum Reformationsfest werde ich dort sein.«

»Einsam wird es dort sein, sehr einsam für dich. Nach dem geselligen Leben in der Stadt wird es dir nicht leichtfallen, dich dort einzuleben. Wem gehört eigentlich Schloß Malmuische, ich meine das Gut?«

»Fürst Lieven, er ist auch Patronatsherr der Kirche.«

»Da kommst du ja in fürstliche Gesellschaft. Sieh nur zu, daß du nicht in Ungnade fällst.«

»Im Gegenteil«, scherzte Stephani, »ich werde mir Mühe geben, mich zu einem Fürstendiener zu entwickeln und, wenn's nötig ist, sogar an den Teufel zu glauben«, grimmig fügte er hinzu, »cuius regio, eius religio.«

Felix lachte schallend. »Darin sehe ich keine Gefahr für dich, mein Freund.« Sie reichten sich zum Abschied die Hände.

»Bitte, sprich nicht zu Hause von dem, was ich dir gesagt habe. Mutterchen ist so glücklich, daß ich ins Amt gehe, und sie würde sich beunruhigen, es soll kein bitterer Tropfen in ihre Freude fallen. Also bei mir zu Hause kein Wort davon. Der Vater und Onkel Victor wissen es ...«

»Verlaß dich auf mich, was hast du für ein Glück, nicht nur einen verständnisvollen Vater zu haben, sondern auch noch einen Onkel Victor, der noch nie versagt hat.«

Als unzertrennliche Freunde waren sie durch ihre ganze Gymnasialzeit gegangen, der ruhige und besonnene Felix Balzer und der sehr empfindsame Fritz Stephani, der alle Freude und alles Leid doppelt erlebte. Als sie vor dem Abitur standen, schlug die neueste Verfügung der russischen Regierung wie eine Bombe ein. Von ihrem Jahrgang ab sollte die Reifeprüfung in russischer Sprache absolviert werden. Dazu mußte ein Jahr angehängt werden, in dem Schüler und Lehrer die russische Sprache so weit erlernen mußten, daß sie sich in sämtlichen Fächern darin ausdrücken konnten. Die Empörung über diese einschneidende Maßnahme war groß, aber was blieb übrig? Wer studieren wollte, mußte sich fügen. Wer weiter Lehrer bleiben wollte, mußte die Sprache beherrschen. Russische Lehrer kamen ans Gymnasium und paukten mit ihnen Russisch, Tag für Tag Russisch. Es dauerte nicht lange, da geriet der impulsive Stephani mit seinem russischen Lehrer in ein Wortgefecht. Stephani griff bei irgendeiner Gelegenheit die Maßnahme der Regierung an, der Russe verteidigte sie. Das Baltikum gehöre zu Rußland, sagte der Lehrer, und der Staat habe das Recht, zu verlangen, daß jeder Staatsbürger die Sprache des Reiches, dem er angehöre, beherrsche. Man habe lange genug Geduld gehabt, bei der älteren Generation drücke man auch heute noch ein Auge zu, aber die Jugend müsse sich damit abfinden. Stephani erinnerte an die Verträge, an das Zarenwort, die baltischen Privilegien zu achten und zu schützen: deutsche Sprache, deutsches Recht und evangelischen Glauben. Der Lehrer meinte, das seien veraltete Begriffe, die Zeit schreite vorwärts. Ein Wort gab das andere, und schließlich fragte der Lehrer höhnisch: »Nun, was meinen Sie denn, welche Fächer man in russischer Sprache unterrichten könnte?« Worauf Stephani zum Gaudium aller seiner Kameraden die Antwort gab: »Turnen und Handarbeit.« Stürmischer Beifall der Klasse. Der Lehrer lief rot an.

»Besser hätten Sie die Ablehnung des Balten nicht demonstrieren können als durch diese Antwort«, schrie er und rannte zornentbrannt hinaus, diesen Vorfall dem Direktor zu melden. Es gab einen großen Skandal. Um seine Schule zu retten, ging der Direktor zum alten Pastor Stephani und bat ihn, seinen rebellischen Sohn aus der Schule zu nehmen und ihn in ein anderes Gymnasium des Landes zu geben. Er würde ihm nach Möglichkeit dabei behilflich sein. So kam es, daß die Freunde im letzten Schuljahr getrennt wurden, aber auf der Universität fanden sie sich wieder und verbrachten eine glückliche Studienzeit zwischen ernster Arbeit und fröhlichem Studentenleben.

Balzer hatte die glückliche Gabe, daß er mitten aus ernsten Studien sich in eine übermütige Gesellschaft stürzen konnte, aber andererseits auch jederzeit wieder imstande war, sich seinen Büchern zuzuwenden. So eine Unterbrechung hemmte ihn nicht, im Gegenteil, sie erfrischte ihn und ließ ihn mit neuem Eifer weiterstudieren.

Stephani konnte das nicht. Er mußte alles bis zur Neige auskosten. Geriet er in den Strudel des sorglosen studentischen Lebens, dann fand er nicht so leicht ein Ende. Er sah gut aus, war ein beliebter Gesellschafter und Tänzer und wurde überall eingeladen. Er trieb es so lange, bis ihn wieder etwas anderes gefangennahm.

Die Universitätsstadt Dorpat, in der sie beide Theologie studierten, lag an der Hauptverkehrsstraße nach Petersburg. Die Musiker, die sich auf dem Wege zum Zarenreich befanden, machten in Dorpat Station und gaben hier Konzerte. Jeder Gebildete, und Dorpat hatte viele geistig rege Menschen, fühlte sich verpflichtet, diese Abende zu besuchen. In einem von diesen Konzerten hatte Stephani das ›Forellenquintett‹ von Schubert gehört. Nicht, daß es ihm unbekannt gewesen wäre. Teile daraus hatte er schon oft in seinem Elternhause vernommen. Ob es nun an der vollendeten Wiedergabe des Werkes lag, oder ob er besonders aufgelegt zum Hören war, jedenfalls machte diese beschwingte Musik großen Eindruck auf ihn. In der folgenden Zeit beschäftigte er sich ausschließlich mit Schubert. Er kaufte sich Noten, mietete sich ein Klavier, spielte und las nur über Schubert und seine Zeit. Sein Interesse zog immer weitere Kreise um diesen Gegenstand, er geriet in die Naturschwärmerei der Romantiker und sah und hörte nichts von dem, was sonst in diesen Monaten geschah.

Sein Freund Balzer betrachtete ihn nicht ohne Sorgen. Eines Tages stellte er an ihn die ernste Frage, ob er jetzt Musiker werden wolle? Stephani war empört, welche Frage, wie er darauf käme? Aber er erwachte aus seinem Musikrausch und stürzte sich nun wieder mit demselben Eifer auf das Studium. Er mußte allen Dingen auf den Grund kommen. Da aber fünf Jahre, die für das Studium der Theologie vorgesehen waren, nicht dazu ausreichen konnten, um sämtliche Systeme zu durchforschen, geriet er mit der Zeit und seinem Geld ins Gedränge. Balzer wurde vor ihm fertig und war schon Vikar an einer städtischen Kirche, als Stephani seine Prüfung, die ihn so enttäuscht hatte, vor dem Konsistorium ablegte.

Die Tage bis zu Stephanis Abreise ins Probejahr nach Malmuische waren schnell vergangen. Am letzten Abend war das Essen festlicher hergerichtet worden als sonst. Es gab sein Lieblingsgericht, Reisauflauf mit Backpflaumen. Er war goldgelb, weil Mutterchen soviel Eier hineingetan hatte. Er küßte ihr dankbar die Hand.

Nun saß die Familie wie immer am Abend im Musikzimmer. Fritz hatte sich in eine Ecke an den weißen Kachelofen gesetzt, der, ein stattliches Stück, fast bis an die Decke reichte und oben

ein Gesims aus weißen Tonrosen trug. Fritz meinte, er wärme nicht nur, sondern er dufte auch. Das ganze Zimmer war durch eine Petroleumstehlampe, die einen roten Schirm trug, von einem milden Licht erfüllt. Bruder Hermann, der Musiker, saß am Klavier und spielte. Er fing mit seinem Lieblingskomponisten, Robert Schumann, an und reihte eine träumerische Melodie an die andere. Fritz' Blicke schweiften durchs Zimmer. Es schien ihm heute alles anders als sonst. Hatte nicht jeder Gegenstand ihm noch etwas zu sagen? Da hing über dem Sofa, auf dem Mutterchen und die Schwester saßen, das große Bild. Jahrelang hing es schon an diesem Platz. Er hatte sich erst in diese Reproduktion des Kaulbachschen Gemäldes ›Die Zerstörung Jerusalems‹ hineinsehen müssen. Es war ein Geschenk der Kirchengemeinde zum 25jährigen Jubiläum des Pastors. Der Vater hatte es sich selbst aussuchen dürfen, und er hatte dieses Bild gewählt, das seiner Ansicht nach ein Stück Menschheitsgeschichte darstellt. Nachher war viel darüber diskutiert worden, ob man sich ein Gemälde mit so schwerem Ernst in ein Wohnzimmer hängen könne. Der Vater hatte aber erklärt, Beethovensche Sonaten sind nicht leichter und die erklingen hier oft, gerade hier gehöre es hin, damit die tausend Nichtigkeiten des alltäglichen Lebens vor dieser Größe ihr Gewicht verlieren. Die Vielzahl der Gruppen und Gestalten wirkte zuerst auf jeden Betrachter verwirrend. Man mußte sich Zeit nehmen, es anzuschauen. Hoch oben in den Wolken thronten die vier großen Propheten des Alten Bundes. Moses, sie alle überragend, hielt mit hoch erhobenen Armen die Gesetzestafeln über seinem Haupt. Ja, so unwandelbar und ewig stehen Gottes Gebote über der Erde, ob auch Krieg und Zerstörung auf ihr wüten. Das alte Jerusalem fällt, auf den Ruinen des einst herrlichen Tempels stürzt sich der letzte Hohepriester ins Schwert. Jammer und Verzweiflung herrschen ringsum. Im Hintergrund ziehen die siegreichen Römer auf stolzen Rossen in die Stadt ein. Von Furien gepeitscht jagt Ahasver, der ewige Jude, ruh- und heimatlos in die Welt hinaus, ein Symbol seines Volkes, das sein Heil nicht erkannte zu seiner Zeit. Die kleine Christenschar aber zieht unter dem Schutz der himmlischen Heerscharen aus dem alten Jerusalem, um auf dem ganzen Erdkreis das Evangelium, die frohe Botschaft von dem Weltheiland, zu verkünden. Sie sind das Samenkorn des Neuen Bundes. Fritz kniff die Augen etwas zusammen, da schien es ihm, als ob sich die Gestalten in dem flackernden Licht der Kerzen, die in den Wandleuchtern zu beiden Seiten des Bildes brannten, bewegten, lebendig wurden. Welch ein harter und unerbittlicher Kampf war es damals gewesen, und gab es den nicht immer wieder? Hörten denn Not und Verzweiflung jemals auf in dieser Welt?

Eine tiefe Niedergeschlagenheit wollte sich seiner bemächtigen, da sah er jedoch die kleine Christenschar in hellem Licht lobsingend und preisend ihren Weg nehmen. Wer im Schutz des Höchsten steht, der ist wohlgeborgen, ging es ihm durch den Sinn. Ein warmes Gefühl durchströmte ihn. War sein Elternhaus, waren seine Geschwister, er selbst nicht allzeit in diesem Schutz gewesen? Er sah zu seiner Mutter hinüber. Wie zart und durchsichtig sah sie aus, und doch steckte in ihr eine große Kraft. Sie hielt die verschiedenen Menschen hier zusammen, ihr verdankten sie das harmonische Familienleben. »Dabei wird sie immer weniger«, dachte Fritz erschreckt. Auf dem feinen Kopf saß das schwarze Spitzenhäubchen wie eine Krone, sie hielt ihn ein wenig zurückgeneigt, wie eine, die lauscht. Das tat sie auch, mit leicht übereinandergelegten Armen hörte sie zu. Wenn sie mit ihrer Familie zusammensaß, hatte sie nie eine Arbeit in den Händen, sondern war nur Ohr für die anderen. Von ihrem Zuhören ging eine Anregung aus, die alle belebte. In ihrer Gegenwart wurde alles leichter und heller. Der Vater sagte, ohne sie wäre das Haus wie ein Klavier ohne Saiten. Und das Klavier spielte im Hause Stephani eine große Rolle. Es war umlagert. Vormittags übte Hermann, kaum verließ er es, beeilte sich Lotting, ans Instrument zu kommen, um ihre Gesangsübungen vorzunehmen. Am Nachmittag liebte es Mutterchen, sich bei Musik ein wenig zu entspannen. Am schönsten aber war es, wenn sich der Vater in der Dämmerstunde an den Flügel setzte und, wie Mutter es nannte, in Musik Zwiesprache mit sich selber hielt. Ab und zu flocht er auch bekannte Melodien in seine Harmonien ein, meistenteils aber spann er an seinen eignen Gedanken, die in verschiedensten Weisen erklangen. Jedesmal schloß er mit einem Choral, der unter seinen Händen so machtvoll brausen und so zart tönen konnte, daß man meinte, ihn noch nie so schön gehört zu haben.

Tante Hanning, die Schwester der Pastorin, saß in einem Lehnstuhl und häkelte an einer unwahrscheinlich großen Dekke. Sie hatte immer etwas vor sich, lange Schals oder dicke Socken, an denen sie strickte. In ihrem Zimmer stand auch ein Klavier, es war ihr eigenes, auf dem sie aber nicht zum Vergnügen spielte, sondern mit dem sie sich ihr Brot verdiente. Sie war eine beliebte Lehrerin, aber eine gefürchtete Persönlichkeit. So ruhig und ausgeglichen die Pastorin war, so aufgeregt und unbeherrscht war Tante Hanning. Sie hatte immer etwas zu bullern. Sie stieß dann die Worte hervor, vielmehr sie preßte sie durch ihre Lippen: »Erbarmung, hast du schon wieder ...« fing jeder ihrer Sätze an. Ihr gegenüber am Tisch, auf der andern Seite, lehnte der Pastor im Armstuhl. Sein volles, glattrasiertes Gesicht mit den etwas tiefliegenden Augen und schweren Augenlidern verriet geruhsame Behaglichkeit und ein reiches Innenleben. Er war ein großer, stattlicher Mann, dagegen war sein Bruder Victor, der auch bei ihnen im Hause wohnte, klein und schmal. Tante Hanning und Onkel Victor, beide waren sie unverheiratet geblieben, und sie liebten die Kinder der Geschwister, als ob es ihre eignen wären. Jede Sorge um sie, jede Freude an ihnen erlebten sie mit. Doch es war die Kunst der Pastorin, die diese verschiedenartigen temperamentvollen Persönlichkeiten zu einer Hausgemeinschaft zusammenschloß, in der sich alle wohl fühlten.

Onkel Victor war in ständiger Unruhe. Mit kleinen, eiligen Schritten durchmaß er das Zimmer, von der Tür zum Fenster, vom Fenster zur Tür. So viel Onkel Victor auch an seinen Neffen auszusetzen hatte, so konnten sie doch auf ihn bauen, er sprang immer helfend ein. Dabei murmelte er furchtbare Drohungen vor sich hin: »Unerhört, unerhört, einfach zu erledigen, nur totzuschlagen.« Niemand nahm diese Zornesausbrüche ernst, im Gegenteil, sie gaben viel Anlaß zum Lachen. Morgens, wenn sein Tee nicht heiß genug war, wollte er die Teemaschine an die Wand werfen. Beim Zeitunglesen verhieß er den Politikern den Tod durch den Strang und durch Gift. Als er eines Tages beim Vesper seine Kaffeetasse umkippte und sich der Inhalt auf seine Hose ergoß, warf er die Tasse auf den Boden und trampelte mit den Füßen darauf herum: »Warte, ich werde dir schon zeigen, du heimtückisches Biest«, murmelte er und hopste hin und her, sein Spitzbart wackelte. Mutterchen lachte, daß ihr die Tränen flossen, der Pastor schmunzelte, Tante Hanning empörte sich: »Erbarmung, wie kannst du nur ...« Hermann prustete und rannte nach seinem Skizzenbuch, um die Szene einzufangen. Die Zeichnung gelang ihm, und Onkel Victor hatte die größte Freude daran. Er meinte befriedigt, nun könne er sich auch mal über sich selbst amüsieren, statt daß es die andern auf seine Kosten täten. Seiner Schwägerin aber schenkte er für den Verlust der einen Tasse ein ganzes Kaffeeservice mit Goldrand und Apfelblüten. Die Neffen nannten es respektlos »Viktoria«, womit sie andeuten wollten, daß er über sich selbst gesiegt hätte. – Trotz seiner großen Hilfsbereitschaft war Onkel Victor ein sehr sparsamer Mann. Er hatte sich im Laufe seines Lebens ein kleines Kapital zurückgelegt, jetzt lebte er von seiner Pension, die er als Landgerichtsdirektor bezog. Zu allen Fest- und Feiertagen wurde nun aus »Viktoria« der Kaffee getrunken, ohne »Viktoria« gab es keine Geburtstagsfeier mehr.

Hermann hatte sein Spiel beendet, und Fritz bat seine Schwester: »Lotting, jetzt du, bitte sing mir was vor.« Aber Lotting wehrte und zierte sich, obwohl sie es brennend gern tun wollte, ja übelnahm, wenn sie nicht dazu aufgefordert wurde. Aber wenn man sie bat, dann hatte sie Hemmungen, die sie in ungebärdiger, trotziger Weise äußerte. Diese Befangenheit, diese Verlegenheit machte den Eltern ernstliche Sorge. Sie hofften durch Übung, durch Gewöhnung ans Vorsingen, der Tochter zu einem sicheren Auftreten verhelfen zu können. Daher wurde immer wieder der Versuch unternommen, obwohl man genau wußte, daß jetzt wieder eine der üblichen Szenen kommen würde. »Laßt mich in Ruh'«, wehrte sie sich ärgerlich und drückte sich tiefer in die Sofaecke. »Was soll ich denn singen? Immer diese Quälerei«, ging es weiter bei ihr, dabei scharrte sie unwillig mit den Füßen. »Nun geh schon und laß dich nicht so lange bitten«, verlangte die Mutter, »heute mußt du Fritz zum Abschied den Gefallen tun.« Widerwillig erhob sie sich und ging schleppenden Schrittes, mit den Hacken laut aufschlagend, an den Flügel. Sie war von zierlicher Gestalt, die aber nicht zur Geltung kam, weil sie sich so nachlässig hielt. In ihren Noten wühlend stieß sie ärgerlich hervor: »Ihr kennt doch das schon alles!«

»Niemand verlangt von dir, daß du jetzt etwas Neues komponieren sollst. Du sollst nur irgend etwas singen, frisch weg, wie der Vogel singt«, scherzte Hermann und streckte die Hand nach einem Notenblatt aus.

»Bist selbst ein Vogel«, gab sie zurück.

»Und ein lockerer dazu«, lachte er.

»Das kann man wohl sagen«, bestätigte sie, »geh weg, ich begleite mich selbst.«

Da mischte sich wieder die Mutter ein: »Lotting, sei doch nicht so, du weißt doch, wie gern wir euch gerade beide zusammen musizieren hören, nimm irgendein Lied und fang an ... sing Vaters Frühlingslied: ›Geduld, du kleine Knospe, der Frühling ist nicht weit‹.«

»Das ist zu hoch gesetzt«, wandte Lotting ein.

»Erstens ist es nicht zu hoch gesetzt, und zweitens kann ich es dir in jede beliebige Lage transponieren«, erklärte Hermann bereitwillig.

»Spuck nicht so große Bögen, nein, wenn ich schon singen soll ... dann ... aber vielleicht wollt ihr es überhaupt nicht mehr«, warf sie hin, den Kopf trotzig zurückwerfend. Onkel Victor eilte mit noch schnelleren Schritten von der Tür zum Fenster, vom Fenster zur Tür. Lotting war sein Liebling. »Laßt das Kind in Ruh«, murmelte er vor sich hin, »das Kind soll in Ruh gelassen werden.« Der Vater räusperte sich warnend, und Fritz dachte: »Welch eine himmlische Geduld die Eltern doch mit ihren Kindern haben.« Würde nicht die traute Stimmung im Musikzimmer sich wieder in Tränen auflösen? Es war nicht weit davon. Da ertönte die Flurglocke. Fritz sprang auf und ging hinaus, um zu öffnen.

Lotting empfand es nun als Störung, sie war nicht mehr Mittelpunkt. »Wer ist denn das schon wieder?« rief sie unwillig.

Aus dem Flur drang lebhaftes Sprechen und Lachen. Die Tür wurde aufgerissen, und Bruder Gustav stürmte herein. Er umarmte Mutterchen, küßte Tante Hanning auf die linke Wange, packte Onkel Victor unter dem Arm und raste mit ihm durchs Zimmer, wirbelte Lotting dreimal in die Runde, streckte Hermann die Zunge zur Begrüßung heraus, schob ihn vom Klaviersessel, setzte sich hin und spielte: ›Sei gepriesen, du lauschige Nacht‹. Er spielte mit einem Schwung, der alle mitriß.

»Verrückter Hering, so ein verrückter Hering!« murmelte Onkel Victor stehenbleibend. Tante Hanning ließ die endlose Häkelei sinken und sagte in ihrem tiefen Baß: »Erbarm dich, mitten in der Nacht ...«

»Einen Anschlag hat der Junge«, sagte der Pastor in seiner bedächtigen Art, »einen Anschlag wie ein Orgelton. Der Gustav ist der musikalischste von uns allen, wenn er nur nicht so lausig faul zum Üben gewesen wäre.«

Alle fragten sich, woher es kam, daß der lausig faule Gustav heute in so übermütiger Stimmung war? Das letzte Jahr hatte ihm stark zugesetzt. Er hatte sich selbständig gemacht, und sein Unternehmen, auf das er so große Hoffnungen gesetzt hatte, brachte ihm nur Enttäuschungen. Er war mit seiner Familie, Frau und zwei Kindern, in eine äußerst bedrängte Lage geraten.

Wenn ihm nicht der unermüdliche Onkel Victor geholfen hätte, wäre es zum Konkurs gekommen. Mit einem lustigen Knall beendete er jetzt sein Spiel, sprang auf und rief: »Ihr meint wohl alle, ich sei verrückt geworden. Nein, nein, das bin ich nicht.« Er warf sich auf den nächsten Sessel, zündete sich eine Zigarette an und sah amüsiert in die erwartungsvollen Gesichter. »Esel«, brummte Onkel Victor und nahm seine Wanderung auf. »Ha ha«, lachte Gustav, »aber du wirst staunen, was der Esel alles kann ... Ihr werdet euch noch alle vor mir verneigen ... Das sage ich euch.«

»Wir werden dich gleich am Schlafittchen packen, wenn du nicht endlich mit deinen langen Vorreden aufhörst«, drohte Fritz.

»Soll ich? Soll ich? – Ich bin heute aus Petersburg zurückgekommen ...« Die Pastorin seufzte einmal schwer auf. »Nein, nein, Mutterchen, das ist nicht zum Seufzen, dieses Mal nicht, diesmal ist der große Wurf gelungen. Das ist keine Illusion von mir. Ich habe den Vertrag in der Tasche, eine Arbeit, die Arbeit ist mir zugesprochen, mir, Gustav Stephani, Straßenbau GmbH. Nicht umsonst habe ich mit den maßgebenden Persönlichkeiten Tag und Nacht gesoffen, worüber ihr ja immer so empört wart. Da seht ihr es, ich habe es erreicht, es war richtig, ohne Protektion ist eben nichts. Eine Arbeit auf Jahre habe ich vor mir.« Und er begann seine Zukunft in den rosigsten Farben zu schildern. Mutterchen schlug die Hände zusammen. Welches Glück! In seinen Phantasien war er schon Millionär, bevor er überhaupt angefangen hatte.

»Wie ist das eigentlich, wenn ich nicht irre, kommt jetzt erst der Winter«, warf Fritz ein und sah mit einem ironischen Seitenblick auf den Bruder.

»Du bist und bleibst doch ein unverbesserlicher Pessimist«, fuhr Gustav ihn an.

»Aber dein Optimismus kann es auch nicht verhindern, daß es jetzt erst Winter wird ... und Straßenbau bei Frost und Schnee?«

»Nun ja, natürlich, die Arbeit kann erst im Frühjahr beginnen, aber die Vorbereitungen treffe ich jetzt schon, und einen Kredit bekomme ich auch, glaubt ihr mir nicht?« Er riß seine Brieftasche heraus und wollte die Beweise auf den Tisch schütten. Aber Fritz legte ihm begütigend die Hand auf die Schulter.

»So war es nicht gemeint, Bruderherz, ich wollte dich nur in die Wirklichkeit zurückholen. Du schwebtest wieder einmal in zu großen Luftschlössern. Wir sind ja alle froh, daß du endlich etwas erreicht hast.«

Und wie froh sie alle waren! Gewiß würde nicht alles so glattgehen, wie Gustav es sich vorstellte, aber es war doch berechtigte Hoffnung vorhanden, daß er seine Familie selbst würde ernähren können, daß er nicht mehr gezwungen war, die Hilfe anderer in Anspruch zu nehmen. Mutterchen sah den Sohn mit einem verstehenden Lächeln an.

»Sie ist zu müde zum Sprechen«, dachte Fritz. Der Vater aber setzte sich noch einmal an den Flügel, was er sonst abends nicht mehr tat. Ihm war es nicht gegeben, seine Gefühle in Worten auszudrücken, aber dafür um so schöner in Musik. Herrlich spielte er. Aller Hände falteten sich zum Gebet. Sein Spiel bewegte ihre Herzen, alle sangen mit: »In wieviel Not hat nicht der gnädige Gott über dir Flügel gebreitet.«

Die Wagenfahrt hatte sich Fritz Stephani anders vorgestellt, gefreut hatte er sich darauf, und nun regnete es, es regnete unentwegt. Es war ein richtiger herbstlicher Landregen, nicht besonders heftig, nicht besonders kalt, aber darum um so beständiger und durchdringender. Ein fester Halbverdeckwagen war ihm zur Bahnstation entgegengeschickt worden. Er saß trocken und warm in den Polstern, aber stundenlang in die graue, regenverhangene Landschaft hinauszublicken war langweilig und machte ihn ungeduldig.

Wenn man so jung ist wie der Kandidat der Theologie Karl Friedrich Stephani, dann wünscht man sich oft, die Zeit vorantreiben zu können, aber wenn man so alt ist wie der Propst Blieden in Malmuische, dann hat man keinen Grund mehr zur Eile. Der alte Herr saß gelassen an seinem Schreibtisch, vertieft in eine Lutherschrift, die er für das lettische Volk in seine Sprache übertrug. Es war eine große Aufgabe, die er sich gestellt hatte und die ihn Monate hindurch in Anspruch nehmen würde, mit der er sich auch gar nicht beeilen wollte, weil ihm einerseits dieses Hineinsteigen in die fremde Sprache und andrerseits das Sichvertiefen in des großen Reformators Denken eine Freude war. Ob sein neuer Kandidat dieselben Interessen haben wird? Er hatte schon viele junge Theologen bei sich gehabt, die er ins praktische Amt einführen mußte und die bei ihm die lettische Sprache gelernt haben. In jungen Menschen die Verantwortung für das pastorale Amt zu wecken und zu pflegen, sah er als seine Hauptaufgabe an. Und wie verschieden sie auch sonst gewesen sein mögen, so hatte ihn doch keiner nach dem Probejahr verlassen, in dem nicht der gute Wille gewesen wäre, das Hirtenamt treu zu erfüllen. Gott möge ihn auch dem neuen Kandidaten schenken.

Stille herrschte in dem großen, weitläufigen Hause des Pastorates. Die Bedienung war schlafen geschickt worden, und auch seine Tochter, die ihm nach dem Tode seiner Frau das Hauswesen versah, hatte sich zur Ruhe begeben. Im Eßzimmer stand ein kalter Imbiß für den Ankommenden bereit. Er hatte es übernommen, auf die Teemaschine zu achten und von Zeit zu Zeit etwas Holzkohle nachzulegen, damit sie nicht ausgehe. Eben hatte er sich noch überzeugt, daß sie behaglich summte. Und nun hatte er noch zwei volle Stunden Zeit, denn vor Mitternacht würde der Gast wohl kaum eintreffen können. Ein leichtes Lächeln trat auf sein Gesicht, ja, so eine stundenlange Wagenfahrt mit Pferden, dazu im Regen, das war die rechte Einführung in die Einsamkeit, in die Schwierigkeiten eines Geistlichen auf dem Lande.

Seite um Seite füllte sich mit seiner feinen und akkuraten Handschrift. So vertieft war er in sein Studium, daß er erstaunt auffuhr, als er das Räderrollen des Wagens unter seinem Fenster vernahm. Der Kandidat war angekommen. Und die Teemaschine, ach, die hatte er ganz vergessen. Was würde seine Tochter sagen? Er hatte es ihr fest versprochen, aber sie hatte gleich Bedenken gehabt. »Du wirst es schon vergessen«, hatte sie gemeint, als sie ihm den Gutenachtkuß gab. Er hatte es vergessen, aber nun war es zu spät. Dieses Schuldgefühl veranlaßte ihn, den Kandidaten mit besonderer Herzlichkeit zu begrüßen.

Wozu auch kalter Tee gut sein kann!

Am andern Morgen wachte der Kandidat spät auf. Als er nach unten kam, fand er auf dem Frühstückstisch noch ein Gedeck. Er war der letzte, peinlich!

»Nein, nein, Sie brauchen sich nicht zu entschuldigen«, wehrte der Propst, »Sie waren ja auch der letzte, der gestern ins Bett kam. Bitte, nehmen Sie Platz, ich leiste Ihnen Gesellschaft, und meine Tochter kommt auch gleich.« Der Kandidat bat höflich, sich nicht stören zu lassen, er stehe bereit, alle Anordnungen seines Seniors entgegenzunehmen.

»Nur keine Hast, erst wird in Ruhe gefrühstückt, das ist so meine Anordnung, und dann sehen Sie sich mal Haus und Garten an. Heute scheint die Sonne, und da macht alles einen günstigeren Eindruck als gestern im Regen. Haben Sie schon einen Blick auf unsern See geworfen? Das allerdings müssen Sie noch vorher tun.« Sie traten in ein Nebenzimmer, das etwas dunkel wirkte, da Fenster und Glastür auf eine Veranda hinausführten, die es beschattete. Stephani trat an die Tür und blieb bewundernd stehen. Es bot sich ihm ein überraschendes Bild. In Terrassen neigte sich der Garten einer weiten, glitzernden Wasserfläche zu. Es war ein großer, breiter See. Während der Propst ihm Erläuterungen über die Größe und Tiefe des Sees gab, trat das Fräulein Tochter ein und mahnte, den Kaffee nicht kalt werden zu lassen, aber der Kandidat war so versunken in den Anblick dieser reizvollen Landschaft, daß er sich nur langsam umwandte. »Dieser Anblick ist so schön, daß man sich nur schwer davon losreißt«, entschuldigte er sich. Der Propst lächelte zufrieden. »So muß es sein«, dachte er, »wer für den See etwas übrig hat, der ist schon von vornherein sympathisch.« – »Doch jetzt zum Frühstück«, mahnte er, »sonst fallen Sie bei meiner Tochter in Ungnade.«

Diese Tochter war eine auffallende Erscheinung. Wie eine Germania stand sie vor ihm. Ein wenig mehr an Größe, an Fülle, und sie hätte massig, kolossal ausgesehn, so aber schien alles noch das rechte Maß zu halten. Kastanienbraunes Haar umgab das groß geschnittene Gesicht. Weiß wie Porzellan war die Haut, und die Farbe der Wangen glich den zartesten Tönen der Rosen. Der Blick ihrer dunklen, glänzenden Augen war von geheimnisvoller Undurchsichtigkeit. Der Kandidat war von ihrem Anblick so überrascht und benommen, daß er kein Wort hervorbrachte. Er räusperte sich nur verlegen. »So, nun bitte ich zuzugreifen«, hörte er sie, nachdem sie sich gesetzt hatten, mit etwas hoher Stimme sagen, »genötigt wird nicht.«

»Entschuldigen Sie bitte, ich bin aber noch überwältigt von den Eindrücken, die ich empfangen habe. Der See und das«, er verschluckte schnell das Wort Fräulein, beinahe wäre er taktlos geworden, »der See ist von einmaliger Schönheit. Der Gegensatz zwischen heute und gestern ist so groß, daß ich mich erst zurechtfinden muß.«

»Gestern die Fahrt«, bemerkte das Fräulein, »war gewiß kein Vergnügen. Ich kenne das, das Verdeck muß hochgeklappt bleiben, und dadurch ist von der Landschaft herzlich wenig zu sehen.«

»Und dann kommt noch hinzu«, spann der Propst die Unterhaltung weiter, »daß einem jede Strecke, die man zum erstenmal fährt oder geht, endlos vorkommt. Ich hoffe, daß Sie sich trotzdem, alles in allem, gut bei uns einleben werden.«

»Das wird mir gewiß nach einem so freundlichen Empfang nicht schwerfallen. Hoffentlich werde ich Ihnen nicht zuviel Mühe machen«, versetzte der Kandidat, der nun seine Haltung wiedergewonnen hatte.

»Mühe machen?« wiederholte der alte Herr. »Ich denke, Sie werden mir welche abnehmen!«

»Das wäre meine größte Freude. Ich wüßte nicht, was ich lieber möchte. Aber ob ich dazu imstande sein werde? Den besten Willen dazu habe ich jedenfalls«, versicherte der Kandidat.

Der Propst sah ihn wohlwollend an. »Mehr kann niemand von Ihnen verlangen«, sagte er. »Der gute Wille, das ist die Hauptsache, dem ist nichts unmöglich, das sage nicht nur ich, sondern das hat schon Kant gelehrt.«

Aus einheimischen Feldsteinen erbaut, lag die Kirche Malmuische auf einer Anhöhe. Sie besaß einen gradlinigen Turm, auf dessen Spitze ein Hahn ins Land hineinschaute. Das ganze Gebäude war weißgekalkt und leuchtete den Kirchgängern schon von weitem entgegen. Ein einfacher schmiedeeiserner Zaun umgab den ganzen Kirchplatz, ringsum davor waren lange Balken auf niedrigen Pfosten angebracht, die zum Anbinden der Pferde dienten.

Heute, am Reformationsfest, standen die Wagen dicht bei dicht, Einspänner, Zweispänner. Malmuische war eine reiche Gemeinde. Die grauen Barone, wie die lettischen Besitzer der Bauernhöfe genannt wurden, gaben den deutschen Großgrundbesitzern in ihrem Hochmut und Standesbewußtsein nichts nach. Das Vorrecht der Kirchenältesten war es, ihre Pferde auf dem Pastoratshof abstellen zu dürfen. Es gab auch viele, die ihre Fuhrwerke am Kirchenkrug anbanden. Ob die Wagen und Pferde stattlich oder bescheiden waren, gefahren kamen alle zur Kirche. Fußgänger gab es ganz wenige, dazu waren die Entfernungen zu groß. Ein Pferd hatte schließlich ein jeder, und die Landlosen, das Gesinde auf den Höfen, wurden von ihren Dienstherren zwar nicht mitgenommen, aber gesondert in Wagen zum Gottesdienst geschickt. Da die Kirche hoch lag, war es um sie verhältnismäßig trocken, während sonst alles durch den Herbstregen aufgeweicht war. Die Männer standen in Gruppen zusammen und unterhielten sich. Die Frauen gingen langsam und gemessen in die Kirche. Eine jede hatte um ihr Gesangbuch ein weißes Taschentuch gewickelt, obenauf lag ein Zweiglein von dem wohlriechenden Strauch »Gotteshölzchen«, das in jedem Garten Sommer und Winter grünte. Dieser Zierstrauch mit seinem starken aromatischen Duft war das Parfüm aller Mädchen und Frauen. Erst als der letzte Glockenschlag verhallt war, begaben sich die Männer in die Kirche. Rechts saßen die Männer, links die Frauen. Der Organist Ehrglies hatte alle Register aufgezogen und spielte mit Donnerstärke, aber der Gemeindegesang war so kraftvoll, daß er die Orgel noch übertönte. Das war gut so, stellte der Kandidat mit Befriedigung fest. Der Kantor war sonst ein harmloser Mann, aber sein Orgelspiel war fürchterlich. Dem Kandidaten fiel auf, wie klangvoll sich die lettische Sprache im Singen anhörte. Er blätterte in dem lettischen Gesangbuch. Es hatte einen stattlichen Umfang. Das ganze evangelische Liedgut war darin erhalten. Deutsche Pastoren hatten alle die Choräle ins Lettische übersetzt, mit derselben Freudigkeit, mit der jetzt Propst Blieden an der Übersetzung der lutherischen Schriften arbeitete. Auch den Kandidaten hatte der Eifer für diese Arbeit gepackt, er half dem Propst. Sie hatten die Schrift ›An die Ratsherrn deutscher Städte‹ vor, in der Luther vom Nutzen der Sprache, aller Sprachen redet, denn nur durch sie wird das Evangelium der Menschheit zugänglich. Er nennt die Sprachen die Scheiden, darin das Messer des Geistes steckt. Er vergleicht sie mit einem Gefäß, darin man diesen Trank fasset, einen Schrein, darinnen dieses Kleinod aufbewahrt wird. »Es ist eine feine, edle Gabe, damit uns Gott reichlich begnadet hat.« Diese Lutherworte, die sie in stundenlangen Beratungen in die lettische Sprache übertragen hatten, benutzte der Propst in seiner Reformationspredigt. Dreißig Jahre lang predigte er nun schon vor ein und derselben Gemeinde, Sonntag für Sonntag, Festtag für Festtag. Und es war nie abgestandenes Wasser, das er seinen Zuhörern bot, sondern immer ein Trunk aus frischer Quelle. Welcher Reichtum, welche Fülle mußte in Gottes Wort liegen, daß es nie ausgeschöpft werden konnte! Der alte Mann auf der Kanzel sprach ruhig und gelassen, so als ob er mit jedem persönlich spreche, ohne Pathos, ohne Stimmaufwand, aber mit einer Eindringlichkeit, die keinen unberührt ließ. Worin bestand diese Wirkung? War es das Geheimnis der Persönlichkeit? Konnte man sich das aneignen? Der Kandidat wurde von Zweifeln gepackt. Aneignen, nein, beim besten Willen, bei allem Fleiß, fürchtete er, es nie erreichen zu können. Und wenn es eine Gabe war, die man erhielt, ein Geschenk, das einem gewährt wurde oder nicht, was konnte man selbst dazu tun?

Der Herbst war ungewöhnlich lang in diesem Jahr. Die Leute warteten alle auf Frost und Schnee, um mit den Waldarbeiten beginnen zu können. Es herrschten Regen und Nebel, und sogar der weite Blick auf den See verschwand in diesem herbstlichen Dunst. Hinausgehen konnte man wenig, und vom Fenster aus sah man nur graue Schwaden. Dem Kandidaten war es recht so. Es störte ihn nichts in seinen Studien, in die er sich mit seinem Ephorus vergrub. Noch nie hatte der Propst einen Kandidaten gehabt, der so bemüht gewesen wäre, in den Geist der Sprache einzudringen, wie Fritz Stephani.

Gegen Ende des Monats setzte plötzlich der Frost ein. In wenigen Tagen verwandelte sich der See in eine spiegelglatte Fläche. Der Frost hielt an, doch schneite es nicht. Das gab eine ideale Eisbahn. »Können Sie Schlittschuh laufen?« fragte ihn eines Morgens das Fräulein Tochter. Bisher hatte er wenig Gelegenheit gehabt, sich mit ihr zu unterhalten, war sie doch gleich nach dem Reformationsfest auf das Gut ihres Verlobten gefahren, um ihrer zukünftigen Schwiegermutter Gesellschaft zu leisten, denn ihr Verlobter hatte eine mehrmonatige Kur in einem Heilbad durchmachen müssen. Nun war sie vor wenigen Tagen zurückgekehrt, und die verlockende Eisbahn hatte sie zu dieser Frage veranlaßt. Ehe er antworten konnte, empfahl ihm auch der Propst, diese Gelegenheit wahrzunehmen. »Können Sie nun laufen oder nicht?« wiederholte das Fräulein die Frage leicht ungeduldig.

»Entschuldigen Sie, bitte«, antwortete ihr Stephani, »ich stand im Kampf mit meinem Gewissen, einesteils lockte mich die Lust, anderenteils mahnte mich meine Pflicht.«

»Haben Sie nun den Kampf ausgefochten, und wer ist Sieger?« bemerkte sie spöttisch.

»Die Lust«, erwiderte er, schuldbewußt die Augen senkend, »die Lust, aber ich habe keine Schlittschuhe mitgebracht. Ich fürchtete meiner Würde dadurch Abbruch zu tun.«

Sie lachte hell auf. »Schlittschuhe können Sie haben, auf dem Boden liegt ein halbes Dutzend.«

»Danke, mir genügt ein Paar.«

»Also gehen wir«, entschied sie.

Auf dem See war es herrlich. Übermütig zog Fritz Stephani Bogen und Kreise. Auf der durchsichtigen Eisfläche bildeten sich viele Linien, die ein buntes Muster von Arabesken und Figuren ergaben. Durch dieses Filigran schimmerten Gräser und Steine auf dem Grunde des Sees in feuchtem Glanz. Die Farben dort unten waren von ungewöhnlicher Leuchtkraft. Fritz war stehengeblieben und schaute in die Tiefe des Wassers hinunter. »Was suchen Sie da?« fragte das Fräulein, mit langen Schritten näherkommend.

»Ist das schön!« rief sie, auch hinunterblickend, »wie im Märchen.«

Zwischen glitzernden Kristallen schlängelten sich grüne Blätter und Pflanzen, ab und zu stiegen runde Bläschen, wie Perlen anzuschauen, nach oben. Sie schauten lange versonnen darauf, dann sagte Stephani: »Dort in der Tiefe diese Pracht und hoch über uns die Sonne am weiten Himmel, dazwischen wir Menschlein, klein und schwach, und doch groß genug, das Wunderwerk der Schöpfung zu ahnen.«

Sie sah ihn an und sagte: »Mein Vater meinte neulich, Sie seien der begabteste Kandidat, den er je gehabt hätte, und dabei der bescheidenste, das finde ich jetzt auch, denn sonst hätten Sie gesagt, das Wunderwerk der Schöpfung zu begreifen.«

Sie hatte den Eindruck, daß er gar nicht richtig hingehört hatte, denn er wiederholte nur ihre letzten Worte: »Begreifen, wer kann das begreifen?« Plötzlich setzte er an und zog einen kühnen Bogen um sie. »Das kann man begreifen«, sagte er und wies mit der Hand auf die runde Linie, die seine Schlittschuhe gezogen hatten.

»Nein, ich kann auch das nicht begreifen«, lachte sie, »nur solche langweiligen geraden Striche kann ich ziehen, wenn ich dagegen Ihren Figurenreichtum betrachte, werde ich ganz kleinlaut.«

»Sie können das auch, geben Sie mir Ihre Hand«, forderte er sie auf.

»Die ist schon vergeben«, scherzte sie. Nun lachten sie beide. Er faßte nach ihren Händen und versprach, sie nach dem Lauf unbeschädigt zurückzugeben. Mit verschränkten Armen liefen sie ein weites Stück auf den See hinaus. Es war eine Lust, in so sicherer Führung auf der glatten Fläche dahinzufliegen. »Sie können gut laufen«, lobte er, »nun müssen Sie noch Bogen schneiden lernen.«

»Ich möchte es schon«, bekannte sie, »aber wie macht man das?«

»Das ist ganz einfach. Schwergewicht auf die rechte Seite verlagern und einen Kreis laufen, Schwergewicht auf die linke und einen Bogen ziehn, und so weiter, sehen Sie, das ist doch leicht.« Er machte es ihr mehrere Male vor.

»Ja, ja, bei Ihnen sieht es ganz leicht aus, aber für mich ist es schwer.«

»Versuchen wir's.«

»Jetzt gleich?« Er nickte und legte dabei seinen rechten Arm um ihre Mitte, mit der Linken ergriff er ihre rechte Hand und zwang sie so, seinen Bewegungen zu folgen.

»Es geht, es geht«, rief sie erfreut, »herrlich! Sie sind ein Künstler.«

»Wieso ich? Nein, Sie, Sie können es auf einen Schlag.«

»Ja, aber nur weil Ihr Arm mich festhält, bitte, hören Sie auf, bevor er abbricht.«

»Oh, was glauben Sie, wie lange der das aushalten kann, mindestens bis der See auftaut, und dann setzen wir schwimmend die Tour fort.«

Es folgten nun beglückende Tage, voll Lust und Sonnenschein.

Die Farben des Fräuleins wurden immer leuchtender, und ihre im Alltag etwas schwerfälligen Bewegungen wurden freier und leichter. Wenn sie von der Eisbahn zum Essen nach Hause kamen, empfing sie der Propst mit dem Ausruf: »Meine Tochter, du siehst aus wie ›angemalen‹! So weiß und rot wie Schneewittchen.«

Worauf sie mit blanken Augen ihn ansah und erwiderte: »Das machte die Sonne, meine Wonne, das machte der Wind, das himmlische Kind.«

»Wenn es nur nicht schneien möchte«, fügte sie hinzu, »dann wäre es mit der Eisbahn zu Ende.«

»Wir können doch fegen«, warf der Kandidat zuversichtlich ein.

»Ach, das ist langweilig, wenn man, wer weiß wie lange, gefegt hat und sich einbildet, den halben See freigemacht zu haben, dann ist es so ein Eckchen, und auch das ist nicht mehr so glatt wie jetzt!«

Der Propst aber dachte, wenn es bloß schneien möchte, denn es lag eine Nachricht vor, daß Hannas Verlobter in diesen Tagen zurückkommen sollte, es könnte sein, daß er schon morgen herkommt, um seine Braut zu begrüßen. Der würde es gewiß als unpassend empfinden, daß seine zukünftige Frau mit einem

Kandidaten Schlittschuh läuft. Dieser Edelmann hatte feste Grundsätze, und zu denen gehörte die Ansicht, daß die Frau ins Haus gehöre, nur mit ihrem Mann sich zeigen dürfe, und wenn er nicht da ist, habe sie auf ihn zu warten.

Am nächsten Tag jedoch war das Wetter klar und kalt wie zuvor. Gleich nach dem Frühstück ergriff Hanna die Schlittschuhe, und der Propst hatte nicht das Herz, ihr die Freude zu verderben. Als sie ihm ein »Aufwiedersehen« zurief, wagte er einzuwenden: »Und wenn Alexander kommt?«

»Ach, der kommt doch erst am Nachmittag«, antwortete sie leichthin.

»Na, wer weiß«, erlaubte sich der Vater zu zweifeln, aber Hanna war schon zur Tür hinaus.

Es mochten vielleicht zwei Stunden vergangen sein, da vernahm der Propst Wagenrollen, er sah zum Fenster hinaus. Sein künftiger Schwiegersohn, Baron Alexander von Campenhausen, fuhr im Jagdwagen, den er selbst lenkte, vor. Der Propst ging ihm entgegen.

»Wo ist denn Hanna?« war des Barons erste Frage nach der üblichen Begrüßung.

»Sie ist Schlittschuh laufen gegangen. Der See bietet bei diesem Kahlfrost eine verlockende Eisfläche. Aber ich lasse sie gleich holen.«

»Bitte, laß das, ich gehe selbst hinunter.«

»Warum willst du dich bemühen? Ich schicke gleich« jemand.«

»Nein, nein, das ist nicht nötig«, wehrte der Baron, »ich gehe gern das Stückchen.«

»Dann erlaube, daß ich dich begleite«, erbot sich der Propst.

»Sehr angenehm«, sagte der Baron und verneigte sich leicht; und dann, er zögerte etwas mit der Frage: »Ist Hanna allein unten?«

»Nein«, erwiderte der Propst, »mein neuer Kandidat, den kennst du noch nicht, er kam erst nach deiner Abreise hier an, beherrscht die Kunst des Eislaufens in hohem Maße, der ist mitgegangen.«

Geflissentlich vermied es der Propst, den Namen der Tochter in einem Atemzug mit dem Namen des Kandidaten zu nennen. Lächerlich, schalt er sich selbst, was war da zu befürchten? Doch als die Herren die Pelze angezogen hatten und durch den Garten den Weg zum See hinuntergingen, merkte er, daß er es richtig erfühlt hatte. Der Baron war verstimmt. Trotz seiner

Bemühungen gelang es ihm nicht, ein Gespräch in Gang zu bringen. Einsilbig blieb der andere und ging stocksteif neben ihm her.

Hanna und der Kandidat waren heute wie jeden Tag zuerst ein großes Stück geradeaus auf den See hinausgelaufen und wollten eben mit dem Üben im Kunstlaufen beginnen, als die beiden Herren das Ufer erreicht hatten. Die Läufer waren nur als zwei in die Höhe ragende Striche auf der glitzernden Fläche zu erkennen.

»So weit wagen die sich hinaus?« bemerkte Campenhausen mit gerunzelter Stirn, den Propst vorwurfsvoll anblickend. Doch schon löste sich der eine Strich vom andern und kam in langen Zügen dem Ufer zu. Mit Befriedigung sah der alte Herr, daß ein heller Schein über das Gesicht des Jüngeren flog. Ein Lächeln konnte man es nicht nennen, denn Campenhausen lachte selten. Er war ein humorloser Mann. Was hatte Hanna bewogen, sich an ihn zu binden? Konnte es nur das Äußere sein, der stattliche Mann, die gesicherte Lebensstellung? Mit strahlendem Lächeln stürmte die Braut heran. Der Propst wollte schon statt seiner die Arme ausbreiten, um die Tochter zu umfangen. Was wäre natürlicher gewesen, als wenn er in ihrem lebensvollen Rhythmus mitgeschwungen hätte, aber das konnte er nicht. Dafür aber umfing sie ihn mit beiden Armen und küßte ihn herzlich auf Mund und Wangen. Wer hätte da widerstehen können? Nicht mal ein stocksteifer Baron. Jedenfalls ward die gute Stimmung wieder hergestellt. Der Propst atmete erleichtert auf, denn nichts war ihm unangenehmer als Verdrießlichkeiten in seiner nächsten Umgebung.

Vom Kandidaten, der in gemessenem Abstand folgte, nahm Campenhausen kaum Notiz. Nach einer kurzen Begrüßung richtete er nicht mehr das Wort an ihn.

Stephani half dem Fräulein beim Abschnallen der Schlittschuhe und dachte bei sich: »Der Herr Bräutigam könnte sich auch mal bücken, um seiner Braut behilflich zu sein.«

Als alle sich zum Gehen anschickten, erklärte er, noch auf dem Eise bleiben zu wollen. Während die Herren mit Hanna in der Mitte, ohne sich umzublicken, den Gartenweg nach oben gingen, lief er in weitem Bogen wieder auf den See hinaus. Er kam sich überflüssig vor, abgetan, erledigt. Warum kränkte ihn das? Warum hatte sich für ihn in wenigen Minuten alles verändert? Eben hatte er sich noch voller Lust hin- und hergeschwungen, und jetzt wollte er am liebsten alles hinwerfen. Die Sonne schien ebenso, nein, noch strahlender. Das Eis war genauso klar, die Tiefe schimmerte in derselben grünen Pracht wie vor Tagen, als er mit ihr bewundernd davor gestanden hatte. Aber er empfand keine Freude mehr daran. Was war mit ihm? Daß das Fräulein verlobt war, das hatte er von vornherein gewußt. Was hatte er also erwartet? »Mit ihr weiter Schlittschuh zu laufen!« schrie er laut und zornig, es war ja niemand da, der ihn hätte hören können. Jetzt war alles gewöhnlich, alltäglich, so ganz ohne Reiz. Er schnallte sich seine Eisen ab, ging durch den Kücheneingang ins Haus, in sein Zimmer und war mißmutig.

Die Tage, die nun folgten, sahen anders aus. Wohl schien noch die Sonne, aber sie verbreitete kein strahlendes Licht, sondern stand als rote Kugel am blassen Novemberhimmel. Das Fräulein war mit ihrem Verlobten weggefahren und wurde erst in der nächsten Woche zurückerwartet. Und doch nahm er vormittags die Schlittschuhe und ging zum See hinunter, aber er tat es unlustig und um nicht den Gedanken aufkommen zu lassen, er sei nur des Fräuleins wegen gegangen. Auch seine Sprachstudien, die er anfangs mit so großem Eifer betrieben hatte, waren ihm gleichgültig geworden. Er hatte zu nichts mehr Lust und war unzufrieden mit sich selbst. »Ist denn zur Arbeit Lust nötig?« fragte er sich streng. Seine Pflicht habe jeder zu erfüllen mit und ohne Lust. Welches waren denn hier seine Pflichten? Mit dem Fräulein eislaufen zu gehen und mit dem Propst am Nachmittag Schach zu spielen? Das sollten die Erholungspausen sein, er aber nahm die jetzt wichtiger als alles andere. Was ist doch die Lust, die Freude für eine treibende Kraft! Mit ihr geht es im Schwunge wie von selbst, leicht und schnell, ohne sie schwer und langsam. Diese Gleichförmigkeit der Tage wurde ihm unerträglich. Eine Aufgabe wollte er haben, eine Aufgabe, groß und verantwortungsvoll. Aber in der Gemeinde war alles still und ruhig. Sonntags kamen die Leute zur Kirche, alltags arbeiteten sie. Ab und zu wurde der Propst zu einem Kranken geholt, oder er mußte zu einem Begräbnis fahren. Der Kandidat begleitete ihn, aber das konnte ihn doch nicht befriedigen. Sonst verlief ein Tag wie der andere. Vormittags die Sprachstudien, nach dem Mittagessen zog sich der Propst zurück, um »nachzudenken«, und auch der Kandidat gewöhnte sich das regelmäßige Mittagsschläfchen an. Zur Vesperzeit trafen sie sich wieder am

Kaffeetisch, und dann folgte die Schachpartie, eine, nein mehrere, viele. Gleich nach seiner Ankunft war eine der ersten Fragen des Propstes gewesen: »Spielen Sie Schach?« Als er das bestätigte, lachte er: »Ihr Glück, einen Kandidaten, der nicht Schach spielen kann, könnte ich nicht gebrauchen.«

Der Propst spielte gut, nach groß angelegtem, durchdachtem Plan, der Kandidat dagegen impulsiv und sprunghaft. Zuerst unterlag er immer, aber mit jedem Tage wurde sein Spiel ruhiger und überlegter. Da es ihm an Ideen nicht fehlte, wurde es oft ein amüsantes Spiel, das sie beide stundenlang fesseln konnte. »Wenn Sie in pastoraler Hinsicht ebenso schnelle Fortschritte machen wie im Schachspiel, dann kann ich mit Ihnen zufrieden sein«, sagte der Propst scherzend nach einer Partie, die der Kandidat gewonnen hatte.

Der Kandidat schüttelte den Kopf. »Wenn ich Sie da nur nicht enttäusche.«

Bei seiner Menschenkenntnis war es dem Propst nicht entgangen, daß der Kandidat in Unruhe war. Er mußte eine Aufgabe erhalten, die ihn ganz in Anspruch nahm. So sagte er eines Tages zu ihm: »Am letzten Adventssonntag übernehmen Sie den Gottesdienst.«

»Findet dann deutscher Gottesdienst statt?« fragte er ihn erstaunt.

»Nein«, antwortete der Propst.

»Dann soll ich auch die lettische Predigt halten?«

»Alles, mein Lieber, Liturgie und Predigt, den ganzen Gottesdienst.«

»So weit bin ich noch nicht, das ist unmöglich«, wehrte der Kandidat ehrlich erschreckt ab.

»Dann werden Sie so weit sein«, beharrte der alte Herr, »einmal müssen Sie anfangen. Und je eher desto besser.«

Eine Flut von Zweifeln stürmte auf den Kandidaten ein, aber er wollte dem Propst, den er als einen gütigen Menschen erkannt hatte, nicht widersprechen. Nun trat alles andere zurück, und nur ein Gedanke erfüllte ihn, sich auf diesen Sonntag vorzubereiten. Er hatte noch zwei Wochen Zeit. Gepredigt hatte er schon mehrere Male, aber nicht in der fremden Sprache. Es war ihm als eine Anmaßung erschienen, auf die Kanzel zu steigen, sich über die Gemeinde schon rein äußerlich zu erheben, um Gottes Wort, das gewaltige ewige Wort, zu erklären, er, der kleine, unbedeutende Kandidat. Vom Altar aus war es ihm leichter gefallen. Für die Liturgie, die er nach der Ordnung der

Kirche zu halten hatte, trug er nicht die Verantwortung, die war vorgeschrieben, und er brauchte an die Gemeinde nur die Aufforderung zu richten, ihm im Gebet zu folgen, im Gebet zu Gott. Aber auf der Kanzel waren es seine eignen Worte, kam er mit seinen eignen Gedanken, er allein trug die Verantwortung für jeden Satz, den er sagte. Wie oft hatten sie in der Universitätszeit über diese Frage gesprochen. »Man muß so erfüllt sein«, hatten sie sich gegenseitig ermutigt, »vom Wort so ergriffen sein, daß man nicht anders kann, als davon zu reden. Wes das Herz voll ist, geht der Mund über.«

Aber das waren gute Lehren, in der Praxis sah es anders aus. Hatte man immer die Lust dazu? Wieder die Lust? Spielte sie wirklich eine so große Rolle im Leben des Menschen? Er verspürte sie wieder, seit er den Auftrag vom Propst erhalten hatte, am letzten Adventssonntag den Gottesdienst zu halten.

Manchmal packte ihn die Angst, würde er überhaupt je so weit kommen, ein guter Pastor zu werden, ein treuer Seelsorger? Jetzt war er jedenfalls nur aufgeregt und mußte in erster Linie gegen alle Hemmungen kämpfen, die ihn quälten. Er sprach mit dem Propst darüber, und der sagte ihm, dagegen gebe es nur ein Mittel, sorgfältige Vorbereitung, er müsse in den Text hineinsteigen, sich ganz von ihm umhüllen lassen, ja, so weit müßte man sich das Wort zu eigen machen, daß es ein Stück von einem selbst werde oder, richtiger gesagt, man selbst ein Teil des Wortes. Nun, an fleißiger Vorbereitung ließ es der Kandidat nicht fehlen. Zuerst schrieb er die Predigt deutsch hin, dann übersetzte er sie ins Lettische, las sie dem Propst vor, der sie in sprachlicher Hinsicht hier und dort verbesserte, dann lernte er sie auf seinem Zimmer Wort für Wort auswendig und konnte sie schließlich ohne zu stocken hersagen. Aber als er auf der Kanzel vor der versammelten Gemeinde stand, fühlte er nichts von überquellender Freude an der Verkündigung, sondern fühlte nur seine zitternden Knie, mit denen er fürchten mußte, jeden Augenblick mit lautem Knall gegen die Brüstung zu stoßen. Er klebte am Manuskript und konnte seine Augen nicht davon lassen. Es schien ihm, als ob er nicht mehr richtig lesen könne, die Buchstaben tanzten vor seinen Augen. Und wie lang erschienen ihm seine Ausführungen, immer länger wurden sie, sie schienen sich zu dehnen. Von Seite zu Seite stotterte er mehr. Schweiß trat ihm auf die Stirn, obwohl es in der Kirche bitterkalt war. Mit Aufbietung aller seiner Kraft kam er doch endlich zum Schluß, und sein »Amen« klang wie eine Erlösung aus großer Pein. Auch durch die Gemeinde ging ein hörbares Seufzen und Aufatmen.

Als er nach Schluß des Gottesdienstes in der Sakristei stand, empfand er eine tiefe Niedergeschlagenheit. Das also war seine erste Predigt im Probejahr gewesen, ein vollständiger Versager. Er war unfähig. Trotz allen guten Willens würde er nie ein guter Pastor werden, das hatte er doch heute bewiesen. Der Propst war eingetreten und streckte ihm seine Hand hin: »Sie haben sich wacker geschlagen, mein junger Amtsbruder, seien Sie unverzagt, dem Aufrichtigen läßt es der Herr gelingen.« Für diese Worte hätte er ihm die Hand küssen können. Sie waren ihm wie eine Stimme von oben.

»Glauben Sie nicht, daß Sie der einzige sind, dem es so ergeht. Wir alle haben uns durchkämpfen müssen. Ich denke dabei an meine erste Taufe, die ich vollzog. Ich verhaspelte mich so, daß die Paten mit besorgter Miene nachher zu mir in die Sakristei kamen und fragten, ob denn das Kind auch wirklich getauft sei?

›Wieso denn nicht?‹ fragte ich mit schlechtem Gewissen, denn ich fürchtete schon, irgendwas vergessen zu haben. Ja, aber einen Namen hätte es nicht bekommen, erklärten sie. Das war es, in meiner Aufregung hatte ich den Namen ausgelassen. Was blieb mir übrig, als sie zu beruhigen und zu versichern, daß aber im Kirchenbuch, im Standesregister, der Name klar und deutlich eingetragen wäre.

Sie schüttelten wohl zweifelnd die Köpfe, doch ließen sie es dabei bewenden, und ich schickte aus meinem Herzen die innige Bitte zum Himmel: ›Herr, sieh nicht an meine Schwachheit, stärke meinen guten Willen, segne das namenlose Kindlein, trage es ein in dein Buch des Lebens.‹«

Die Tür vom Schreibzimmer zum Empfangsraum stand offen, der Kandidat konnte alle Gespräche, die der Propst mit seinen Gemeindegliedern führte, anhören, ja, er sollte das tun, das wünschte sein Senior: »Der Umgang mit den Menschen ist das Wichtigste am Pfarramt, die persönliche Berührung, der Kontakt, wenn der nicht vorhanden ist, kann das Licht nicht brennen.«

Und womit kamen die Leute zu ihrem Propst? Ihr ganzes Leben breiteten sie vor ihm aus. In den dreißig Jahren, die er in der Gemeinde amtierte, kannte er jeden einzelnen, kannte ihre

Schwächen, ihre Gewohnheiten, war ihr Ratgeber in Kindererziehung und Viehzucht. Als die Pröpstin noch gelebt hatte, da waren die Frauen zu ihr gegangen, um über alle häuslichen Dinge mit ihr zu sprechen, sie zeigten ihr die Webmuster, ihre Wolle und ihren Flachs und ließen sich von ihr sagen, daß den Säuglingen nichts so gut bekomme wie die Muttermilch und nichts so schlecht für sie sei wie die Lutscher aus Weißbrot und Zucker. Sie sollten sie lieber schreien lassen, als so ein klebriges Zeugs ihnen in den Mund zu stecken. Wer ihrer Worte noch heute gedachte und danach handelte, machte gute Erfahrungen. Aber sie ruhte nun schon seit drei Jahren auf dem Friedhof und fehlte im Hause und in der Gemeinde.

Mit unendlicher Geduld hörte sich der Propst alle ihre Klagen und Beschwerden an. Sie ergingen sich in langatmigen Schilderungen, wann die Kuh erkrankt sei, wie sie dabei ausgesehen habe, was der und was die dazu gesagt hätten, wieviel Milch sie am Sonntag und wie wenig sie am Montag gegeben habe. Was der Propst wohl meine, ob das vom bösen Blick herkommen könne? Die Nachbarin sei im Vorbeifahren in den Stall gekommen, um seiner Hausfrau etwas zu sagen, die wäre gerade beim Melken gewesen, aber er habe gleich gedacht, daß das nur ein Vorwand sei. Die Nachbarin habe sich so verdächtig nach allen Seiten umgeguckt, und dann sei ihr Blick auf der Kuh haften geblieben, ja, das könne er beschwören, die habe sie besonders angesehen. Was würde der Propst jetzt antworten? Der Kandidat horchte gespannt hin.

Eigentlich müßte er den Bauern zurechtweisen. Kein Gedanke! Weder empörte er sich über seinen Aberglauben, noch versuchte er den Mann zu belehren. Er ging auf alles ruhig ein. Von der Nachbarin mit dem bösen Blick ließ er sich genau berichten, ganz genau. Dabei erfuhr er, daß sie allerhand Kräuter im Sommer sammle und daraus verschiedene Tränklein für Menschen und Vieh koche. Manchmal hätten diese Tees auch geholfen, besonders bei Husten und wenn einer »schwach auf der Brust« sei. Ob sie denn nicht auch ein Mittel für die Kuh habe, fragte ihn schließlich der Propst, denn wenn sie die Kuh so prüfend angesehn habe, könne es doch sein, daß ihr vielleicht schon an dem Tage etwas aufgefallen sei, was andere noch nicht bemerkt hätten. »Und wenn du sie jetzt holst, dann wird sie sich alle Mühe geben, denn sie wird stolz darauf sein, daß du ihr etwas zutraust.«

»Ja, ja«, meinte der Bauer, »ich möchte ja schon, aber meine

Hausfrau wird böse sein, die Weiber zanken sich so viel untereinander.«

»Da wirst du aber doch Manns genug sein, die Weiber zu regieren«, stachelte ihn der Propst auf, »sie hat dir wohl auch das mit dem bösen Blick eingeredet. Aber du bist doch ein ganzer Kerl, laß dir von den Weibern nichts aufschwatzen, die sprechen viel dummes Zeugs. Sag deiner Hausfrau, der Propst hätte gesagt, mit seinen Nachbarn müsse man sich vertragen. Wie sagt doch Luther in der Erklärung zur dritten Bitte: gute Freunde, getreue Nachbarn, die gehören zum täglichen Brot. Schärfe deiner Frau ein, mit Nachbarn müsse man sich vertragen, sonst kranken Vieh und Menschen.«

Der Bauer schwieg, küßte dem Propst die Hand und ging hinaus.

»Jetzt denken Sie wohl«, meinte der Propst, als er ins Schreibzimmer zurückkam, »nun hat ihn der Pastor tatsächlich im Aberglauben noch bestärkt. Wie ist das nur möglich? Ist's nicht so?«

»Ja, so ähnlich«, gab der Kandidat zu, »so ähnlich waren allerdings meine Gedanken.«

»Hätte ich«, meinte der alte Herr erklärend, »hätte ich ihn wegen seines Aberglaubens in Grund und Boden verdammt, dann wäre er zur nächsten Besprecherin gegangen, die hätte von ihm den Auftrag bekommen, den Bann zu lösen, die hätte ihm gesagt, wärst du nur gleich zu mir gekommen, studierte Leute verstehen von solchen Krankheiten nichts. Es wäre Zank und Streit unter den Nachbarn entstanden, ohne Ende. Meine Gemeindeglieder sollen mit allem, mit ihrem ganzen Leben, wegen ihres Viehs und ihrer Kinder zu mir kommen, zu ihrem Pastor gehen. Sie sollen das unbedingte Vertrauen zu ihm haben, daß er sie immer versteht, auch in all ihren Torheiten und Dummheiten. Das, mein lieber junger Amtsbruder, merken Sie sich, Sie werden gut dabei fahren. Mit der Phantasie der Liebe findet man immer einen Weg für den Nächsten, auch aus dem krausesten Wirrwarr seines naturhaften Denkens ...«

Ein anderes Mal knarrte wieder die Tür der Amtsstube. Der Propst ging hinüber und sah, wie ein Männlein sich hereinschob und scheu in der Ecke stehenblieb. Er sah aus wie das personifizierte böse Gewissen. »Nun, Wepris, was bringst du Gutes?« erwiderte der Propst seinen verlegenen Gruß. Diese Frage schien ein Hohn, denn der, an den sie gerichtet war, sah aus, als ob er nur Schlechtes bringen könne. Es erfolgte auch keine Antwort. Stille, keiner sprach ein Wort. Der Kandidat lugte hinein, war der Mann schon wieder fort? Nein, er stand in dem Winkel, rührte sich nicht und drehte nur seine schäbige Fellmütze zwischen den Fingern. Schließlich mußte er doch mit der Sprache herausrücken.

»Morgen ist bei Osolins Hochzeit, sie kommen zur Trauung in die Kirche«, stotterte er.

»Das wußte ich früher als du«, antwortete der Propst gleichmütig. Das schmutzige Männlein kam ein paar Schritte näher.

»Die Braut darf keinen Myrtenkranz tragen«, zischte er, »man muß ihn ihr herunterreißen.«

»Willst du das tun?« fragte ihn der Pastor.

»Ich, nein, nein, gnädiger Herr Propst, ich«, er sprang heran und küßte unterwürfig den Rockärmel des geistlichen Herrn, »verraten Sie mich nicht. Ich wollte es Ihnen nur sagen, damit die Osolins Sie nicht betrügen, die Braut ist nicht mehr unschuldig, sie wird in nächster Zeit, ganz bald, ein Kind bekommen.«

Der Propst kehrte sich um und ließ den Mann einfach stehen, ohne auch nur ein Wort zu erwidern.

Der eklige Kerl sah ihm verdutzt nach, ging aber nicht fort, sondern er stand und stand ...

»Der will wohl noch eine Belohnung haben«, bemerkte der Kandidat.

»Die würde ich ihm gern erteilen, aber mit der Peitsche«, erwiderte der Propst, und der gütige Ausdruck seines Gesichts war verschwunden, es wurde streng und hart. Nach einer Weile schlich sich der Schuft hinaus.

»Beim Anblick so einer Kreatur könnte man beinah an den Teufel glauben«, murmelte der Kandidat vor sich hin.

»Nicht nur beinah, sondern er ist es, der Satanas, der in den Kerl hineingekrochen ist. Die Osolins sind große Bauern, der Alte ist ein Ehrenmann durch und durch, es ist eine durchaus anständige Familie. Sie haben natürlich ihre Feinde, die haben dem Wepris, ich kenne den üblen Gesellen zur Genüge, 50 Kopeken gegeben und gesagt, geh hin und sag dem Pastor, daß die Braut in Umständen ist, dann muß die den Myrtenkranz abnehmen – die Schande!«

»Wenn das hier so Sitte ist, dann dürfte auch mit der Tochter eines reichen Bauern keine Ausnahme gemacht werden«, wagte der Kandidat einzuwenden.

»Ich werde Ihnen etwas sagen, mein Lieber, bei mir ist das nicht Sitte. Ich halte es für grausam, ein Mädchen so bloßzustellen. Die Gerissenen, die Schlauen, die wissen es schon zu verbergen, es sind die Schlechtesten nicht, bei denen es offenkundig wird. Hat nun das Mädchen schon vor der Ehe ein Kind, dann ist es meistenteils so, daß sie von selbst auf den jungfräulichen Schmuck verzichtet, ohne ihn vor dem Altar erscheint. Ich weiß, ich weiß, viele meiner Amtsbrüder verurteilen meine nachsichtige Art, aber mein christliches Gewissen spricht mich frei, gibt mir nicht unrecht.«

Nirgends in der Welt spielt wohl die Post eine größere Rolle als in der Einsamkeit des Landlebens. Weit entfernt von jeder Bahnstation, von der Stadt, bildet sie die einzige Verbindung mit der Außenwelt. Abends wird die gefüllte Posttasche auf die Fensterbank im Flur gelegt, und morgens beim Frühstück liegt sie schon im Eßzimmer neben dem Platz des Hausherrn. Der Kutscher hat die Pflicht, sie hinzubringen und zu holen. Er reitet oder fährt, je nach den Wegeverhältnissen. Eins war immer das gleiche, nur der Propst selbst durfte die Tasche öffnen. Das war ein ungeschriebenes Gesetz.

Heute war ein ganz besonders reicher Posttag, Fritz Stephani erhielt mehrere Sendungen, darunter zwei Briefe, die ihm viel zu denken gaben, einen vom Vater und einer war von Balzer. Der Vater schrieb:

Riga, den 10. 12. 1904

Lieber Sohn!
Für Deinen letzten Brief vom 5. Dezember danke ich Dir auch im Namen der Mutter. Sie will Dir nächstens noch selbst schreiben. Leider fühlt sie sich immer matt und müde. Dr. Waldhauer verlangt, daß sie viel liegen soll, damit ihr Herz sich ausruhe. Sie bekommt allerhand stärkende Mittel, die helfen sollen, Gott gebe es!

Hermann hat ein günstiges Angebot als Organist an die evangelische Kirche nach Orel. Er hat sich dort schon vorgestellt und ist gewählt worden. Mutterchen bedauert es, daß er doch nicht mehr die Geduld aufgebracht hat, hier in der Heimat auf eine frei werdende Stelle zu warten, aber Hermann sieht bei dieser an und für sich kleinen deutschen Gemeinde viele Möglichkeiten, in dem Musikleben der Stadt eine führende Rolle zu spielen. Sein Konzert, das er auf Bitten der dortigen Gemeinde gab, erzielte einen vollen Saal, er erhielt nicht endenwollenden Beifall.

Gustav hat einen besonnenen Mitarbeiter gefunden, der seine Phantasie zu zügeln versteht und seine Hand auf dem Beutel hält. Zu meiner, unserer, großen Freude läßt sich Gustav das gefallen.

In amtlicher Hinsicht gibt es viel Unruhe. Pastor O. Schabert ist von einer Tagung in Berlin voller neuer Ideen zurückgekehrt, die er hier verwirklichen will. Vieles mag für eine Großstadt wie Berlin gut sein, aber eignet es sich auch für uns? Seinem Vortrag, den er uns auf der letzten Pastorenkonferenz hielt, folgte eine lebhafte Debatte. Es wurde für und dagegen geredet. Ich beteiligte mich nicht an der Aussprache und hörte nur zu. Mir schwirrte von den vielen Forderungen, die Schabert aufstellte, der Kopf. Was soll nicht alles eingerichtet werden: Bibelstunden, Gemeindeabend, Nähverein ... ich sehe darin in erster Linie ein dankbares Feld für pastoralen Ehrgeiz. –

Bitte, empfiehl mich Deinem Propst und sei selbst gegrüßt von Deinem treuen

Vater.

Riga, den 9. 12. 1904

Lieber Freund!
Deine Stelle, die ich Dir zugedacht hatte, habe ich jetzt. Ich bin Vikar bei Pastor Schabert. Ich sage Dir, ein Jammer ist es, daß Du nicht da bist. Ein Leben ist bei uns erwacht ... Pastor O. Schabert ist aus Berlin zurückgekommen und hat frischen Wind mitgebracht. Du wärst begeistert dabei. Mit der Gemütlichkeit ist es allerdings zu Ende. Der sonntägliche Kirchenbesuch allein genügt der Gemeinde nicht mehr. Sie muß zur Mitarbeit herangezogen werden. Sonntag hatten wir den ersten Gemeindeabend. Schabert ist da bahnbrechend. Der Erfolg war erstaunlich. Es waren so viele gekommen, daß der Saal nicht alle fassen konnte. Die Raumfrage wird brennend. Pastor Schabert hat große Pläne, er will unter der Kirche große Räume für Gemeindezwecke schaffen ...

Und Du, im Deinem stillen Winkel, was machst Du?

Dein Balzer.

Welcher Gegensatz spiegelte sich in diesen beiden Briefen! Die alte und die neue Zeit stießen aufeinander. Handelte die ältere Generation der Pastoren nicht auch nach ihrem Gewissen? Der Vater war ihm immer ein Vorbild gewesen in seiner gütigen Art.

Und war es ihm nicht der Propst auch? Andererseits konnte es doch nicht in demselben Gleichmaß weitergehen, in stehendem Gewässer hört das Leben auf. Die unbedingte Autorität des Pastors, wie sie vielleicht noch in des Vaters Jugend geherrscht hatte, war dahin. Kritik wurde auch am Pastor geübt, an der Kirche, ja sogar am Christentum. Auch hier auf dem Lande wagten die jungen Burschen ihren Eltern gegenüber einen andern Ton, und wenn der alte Herr Propst selbst noch unangetastet blieb, man spürte es, daß überall die Geister des Widerspruchs sich regten.

Fritz Stephani beschäftigten diese Fragen. Er versuchte, allein damit fertig zu werden, aber eines Abends ergab es sich im Laufe des Gespräches ganz von selbst, daß sie auf diese Probleme stießen.

»Der Kampf zwischen den bestehenden Ordnungen und fortschreitenden Erkenntnissen ist unvermeidlich«, erklärte der Propst, »das ist immer so gewesen und wird auch so bleiben.«

»Augenblicklich sehe ich die Lage so«, fuhr er weiter fort, »man will durch viel Geschäftigkeit das religiöse Bewußtsein der Gemeinden erneuern, beleben. Es ist nur die Frage, ob man es auf diese Art und Weise kann? Die einen sagen ja, das sind in der Mehrzahl die Jüngeren, die andern ›nein‹, das sind die Alten. Wir sind doch keine Krämer, die ihre Ware feilbieten, wir sind Verkünder der Heilsbotschaft, wir sind Bewahrer der Sakramente, die in sich selbst die Kraft haben, zu wirken. Das Wort wird verkündet, und alle sind aufgerufen, es zu hören, in den Konfirmationsstunden sind alle Christen in den Lehren der evangelischen Kirche unterwiesen worden. Die Einladung besteht und ergeht, seit der Herr auf Erden war, unaufhaltsam über unsere Welt: Kommet her! Es ist alles bereit! Dieselben Entschuldigungen, die im Gleichnis vom heiligen Abendmahl erwähnt werden, werden auch heute vorgebracht, aber eins steht nicht in der Schrift, daß allerhand Mätzchen unternommen werden, um die Gleichgültigen, die Säumigen herbeizulocken.«

»Ich meine«, versuchte der Kandidat die neuen Bestrebungen zu verteidigen, »daß sich die Verhältnisse von Grund auf geändert haben. Dem muß auch die Kirche Rechnung tragen, deshalb kann ich dem, was mir Balzer schreibt, nicht ablehnend gegenüberstehen.«

»Das sollen Sie auch nicht«, beruhigte der Propst, »wenn Sie aus ehrlicher Überzeugung, um der Sache willen dazu stehen, sich auf diese Art ein Arbeitsfeld schaffen, das, gebe Gott, viel

Früchte bringen kann. Ich bin nur gegen alle Rezepte, man nehme, man tue. Was würde meine Gemeinde sagen, wenn ich so mit Bibelstunden, Nähvereinen und Gemeindeabenden anfangen würde? Sie würde mich gar nicht verstehen und sagen, der alte Propst wird kindisch. Damit behaupte ich aber nicht, daß nicht auch in unserm stillen Winkel revolutionäre Ideen Eingang gefunden haben. Wenn das Frühjahr kommt, die Wege trocken werden, dann, Sie werden es ja erleben, kommen die Redner aus der Stadt und halten Versammlungen ab, die sogenannten Meetings, auf denen die Leute aufgeklärt und aufgefordert werden, sich nicht von den Gutsbesitzern ausbeuten, von den Pastoren betäuben zu lassen. Sie haben Zulauf, die Jugend geht hin, die Besitzenden halten sich zurück. Kein Bauer stellt ihnen ein Fuhrwerk zur Verfügung, sie müssen mit dem Rad fahren, das können sie aber erst, wenn die Wege trocken geworden sind, daher können sie den Winter, die an und für sich sehr viel günstigere Zeit für ihre Versammlungen, nicht ausnützen. Mit dem Rad kann man bei uns nur im Sommer fahren. Aber der Funke schwelt den ganzen Winter hindurch und im Sommer schlagen die Flammen hoch auf. Es geht gegen die deutschen Pastoren und den Adel.«

»Das sind ja schlechte Aussichten für uns junge deutsche Pastoren, warum quäl' ich mich dann überhaupt mit dem Erlernen der lettischen Sprache? Wählen würde mich also eine lettische Gemeinde in heutiger Zeit nicht.«

»Das ist kaum anzunehmen«, stimmte der Propst zu, »ich würde auch keinem raten, sich um eine lettische Gemeinde zu bewerben, ehe er die Sprache nicht völlig beherrscht. Wenn auch die Gemeinde für den deutschen Pastor wäre, weil sie seine Eigenschaften als Mensch schätzt und ihn gern als ihren Seelsorger sähe, so würden sich Hetzer finden, die sie aufwiegeln, die sie auslachen, daß sie sich wieder so einen Helfershelfer der Blutsauger ausgesucht hat. Und ein Redner genügt, um ein ganzes Kirchspiel zu Unbesonnenheiten zu veranlassen. Der Mensch neigt eben mehr zum Zerstören als zum Aufbauen.«

Kurz vor der Fastenzeit hatte die Trauung der Tochter des Propstes stattgefunden. Das junge Paar war gleich nach dem Festessen im kleinen Kreise auf sein Gut gefahren. Nun waren der Propst und der Kandidat allein im großen Haus, und sie empfanden beide die Leere und Stille. Doch sollte es nicht lange so bleiben. Am ersten Sonntag der Passionszeit kamen sie alle angefahren, die dieses Jahr am Palmsonntag konfirmiert werden sollten. Die Eltern brachten ihre Söhne und Töchter zum Pastor. Bis auf den letzten Platz war die Kirche gefüllt. Achtundsechzig Konfirmanden waren eingeschrieben worden und zogen nach dem Gottesdienst in das Konfirmandenhaus ein. Es war ein langgestrecktes, einstöckiges Holzhaus mit zwei großen Räumen. In einem Saal schliefen die Jungen, in dem anderen die Mädchen. Sechs Wochen lang würden sie da wohnen. Die gefüllten Strohsäcke, die sie von zu Hause mitgebracht hatten, lagen schon in Reih und Glied auf dem Fußboden, so daß jeder seine eigene Schlafstelle hatte. Ein großer Ofen aus Backsteinen stand zwischen den Zimmern und erwärmte beide gleichzeitig. Der Propst war am Morgen noch selbst dagewesen und hatte sich davon überzeugt, daß er tüchtig eingeheizt war. Die Birkenscheite, die seitwärts am Ofen aufgestapelt waren, dufteten anheimelnd.

»Frieren dürfen die jungen Menschen hier nicht«, belehrte er den Kandidaten, »innerlich und äußerlich müssen die Konfirmanden bei ihrem Pastor warm werden.«

Als die Kinder nach dem langen Gottesdienst in der ungeheizten Kirche in die behagliche Wärme des Konfirmandenhauses traten, nahmen sie gleich ihre Eßpakete hervor. Bald saßen alle auf ihren Strohsäcken und aßen mit großem Appetit das selbstgebackene, würzige Schwarzbrot, und dazu schnitten sie sich kleine Scheiben von dem geräucherten Speck ab. Sie mußten sich ihren Proviant einteilen, denn er mußte bis zum nächsten Sonntag reichen, dann wurde er wieder durch die Kirchenbesucher aufgefüllt.

Ohne zwingenden Grund fuhren die Konfirmanden während der Lehrzeit nicht nach Hause. Während dieser sechs Wochen sollten sie sich ganz der Besinnung und der Vorbereitung auf den Ernst der Stunde widmen. Hier bauten sie das Fundament für ein christliches Leben.

Die Unterrichtsstunden selbst fanden in einem Saal des Pastorats statt. Die erste Stunde am Montag erteilte der Propst selbst. Er begann damit, daß er ihnen den Namen des ersten Sonntags in der Fastenzeit, des Tages, da sie hier eingezogen waren, erklärte. Invokavit hieße er, das sei ein lateinisches Wort und bedeute: »Ruft er mich an, so will ich ihn erhören.«

»Sechs Wochen lang wollen wir gemeinsam den Herrn anrufen«, forderte er die Kinder auf, »wir wollen zu ihm rufen, daß er uns den rechten Eifer und Fleiß gebe, sein Wort zu hören, seine Gebote zu lernen und sie in unsere Herzen einzuprägen. Wir wollen in diesen Tagen und Wochen mit unserm Herrn und Heiland gehen, so gern wie seine Jünger einst mit ihm gegangen sind. Wir wollen uns von ihm sagen lassen, wie wir recht denken und handeln können, wie wir zum himmlischen Vater beten sollen. Und wenn wir, ihr, meine lieben jungen Menschen, und ich, euer Pastor, es mit aufrichtigem Herzen tun werden, dann verheißt er uns, daß er uns erhören werde. Unser gemeinsamer Weg liegt deutlich und klar vor uns, gebe Gott, daß wir ohne zu irren auf ihm bleiben.«

Für den Kandidaten begann jetzt eine Arbeitszeit, die ihn mit großer Freude erfüllte. Der Propst hatte ihm den Konfirmandenunterricht übertragen. Ein heiliger Eifer ergriff ihn. Stufe für Stufe wollte er mit den jungen Menschen steigen, um sie Gott näher zu bringen, um ihr Herz zu rühren, daß sie freudig und willig das Gelübde der Treue zum evangelischen Glauben ablegen könnten. Was war das für eine große Aufgabe, so Tag für Tag, von Grund auf, das Fundament für ein christliches Leben zu bauen. Ja, so groß sah er seinen Auftrag an. Aber würde sich nicht oft die Sicht verlieren in der Fülle der täglichen Kleinarbeit? Er tröstete sich. Bei allen auftretenden Schwierigkeiten würde er ja den Propst um Rat fragen können, hatte er diesen erfahrenen und gütigen Mann zur Seite.

Jeden Vormittag gab er drei Stunden und am Nachmittag zwei, nachher übte Kantor Ehrglies mit ihnen die Choräle und geistlichen Lieder. Die erste Woche verging im Fluge und war so ausgefüllt, daß sogar die tägliche Schachpartie ausfallen mußte. Am nächsten Sonntag sollte er auch den Gottesdienst halten. Die Vorbereitungen dazu nahmen noch immer viel Zeit in Anspruch, denn die Sprache machte ihm Schwierigkeiten, wenn es auch schon bedeutend besser ging als am Anfang.

Es war am Freitag abend. Der Propst fühlte sich nicht wohl. Er ging früh in sein Schlafzimmer, kam aber noch einmal herunter, um sich eine Tasse Tee zu holen. »Ich weiß nicht, was mir ist«, sagte er, »aber innerlich friere ich so.«

Der Kandidat merkte, wie ihm die Zähne aufeinanderschlugen und seine Hand beim Einschenken des Tees zitterte, so daß er das Glas kaum halten konnte.

»Erlauben Sie mal«, und er nahm es ihm aus der Hand, »ich bringe Ihnen den Tee nach oben.«

Der Propst wandte sich zum Gehen, er taumelte. Stephani eilte, das Glas aus der Hand stellend, ihm zu Hilfe.

»Schwindlig ist mir«, sagte er, sich schwer auf ihn stützend. Langsam stiegen sie die Treppe nach oben, und der Kandidat half ihm beim Auskleiden. Kaum war er im Bett, da überkam ihn solch ein Schüttelfrost, daß die Decke flatterte.

Stephani sah sich im Zimmer um und ergriff, was er an Kissen und Decken finden konnte, um ihn damit zu erwärmen.

»Ich hole schnell den Tee«, rief er ihm zu und eilte hinunter. Als er zurückkehrte, hatte sich der alte Herr wohl beruhigt, aber er sah erschreckend blaß aus. Langsam schlürfte er den heißen Tee.

»Soll ich nicht nach dem Arzt schicken?« fragte er.

Der Kranke schüttelte den Kopf. »Jetzt, in der Nacht, nein, noch nicht«, nach einer Weile fügte er hinzu, »morgen, morgen, wenn die Pferde gefüttert sind, soll der Kutscher fahren. Lisette soll es ihm sagen.« Ein erneuter Schüttelfrost überfiel ihn, er zitterte und flog am ganzen Körper.

»Haben Sie nicht irgendwelche Tropfen oder Pulver, die ich Ihnen reichen könnte?« fragte der Kandidat. »Sagen Sie mir nur, wo ich sie finden könnte. Ich hole sie gleich.«

»Ja – da weiß ich auch nicht Bescheid«, seufzte er, »meine Frau hatte das alles unter sich, seit sie nicht mehr da ist, hat sich um Medizinen niemand gekümmert. Wir waren immer gesund. Sehen Sie bitte in dem Schränkchen rechts nach ...«

Fritz schloß es auf, warf einen Blick hinein. Da standen Salben, Mixturen, Pulver, die schon recht betagt aussahen. Der Kranke winkte mit der Hand, als er sein ratloses Gesicht sah.

»Lassen Sie das, es wird schon wieder besser. Noch ein Glas Tee würde mir guttun, aber heiß muß er sein«, bat er.

»Das wird er«, versprach Stephani, »ehe ich heraufkam, warf ich noch einige Kohlen in die Teemaschine, und sie fing gleich an zu summen.«

Er nahm das Glas vom Nachttisch und ging zur Tür, dort wandte er sich um und sagte: »Wenn es Ihnen recht ist, könnte ich mein Schreibzeug mitbringen und hier arbeiten, damit Sie mich gleich bei der Hand haben.«

»Das kann ich nicht annehmen«, wehrte der Propst, aber der Widerspruch klang so matt, daß der Kandidat, als er den Tee brachte, auch schon alles Nötige mithatte. Er schirmte das Licht mit einem Zeitungspapier ab, rückte den Tisch in die Ecke, so daß er den alten Herrn sehen konnte, ohne ihn zu stören.

Nach einer Weile schien es ihm, als ob er eingeschlafen wäre, aber sein Atem ging stoßweise, und er bewegte sich unruhig hin und her. Ob er nicht doch auf eigne Verantwortung den Kutscher wecken sollte und zum Arzt schicken? Mit einem lauten Seufzer schreckte der Kranke auf: »Mir ist es so heiß, bitte nehmen Sie die Decken und die Kissen von den Füßen. Danke«, flüsterte er mit geschlossenen Augen, »entschuldigen Sie, wenn ich störe.«

Nach einer Weile bat er: »Gehen Sie schlafen, Sie haben einen anstrengenden Arbeitstag hinter sich und den nächsten vor sich, und ich?« sein Versuch zu scherzen mißlang, »und ich werde Ihnen nicht helfen können.«

Stephani versicherte, daß er sowieso noch zu tun habe und es doch einerlei sei, ob er hier oder in seinem Zimmer sitze.

»Aber nicht länger, als bis Sie fertig sind«, murmelte der Propst, schon wieder in unruhigen Schlummer verfallend. Immer häufiger fuhr er auf und wollte etwas trinken, aber jetzt sollte der Tee kalt sein, ganz kalt, dann klagte er über Stiche in der Brust und stöhnte laut. Der Kandidat sah nach der Uhr. Es war gegen drei, wenn er jetzt den Kutscher zum Arzt schicken würde, könnte der um sieben da sein. Zwei Stunden hin, zwei Stunden zurück, das müßte man schon rechnen. Leise schlich er hinaus, schloß die Haustür auf, der Hund schlug an, er beruhigte ihn und nahm ihn mit sich zum Pferdestall. Verschlafen antwortete der Kutscher auf sein Klopfen. Es dauerte eine Weile, bis er so weit wach wurde, um zu begreifen, um was es sich handelte, aber dann war er schnell fertig und versprach, sich so sehr als irgend möglich zu beeilen. Hatte er am Ende vorschnell gehandelt?

Als er die Krankenstube wieder betrat, saß der Propst im Bett und rang nach Luft. Er lief hinzu, um ihn zu stützen, denn er schwankte hin und her.

»Ein Glück«, dachte er, als er den Wagen vom Hof rollen hörte.

»Bitte, wecken Sie Lisette, der Kutscher soll gleich fahren«, mühsam entrangen sich dem Kranken die wenigen Worte.

»Der Wagen ist schon unterwegs«, beruhigte ihn Stephani.

»Wie gut, wie gut«, wiederholte er und sank in die Kissen zurück.

Ein trüber Morgen graute. Der Arzt war gekommen. »Lungenentzündung«, stellte er fest. Die Baronin müßte benachrichtigt werden, verlangte er. Es stünden ernste Tage bevor, und er wolle warten, bis die Frau Tochter käme, um ihr seine Verordnungen mitzuteilen. Die Rezepte würde er gleich aufschreiben, und damit könne ein Bote in die Apotheke geschickt werden. Unter den Leuten auf dem Hof herrschte Aufregung. »Der Propst ist krank, der Propst selbst«, flüsterten sie, das hatten sie noch nie erlebt, das war noch nie dagewesen.

Zwei Reiter jagten die Landstraße entlang, einer in die Apotheke, der andere nach Subbath, auf das Gut der Baronin Campenhausen.

Wie lang doch eine Stunde sein kann. Das merkte der Kandidat heute beim Konfirmandenunterricht. Er war müde, und die Kinder saßen teilnahmslos da. Der Unterricht schleppte sich durch den Vormittag.

Zum Mittag sah er die Baronin. Sie dankte ihm für seine Umsicht und Hilfe dem Vater gegenüber. Wie ein Sohn habe er für ihn gesorgt.

»Das ist doch selbstverständlich«, wehrte er, »ich stehe jederzeit weiter zu allen Diensten bereit.«

Wo waren die geruhsamen Tage geblieben? Hatte er sich einmal nach Aufgaben gesehnt? Ausgefüllt bis an den Rand waren sie jetzt. Da waren der Konfirmandenunterricht, da kamen die Beerdigungen, und bei der Sonntagspredigt mußte er sich von Ehrglies beraten lassen, statt vom Propst. Jetzt war er durch die Krankheit seines Seniors gezwungen, jeden Sonntag den Gottesdienst zu halten, in jeder Woche eine lettische Predigt auszuarbeiten. Er dachte an die Mahnung des Propstes, die er jedem seiner Kandidaten einschärfte. Wann hat die Vorbereitung zum nächsten Sonntag zu beginnen?

Antwort: »Am Montag. Gewöhnen Sie sich nicht an, erst Ende der Woche den Text vorzunehmen. Sechs Tage müssen Sie mit und an dem Text arbeiten, dann werden Sie am siebenten aus der Fülle schöpfen. Das sind goldene Regeln, merken Sie sich die!«

In der Stille des Krankenzimmers – er hatte sich erboten, in den ersten Nachtstunden die Wache zu übernehmen – hatte er Zeit zum Meditieren. Die Baronin hatte nichts davon wissen wollen, es aber dann doch angenommen, da sie gemerkt hatte, daß es dem Vater angenehm war. So saß er denn jeden Abend von acht Uhr bis zwei oder drei Uhr morgens bei dem Kranken.

Am Mittwoch kam der Baron, um seine Frau an das Festessen zu erinnern, das ihnen zu Ehren am nächsten Tag beim Kreishauptmann stattfinden sollte. Diese Einladung hatten sie schon wochenlang vorher erhalten. Es war unmöglich abzusagen, daher würde er sie am nächsten Tag abholen. Sie bat ihn, es nicht zu tun, sie könne den Vater jetzt nicht verlassen. Das sah er nicht ein. Aber der Vater sei doch ernstlich erkrankt, das müsse doch Grund genug sein. So schlimm sei es nicht, meinte der Baron. Sie hätte ihm doch selbst versichert, daß es besser geworden sei. Aber doch noch nicht gut, beharrte sie. Nun ja, so schnell gehe das auch nicht bei einem alten Menschen, aber für diesen einen Tag könne sie ihn schon ohne Sorge verlassen, man könne ja auch eine Vertretung besorgen. Wen? Hm ... wen? Die Hebamme, schlug der Baron vor, eine Schwester wäre natürlich in dieser kurzen Zeit nicht zu beschaffen, aber habe er nicht gleich geraten, sich eine aus der Stadt kommen zu lassen? Doch niemand habe auf ihn gehört. Die einzige, die etwas von Krankenpflege verstehe, wäre eben die Hebamme. Nein, ein fremder Mensch, das würde den Vater nur beunruhigen, auf keinen Fall, dann müßte er sich schon mit Lisette behelfen. Ausgezeichnet, natürlich Lisette! Der Baron atmete erleichtert auf. Sie wandte sich ab. Wie wenig verstand sie ihr Mann! Es kränkte sie, daß er ihr diesen Besuch zumutete.

Überraschenderweise trat am nächsten Tag eine Besserung ein. Das Fieber fiel, und die Atmung wurde leichter. Der Arzt kam und äußerte sich zufrieden. Allerdings meinte er dem Kandidaten gegenüber, daß der Kranke noch nicht außer Gefahr sei. Es könnte sein, es brauche aber nicht zu sein, daß die Entzündung auf die andere Seite übergreife. Der Tochter sagte er nichts von seinen Befürchtungen, so daß sie in zuversichtlicher Stimmung war, als ihr Mann sie abholen kam.

»Nun siehst du«, sagte der Baron, »du regst dich viel zu sehr auf. Es ist gewiß gar nicht nötig, daß du schon morgen zurückfährst.«

»Ach ja«, unterbrach sie ihn erschreckt, »man kann noch gar nicht wissen, ob nicht wieder eine Verschlechterung eintritt, ob die Besserung wirklich anhält ...«

»Warum soll sie nicht anhalten? Du siehst immer so schwarz. Ich hoffe, daß jetzt jeder Tag einen Fortschritt in der Genesung bedeutet.«

»Das hoffe ich natürlich auch ...«

»Nun also, da sagen wir gleich, daß du erst übermorgen wieder herkommst. Am besten ist es, wir fragen Vater selbst.«

»Ach Vater, der wird natürlich sagen, daß ich mich nicht zu beeilen brauche, der ist viel zu rücksichtsvoll, um für sich etwas zu verlangen.« Aber der Baron bestand darauf, hinaufzugehn und seine Meinung zu hören.

Der Vater verhielt sich so, wie es die Tochter gesagt hatte. Er redete ihr zu, mitzufahren und so lange zu bleiben, wie es ihr Mann wünsche. Um ihn solle sie sich keine Gedanken machen, ihm gehe es bereits recht gut. Lisette und der Kandidat würden schon, das wisse sie ja auch, für ihn sorgen.

»Du siehst, ein ganzer Stab ist um mich ...«, scherzte er, als sie zum Abschied seine Stirn küßte.

»Schweren Herzens fahre ich fort«, erklärte sie ihrem Mann, »ein Vergnügen ist es nicht für mich.«

»Aber eine Verpflichtung«, verbesserte sie der Baron.

»Von der du mich hättest entbinden können«, antwortete sie erregt und sah ihn böse an. »Ich weiß es jetzt, mein Leben wird wohl nur aus solchen Verpflichtungen bestehen ... Ich muß aber noch Stephani sprechen«, verlangte sie energisch.

Er runzelte die Stirn. Da sie aber nicht darauf achtete, schwieg er, um sie nicht weiter aufzuregen, und wartete geduldig, bis sie alles geregelt hatte.

Als die Baronin noch einen Augenblick zu Lisette in die Küche gegangen war, blieb der Kandidat mit dem Baron allein. Er hielt es für seine Pflicht, ihm die Befürchtung des Arztes mitzuteilen. »Nun ja, es kann sein«, erwiderte der Baron leichthin, »was kann nicht alles sein, aber es braucht doch nicht ... Sagen Sie um Himmels willen meiner Frau nichts davon, die regt sich schon genug auf.«

»Die Baronin weiß es nicht, und ich werde es ihr nicht sagen«, erklärte Stephani kurz. Der hat überhaupt kein Herz, dachte er empört. Wie hatte er den Augen dieser Frau widerstehen können? Hatte er nicht die Unruhe gelesen, die in ihren Blicken lag? »Lisette wird es schon machen«, hatte er sie zu beruhigen versucht. Lisette und sie, überhaupt kein Vergleich möglich.

Der alte Herr mußte ja den Unterschied merken zwischen dem sanften Walten seiner Tochter und Lisettes festen Griffen.

Am Abend nahm er wieder seinen alten Platz im Krankenzimmer ein. Noch einmal kam Lisette herein, und sie erneuerten gemeinsam die Kompressen. Dann war es still und ruhig. Er lauschte den Atemzügen, sie waren wohl noch nicht regelmäßig, aber auch nicht so stoßweise wie bisher. Im Zimmer herrschte nicht mehr die drückende Angst der letzten Tage, und auch er selbst befand sich in gelöster Stimmung und hatte keine Lust zur Arbeit. Es überkam ihn solch eine Müdigkeit, daß er sich über den Tisch beugte und über seinen Büchern und Papieren einschlief. Erst als Lisette gegen Morgen ihn weckte, wachte er auf. Der Propst hatte fest geschlafen. Leise raffte er seine Sachen zusammen und verließ das Zimmer. Der folgende Tag verlief ruhig. Es war wohl keine weitere Besserung zu verzeichnen, aber auch keine Verschlechterung in dem Zustand des Kranken zu spüren.

Wie sonst gab er den Konfirmandenunterricht, schlief nach dem Essen und machte vor dem Abendbrot einen weiten Spaziergang. Es war einer jener Vorfrühlingsabende, in denen die Luft so weich bleibt, daß die Erde auch zur Nacht nicht mehr erstarrt.

In den leisen Modergeruch, der den umgebrochenen Ackerschollen entsteigt, mischt sich der Duft kommenden Lebens.

Hier und da lugt ein grünes Spitzchen hervor, aber es sind noch so wenige, daß sie keinen grünen Schimmer ergeben, alles sieht noch trocken und braun aus.

Stephani ging den Weg zum Schloß hinunter und bog dann den Feldpfad zum Wäldchen ein. Hier war noch alles hart gefroren. Wie weiße Tupfen lag der Schnee zwischen den Bäumen, doch es war nicht mehr die Totenstille des Winters. Es murmelte und knisterte, und auf tausenderlei Weisen brach sich das Leben Bahn.

Als der Arzt am Freitag morgen eintraf, hatte sich das Befinden des Kranken so verschlechtert, daß er unter Atembeschwerden litt. Der Doktor bemühte sich, Linderung zu schaffen.

In diesem Augenblick kam die Baronin an. Ein Mädchen lief ihr entgegen, da Lisette oben im Krankenzimmer war.

»Wie geht es dem Herrn?« fragte die Baronin.

»Der Doktor ist eben bei ihm«, antwortete es ausweichend.

»Ist er geholt worden?«

»Nein, er ist von selbst gekommen.«

Die Baronin atmete erleichtert auf. Also waren alle ihre Ahnungen und Befürchtungen umsonst gewesen.

»Soll ich der gnädigen Frau noch Frühstück bringen?«

»Nein, nein, nichts, ich geh' gleich hinauf.«

Doch bevor sie es tun konnte, kam Lisette herunter.

»Was sagt der Doktor?«

»Er hat noch nichts gesagt, er legt dem Herrn Schröpfköpfe an.«

»Heute noch? Dann muß es schlechter geworden sein ... Lisette, sag doch ... es geht nicht gut ...«

»Frau Baronin, gut war es doch noch nicht«, antwortete Lisette diplomatisch.

»Hast du auch alles getan, wie ich es dir gesagt habe?«

»Alles, Frau Baronin, bestimmt alles, der junge Herr Pastor kann es auch bestätigen. Er war viel beim Herrn, alle Medizinen sind regelmäßig eingenommen worden, keine Kompresse versäumt.«

Unruhig ging die Baronin im Zimmer auf und ab. Sie wollte den Arzt zuerst allein sprechen. Wie lange das dauerte! Sie sah auf die Uhr, nur zehn Minuten waren vergangen. Ob sie nicht doch hinaufgehen sollte? Da hörte sie die Haustür gehen. Der Kandidat war es. Er sah in ihren Augen die große Angst. Hatte sie es schon erfahren?

»Sagen Sie mir, was ist mit meinem Vater?« fragte sie, und in ihrer Stimme hörte er die Bitte, sage mir etwas Tröstliches.

»Die Krankheit war ja noch nicht überwunden«, begann er vorsichtig, »sie war noch nicht zu Ende, und da können in ihrem Verlauf natürlich noch Schwankungen eintreten, mal ist es besser, mal schlechter.«

»Ach so, ja«, sagte sie sichtlich erleichtert.

Wie ist es doch weise eingerichtet, daß der Mensch nur das heraushört, was er hören will. Stephani wunderte sich. Wer hatte ihm die Antwort in den Mund gelegt? Sie war aber die richtige gewesen, das sah er ihr an.

»Was macht denn der Doktor so lange dort oben?« wollte sie wissen.

»Wir können ja hinaufgehen«, schlug er vor.

»Ach nein«, wandte sie ein, »ich erwarte ihn lieber hier.«

»Das ist vielleicht auch besser«, stimmte er ihr zu, »ich bitte nur, mich zu entschuldigen, ich muß noch zu den Konfirmanden.«

Es dauerte noch eine ganze Weile, ehe der Arzt endlich kam und ihr mitteilen mußte, daß die Entzündung auf die andere Lungenhälfte übergegangen sei. Es sei nichts anderes zu tun, als was bisher geschehen sei, und zu hoffen, daß das Herz des alten Herrn es aushalte.

Als die Baronin ihren Vater wiedersah, erschrak sie. Er sah schlecht aus, viel schlechter als an dem Tage, da sie ihn verlassen hatte. Dunkle Ringe lagen unter den Augen, und trotz des hohen Fiebers hatte er eine fahle Gesichtsfarbe. Sie stand eine ganze Weile an seinem Bett, ehe er sie bemerkte. Auf ihre Begrüßung hin öffnete er nur ein wenig die Augen, hob eine Hand und ließ sie wieder müde fallen.

Sie zog sich einen Stuhl heran und setzte sich neben ihn.

Weinen durfte sie auf keinen Fall, und doch tropften Tränen in ihren Schoß. Würde er es überstehen?

»Hilf, lieber Gott, hilf! Erhalte meinen lieben Vater! Hilf, lieber Gott, hilf!« betete sie.

Unverwandt blickte sie auf ihn. Als sie bemerkte, daß er sich seine Lippen mit der Zunge befeuchtete, stand sie auf, schob sacht ihre Hand unter seinen Kopf und gab ihm zu trinken.

»Gut, daß du wieder da bist«, sagte er ganz deutlich. Wie Musik klangen ihr diese Worte. Er empfand es als angenehm, daß sie bei ihm saß. Vielleicht war es doch nicht so schlimm. Sie würde sich nicht von ihm rühren.

Es war, als ob er ihre Gedanken gelesen hätte, denn er fragte, wie spät es sei. Als sie ihm die Uhrzeit nannte, sagte er: »Du mußt jetzt essen gehen.« Als sie es nicht gleich tat, wiederholte er: »Geh, und komm dann wieder.« Um ihn nicht zu beunruhigen, tat sie es.

Der ganze Tag, es war der achte nach seiner Erkrankung, verging in Angst und Hoffen. Einmal, es war am Nachmittag, sagte er zu ihr: »Rufe Stephani, er soll mir das heilige Abendmahl reichen.«

»Aber Vater, das darf er doch noch nicht, sollen wir einen andern Amtsbruder holen?« Ihre Stimme erstickte fast in Tränen. »Ich will gleich einen Boten schicken.«

»Stephani darf nicht?« Und dann wie aus einem Traum erwachend: »Ich weiß nicht, was mir eigentlich ist. Wie benommen bin ich. Natürlich darf er das noch nicht, aber es wäre mir lieb gewesen, durch ihn es zu empfangen. Er hat mich gepflegt wie ein Sohn seinen Vater.«

»Ich will nur schnell gehen und dem Kutscher Bescheid sagen.«

»Nein, nein«, er schüttelte den Kopf, »ist nicht nötig.« Dann verfiel er wieder in Schlummer.

Am Abend wollte sie sich nicht hinlegen. Stephani redete ihr zu, bat sie darum, sie möge sich doch wenigstens ein paar Stunden ausruhen. Er versprach ihr, sie sofort zu rufen, wenn der alte Herr nach ihr verlange. Sie hatten ganz leise miteinander gesprochen, aber er hatte sie doch gehört.

»Leg dich hin«, bat er, »sonst werde ich mich aufregen ... Bitte, tu es.«

Da blieb ihr nichts anderes übrig, als seinen Wunsch zu erfüllen. An seinem Tisch in der Ecke konnte Stephani an diesem Abend keinen Augenblick sitzen. Der Kranke verlangte ständige Handreichungen, bald bat er um Wasser, bald wollte er ein nasses Tuch auf die Stirn, bald suchte er sein Taschentuch. Stephani schien es, daß sich sein Zustand von Stunde zu Stunde verschlechtere. Sollte er die Tochter holen? Aber er konnte ihn keinen Augenblick allein lassen. Bald wollte er aufgerichtet werden, bald sich hinlegen, bald auf der einen, bald auf der andern Seite liegen. Sicher käme sie jetzt bald von selbst. Er warf einen Blick auf die Uhr, die auf dem Nachttisch stand. Es war gleich zwei, die übliche Zeit, da hörte er auch die Tür gehen, und sie trat leise ein. Entsetzt starrte sie auf den Kranken, sah auf ihn und rang die Hände. War das schon der Anfang vom Ende? Er mußte ihr helfen, irgend etwas sagen ... mit einem Wort sie stärken ... »Seid fröhlich in Hoffnung, geduldig in Trübsal, haltet an am Gebet«, sprach er leise vor sich hin, so als ob er erst versuchen wollte, ob es das richtige sei, und dann wiederholte er lauter. »Bitte, sagen Sie es noch einmal«, bat sie: »Seid fröhlich in Hoffnung, geduldig in Trübsal, haltet an am Gebet.« Sie sprach nun auch die Worte mit.

»Ein Befehl ist es«, sagte er, »ein Befehl.«

»Ja«, bestätigte sie, »ein Befehl, den wir auszuführen haben«, und ihre Gestalt straffte sich. Er fühlte es, daß er sie durch dieses Wort gestärkt hatte. Sie sah still vor sich hin, dann blickte sie auf, auch er sah auf den Kranken. Sein Kopf war etwas zur Seite gerutscht, und auf seiner Stirn zeigten sich dicke Schweißperlen. Er schlief, er schlief ruhig. War das möglich? Täuschten sie nicht ihre Sinne? Eben noch? Stephani legte den Finger an seinen Mund zum Zeichen des Schweigens. Aber wie sah sie aus, die Lippen weiß, die Augen nach oben gekehrt ... Er umfing sie und trug sie mehr, als daß er sie stützte, auf den Flur. Er hielt sie in den Armen, in seinen Armen. Langsam kehrte die Farbe in ihre Wangen zurück. Ehe er sie losließ, fühlte er ihre Arme um seinen Hals. »Der Vater lebt!« schluchzte sie. »Der Vater ist nicht tot ... Gott, wie danke ich dir. Der Vater lebt! Und Sie haben mir geholfen.«

Ein Glücksgefühl durchströmte ihn, und er wußte nachher selbst nicht, wie es gekommen war, aber alles vergessend, drückte er seine Lippen auf ihren Mund, und sie erwiderte seinen Kuß.

Erschreckt fuhren sie auseinander. Was hatten sie getan? Jetzt, in dieser Stunde, da sie so Großes erlebt? Ehebruch, Ehebruch ... schrie es in ihm.

Sie schlich ins Krankenzimmer. Der Propst schlief, er schlief, ohne sich zu rühren. Stephani war ihr gefolgt. Als er sah, daß die

Gefahr vorüber war, verließ er, ohne sich umzublicken, das Zimmer.

Von jetzt ab schlief der Propst seiner Genesung entgegen. Stephani aber mußte sich Kraft erbitten, um nicht in einem Gefühl unterzugehen, das ihn mit so großer Gewalt überfallen hatte. Vielen Versuchungen ist der Mensch ausgesetzt. Sie greifen ihn an, sie lauern auf ihn, und in die reinsten Augenblicke des Lebens schleichen sich Gedanken und Wünsche, die einen erschrecken. Sie war die Frau eines anderen, und ihn zog es mit aller Gewalt zu ihr, seine Gedanken kreisten um sie. Er mußte sie zum Stillstand bringen. Er mußte sich von ihnen befreien ... Wie sollte er vor die Konfirmanden treten mit solchen Wünschen ... wie sollte er sie führen, wenn er selbst irrte ... In ihm herrschte ein Aufruhr, und er konnte keine Ruhe finden.

Das Amt mußte ihm helfen. Er nahm die Predigt zum Sonntag vor, gegen sich selbst mußte er sie richten. Der Text lautete: »Wachet und betet, daß ihr nicht in Anfechtung fallet, denn der Geist ist willig, aber das Fleisch ist schwach.«

Es war erstaunlich, wie schnell sich der Propst von dieser schweren Krankheit erholte. Schon am Dienstag verlangte er nach Feder und Papier.

»Du wirst doch nicht schreiben wollen?« entsetzte sich die Tochter.

»Ich werde ...«

»Ich bitte dich, was es auch sei, laß das, du sagtest, ich könne schon nach Hause fahren, wie kann ich das, wenn du so unvernünftig bist. Zuerst mußt du gesund werden, alles übrige hat Zeit«, ereiferte sie sich.

»Nein, das hat es eben nicht. Also halt keine langen Gardinenpredigten und gib deinem alten Vater, worum er dich bittet. Bring mir alles Nötige zu einem Brief.«

»Ach«, seufzte sie, »was soll ich gegen solch eine Unvernunft machen? Dem Vater muß ich gehorchen«, und sie brachte ihm das Gewünschte.

Er schrieb an den Generalsuperintendenten, mit dem er herzlich befreundet war, und schilderte ihm seine augenblickliche Lage ...

»Der Kandidat, den ich habe, ist ein Theologe, wie man ihn sich wünscht. Beseelt von einem hohen Verantwortungsgefühl dem Amt gegenüber, überzeugt von seiner eignen Unzulänglichkeit, aber erfüllt von der Gewißheit, daß Gottes Kraft in den Schwachen mächtig ist. Nun, es wird Dir ja bekannt sein, daß er auf ein Jahr zurückgestellt worden ist. Ich meine, daß es sich da um einen Irrtum handeln muß, um einen übergroßen Eifer im Konsistorium. Ich bitte Dich nun, die Sache in Ordnung zu bringen. An Palmarum ist Konfirmation im ganzen Lande, und wenn ich auch, was ich hoffe, zu Ostern soweit sein werde, amtieren zu können, so bleibt meine Gemeinde während der Passionszeit ohne Versorgung.

Die Sache eilt, deshalb schlage ich vor, daß Du Stephani zu Judika bestellst. Er könnte Sonnabend bei Dir sein und dann am Sonntag ordiniert werden, abends müßte er wieder zurückkommen. Ich werde gespannt auf eine Nachricht von Dir warten ...

Dein alter Blieden.«

Als er den Brief geschrieben hatte, lehnte er sich erschöpft in die Kissen zurück.

»Kann ich nicht wenigstens die Adresse schreiben?« bat die Tochter.

»Das kannst du«, lächelte er.

»An wen?« fragte sie.

»An den Generalsuperintendenten in Riga.«

Erleichtert hatte Stephani aufgeatmet, als die Baronin abgefahren war. Er war in ständiger Angst vor sich selber gewesen. Sah er sie nicht, so lauerte er ihr auf, kam sie, so lief er ihr aus dem Wege. Was waren das für unhaltbare Zustände! Das alles hatte nun ein Ende. Wirklich? Leider nicht, er seufzte schwer. Er sah sie immer vor sich, sehnte sich nach ihrer Stimme, nach ihrem Lächeln, nach ihrer ganzen anziehenden Erscheinung. Er war ein ruheloser Mensch geworden ... Wie sollte das weitergehen? Ha, und er sollte andern ein Vorbild werden? Welche Anmaßung!

»Nein«, sprach eine Stimme in ihm, »nicht weil du Theologe bist, darfst du das nicht, sondern weil du Christ bist, weil du ein Mensch bist, dem die Zehn Gebote Maßstab für sein Handeln sind. Diese Gebote gelten allen Menschen, nicht nur dem Pastor.«

»Du sollst nicht begehren deines Nächsten Weib.«

Ein Telegramm wurde ins Haus gebracht. Ein Telegramm! Auf dem ganzen Hof sprachen die Leute davon, es war ein ungewöhnliches Ereignis. Ein Telegramm mußte etwas Schlimmes bedeuten: Krankheit, Tod ... denn das Glück hat Zeit, nur das Unglück eilt. Als der Kandidat davon hörte, unterbrach er seine Konfirmationsstunde und eilte zum Propst. Am Ende stand darin etwas für ihn, von zu Hause, von der Mutter oder dem Vater, Onkel Victor, den Geschwistern ...?

»Gut, daß Sie kommen«, rief ihm der Propst entgegen, »es betrifft nämlich Sie.«

»Mich?« fragte er erstaunt, aber er wußte es jetzt, etwas Unangenehmes konnte es nicht sein, das teilt man einem nicht in so heiterem Ton mit.

»Der Generalsuperintendent hat telegraphiert«, erklärte er ihm, »er ist mit meinem Vorschlag einverstanden, aber schon Lätare will er Sie haben, das ist kommenden Sonntag, und nicht erst Judika, wie ich es vorschlug.«

»Mich?«

»Ja, Sie, er will Sie ordinieren.«

Der Kandidat blickte seinen Senior sprachlos an. Ordinieren? Wen? Mich? Bin ich denn schon so weit?

»Heute abend noch, mein Lieber, müssen Sie abfahren. Der Generalsuperintendent wird auf mein Ersuchen hin das Jahr verkürzen. Am Sonnabend werden die Herren vom Konsistorium unter Leitung des Generalsuperintendenten mit Ihnen ein Gespräch führen ... nun ja, dann ... aber sagen Sie ruhig, was Sie denken, es steht Ihnen jetzt ein verständnisvoller Mann gegenüber.«

Dankbarkeit erfüllte Stephani. Er beugte sich tief über die Hand des Propstes, und der legte ihm segnend seine Hand auf den Kopf und sagte: »Laß dir an meiner Gnade genügen, denn meine Kraft ist in den Schwachen mächtig. Darum will ich mich am allerliebsten rühmen meiner Schwachheit, auf daß die Kraft Gottes bei mir wohne.«

In froher Erregung, aber doch in bangender Ungewißheit stellte sich der Kandidat der Theologie, Friedrich Stephani, dem Generalsuperintendenten am Samstag vor.

Zwei Pröpste wohnten dem Gespräch bei. Es verlief unter der Führung des Generalsuperintendenten zu voller Zufriedenheit der geistlichen Herren. Der tiefe Ernst, in dem es geführt worden war, hatte Stephani bewegt. Den Abend verbrachte er allein in seinem Zimmer. In dieser Stille stellte er sich ernste Fragen. Hatte er das theologische Studium nicht nur deshalb ergriffen, weil sein Großvater und Vater Pastoren gewesen waren? Oder wollte er seiner Mutter die Freude bereiten, daß wenigstens einer ihrer Söhne Pastor wurde? Das wären keine stichhaltigen Gründe gewesen. Konnte er andere für sich anführen? Er wollte ganz ehrlich sein, ohne Einfluß auf seine Berufswahl waren sie gewiß nicht gewesen, aber immerhin nicht entscheidend. Es hatte auch keiner einen Zwang auf ihn ausgeübt, freiwillig hatte er sich diesem Studium zugewandt. Und wie wäre es, wenn er heute die Wahl hätte, wie würde dann seine Entscheidung ausfallen? Ebenso, ja, genau so. Er spürte, daß er nur darin volles Genüge hätte finden können. War er jedoch auch des Dienstes am Wort würdig? Die geistliche Behörde hatte ihm auf die Fürsprache seines Seniors hin volles Vertrauen geschenkt. Würde er sie nicht enttäuschen?

Gedanken kamen und gingen, sie peinigten ihn, sie ließen ihn nicht zur Ruhe kommen. Erst gegen Morgen verfiel er in einen unruhigen Schlummer, ohne Klarheit und Ruhe gewonnen zu haben.

Der Gottesdienst im Dom hatte begonnen und mit ihm die feierliche Stunde für den Kandidaten. Ihm war es, als ob alles an ihm nur vorüberrausche, als ob er nicht teilhabe an Gesang und Gebet. Alle Zweifel, die ihn je und je geplagt hatten, alle Unzulänglichkeit, der er sich bewußt war, überfielen ihn in diesem Augenblick. Wie ein Chor schrie es in ihm: »Du bist nicht fromm, du bist ein Zweifler, du bist nicht würdig, du wirst nie ein treuer Pastor werden.«

Er krampfte seine Hände ineinander. Half ihm denn niemand? Alle waren sie in der Kirche versammelt, Mutterchen und Geschwister, Onkel und Tante, und keiner wußte, wie es um ihn stand. Der Generalsuperintendent stand groß vor ihm und neben ihm sein Vater. Sie legten ihm diese Bürde auf, die er nicht tragen konnte. War er ein Opfer, das dem Amt hingegeben wurde, denn von nun an würde das Amt über ihn herrschen, ihm hatte sich sein ganzes Leben unterzuordnen. Hier, in diesem fast tausendjährigen Dom, hatten ganz andere Männer gestanden und das Wort verkündet. Wie konnte er sich dazu erdreisten? Warum hatte er nur diesen Weg gewählt? Mitten in seine grübelnden Gedanken schlug die Stimme des Generalsuperintendenten an sein Ohr: »Weh mir«, hörte er ihn ein Schriftwort verlesen, »weh mir, wenn ich das Evangelium nicht predigte. Täte ich es aus eignem Willen, so würde es mir gelohnt. Ich tue es aber nicht aus eignem Willen, mir ist das Amt befohlen ...« Der junge Theologe horchte hin, er wachte auf, ja, ja, das war es, befohlen, befohlen war es ihm, nicht er selbst hatte gewagt, danach zu greifen, sondern befohlen war es ihm durch die Führung seines bisherigen Lebens. In seinem Herzen wurde es still. Wonach er gerungen hatte, wonach er sich gesehnt hatte, das ward ihm jetzt zuteil. Eine Gewißheit durchflutete ihn, eine feste Zuversicht erfaßte ihn, daß der, der es ihm befohlen hatte, das Amt zu ergreifen, der ihn auf die verschiedenste Weise auf dieses Ziel hin geleitet hatte, ihm auch die Kraft geben würde, Verkünder seines Heils und ein treuer Diener der evangelischen Kirche zu werden.

Durch die bunten Fensterscheiben des alten Domes ergoß sich ein helles Licht. Die Sonne hatte alle Morgennebel überwunden und sandte ihre Strahlen durch den hohen Raum. Er war so hingerissen, so versunken in der Ruhe, die ihn erfüllte, daß er auffuhr, als er das Glaubensbekenntnis sprechen mußte. Einmal versprach er sich dabei und merkte, wie der Vater mit dem Daumen und dritten Finger eine ihm eigne Bewegung machte, wenn er unwillig wurde. Aber das störte ihn nicht, im Gegenteil, diese rein menschliche kleine Bewegung bestärkte seine Gewißheit, sein Gefühl, bei Gott trotz allem in Gnaden zu sein, und er schloß das Bekenntnis wie einen Jubelruf.

Der feierliche Gottesdienst war zu Ende, und die Menge schob sich unter brausenden Orgelklängen dem Ausgang zu. Im Laufe der Jahrhunderte war der Dom eingesunken, und eine breite, mehrere Stufen zählende Treppe führte vom Vorraum ins Freie. Die Pastorin Stephani, die mit ihren Angehörigen ganz vorne am Altar gesessen hatte, stieg als eine der letzten die Treppe nach oben. Ihre Kinder beobachteten sie besorgt, denn sie sah sehr angegriffen aus. Hermann stützte sie beim Hinaufgehen, und Gustav hatte eine Droschke besorgt, in die sich die Mutter gleich hineinsetzte und sich erschöpft zurücklehnte. Der stundenlange Gottesdienst, die freudige Erregung waren für sie eine große Anstrengung gewesen. Als die Pferde anzogen, schloß sie einen Augenblick die Augen, öffnete sie aber gleich und sagte: »Kinder, ich bin froh und dankbar, daß ich dabeisein konnte.«

»Wenn es dir nur nicht zuviel war, Mutterchen«, erkundigte sich Gustav besorgt und streichelte ihre Hand. Sie schüttelte den Kopf und zeigte auf den sonnenbeschienenen Pulverturm mit den dicken Schwedenkugeln darin, der viele Erinnerungen in ihr weckte. Er war ein Überrest aus der Zeit, da die alte Hansestadt von schützenden Mauern umgeben gewesen war. Besonders reizvoll wirkten die Gartenanlagen um den Basteiberg, der aus den geschleiften Festungsmauern am Stadtkanal aufgeschüttet worden war und jetzt einen Aussichtsturm trug, der ein beliebtes Ziel aller Spaziergänger war. Die Pastorin sah sich mit großem Interesse um, war es doch seit Monaten die erste Ausfahrt, die sie hatte unternehmen können.

Zu Hause stand der Mittagstisch gedeckt. Olga, das lettische Dienstmädchen, hatte ihn festlich hergerichtet. Olga war eine Perle von einem Hausmädchen und schon seit Jahren im Stephanischen Hause. Sie äußerte keine eigne Meinung, sie vermied es auch, ja oder nein zu sagen, und hatte auf alle Wünsche nur ein verlegenes Lächeln, das jedermann deuten konnte, wie er es wollte. Bevor man ihr etwas sagte, hatte sie es schon getan, sie war geradezu eine Gedankenleserin. Ihre Arbeit teilte sie sich ein, wie sie es für richtig hielt, und dann war es auch richtig. Sie wußte immer, wo das Ding, das man suchte, sich befand, und blieb freundlich und zuvorkommend.

»Gegen Olgas Waffen kommen wir nicht an«, meinte der Pastor, und auch Tante Hanning mußte vor ihr die Segel streichen.

Ein Wagen rollte um die Ecke. Die Pastorin eilte ans Fenster. Sie waren es, ihre beiden Pastoren, Vater und Sohn. Beide waren sie von gleicher Größe, und die Mutter meinte, nie einen wohlgebildeteren Mann gesehen zu haben als ihren Sohn. Sie mußte über sich selbst lächeln; was war sie doch für eine eitle Mutter!

Strahlend winkte er ihr zu. Sie war so von Herzen dankbar, daß Gott es mit ihr und ihnen allen so wohl geführt hatte.

Noch ehe die Herren die Glocke ziehen konnten, war Olga schon hingeeilt, um die Amtstasche zu ergreifen und dem jungen Pastor »Laime«, das heißt »Glück«, zu wünschen. Er bedankte sich bei ihr in lettischer Sprache und freute sich, daß ihm jemand auch in der Sprache gratulierte, in der er seine ersten Amtshandlungen vollziehen würde, in der Sprache, mit der er der Gemeinde als berufener und verordneter Pastor zu dienen hatte.

Schnell wie ein Traum waren die Stunden vergangen. Nun saß er schon wieder im Zug und fuhr zurück. Die beiden Tage waren so inhaltsreich gewesen, daß er das Gefühl hatte, Jahre lägen zwischen dem Gestern und Heute.

Als ein anderer, als ein Vollwertiger konnte er jetzt dem Propst zur Seite stehn. Er hatte sich oft eines Minderwertigkeitsgefühls nicht erwehren können. Es hatte ihn geschmerzt, daß das, was allen andern ohne weiteres zugesprochen worden war, ihm versagt blieb. Jetzt erst merkte er in vollem Umfange, wie sehr ihn dieser Entscheid bedrückt und gehemmt hatte. Fort waren alle Unsicherheiten, alle Bedenken. Arbeitslust und Freudigkeit erfüllten ihn, und in herzlicher Dankbarkeit gedachte er des Propstes, der ihm die Wege geebnet hatte.

»Sie sind zu Mittwoch abend aufs Schloß entboten, zum Souper«, teilte der Propst eines Tages Stephani mit. Stephani verneigte sich dankend.

»Darauf können Sie sich was einbilden, mein Lieber, nicht alle Ihre Vorgänger haben diesen Vorzug genossen.«

»Mir wäre es lieber, wenn ich auch wie meine Vorgänger behandelt werden würde«, erwiderte Stephani. Als er aber das erstaunte Gesicht seines Seniors sah, fügte er vermittelnd hinzu: »Ich werde mich bemühen, die Ehre, die mir durch die Einladung zuteil geworden ist, richtig zu schätzen.«

»Das klingt schon besser. Ihr junges Volk müßt immer in Opposition treten. Ich weiß, ich weiß, was Sie sagen wollen, ich kenne die Fehler des Adels, seinen Standeshochmut, aber ich kenne keinen Stand, der nicht seinen Dünkel hätte. Bei uns zu Lande sollte man nicht vergessen, daß der Großgrundbesitz, der doch in den Händen des Adels liegt, viel für das Wohl des Landes bedeutet hat.«

»Aber noch mehr für sein eignes«, empörte sich der Kandidat.

»Seien Sie doch nicht so einseitig«, erregte sich jetzt der Propst, »nennen Sie mir eine menschliche Institution, die das nicht tut. Es ist aber und bleibt so, daß der baltische Adel die Leibeigenschaft aus freiem Entschluß schon 1819 aufhob, also nur wenige Jahre später als in Preußen, während im übrigen Rußland sie erst 1865 beseitigt wurde. Vollkommen ist nichts auf dieser Erde. Jetzt freut es mich besonders, daß Sie meinen Freund, den Fürsten, in seinem Hause als Gastgeber kennenlernen werden. Sie werden einen andern Eindruck empfangen.

Aber eins möchte ich Ihnen noch mit aller Schärfe einprägen. Sie als Seelsorger dürfen überhaupt keinen Unterschied zwischen Adel und Bürger, Handwerker und Bauern machen, der eine hat Ihnen ebenso lieb zu sein wie der andere. Sie sind Pastor einer christlichen Gemeinde und nicht eines Standes.«

Stephani schwieg, dann sagte er: »Ich muß noch viel lernen.«

Dem Propst wurden die Augen feucht. Das war das Gewinnende, das Entwaffnende an diesem Kandidaten, das, was ihn so liebenswert machte: dieses reine Streben nach Erkenntnis, ohne Selbstüberhebung.

Als der Propst am Mittwoch abend mit Stephani aus dem Haus trat, schlug ihnen eine milde Frühlingsluft entgegen.

»Das kleine Stückchen bis zum Gut könnten wir doch auch zu Fuß gehen«, schlug der Kandidat vor, »die Luft ist so verlokkend ...«

»Wo denken Sie hin«, antwortete der Propst, »das würde der Fürst mir sehr verargen. Er würde darin einen Vorwurf sehen, eine Anspielung, so als ob er versäumt hätte, uns eine Equipage zu schicken. Spazierengehen kann man im Park, so lustwandeln, aber zum Besuch muß man vorfahren.«

Unter den Linden am Gartenzaun hielt schon der Kutscher mit der Kalesche. Alle Kutscher setzten ihren Stolz darein, den rechten Moment zur Vorfahrt abzupassen, keine Minute zu früh, keine zu spät. Die Herrschaft trat auf die Terrasse, und der Wagen brauste vor. So mußte es auch beim Propst sein, das gehörte zu seiner Lebenshaltung. Es war nicht Eitelkeit, es war nicht Hochmut, es war etwas Gewordenes, Gewachsenes. Es war der Stil des Landes. In wenigen Minuten hatten sie das Schloß erreicht. Ein Diener eilte die Stufen hinunter und riß den Wagenschlag auf ...

Der Abend gestaltete sich ganz anders, als Stephani es sich gedacht hatte. Er wurde angenehm enttäuscht.

In weltmännischer Liebenswürdigkeit beherrschte der Fürst die Unterhaltung. Man ging bald zu Tisch. Es gab ein Essen von erlesenem Geschmack. Der Propst und der Fürst waren Jugendfreunde und schätzten beide einen guten Bissen und einen edlen Tropfen. Stephani stand ihnen darin nicht nach und brachte keinen Mißklang in dieses gesellige Zusammensein.

Nachher gingen sie in die Bibliothek, einen prächtig ausgestatteten Raum mit vielen Reihen von Büchern. Eine ganze Wand nahm die Geschichte des Landes ein, darunter befanden sich wertvolle Handschriften. Der Fürst zeigte den Brief Luthers an die »Liefländer« mit Stolz vor, er war auch ins Lettische übertragen.

»Nicht ich habe ihn ins Lettische übersetzt«, erklärte er, »das hat mein lieber Freund, der Propst, getan, aber ich sorgte für den Druck.«

»Und scheute keine Kosten dabei ... und hier, sehen Sie mal, dies und das, alles hat der Fürst auf seine Kosten herausbringen lassen«, und der Propst griff hier und da einzelne Bände heraus, um sie zu zeigen.

»Und alles hat der da übersetzt, der Propst, ja, ja, wir waren ein recht erfolgreiches Unternehmen.«

»Warum waren?« erlaubte sich Stephani einzuwenden, »sind muß es heißen.«

»Leider doch waren«, erwiderte er wehmütig, »man will uns nicht mehr haben.«

Daran knüpfte sich ein Gespräch über die jetzige Lage des Landes, die sich durch das erwachende Nationalbewußtsein grundlegend verändert hat. In den Deutschen sehen die Letten jetzt nur die Nutznießer, die Ausbeuter, und vergessen ganz, daß sie auch Kulturträger sind. Besorgnis erregte das Verhalten der russischen Regierung, die jedem Angriff auf das Deutschtum gleichgültig gegenüberstand, ja, ihn im Grunde nicht ungern sah.

Die Prinzessin hatte sich nur wenig an der allgemeinen Unterhaltung beteiligt. Sie war nur um das Wohl des Bruders und seiner Gäste besorgt.

Als Stephani im Laufe des Abends sah, wie sie dem Propst mit ihren feinen, schlanken Händen eine Schale Gebäck reichte, durchzuckte ihn der Gedanke, daß zwischen ihnen einst tiefere Gefühle hin und her geschwungen haben möchten. Aber wie hätten in dieser festgefügten gesellschaftlichen Ordnung eine Prinzessin und ein Pastor zusammenkommen können?

Hatte der alte Herr dasselbe erlebt wie er? Die Frau, die sie liebten, blieb ihnen beiden unerreichbar.

Erlebte jeder etwas Ähnliches? Gehörte das zu jedem Menschenschicksal? Blieb es ohne diese Tiefen und Höhen armselig?

Das Jahr 1905 ging zu Ende und mit ihm Stephanis Probezeit in Malmuische.

Die lettische Revolution war in vollem Gange. Rußland hatte

den Krieg mit Japan verloren, und im Zarenreich waren Unruhen ausgebrochen. Auch die Letten hielten den Augenblick für geeignet, sich von allem fremden Joch zu befreien.

Stephani erbot sich, länger zu bleiben, und der Propst hätte es auch ohne Schwierigkeiten beim Konsistorium erreichen können, aber er hielt es für richtig, daß Stephani auf den Posten ging, den die Kirchenleitung ihm anwies. Er war zum Vikar für Riga-Land ernannt. Das war ein schwieriges Amt, aber man hielt ihn dafür geeignet, weil er die Sprache so gut beherrschen gelernt hatte.

Bisher war es hier trotz der vielen Versammlungen, auf denen haßerfüllte Reden geschwungen wurden, ruhig geblieben, und das kirchliche Leben war in gewohnter Weise weitergegangen.

Aber aus anderen Gegenden hörte man von Überfällen und Brandstiftungen.

Am Reformationsfest hielt Stephani seine Abschiedspredigt.

Die Kirche war bis auf den letzten Platz besetzt. Er sprach frei und fließend. Die Sprache war ihm nun kein Hindernis mehr.

Nachher versammelte sich der Kirchenvorstand, und der alte Osolin, ein angesehener lettischer Bauer, dankte ihm im Namen der Gemeinde. Es seien schon viele junge Pastoren hier gewesen, sagte er, aber mit keinem sei ein so herzliches Verhältnis entstanden wie mit ihm. Die Kinder, die er konfirmiert habe, würden seiner gedenken, die Kranken und die Gesunden, denen er das heilige Abendmahl gereicht habe, wären gestärkt und gefestigt worden in ihrem Glauben. Gottes Segen, so wünschten sie es ihm, begleite ihn auf allen seinen ferneren Wegen.

Die Koffer hatte er gepackt, morgen in aller Frühe sollte er abfahren. Als sie abends noch einmal in vertrautem Gespräch beisammen saßen, äußerte Stephani seine Besorgnis, den Propst jetzt allein zu lassen.

»Um mich machen Sie sich keine Gedanken«, wehrte der alte Herr ab, »ich habe viel eher Grund, um Sie zu bangen. Ihre neuen Gemeinden liegen am Rande der Großstadt. Sie werden vielleicht mehr Schwierigkeiten haben als wir in unserm stillen Winkel. Ich kann mir nicht vorstellen, daß meine Gemeinde mir etwas antun könnte.«

»Ich auch nicht«, pflichtete ihm der Jüngere bei, »aus der Gemeinde niemand, aber die ›Radfahrer‹, und sagten Sie nicht selbst, daß deren Einfluß unberechenbar und unheilvoll ist?«

»Ja, das ist er auch, aber, mein lieber junger Amtsbruder, wir wollen uns nicht den Kopf zerbrechen über das, was sein könnte. Wir müssen es hinnehmen, wie es uns bestimmt ist. Wir wissen, daß es zu unserer Vollendung so und nicht anders dienlich ist. Und nun reichen Sie mir Ihre beiden Hände, und lassen Sie es sich zum Abschied gesagt sein, daß Sie mir ein lieber, treuer Mitstreiter waren. Gott befohlen!«

Als Vikar für Riga-Land konnte Stephani bei den Eltern wohnen und von dort aus die Bedienung der Gemeinden, in die er eingesetzt wurde, durchführen.

Es war so, wie sein lieber Propst es ihm gesagt hatte. Überall wiederholten sich dieselben Schwierigkeiten. Die Wohlmeinenden in den lettischen Gemeinden warnten ihn. Sie selbst, so versicherten sie ihm, wollten natürlich den Gottesdienst haben, aber sie waren eingeschüchtert und ängstlich geworden.

»Herr Pastor«, sagten die Kirchenältesten vor dem Gottesdienst, »Herr Pastor, heute wird es nicht gutgehen, heute halten Sie besser keinen Gottesdienst, heute haben sie gesagt, daß sie kommen werden.«

Die gleichbleibenden Antworten des Pastors lauteten dann immer: »Wer sind denn die, die kommen wollen?«

»Nu, die Revolutionären ...«

»Haben die es Ihnen mitgeteilt?«

»Nein, sie selbst nicht, ich spreche gar nicht mit sie«, meinte der Kirchenälteste, »aber der Cousin von meiner Frau hat einen Bekannten, der bei die ist, und der hat gesagt, wir lassen keinen deutschen Pastor in die Kirche hinein, soll er gehn bei seinen Leuten, aber nicht bei uns.«

»Zu dem werde ich auch nicht gehen«, versprach Stephani, »ich will ja hier bei euch den Gottesdienst halten, und ihr wollt ihn doch.«

Jetzt beeilten sich alle, auch die andern, die schweigend die Unterhaltung angehört hatten, zu versichern, daß sie alle in die Kirche kommen wollten.

»Nun also, wir fangen an, lassen Sie die Glocken läuten.«

Niemals sind die Gebete inniger, als wenn der Mensch sich in einer Anfechtung, in einer Gefahr befindet. Es waren segensreiche Stunden für Gemeinde und Pastor. Alle standen sie unter einer drohenden Wolke und wußten sich doch geborgen in Gottes Schutz. Mit welcher Freudigkeit erklang das Lied: »Ist Gott für uns, so trete gleich alles wider mich ...«

Jedesmal war der junge Pastor von neuem von der Erkenntnis überwältigt, wie zeitnah die Worte der Heiligen Schrift waren, wie für die Gegenwart geschrieben waren sie. Es gab kein Dunkel, das nicht durch ein Gotteswort erhellt worden wäre.

Das neue Jahr, es war 1906, brach an und brachte neue Schrekken. Eines Abends, Stephani saß in seinem Zimmer der elterlichen Wohnung, meldete ihm Olga eine Dame, die ihn zu sprechen wünsche. Sie habe sie ins Musikzimmer gebeten. Eine Dame?

»Baronin«, stammelte er, als er sie erblickte.

»Wir sind geflüchtet, aber ich bin in großer Angst um meinen Vater.« Und dann erzählte sie ihm, wie sie Hals über Kopf ihr Gut hätten verlassen müssen. Eine Bande wäre ins Haus gedrungen, lauter Taugenichtse, die es ja in jedem Ort gebe, wären es gewesen. Wie ihr Kutscher es fertiggebracht hätte, so schnell anzuspannen, wisse sie auch nicht zu sagen, ein einfacher Schlitten mit den zwei starken Braunen habe plötzlich vor der Küchentür gestanden, und sie, ihr Mann und ihre Schwiegermutter seien schnell eingestiegen. Die Hausleute hätten ihnen im letzten Augenblick eine Pelzdecke über die Knie geworfen. Der Baron habe selbst die Zügel ergriffen, sie habe nur noch die Stimme des alten Kutschers gehört, der ihnen weinend nachgerufen habe: »Ar diewu, ar diewu! Mit Gott, mit Gott!« Sie seien dann glücklich in der Stadt gelandet, aber den Propst, den Vater, habe sie nicht mehr benachrichtigen können. Ob die Briefe, die sie gleich geschrieben, angekommen seien, wüßte sie nicht, sie habe darauf weder eine Nachricht noch eine Antwort erhalten.

»Ich wußte mir keinen Rat, als zu Ihnen zu kommen.«

»Was kann ich tun?« fragte er bereitwillig. »Das einzige wäre, den Versuch zu machen hinzukommen.«

»Aber das Gefährlichste, und das kann ich Ihnen doch nicht zumuten!«

»Ich werde es von selbst tun, ein Urlaub wird mir bewilligt werden, und die Züge verkehren ja noch ... Ich fahre gleich morgen los«, versprach er.

»Die Züge fahren«, wiederholte sie, »wenn auch unregelmäßig. Wir sind schließlich auch angekommen, doch von der Station sind es noch etliche Stunden Schlittenfahrt.«

»Wo sind denn Ihre Pferde geblieben?« erkundigte er sich.

»Wir haben sie beim Stationsvorsteher eingestellt, der ist ein Russe und uns wohlgesinnt.«

»Das paßt ja ausgezeichnet«, stellte Stephani fest, »die nehme ich dann ...«

Ihr Gesicht belebte sich, und sie sah ihn mit einem Anflug des alten Lächelns an: »Können Sie denn kutschieren?«

»Ihre Pferde werden es mir anzeigen«, antwortete er auf ihren scherzhaften Ton eingehend.

Sie stand auf, um sich zu verabschieden.

»Wie soll ich Ihnen danken? Mein Mann wird mich schelten, daß ich Sie zu dieser abenteuerlichen Fahrt veranlasse.«

Am liebsten hätte er jetzt den Arm um sie geschlungen wie damals auf der glitzernden Eisfläche. Er wandte sich schnell ab und tat so, als ob er nach einem Fahrplan suche. »Ich kann ihn im Augenblick nicht finden«, murmelte er, »wer weiß, wo er hingekommen ist?« Planlos ging er im Zimmer hin und her.

»Bitte, bemühen Sie sich nicht, ich hoffe, daß es Ihnen möglich sein wird, zu meinem Vater zu kommen und mir von ihm Nachricht zu bringen.«

»Ihren Herrn Vater mitzubringen«, verbesserte er.

Es war Nacht, als er auf der kleinen Station am nächsten Tage ankam. Die Petroleumlaterne am Gebäude wiegte sich im Winde hin und her und verbreitete auf dem Bahnsteig ein unruhiges Licht.

»Herr, wollen Sie wirklich in der Nacht fahren?« fragte ihn der Stationsvorsteher beim Anschirren der Pferde. »Die Bande hält sich noch hier in der Gegend auf. Sie soll noch in Subbath hausen. Welch Glück, daß der Baron schon weg war, als sie zu plündern anfingen. Warten Sie besser bis morgen, bis es anfängt zu dämmern.«

»Nein, nein, ich fahre gleich. Spät fängt es in dieser Jahreszeit an hell zu werden, und dann bin ich schon in Malmuische. Mir erscheint die Nacht nur ein Vorteil für diese Fahrt.«

»Wie Sie meinen«, gab der Mann achselzuckend nach, »aber verfehlen Sie nicht den Weg. Nach Malmuische geht es hinter dem Walde nach rechts ab.«

»Ja, ja, ich weiß, nach rechts.«

»Auf die Pferde dürfen Sie sich in diesem Falle nicht verlassen«, warnte er, »die sind gewöhnt, geradeaus nach Subbath zu laufen.« Der Pastor dankte und stieg ein. Sorgsam stopfte der Mann ihm die Pelzdecke an allen Seiten fest und hakte dann den Lederschutz darüber. Die Pferde zogen an, und der Schlitten glitt vom Hof.

Zuerst mußten sich seine Augen an das Dunkel gewöhnen, dann aber schien es ihm von Minute zu Minute heller und heller zu werden. Endlose Weite lag vor ihm, schneeweiß und still. Der Weg war nur als dunklerer Pfad zu erkennen, aber die Pferde liefen sicher in der Spur. Mit gleichmäßigen, weitausholenden Schritten bewegten sich die schönen Tiere, ohne Zuruf und Peitschenknall. Der Himmel war leicht verhüllt, kein Stern blinkte auf. Das empfand Stephani als angenehm, je dunkler es war, desto sicherer fühlte er sich.

In der Ferne tauchte die dunkle Wand des Waldes auf. Er hielt die Zügel locker und ließ die Tiere laufen, wie sie wollten. Von der einen Seite blies ein scharfer Wind, der immer unangenehmer wurde. Wenn er auch in Pelze gehüllt dasaß, so drang doch die Kälte allmählich durch. Doch kaum hatte er den Wald erreicht, verschwand der Wind mit einem Schlage, wie weggezaubert war er. Nur dunkel war es geworden, viel dunkler als auf der freien Fläche. Steil reckten sich zu beiden Seiten die Waldwände in die Höhe. Hoch oben war vom Himmel nur ein heller Streifen zu sehen, der gab die Richtung an. Der mußte über dem Kopf bleiben, nicht nach rechts, nicht nach links durfte er abweichen, sonst gerieten Schlitten und Pferde unfehlbar in den Graben und versanken in dem tiefen Schnee.

Durch Holzfuhren war der Weg hier sehr ausgefahren. Es gab Vertiefungen und Löcher, in die der Schlitten oft geriet und in die er mit einem Ruck hinein und wieder hinausflog. Es war wie in einer Schaukel, auf und nieder ging es ... Diese Bewegung ermüdete ihn so, daß er einnickte. Erschreckt fuhr er hoch. Hatte er den Weg nach Malmuische verpaßt? Aber noch ragte unverwandt der Wald zu beiden Seiten des Weges empor, und hoch oben zog sich schnurgerade der helle Streifen.

Er fuhr und fuhr, schlief ein, wachte auf, und der Wald war noch immer nicht zu Ende. Endlos schien ihm die Fahrt. Wie lange mochte er schon unterwegs sein? An seine Uhr konnte er nicht herankommen, da sie tief unter dem Pelz in der Westentasche lag. Er tröstete sich, irgendwann würde er schon ins Freie gelangen.

Nach einer Weile lichtete es sich, der Wald hörte auf. Jetzt hieß es: aufgepaßt! Oh, wie war der Wind kalt auf der freien Fläche! So sehr er auch spähte, es war keine Abzweigung, keine Spur zu sehen. Die Pferde trabten geradeaus weiter und weiter. Das war bestimmt falsch, aber was sollte er machen, er konnte doch nicht ohne Weg und Steg einfach in den Schnee abbiegen.

Er zwang die Pferde Schritt zu gehen und lugte und äugte nach rechts – nichts – überall nur die weiße, glatte Schneefläche. Links blinkte ein Licht auf. Noch war es in weiter Ferne, aber in dieser Richtung mußte das Campenhausensche Gut liegen, und dort hauste die Bande. Er hielt die Pferde mit einem Ruck an, zurück, keinen Schritt weiter ... Zurück, aber die wollten nicht stehenbleiben, witterten sie schon den heimatlichen Stall?

»Prrr«, rief er, sich weit zurücklehnend und an den Zügeln mit aller Kraft reißend ... »nasad, zurück ...« Er bemühte sich, die Stimme der Kutscher nachzuahmen, die in russischen und lettischen Lauten ihre Pferde beruhigten, »prrr«!

Endlich standen sie, aber wie sollte es jetzt weitergehen? Auf der schmalen Spur wenden? Unmöglich! Die Deichsel würde brechen. Einmal versuchte er es, seitwärts zu lenken, aber da waren die Tiere schon bis zum Bauch im Schnee. Sie sprangen hoch und zerrten und rissen an den Strängen, daß ihm angst und bange wurde. Er war doch ein schwacher Kutscher, und die Baronin hatte recht gehabt mit ihrer Frage: »Können Sie denn überhaupt kutschieren?« Auf einer geraden Straße, wo es nichts zu lenken gab, da konnte er die Zügel halten, das konnte schließlich jedes kleine Kind ... aber jetzt ... Er warf die Pelzdecke ab und sprang hinaus. Die Aufregung verlieh ihm Bärenkräfte. Von hinten hob er den Schlitten an und versuchte ihn zu kehren ... einmal, noch einmal, Pferde lenken, Schlitten wenden ... das war eine Strapaze. Er schwitzte trotz der eisigen Winternacht. Noch ein Ruck, die Pferde sprangen hoch, der Schlitten schwankte ... Die Wendung war vollbracht. Nun schnell hinein, Pelzdecke drauf und vorwärts – zurück zum Wald. Aber die Tiere waren unlustig. Er mußte sie antreiben. Horch! War da nicht eine Schlittenglocke zu hören? Er hatte aus Sicherheitsgründen keine am Gefährt. Da – wieder dieser verlorene Ton ... kam jemand hinter ihm? Er sah sich um ... zu erkennen war nichts, doch immer deutlicher wurde das »klang, klang« in regelmäßigen Abständen. Kein Zweifel, jemand kam hinter ihm her, jemand von der Bande, ein anderer würde jetzt nicht unterwegs sein. Daß sie ihm nachstellten, war nicht anzunehmen, aber doch könnte eine Begegnung mit einem von ihnen sehr unangenehm werden. Er schnalzte mit der Zunge, klatschte mit den Zügeln auf die Pferderücken ... Der Abstand verringerte sich immer mehr. Schon entdeckte er einen dunklen Punkt auf der Straße, der sich auf ihn zu bewegte. Mit der Peitsche spitzte er die Pferde an, schneller, schneller mußte es gehen. Der hinter ihm hatte auch die guten Pferde vom Hof, von demselben Gut. Wenn er nur den Wald, den Wald erreichen könnte ... Er fühlte, wie sein Herz klopfte ... nur nicht in die Hände derer fallen ... »Bim, bim, bim«, der hinter ihm jagte, er würde ihn bald eingeholt haben.

»Herr Gott, hilf!« stöhnte er.

Jetzt spitzte er nicht nur an, er hob die Peitsche und zog ihnen eins richtig über. Die Tiere, an solch eine Behandlung nicht gewöhnt, bäumten sich auf und rannten wild los. Schon lag der Wald vor ihm, dicht davor ... er wagte nicht, sich mehr umzusehen.

Ha – was war das? Die Pferde sprangen zur Seite. Er dachte, der ganze Schlitten krache auseinander, jeden Augenblick müsse er kippen. Etwas Dunkles war über den Weg gelaufen, war es ein Hase? Aber er lag nicht im tiefen Schnee, sondern befand sich auf einer Schlittenspur, dicht am Waldesrande, auf der rechten Seite. Tief herabhängende Zweige einer großen Tanne deckten sie zu.

»Bim, bim, bim« hörte er den Schlitten geradeaus davonfahren, offenbar zur Station hin. Er atmete erleichtert auf. Wie Musik klang ihm der verhallende Ton im Ohr.

Und wo war er? Auf dem Weg nach Malmuische, auf der richtigen Spur! Gott sei Dank!

Es fiel ihm auch ein, daß ja der Winterweg so hart am Walde herlief, anders als die große Landstraße. Eine gute Stunde Fahrt wurde ihm dadurch erspart. Voller Zuversicht trieb er die Pferde an, die gleich in Trab fielen.

»Lauft nur, lauft«, ermunterte er sie, »in drei Stunden sind wir da ...«

Die Stille und Einsamkeit erschienen ihm hier noch eindrucksvoller als vorher. Vom Wind war nichts zu spüren, schützend standen die hohen Bäume und die dunklen Tannen davor. So dicht führte die Spur am Waldesrand entlang, daß ab und zu die Tannennadeln seine Pelzmütze und Schulter streiften.

Nie in seinem Leben war er so allein gewesen. Die schönen Braunen, die vor ihm im Trabe schaukelten und er ... die einzigen Lebewesen ringsum. Wenn sie versagten? Was dann?

Das Pferd, es war der prächtigste Kamerad des Menschen. Wo gab es denn in aller Welt noch so ein Tier, das durch seine treuen Dienste dem Menschen so nützte wie ein Pferd? Es diente ihm im wahrsten Sinne des Wortes. Er schnalzte ermunternd mit der Zunge, und schon fielen die Tiere in einen schnelleren Trab. Dann stieß er ein langgezogenes »Sssssst« aus, und sie verlangsamten ihren Schritt. War das Zufall? Noch einmal wiederholte er diese Zurufe und jedesmal folgten sie ihm. Es war eine Unterhaltung, eine richtige Verständigung. Er freute sich, denn jetzt spürte er eine persönliche Beziehung zu ihnen. Die Zeit schien ihm schneller zu verrinnen, seit er zwei vertraute Wesen vor sich sah. Nun hörte der Wald wieder auf, der Wind fegte daher ... War er auf der richtigen Spur? Er konnte nichts mehr erkennen ...

Die Pferde ließen sich eine kleine Böschung hinunter, der Schlitten glitt nach ... Was nun? Auf dem See waren sie, richtig, der Winterweg endete auf dem See. Nun konnte er nicht mehr irren. Der Weg über den See war mit eingesteckten Zweigen hier und da gekennzeichnet. Hier konnten sich auch keine Banden versteckt halten ...

Der schöne See, aber er war nicht mehr durchsichtig, nicht mehr kristallklar, eine gleichmäßige Schneedecke deckte allen Glanz von einst.

Er hatte das Gefühl, der Baronin hier näher zu sein, so als ob sie neben ihm säße. Durfte er sich solchen Gedanken hingeben? Warum nicht? Er fuhr doch zu ihrem Vater. War es da nicht ganz natürlich, daß er an die Tochter dachte? Aber diese Tochter war die Frau eines andern Mannes ... Wäre er auch gefahren, wenn nicht sie ihn darum gebeten hätte? Hätte er von selbst, nur um des Propstes willen, diese gefahrvolle Fahrt unternommen? Es beruhigte ihn, es erleichterte ihn, daß er aus ehrlichem Herzen »ja« sagen konnte. Ja, er wäre gefahren, auch ohne ihre Bitte. Ja, er wollte zu jedem Menschen gehen, der in Not war und dem er helfen konnte. Gebe Gott, daß er es auch immer täte. Wer kann seiner ganz sicher sein? Aber jetzt hatte er nur einen Wunsch, den verehrten alten Herrn wohl und gesund vorzufinden.

Als er endlich am Pastorat vorfuhr, war es schon Morgen. Die Hunde schlugen an, und Lisette kam erschreckt herausgerannt. Die Hausmädchen drängten sich hinterher. Wer konnte das sein? Sie lebten ja seit Wochen in ständiger Angst und Aufregung.

»Der junge Pastor«, riefen sie froh, »der junge Pastor.«

Der Kutscher kam vom Stall her gelaufen und nahm die Pferde in Empfang, und der Propst, der noch oben gewesen war, eilte freudig erregt herbei.

Er war gerührt von dieser herzlichen Begrüßung und dachte, wenn er ihnen doch Frieden und Ruhe bringen könnte.

»Haben Sie etwas von meiner Tochter gehört?« war die erste Frage des Propstes.

»Ja, Herr Propst, die schickt mich ja zu Ihnen ...«

»Schickt Sie ...? Na, hören Sie mal, in diesen Zeiten kann man doch niemand schicken«, staunte der Propst.

»Ich erbot mich selbst dazu«, verbesserte er sich. »Ihre Frau Tochter mit Mann und Schwiegermutter ist wohlbehalten in der Stadt angekommen, und ich bin hier, um Sie abzuholen ...«

Der Propst schüttelte den Kopf: »Gott sei Dank, daß meine Kinder in Sicherheit sind«, rief er, »aber ich muß bleiben. Ein schlechter Hirt, der seine Gemeinde in Zeiten der Not verläßt.«

»Die Herde ist nicht bedroht«, wandte Stephani ein.

»Finden Sie nicht, daß eine Gemeinde in großer Not ist, wenn sie zu Mord und Brand verleitet wird?«

»Und werden Sie es, Herr Propst, verhindern können?« erlaubte sich der Jüngere einzuwenden.

»Das steht in eines Höheren Hand, aber warnen muß ich sie, auf das Böse hinweisen und das Gute in ihnen stärken.«

»Was soll ich denn Ihrer Frau Tochter sagen? Sie wird sehr enttäuscht sein, wenn ich allein zurückkomme.«

»Das glaube ich nicht. Meine Tochter wird mich verstehen. Ihnen aber bin ich von Herzen dankbar, daß Sie gekommen sind und mir so gute Nachrichten gebracht haben. Bisher habe ich auch jeden Sonntag ungestört predigen können, und der Gottesdienst war gut besucht. Es kann natürlich jeden Augenblick anders werden ... doch genug ... jetzt müssen Sie sich erst ausruhen, und dann sprechen wir weiter. Lisette wird sicherlich schon ein Bett für Sie bereit gemacht haben, so daß Sie sich nur hinzulegen brauchen.«

»Das werde ich mit Vergnügen tun«, versicherte Stephani.

Sie saßen gerade beim Mittagessen. Stephani hatte fest und traumlos geschlafen und saß erfrischt dem Propst gegenüber, der wie immer am Ende des Tisches mit dem Blick aufs Fenster seinen Platz eingenommen hatte. Das Mädchen bediente, sie war aber eben hinausgegangen, als der Propst sich erhob und gespannt hinaussah. Was war denn da?

»Da ist was geschehen«, rief er erschreckt, knüllte seine Serviette zusammen, warf sie auf den Tisch und eilte hinaus. Stephani folgte ihm. Er sah zwei Gestalten in wilder Hast aufs

Haus zukommen. Da kam auch schon Lisette gelaufen und schrie: »Jetzt sind sie da!«

Wer? Was? Dieser barhäuptig daherkommende Mann und diese Frau, die sich ein Umschlagtuch über Kopf und Schultern geworfen hatte, konnten doch keine Gefahr bedeuten? Es war der Fürst, der Gutsherr selbst, mit seiner Schwester. Schon war der Propst bei ihnen, erfaßte ihre Hände, um sie ins Haus zu begleiten. Durch die Einfahrt raste hinterher ein Junge mit einem Packen unter dem Arm. Er lief, was er konnte, und erreichte die Haustür in dem Augenblick, als der Propst im Begriff war, sie zu schließen. Der Junge blieb unschlüssig stehen, aber der Propst erkannte ihn gleich. Es war der blöde Sohn der Viehmagd vom Gut, dem hatte der Diener des Fürsten Pelz und Mütze gegeben mit der Weisung, den Herrschaften nachzulaufen und das abzugeben. Er war ein harmloser Blödling, der bereitwillig das tat, was man ihm sagte. Nun lachte er übers ganze Gesicht und gab die Sachen dem Propst ab.

»Bist ein guter Junge«, lobte er ihn und strich ihm über den Kopf, »lauf in die Küche, da bekommst du was Süßes.«

»Ja, ja«, lallte der Junge und küßte dem Propst die Hand. Für etwas Süßes ging er durchs Feuer.

Stephani hatte die freundlichen Worte des alten Herrn vernommen. Auch in dieser aufregenden Situation dachte er noch an solche Kleinigkeiten.

»Jetzt kommen sie aber wirklich«, rief Lisette.

Alle blickten zum Fenster hin, nur der Fürst hatte sich erschöpft auf einen Stuhl niedergelassen.

»Führen Sie die Herrschaften gleich nach oben in ihr Zimmer«, befahl der Propst.

»Aber soll ich nicht lieber bei Ihnen bleiben?« fragte Stephani.

»Nein, tun Sie, was ich sage ...«

»Ich bin gleich wieder da«, versicherte Stephani, die erschöpften Flüchtlinge die Treppe hinauf geleitend.

Unterdessen polterten schon die Rädelsführer die Stufen zur Veranda hinauf. Der Propst trat ihnen entgegen.

»Was wollt ihr?« herrschte er sie an.

Es mochten vielleicht acht bis zehn Mann sein, die vor dem Hause standen. Er kannte keinen von ihnen. Die Gesichter waren ihm fremd. Auf seine herrischen Worte hin waren sie unwillkürlich einen Schritt zurückgewichen, und da war auch schon Lisette neben ihm und hielt ihm Pelz und Mütze hin.

Unbekümmert um die Bande, tat sie wie ein gutgeschulter Soldat in jedem Augenblick das, was am nötigsten war. Diese gewöhnliche Handlung wirkte irgendwie ernüchternd auf die erhitzten Gemüter. Nun stand der Propst in Pelz und Mütze vor ihnen und sah noch größer, noch ehrfurchtgebietender aus.

»Was wollt ihr«, fragte er noch einmal, aber in etwas milderem Ton.

»Oho«, schrie eine heisere Stimme aus der Menge, »nicht mal ins Haus läßt uns der Pastor hinein, wie Hunde läßt er uns vor der Tür stehen.«

»Einen guten Hund würde ich jederzeit ins Haus holen, aber wilde mit der Peitsche fortjagen. Einzeln könnt ihr zu mir kommen, aber nicht in Massen. Bitte, wer will zuerst ...?«

Die Aufrührer sahen sich an. Jeder wollte dem andern den Vortritt lassen. In diesem Augenblick öffnete Stephani die Tür, um dem Propst zur Seite zu stehen. Da schien es, als ob der schon gesunkene Mut der Bande sich hob. Mit dem Jungen da würden sie schon fertig werden, mit diesem Helfershelfer der Blutsauger. Aber schon erklang wieder die ruhige Stimme des alten Seelsorgers. Er sprach lettisch, damit alle ihn verstehen konnten.

»Bitte«, sagte er zu Stephani gewandt, »warten Sie einen Augenblick, ich werde hier gleich fertig sein.«

Stephani zog sich zurück und beobachtete von der Tür aus den weiteren Verlauf.

»Nun, endlich, was wollt ihr? Warum seid ihr hierher gekommen?«

»Den Fürsten wollen wir, er hat sich hier versteckt«, schrie einer, der in der hintersten Reihe stand.

»Ja, den Fürsten«, echoten die andern.

»Von Verstecken kann gar nicht die Rede sein, und jetzt sage ich euch noch einmal«, und seine Stimme erhob sich grollend, »einzeln bin ich für jeden von euch da, mit jedem will ich vernünftig sprechen, aber alle mit einemmal ... da kommt ihr mir nicht über die Schwelle ...«, und er stellte sich in seiner ganzen Breite und Größe vor die Haustür. Keiner wagte ihn anzurühren. So standen sie sich eine Weile gegenüber, dann zog sich einer hinter den andern zurück. Die letzten, die auf der Veranda gestanden hatten, schrien beim Weggehn drohend: »Wir kommen wieder ... ganz bald kommen wir ... aber dann werden wir viele sein, sehr viele.«

»Der erste Angriff ist nun abgeschlagen«, sagte der Propst, als Stephani ihm beim Ablegen des Pelzes behilflich war. Lisette kam mit einem Tablett in den Flur, auf dem zwei Gläser heißen Tees dampften. Sie wollte sie nach oben bringen, um die Flüchtlinge zu erfrischen.

»Herr Propst, haben Sie das gesehn, sehen Sie«, rief sie erregt und stellte das Tablett auf die Fensterbank, »da –«

»Was ist denn da schon wieder?« fragte der Propst, auch ans Fenster gehend.

»Haben Sie nicht gesehn, ganz deutlich habe ich ihn erkannt, den Wepris, dies Schwein, diesen Saufkerl, der hat sie hergeführt, aber hinter der Hecke an der Einfahrt ist er stehengeblieben, der Lump, er hat sich versteckt, das Luder, aber ich habe ihn doch gesehn.«

»Das ist schon möglich«, bestätigte der Propst gelassen und wandte sich gleichgültig vom Fenster ab.

»Der Fürst muß weg«, verlangte Lisette energisch und griff nach dem Tablett.

»Ich gehe gleich zu ihm und werde es ihm sagen, daß Lisette es verlangt«, meinte er scherzend.

»Viel zu leicht nimmt der Herr Propst alles, viel zu leicht. Immer nur an andere denken, so kann man auch nicht, so geht das nicht weiter«, ärgerlich verschwand sie mit ihrem Tee nach oben.

Der Fürst und die Schwester hatten sich nun soweit erholt, daß beraten werden konnte, was zunächst zu tun sei. Sie wollten so schnell wie möglich fort. Sie wußten selbst nicht, wie das alles gekommen sei. Ihre Dienerschaft habe sie hinausgedrängt, um sie zu schützen, denn eine Rotte verkommener Kerls sei ins Schloß gestürmt und habe, was ihnen im Wege lag, zertrümmert. Es sei anzunehmen, daß sie zuerst in den Weinkeller eingedrungen sind, sich vollzusaufen. So hätten sie es bisher überall gemacht. Diese Zeit mußte ausgenutzt werden, um die notwendigsten Sachen herüberzuholen. Im Schutz der Dunkelheit sollte dann Stephani mit ihnen genau denselben Weg zur Station nehmen, den er in der Nacht vorher benutzt hatte, um herzukommen. Der blöde Junge wurde hin- und hergeschickt und schleppte Koffer auf Koffer mit dem Schlitten ins Pastorat. Stephani benutzte die Zeit, um, ohne jemand ein Wort zu sagen, zum alten Osolin hinüberzufahren. Er wollte mit diesem zuverlässigen Kirchenvormund sprechen, seinen Rat hören, ihn bitten, den Propst zu veranlassen, Malmuische für einige Zeit zu verlassen.

Der Bauer hörte sich schweigend alles an, was Stephani anführte. Schließlich sagte er: »Sie haben recht, es sieht schlecht aus. Ich verstehe, daß Sie sich um den Propst sorgen, daher will ich selbst ins Pastorat kommen, um mit ihm zu sprechen.«

Stephani frohlockte. Er hoffte, daß es dem Bauern gelingen würde, den Propst zur Mitfahrt zu bewegen. Freilich mahnte in ihm eine Stimme, es sich zu überlegen, ob er es verantworten könne, den Propst zu einer Tat zu bewegen, die dieser aus Gewissensgründen ablehnte. Aber er fand immer neue Beweise, die für seinen Wunsch sprachen, so daß er zuletzt überzeugt war, es fehle nur noch ein kleiner Anstoß, dann habe er gewonnen, und den würde der Kirchenvormund geben.

Bald nachdem er zurückgekehrt war, wurde Osolin gemeldet.

»Kommen Sie mit«, forderte ihn der Propst auf, »der Alte wird sich freuen, Sie zu sehen.«

Mit etwas schlechtem Gewissen folgte er der Aufforderung. Wenn der Propst wüßte, daß er den Kirchenvormund aufgesucht hatte, um ihn zu seinem Bundesgenossen zu machen, würde er sicherlich ungehalten sein.

Unauslöschlich war der Eindruck, den er von diesem Zusammentreffen empfing. Nicht was geredet und gesagt wurde, prägte sich ihm ein. Noch nie war es ihm so aufgefallen wie eben, daß die Haltung der beiden so viel Ähnlichkeit aufwies. Bei dem einen war keine Spur von Überheblichkeit, bei dem andern nichts von Unterwürfigkeit. Zwei Gleichwertige aus ganz verschiedenen Lebenskreisen begegneten sich. Und doch spürte er das unsichtbare Band, das sich um sie schlang.

»Herr Propst, wir können Sie nicht schützen«, begann der alte Mann.

»Schützen? Was höre ich? Seit wann brauchen wir Menschenschutz?« unterbrach ihn der Propst. Der Bauer nickte zustimmend, fuhr aber fort: »Die Regierung will oder kann nicht für Ordnung sorgen, und die Wilden haben die Oberhand, im Augenblick jedenfalls. Vielleicht wäre es doch besser, wenn der Herr Propst für diese Zeit wegfahren würde.«

Der alte Herr lehnte sich weit in seinen Armstuhl zurück und sah mit einem verstehenden Lächeln von einem zum andern.

»Mein lieber Kirchenvormund, mein alter Osolin, du bist nicht von selbst darauf gekommen, mir das zuzutrauen, daß ich meine, die doch auch deine Gemeinde ist, verlassen soll«, und er drohte Stephani mit seinem langausgestreckten Zeigefinger, »dahinter steckt mein junger Amtsbruder.«

Über das verwitterte Gesicht des Bauern ging ein Leuchten. Ja, so, gerade so mußte sein lieber Pastor sprechen, er enttäuschte ihn nicht. Der junge Amtsbruder aber senkte die Augen, er fühlte sich als Außenstehender. Die beiden waren sich einig. In ihrer Lebensmitte stand der gute Hirte, sie waren bereit, seinem Vorbild nachzufolgen, auch unter der Gefahr des eignen Lebens.

In den Augen der beiden Männer schimmerte es feucht, und ihre Hände lagen zum Abschied fest ineinander.

Die Rückfahrt mit dem Fürsten und seiner Schwester verlief ohne weitere Störung. Stephani begleitete sie in ihr Hotel, wo sie fürs erste bleiben wollten, dann fuhr er zur Baronin Campenhausen.

»Meine Tochter wird mich verstehen«, an diese Worte des Propstes dachte er, als sie ihn empfing. »Ich wußte es«, sagte sie, »daß es vergeblich sein würde, meinen Vater umzustimmen. Verzeihen Sie mir, daß ich Sie trotzdem bat, aber ich mußte einen Versuch unternehmen, sonst hätte ich keine Ruhe gefunden.«

Sie schwieg und sah vor sich hin, dann hob sie ihren Kopf und ihre Blicke trafen sich ... Nur sich nicht rühren, dann ist der schöne Traum zu Ende ...

Sie wußten nicht, wie lange sie sich so gegenüber gesessen hatten, da klopfte es an die Tür. Das Zimmermädchen meldete, daß die Rote-Kreuz-Schwester gekommen sei. Schnell stand die Baronin auf.

»Mein Mann ist sehr krank«, sagte sie entschuldigend, »ich mußte mich nach einer Pflegerin umsehen, sobald er sich erholt hat, reisen wir nach Davos.«

Stephani verließ wie benommen das Haus. Jetzt konnte er niemand sehen. Es gelang ihm, unbemerkt bis zu seinem Zimmer zu gelangen, nur Olga, die Perle, sah er auf dem Korridor. Er trug ihr auf, ihn zu entschuldigen, er sei so müde, daß er erst ungestört schlafen möchte. Es brauche sich niemand mehr um ihn zu sorgen, er sei heil und gesund wieder da. Stimmte das?, dachte er. Heil und gesund? Bis ins Herz war er getroffen.

Die Wogen in seinem Innern gingen auch in den nächsten Tagen hoch, und er wäre in Selbstquälereien versunken, wenn nicht die Zeit so voll Unruhe und Aufruhr gewesen wäre. Jeder Tag brachte neue Schreckensmeldungen von Überfällen auf Gutshäuser und Bedrohungen der Geistlichen. Die Stadt füllte sich mit Flüchtlingen, und die Unsicherheit auf den Straßen nahm zu. Die Polizei verhielt sich passiv, sie sollte und wollte wohl auch nichts sehen und hören. Es bildete sich ein Selbstschutz, zu dem jeder ordnungsliebende Mann gehörte. Mit Alarmglokken wurden die Wohnungen versehen, die Häuser untereinander mit Klingelzügen verbunden. Ertönte das Signal, so stürzten die Männer des Selbstschutzes dem Angegriffenen zu Hilfe. In vielen Fällen gelang es dadurch, Plünderungen zu verhindern, im Keim zu ersticken. Stephani wurde zum Führer einer Selbstschutzgruppe gewählt. In der Zeit, da er seines Amtes wegen unterwegs sein mußte, vertrat ihn ein anderer junger Mann aus der Nachbarschaft.

Als Vikar für Riga-Land wurde er bald hier, bald dort eingesetzt. Die Postverbindung war unregelmäßig geworden, die Züge hatten Verspätungen. Pferde und Wagen zu bekommen war fast unmöglich. Mitten auf dem Wege wurden den Bauern die Pferde ausgespannt, sie blieben hilflos im Wagen zurück oder die Bande beschlagnahmte das ganze Fuhrwerk. Die Bauern mußten zusehen, wie sie zu Fuß nach Hause kamen.

Die Besonnenen verließen ungern das Haus, nur die Aufrührer jagten hin und her, gründeten Komitees, deren ausführende Organe zügellose Banden waren.

Frau Stephanis Wangen waren oft rot und glühten, nicht weil sie sich besser fühlte, sondern weil sie sich so sehr um Mann und Sohn sorgen mußte. Gegen die Pastoren, die Helfershelfer des Adels, des Großgrundbesitzes, richteten sich die Angriffe ganz besonders. Man versuchte die Gottesdienste zu stören.

Aber trotzdem waren die Kirchen Sonntag für Sonntag gut besucht. Wenn Stephani die versammelte Gemeinde in den verschiedenen Kirchen vor sich sah, überkam ihn eine Freudigkeit zur Verkündigung. Hierher, in diese ehrwürdigen, schlichten Gotteshäuser flüchteten sich die Menschen in dieser Zeit des Unfriedens, hier suchten sie in diesen Tagen der Unsicherheit nach einem festen Grund. Und er hatte das Recht, ihnen den Frieden in Gott zu verkündigen, er hatte die Pflicht, sie auf den einzigen festen Grund hinzuweisen, den ihnen nur der Schöpfer Himmels und der Erde geben konnte. Er trat in Glaubenskraft vor die Gemeinde und betete zu Gott für sie, mit ihr.

Mit aller Inbrunst, mit aller Hingabe tat er es. War das nicht eine zu große Verantwortung, die er zu tragen hatte? Dünkte ihn dieser Auftrag nicht zu schwer? Fürchtete er auch manchmal zu verzagen, so griff er nach der Bibel und hielt sie in den Händen, wie unzählige Diener der Kirche es vor ihm getan hatten, wie unzählige es nach ihm tun würden. Er öffnete sie und las Verse daraus vor, die Ewiges offenbarten, die alle von Gott redeten. Diese Stützen brachen nie.

Und die Gemeinde antwortete ihm mit den alten Chorälen, die in allen evangelischen Kirchen seit der Reformation erklingen. Sie schienen ihm wie ausgestreckte Hände, Gott zugewandt, um ihn zu empfangen, um ihn in ihre Mitte zu holen.

Ja, Gott ist gegenwärtig!

Stephanis Gedanken hatten eine Wendung gemacht, sie lösten sich von dem, was ihn so sehr bewegt, was ihn so sehr geschmerzt hatte. Sie kehrten sich der Aufgabe seines Lebens zu.

Der geregelte Haushalt im Pastorat Stephani geriet in Unordnung. Undenkbares war passiert. Olga war verschwunden, Olga, die fünf Jahre lang zuverlässig und treu gedient hatte, war plötzlich nicht da. Bisher war die Ursache der Aufregungen von außerhalb gekommen. Im Hause hatte man wie in einem sicheren Hafen gesessen, denn an der gewohnten Ordnung hatte sich nichts geändert. Aber nun war Olga an ihrem freien Sonntagnachmittag weggegangen und nicht wiedergekommen. Am Montag morgen fehlte dem Pastor die richtige Pfeife nach dem Frühstück, Onkel Victor mußte aus einem gewöhnlichen Glas seinen Tee trinken statt aus seiner goldenen Tasse, die eine Miniaturnachahmung des Samowars darstellte. Aufgeregt lief er mit seinen kurzen Schritten hin und her. Nein, diese Olga, und das nach fünf Jahren untadeligen Dienstes. Sie verscherzte sich ja jegliche Ordensauszeichnung, brummelte Onkel Victor. Lotting rannte in die Küche, um Mutterchen den Haferschleim ans Bett zu bringen, was sonst Olga immer tat. In ihrem Unmut kippte sie einen Wassereimer um, daß die ganze Küche schwamm, verschüttete die Hafersuppe auf dem Tablett und rief die Köchin um Hilfe, die aber war mit dem Aufwischen des Fußbodens beschäftigt, und ohne aufzusehen sagte sie: »Ich habe nur zwei Hände.«

Aber die war ja immer so grob gewesen. Nein, diese Olga, so was muß man einem wenigstens vorher sagen.

»Erbarm dich«, murrte Tante Hanning, »jetzt kann ich wohl mein Bett selbst machen. Es ist unerhört mit diesen Letten!«

Als Fritz abends nach Hause kam, fand er seine Familie erschöpft vor. Der Tag ohne Olga war anstrengend gewesen. Fritz konnte sich eines Lächelns nicht erwehren. Solchen Kleinigkeiten gegenüber waren sie hilflos. Wie hing doch der Mensch an seinen täglichen Gewohnheiten. Er machte sich Gedanken um das Mädchen. War ihm etwas zugestoßen? War sie, dem allgemeinen Zeitgeist folgend, rebellisch geworden und wollte nicht mehr dienen?

»Kennt man die Adresse von ihr?« fragte er.

»Ihre Eltern wohnen auf dem Lande«, erwiderte die Mutter, »zu denen ist sie aber nicht gefahren, das hat sie mir ausdrücklich gesagt. Sie ist zu ihrer Tante gegangen, die in der Moskauer Vorstadt wohnt.«

»Ein etwas weiter Begriff, um jemand zu finden«, brummelte Onkel Victor.

»In der Nähe des Trödelmarktes muß es sein«, erläuterte Lotting, »sie hat mir einmal einen Hut gezeigt, den sie da spottbillig gekauft hat.«

»Auch das genügt nicht«, stellte Fritz fest, »wenigstens den Namen der Tante müßte man wissen.«

»Ja«, sagte der Vater in seiner bedächtigen Art, »die heißt Kalnin, ich habe mir ihre Adresse aufgeschrieben, nicht, weil ich auch einen spottbilligen Hut auf dem Trödelmarkt kaufen wollte, sondern weil Frau Kalnin mal krank war und ich ihr durch die Gemeindeschwester eine Unterstützung zukommen ließ. Bring mir doch mein Notizbuch vom Schreibtisch.«

Fritz holte und reichte es ihm.

»Aha«, sagte er, darin blätternd, »hier ist es schon ... Frau Emilie Kalnin, wohnhaft in der Fabrikstraße 25 ... Nun also ...«

»Was heißt nun also?« fuhr Tante Hanning auf. »Da kann ja doch niemand von uns hingehen.«

»Warum denn nicht?« fragte Fritz mit gespieltem Erstaunen.

»Erbarm dich, Moskauer Vorstadt, das weiß doch jeder. Fabrikstraße? Da steckt das Revolutionsnest.«

»Liebe Tante Hanning«, der Neffe lächelte überlegen, »in solche Nester, durch solche Vorstädte muß ich dauernd fahren.«

»Das würde ich aber auch nicht machen«, ermahnte der Vater, »wenn man durchaus nicht muß, soll man sich nicht in Gefahr begeben.«

»Aber Vater, nun ist das Mädchen fünf Jahre bei uns gewesen, da soll man nichts unternehmen, um festzustellen, was geschehen ist? Vielleicht ist sie in Not?« ereiferte sich Fritz.

»Dann wäre die Tante schon hergekommen«, beruhigte die Mutter.

»Vielleicht wagt sie es nicht? Ich gehe jedenfalls morgen hin.«

Fritz sagte es in so energischem Ton, daß keiner zu widersprechen wagte.

Als Stephani am nächsten Morgen in die Droschke stieg und die Adresse nannte, schüttelte der Kutscher den Kopf.

»Dorthin nicht, Herr, dahin kann ich nicht fahren.«

»Nanu, weshalb nicht?«

»Entweder sie nehmen mir das Pferd weg oder sie verprügeln uns alle beide.«

»So schlimm ist das? Hast du es denn schon einmal versucht?«

»Nein, dann hätte ich ja auch kein Pferd mehr, und das muß ich behalten, das gibt mir mein Brot.«

»Dann muß ich eben zu Fuß gehen«, sagte Stephani und wandte sich zum Gehen.

»Das dürfen Sie nicht, Sie sehen aus wie ein richtiger, feiner Herr, und auf die sind die Revolutionäre alle wütend.«

Stephani nickte ihm freundlich zu und schlug den Weg zum Bahnhof ein, hinter dem die Vorstadt lag.

»Es ist Ihnen nicht zu helfen«, seufzte der Kutscher, »nu geht er doch.«

Das Straßenbild in der Moskauer Vorstadt hatte sich verändert. Sonst hatte dort ein lebhafter Verkehr geherrscht, jetzt waren die Straßen menschenleer. Auf dem Trödelmarkt hatten die Stände geschlossen, und Türen und Fenster waren verrammelt. Nur ein Trupp Burschen schlenderte mitten auf der Straße dahin, Hände in den Hosentaschen, Zigarettenstummel im Munde.

Von der andern Seite sah er eine andere Gruppe ihm entgegenkommen. Darunter erblickte er auch Mädchen, das Rot ihrer Kopftücher stach grell ab von ihrer grauen Umgebung. Sie blieben vor ihm stehen und starrten ihn aufreizend an, grinsten ...

»Jetzt haut mir gleich einer von ihnen eins auf den Schädel«, dachte er. Es war ihm äußerst unbehaglich zumute, aber ohne seine Schritte zu beschleunigen, ging er gelassen weiter. Hinter sich hörte er ein schallendes Gelächter. Es hatte wohl einer eine gehässige Bemerkung über ihn gemacht. Dann begannen sie zu grölen. Es war ein bekanntes Revolutionslied, eine helle Mädchenstimme fiel ein, so daß er jedes Wort verstehen konnte. Auf dem Lande hatte er es oft gehört. Die Melodie war dem Tiroler Freiheitslied ›Zu Mantua in Banden‹ entlehnt und der Text eine Übersetzung aus dem Französischen, denn von den Tätigkeiten, die darin angeführt wurden, entsprach keine einzige dem Baltikum. Weder wurde hier Seide gewebt noch Wein angebaut. Doch die Mädchenstimme schmetterte eine ganze Reihe von Strophen, die alle gleich gehässig waren. Die erste summte Stephani vor sich hin:

»Wer selbst in Lumpen gehet
und Samt und Seide webt,
wer pfleget teure Weine
und trocknes Brot nur nagt,
der wird sich endlich retten,
zerschlagen alle Ketten ...«

Ja, wie ging es nun weiter ... na, jedenfalls so ähnlich. Er sah auf ... Wo war er denn eigentlich?

Da links ging die Fabrikstraße ab. Er bog ein. Noch immer hörte er sie singen, ein ganzer Chor brüllte mit.

So werden Massen aufgewiegelt. Zuerst muß die Begierde geweckt werden. Reich werden, reich sein wie die andern ... aber ... war es wirklich so? Ging es nur um Reichtum, um Überfluß?

Ging es nicht auch, um den Hunger zu stillen, ums tägliche Brot? Warum mußten alle sozialen Reformen mit Gewalt und Mord durchgesetzt werden? Könnte es nicht anders geschehen?

Aber hatten die privilegierten Stände jemals ihre Vorrechte ohne Zwang aufgegeben? Die Geschichte aller Völker gibt den Beweis dafür, daß es nicht geschah. Keiner, der auf dem Teppich sitzt, rückt freiwillig von ihm herunter, er weicht erst der brutalen Gewalt. Und das Christentum? Das hatte auch nicht an soziale Reformen gedacht. Ihm fiel der Brief des Apostels Paulus an Philemon ein. Paulus verlangt nicht, daß Philemon seinem Sklaven die Freiheit schenkt, aber er bittet ihn, den entlaufenen Diener als Bruder in Christo bei sich aufzunehmen. Da liegt die Lösung des Problems, aller Probleme, in der inneren Wandlung, aus ihr kommt das andere Verhältnis zum

Herrn. Wie sollte man das in die Tat umsetzen? Was könnte der einzelne zur Verwirklichung tun?

»Bei sich selber anfangen«, rief es in ihm, »jeder bei sich selber.«

Da stand ja schon 50! – Vorübergegangen, in Gedanken glatt zu weit gegangen. Und wo waren die Sänger geblieben? ... Alles war still geworden, und kein Mensch war zu sehen. Er ging zurück. 25 war ein kleines Holzhaus, aber es machte einen sauberen Eindruck. Er trat in einen dunklen Flur und klopfte an die erste Tür. Eine Frau in mittleren Jahren öffnete ihm.

»Frau Kalnin?« fragte er.

Sie nickte.

»Ist Olga bei Ihnen?«

»Da liegt sie«, sie wies auf eine zusammengesunkene Gestalt am Bettrand.

»Ist sie krank?« erkundigte sich Stephani.

»Nein, sie ist nicht krank. Sie ist nur eben aus dem Gefängnis zurückgekommen und ist deshalb so verzweifelt.«

»Gefängnis? Wie kommt sie dahin?«

»Krischjahn, der Bruder, ist doch Sonnabend festgenommen worden. Was kriecht er auf so ein Meeting? Heute abend sollen die Gefangenen abtransportiert werden, so haben die andern Frauen erzählt. Gestern war sie schon da und heute ist sie wieder hingelaufen. Nun was, die Frauen stehen weinend davor ... gesagt wird doch nichts.«

»Olga, kommen Sie, setzen Sie sich zu mir an den Tisch«, bat Stephani, »und erzählen Sie, was geschehen ist.«

Die Tante fuhr schnell mit der Schürze über den Stuhl, ehe sie den Pastor zum Sitzen nötigte. Olga stand wie ein gehorsames Kind auf, strich sich die wirren Haare aus dem Gesicht und begann, von Schluchzen unterbrochen, von dem Schicksal ihres Bruders zu berichten. Er war Arbeiter in der Brauerei Wolfschmidt. »Hätt' ich ihn bloß nicht in die Stadt geholt, aber er wollte doch so gern, und da hab' ich gedacht, den Winter über ist auf dem Lande sowieso weniger zu tun, da kann er sich hier ein Stück Geld verdienen. Die Tante wollte ihn auch bei sich aufnehmen. Ich dachte doch nur, was Gutes zu tun«, und sie begann wieder haltlos zu weinen, auch der Tante flossen die Tränen. Um sie zurückzudrängen, schnob sie laut und vernehmlich mit der Nase.

»So kommen wir nicht weiter«, dachte Stephani. »Was hat er

denn getan«, wollte er wissen, »warum ist er denn ins Gefängnis gekommen?« ermunterte er die Frauen zum Weitererzählen.

»Getan, gar nichts, das ist es ja eben, er ist ganz unschuldig ... Ich hab' ihm immer gesagt, halt dich zurück von den Revolutionären.«

»Ja, das hat sie«, bestätigte die Tante, »und ich habe ihn auch vermahnt, aber hört denn die Jugend heutzutage auf einen? Nun ist das Unglück geschehen. Wo werden sich die Russen das bieten lassen?«

»Aber Krischjahn sagte, er konnte nicht anders«, verteidigte Olga den Bruder, »in der Fabrik hätten sie ihn ausgelacht, verhöhnt. Du Muttersöhnchen, du Feigling ... Sie drohten, ihn zu verprügeln ... Er mußte zum Meeting gehen. Es blieb ihm nichts anderes übrig. Und am Sonnabend – ob jemand sie verpfiffen hat? – kam die Polizei. Die Dummen, die Unschuldigen nahm sie gefangen, die Gerissenen, die wußten sich zu retten, die sind alle ausgekniffen. Zwanzig Arbeiter von Wolfschmidt haben sie festgenommen. Und jetzt«, der Schmerz überwältigte sie, »jetzt sollen sie weggebracht werden.« Sie weinte herzzerbrechend.

»Na, Olga, weinen nützt nichts, weinen hilft gar nichts ... wir wollen lieber beraten, was man tun könnte. Ich will Ihnen helfen, soviel ich kann.« Die Frauen stürzten sich auf seine Hand und küßten sie ehrerbietig.

»Versprechen kann ich nichts«, wehrte er ab, »aber ich will mit dem jungen Herrn Wolfschmidt sprechen. Er war ein Schulkamerad von mir.«

»Ja, ja, ich weiß«, sagte Olga, »ich habe ihn auch manchmal gesehn. Aber alle sagen, der alte Herr soll besser sein als der junge ...«

»Nun, den kenne ich auch«, beruhigte der Pastor, »ich werde mit beiden sprechen ... aber ob es nützen wird ...«

Wieder verneigten sie sich vor ihm.

»Gott wird mit Ihnen sein«, sagte die Tante mit gefalteten Händen.

»Ich werde gleich zurückgehen«, versprach Olga, »zwei Tage bin ich schon weggeblieben, aber die gnädige Frau wird es mir hoffentlich verzeihen.«

»Da brauchen Sie sich keine Sorgen zu machen, ich werde Sie entschuldigen. Heute bleiben Sie noch hier bei der Tante und kommen dann morgen.«

»Gott lohn' es Ihnen, Gott lohn' es Ihnen«, dankte sie mit

Tränen, »dann kann ich Krischjahn noch das Mittagessen bringen.«

»Hier, kauf ihm noch was Schönes«, Stephani drückte ihr 50 Kopeken in die Hand.

Auf dem Heimweg fiel ihm auf, daß er keine Gruppen mehr erblickte. Nur ein paar Frauen mit Körben am Arm eilten an ihm vorüber.

Am Dünaburger Bahnhof fand er die ersten Droschken. Er winkte einer zu, nannte die Adresse und stieg ein. Sofort setzte sich das Pferd in Bewegung.

»Alles ruhig?« fragte er, während sie schon fuhren.

»Hier in der Petersburger Vorstadt ist alles still«, antwortete der Fuhrmann. Man hörte es ihm an, daß er stolz war, zu diesem Stadtteil zu gehören. »Nur in der Moskauer Vorstadt«, fuhr er in verächtlichem Ton fort, »da streiken sie und schreien sie, aber das wird schnell vergehen, denn ich sah Gordewois am Bahnhof vorüberreiten und gleich in die Suworowostraße einbiegen.«

Aha, dachte Stephani, daher die leeren Straßen, und laut sagte er: »Haben denn die Revolutionäre Angst vor der Polizei?«

»Oho, und wie sie Angst haben, braucht nur ein Gordewoi die Nase zu zeigen, schon sind sie weg.«

Der alte Wolfschmidt war zuerst nicht zu Hause, aber Ferdinand, sein Sohn, begrüßte ihn erfreut.

»Na, sieht man dich auch mal, altes Haus?«

»Du hast dich bei mir auch nicht blicken lassen«, gab Stephani zurück.

»Wie sollte ich, du bist doch nie da«, entschuldigte sich der andere.

Obwohl sie fast die ganze Schulzeit zusammengewesen waren, hatte sich das Verhältnis zueinander nie besonders herzlich gestaltet. Die großspurige Art des reichen Fabrikantensohnes war dem feiner gearteten Stephani zuwider gewesen. Es hatte zwischen ihnen nur ein gesellschaftlicher Verkehr stattgefunden. Auch jetzt gingen ihre Ansichten gleich auseinander.

»Hast du am Ende auch meinen Vater nötig? Ich kann dir sagen, mein alter Herr wird von Frauen, Müttern, Schwestern geradezu belagert. Nun ist die Angst groß um die Männer. Ich würde an seiner Stelle nicht einen Finger rühren, aber er ist ja so gutmütig ... Sollen doch diese Halunken mal auslöffeln, was sie sich eingebrockt haben.«

Stephani ärgerte dieses gedankenlose Gerede, er setzte zu einer zurechtweisenden Antwort an: »Alle sind doch nicht Halunken ...«, da betrat der alte Wolfschmidt das Zimmer.

»Oh, der Herr Pastor, welch seltener Gast in unserer Hütte«, rief er.

Stephani sah sich um, schöne Hütte, dieser, der damaligen Mode entsprechend, elegant eingerichtete Salon.

»Ja, ja, mein Lieber«, fuhr Wolfschmidt fort, »ich glaube, seit Sie in Amt und Würden sind, habe ich Sie nicht mehr gesehen.«

Stephani spürte den Vorwurf, der in seinen Worten lag, denn er wußte, daß dem Vater viel daran gelegen war, daß sein Sohn mit ihm verkehre. Es war ihm peinlich, jetzt gleich mit seinem Anliegen zu kommen. Der alte Herr nahm wohl an, daß es sich bei ihm um einen Besuch handele. Ferdinand kam ihm unbeabsichtigt zu Hilfe.

»Denk nur nicht, Papa, daß er um unseretwillen gekommen ist, der ist sicherlich nur in Sorge um irgendein verirrtes Schäflein seiner Gemeinde und hat dich nötig.«

»So ... auch du, Brutus«, zitierte der alte Herr seufzend, »also, schießen Sie los, aber möglichst kurz ...«

Das tat Stephani.

»Ihr Glück, Pastor, daß Sie mich schonend behandelt haben, Sie können sich nicht denken, wieviel ich seit Sonntag, da meine Arbeiter sitzen, an langatmigen Geschichten habe anhören müssen. Warum der Vater trinkt, die Mutter Zwiebeln ißt und die Großmutter nicht mehr spinnen kann. So ein Fall wie Ihrer, zu Hunderten gibt es die ... zwanzig nur von meinen Arbeitern sitzen drin ... schrecklich, was wird dabei herauskommen ... Blutvergießen ... denn das Strafgericht kommt, es ist schon im Anmarsch, die Polizei wird mutiger. Solange es nur gegen die Deutschen, gegen Gutsbesitzer, Fabrikanten und Pastoren ging, war es den Russen gar nicht so unangenehm, nun aber haben sie angefangen, die Kaiserbilder von den Wänden zu reißen. Da merkt die russische Regierung, daß es auch gegen sie, gegen den Staat geht ... nun wird er strafen ... richten nach seiner Methode ...«

»Und was wird aus den Gefangenen?«

»Erschossen werden die, wenn sie Glück haben ohne viel Qualen ...«

»Um Gottes willen ...«

»Deshalb muß ich mich beeilen, meine Arbeiter freizubekommen. Solange sie noch in den Händen der Polizei sind, wird das möglich sein.«

Stephani atmete erleichtert auf.

»Der Polizeimeister ist ein umgänglicher Mann. Er schätzt meine Getränke und mein Geld.«

»Ich würde keine Kopeke dafür ausgeben«, warf der Sohn erbost ein, »die haben den Deutschen Schaden genug zugefügt. Haben sie nicht gemordet und geplündert?«

Der Alte schüttelte den Kopf: »So ist die Welt, unverbesserlich, du meinst also, jetzt sei die Gelegenheit gekommen, sich zu rächen, ebenso zu handeln.«

»Sie tun ein gutes Werk, Herr Wolfschmidt«, rief Stephani begeistert, »ein wahrhaft christliches ...«

»Nein, nein, denken Sie nur nicht, daß ich es aus rein ideellen Gründen tue, hier deckt sich mein Interesse mit dem der Gefangenen. Es sind meine Arbeiter und nicht die schlechtesten, nur die harmlosen haben sich einfangen lassen ... Bitte, sagen Sie Ihrer Olga, abtransportiert werden die Gefangenen nicht. Mehr kann ich noch nicht versprechen. Mit dem Polizeimeister habe ich mich heute abend verabredet, aber meine Kiste bleibt im Wagen, bis ich von ihm die Gewißheit habe, daß er die Gefängnistore geöffnet hat, früher bekommt er die Flaschen nicht.«

»Na, ich kann mir denken, welch teure Tropfen dabei sein werden, du wirst gewiß dafür gesorgt haben, daß er für sein Leben genug hat«, meinte der Sohn grimmig.

»Beruhige dich, das wird mir nicht gelingen, denn er hat einen gewaltigen Durst – und ein immer leeres Portemonnaie.«

Was war doch der alte Wolfschmidt für ein Prachtkerl! Er sah die Dinge, wie sie sind, und machte sich nichts vor. Olga hatte recht gehabt, der Alte ist besser als der Junge, vor allen Dingen viel klüger. Er fand (das wurde in der ganzen Stadt gerühmt) immer noch einen gangbaren Weg, auch aus den schwierigsten Situationen. Jetzt mußte er aber sehen, wie er die gute Nachricht der Schwester zukommen lassen könnte. Er selbst wollte nicht wieder den Gang machen. Vielleicht würde er einen Boten durch den Vater bekommen.

Als er nach Hause kam, wollte er seinen Augen nicht trauen, Olga deckte den Mittagstisch, als ob sie nie weggewesen wäre.

Der Vater rief ihm lächelnd zu: »Olga ist wieder da.«

Lotting hörte in ihren Musikübungen auf und teilte mit: »Ein Glück, daß sie endlich gekommen ist, es war nicht zum Aushalten.« Jeder war erfreut über ihr Wiederauftauchen. Und sie benahm sich ruhig und freundlich wie immer. War das nun

Selbstbeherrschung oder Urwüchsigkeit? Vom Sturm sich schütteln lassen und gleich nachher sich aufrichten können?

»Gott hat geholfen, Gott hat geholfen«, rief sie einmal übers andere, als der Pastor ihr mitteilte, daß die Gefahr des Verschikkens für den Bruder nicht bestände.

»Gott lohne es Ihnen, Herr Pastor!«

Sie hatte sich davor gegraut, den Nachmittag untätig bei der Tante zu bleiben, und war daher in die gewohnte Arbeit zurückgekommen. Sie bat nur um die Erlaubnis, abends nach Hause gehen zu dürfen. Die wurde ihr gewährt, und sie versprach, am nächsten Morgen zeitig da zu sein, um die Stuben sauber zu machen und den Frühstückstisch herzurichten.

Tatsächlich, am nächsten Tag war sie wieder da, Olga, die Perle. Der Pastor konnte mit Genuß seine richtige Pfeife rauchen, Mutterchen bekam ihren Haferschleim zur Zeit, Lotting konnte in der Küche kein Unheil anrichten, Onkel Victor schlürfte den Tee aus seiner goldenen Tasse, und Tante Hanning brauchte ihr Bett nicht selbst zu machen. Die gewohnte Ordnung war wieder hergestellt.

Olgas Bewegungen waren beschwingt, denn gestern, gestern abend noch, welch freudige Überraschung, die Tante war eben zum Brunnen gegangen, um Wasser zu holen, und hatte die Tür nicht geschlossen, da ... da stand mit einemmal Krischjahn, der Bruder, wirklich und leibhaftig da.

Beinah hätte die Tante den Eimer fallen lassen, als sie ihn erblickte, sie dachte zuerst, es sei sein Geist.

Das war ein Glück! Gesegnet sei der junge Pastor ... nein, nein ... solch ein Glück!

Die lettische Revolution verlief wie alle Revolutionen. Mit Reden fangen sie an, mit Mord und Brand werden sie ausgeführt und enden, einerlei wer siegt, mit grausamen Strafgerichten. Der Vernichtungswille ist immer stärker als die Vernunft. Schuldige und Unschuldige werden ins Gefängnis geworfen, und viele müssen ihr Leben lassen.

Solange die Pastoren und alle Deutschen die Angegriffenen waren, mußten sie sich wehren. Ihre Stellung war eindeutig. Der Konflikt in ihnen begann erst, als die russische Regierung zur Herstellung der Ordnung Kosaken ins Land schickte. Die Deutschen als kaisertreues Element hatten nun nichts mehr zu fürchten. Und doch war es für sie eine schwere Zeit. Sie hatten viel gesehen, viel erlebt. Sie wußten, daß der und der mitgeplündert, mitgemordet hatte. War es nun ihre Pflicht, die Schuldigen anzuzeigen? Die einen meinten, man müsse um der Gerechtigkeit willen es tun, die andern sagten, dadurch erwecke ich keinen meiner Angehörigen wieder zum Leben.

Und wer waren denn diese Richter? Wilde Kosaken! Ein Menschenleben galt wenig bei ihnen. Sie raubten und plünderten selbst bei jeder sich bietenden Gelegenheit.

Deutsche Pastoren, die lettische Gemeinden bedienten, gerieten in Gewissensnot. Es waren doch ihre Gemeindeglieder, ihre ihnen anvertrauten Seelen, die unter Anklage standen, denen Strafgerichte drohten.

Hatten nicht die Letten für die Freiheit ihres Volkes gekämpft? Sie hatten die Vormundschaft der Deutschen abschütteln wollen, sie hatten sich von der russischen Herrschaft zu befreien versucht. Von einem eigenen Staat hatten sie geträumt. War das verwerflich?

Wer aber solche Ansichten äußerte, geriet in Gegensatz zu der allgemeinen Meinung. Alles hätten die Letten von den Deutschen erhalten: ihre Bildung, ihre Kultur, die Entwicklung ihrer Sprache, und das war der Dank? Richtig, gab Stephani zu, aber nun fühlten sie sich mündig und wollten sich selbst regieren. Das ist nun mal das Ziel eines Volkes. Jedes Land versucht seine Kolonialherren abzusetzen, zu entthronen.

Dankbarkeit spielt in der Politik keine Rolle. Nirgends! Als Vikar für Riga-Land kam Stephani in verschiedene Gemeinden, mußte bald hier, bald dort predigen.

Überall versuchte er die Härten zu mildern, stellte sich vor die Angeklagten. Manche Anfeindung erfuhr er dadurch in seinen Kreisen, und die Letten sahen in ihm nur den Deutschen, der zu denen gehörte, die sie unterdrückt hatten, daß er zu denen gehörte, die sie gefördert hatten, das vergaßen sie. Er fühlte es, daß sie ihm mit Mißtrauen begegneten, und wenn auch das kirchliche Leben ohne Störung verlief, er ihre Kinder taufte, konfirmierte, Trauungen vollzog, ihnen das heilige Abendmahl auf dem Sterbebett reichte, so blieb doch das Verhältnis zum Pastor kühl. Stephani litt unter diesen Umständen. Er sehnte sich nach einem anderen Wirkungskreis.

In dieser Zeit, da sich durch die Strafgerichte eine Friedhofsruhe über das Land legte, erreichte ihn ein Brief von seinem lieben Propst, der ihn tief erschütterte. Der alte Osolin war von den Kosaken erschossen worden. In seinem Hause habe, wie überall, eine Haussuchung stattgefunden, und man hatte dabei auf dem Boden zwei alte unbrauchbare Flinten aus Großväters Zeiten entdeckt, die dort achtlos liegengeblieben waren. Sie wurden ihm zum Verhängnis, denn der Befehl lautete, bei wem Waffen gefunden würden, der wäre sofort zu erschießen. Da die Russen kein Wort Lettisch und Osolin kein Russisch konnte, war eine Verständigung nur durch den Dolmetscher möglich.

Ein junger Kosakenoffizier, der besonders schneidig auftreten wollte, hörte auf keine Erklärungen, auf kein Flehen der weinenden Frauen, ließ Osolin fesseln und auf den Hof führen. Einer von den Arbeitern, der das Unglück kommen sah, hatte sich auf ein Pferd geschwungen und war ins Pastorat gejagt.

Mit dem Ruf: »Osolin wird erschossen, Osolin wird erschossen!« stürzte er vor den Propst.

Ohne auch nur mit einer Frage Zeit zu verlieren, war der Propst schon im Stall. Er und der Kutscher spannten die Pferde an, und fort ging es. Sie sausten dahin. Zu spät, die Schüsse waren eben gefallen. Der alte treue Kirchenvormund war tot. Der Kosakentrupp schickte sich an, gleichmütig den Hof zu verlassen.

Klagen? Bei wem? Vorwürfe machen? Warum? Es war in einem Lande, da Kriegszustand herrschte, ein Befehl ausgeführt worden. Beim Niederschlagen eines Aufstandes wird mit Härte und Strenge vorgegangen.

»Das einzige, was ich erreichen konnte«, schrieb der Propst, »war, daß ich ihn mit allen Ehren beerdigen durfte. Das Gefolge war groß. Ich sah viele, die ich schon lange nicht mehr in der Kirche gesehn hatte. Es müssen wohl manchmal solche Mahnmale aufgerichtet werden, um unsere Gewissen aufzurütteln.«

Drei Jahre waren seit dem Abend vergangen, als Fritz Stephani am nächsten Tag in sein Probejahr nach Malmuische gefahren war.

Sie saßen noch einmal im Musikzimmer zusammen, aber der Platz von Vater und Mutter blieb leer, und Onkel Victor lief nicht mehr durchs Zimmer.

Nur drei Jahre, und drei von ihnen waren nicht mehr. Zuerst hatte eine tückische Krankheit Onkel Victor nach kurzem Krankenlager dahingerafft. Im Frühling des nächsten Jahres löschte Mutterchens Lebenslicht aus. Und vor einer Woche war der Vater einer Lungenentzündung erlegen. Das Elternhaus hatte aufgehört zu sein.

Noch umgaben sie dieselben Räume, noch standen dieselben

Sachen an gewohnter Stelle. Das große Bild hing über dem Sofa, aber Mutterchen würde nie mehr darunter sitzen, und wenn auch der Flügel noch am Fenster stand, so würde der Vater nie mehr darauf spielen.

Auch der weiße Kachelofen strahlte nach wie vor seine Wärme aus, aber er duftete nicht mehr, dachte Fritz.

Sie saßen still und schwiegen. Keiner wollte dem andern mit seinem Leid das Herz beschweren, jeder bemühte sich, mit seinem Schmerz allein fertig zu werden.

Gustav unterbrach die drückende Stille. »Die Wohnung, die wir für Tante Hanning und Lotting gemietet haben, ist doch ganz nett«, sagte er, »findet ihr das nicht auch?«

Keine Antwort erfolgte. Mit seiner gutgemeinten Frage hatte er das Gegenteil von dem erreicht, was er hatte haben wollen. Denn jetzt verglich jeder in Gedanken die kleinen, bescheidenen Zimmer, in die sie ziehen würden, mit den schönen großen Räumen, die sie verlassen mußten.

»Die Miete habe ich schon für zwei Monate im voraus entrichtet«, fuhr er weiter fort und hoffte mit dieser Mitteilung der Tante und Schwester ihre Sorgen ums Dasein zu erleichtern. »Da ich mich jetzt einigermaßen eingearbeitet habe, will ich mich verpflichten, euch ...«, und er nannte eine Summe, bei der die andern ein Lächeln nicht unterdrücken konnten.

Hermann schüttelte den Kopf und wiederholte ungläubig: »Hundert Rubel? Hundert Rubel? Du bist und bleibst unverbesserlich«, fügte er tadelnd hinzu.

Gewiß war das zuviel, viel zuviel, aber Fritz ärgerte sich, daß Bruder Hermann kein Verständnis dafür aufbrachte, daß Gustav durch dieses Angebot Balsam auf ihre Wunden gießen und damit ausdrücken wollte, »nichts ist mir für euch zu schwer, alles, alles möchte ich tun, Unmögliches leisten«.

Daß Gustav nicht berechnete, nie rechnen konnte, daß er nur nach dem Gefühl handelte, das wußten sie ja alle. Aber wenn er Geld hatte, dann hatten wirklich alle welches.

Es war auch tatsächlich so, daß durch dieses Versprechen ein heller Schein auf ihre Gesichter getreten war. Das Zimmer war nicht mehr so öde und leer. Es war so, als ob Mutterchen ihre Hände zusammengeschlagen und ausgerufen hätte: »Mein lieber Sohn, so viel, so viel ...«, als ob der Vater ihm schmunzelnd zugenickt hätte und Onkel Victor seine Wanderung unterbrochen und »unerhört, unerhört« gemurmelt hätte.

»Gustav gibt immer mehr als er hat«, verteidigte ihn Fritz.

»Nun, ich werde mich nicht drücken«, versicherte Hermann, »aber das kann ich natürlich nicht. Ein Viertel von dem, was Gustav vorschlug, will ich dazu beitragen und das«, fügte er mit einem Seitenblick auf den Bruder hinzu, »auch regelmäßig schicken, darauf könnt ihr euch verlassen.«

Gustav nahm diese Spitze nicht übel. Er war sich seines guten Willens bewußt, und an seinem Können zweifelte er nicht, so daß es ihm nicht einfiel, gekränkt zu sein.

»Ich übernehme die Hälfte von Gustavs Angebot, bitte«, Fritz streckte dem Bruder die Hand hin, »schlag ein, Bruder, kannst du nachher mehr geben, steht es dir frei, aber fürs erste laß es so bleiben.«

»Erbarmt euch«, Tante Hannings Stimme zitterte vor Rührung, und ihre Augen waren voll Tränen, »viel zuviel. Meine Lieben, das ist alles viel zuviel. Ich kann für mich nur eins versprechen. Nie werde ich einen von euch mahnen. Wenn ihr uns helft, so werde ich euch danken, aber immer bemüht sein, mit dem auszukommen, was ich selbst habe.«

»Ich will mir meinen Unterhalt selbst verdienen«, warf Lotting selbstbewußt ein, »ihr seid verheiratet und müßt für eure eignen Familien aufkommen.«

»Erlaub mal«, rief Fritz dazwischen, »du scherst alle über einen Kamm. Ich bin unbeweibt.«

»Wie lange noch?« zweifelte Lotting.

»Hast du jemand für mich?« scherzte Fritz.

»Jedenfalls werde ich mir Mühe geben, dir eine zu besorgen«, versprach die Schwester.

Mit einemmal war die Stimmung gelockert. Das Leben ging weiter, und es ging im Geist der Eltern weiter. Sie kamen auf die Auflösung des Haushalts, die Verteilung der Möbel zu sprechen. Und es kam zu keinen Unstimmigkeiten. Den Vorrang im Aussuchen hatten Tante Hanning und Lotting, die großen, schweren Möbel übernahm Fritz. Bis er in ein Pastorat einzog, wollte er die Möbel in einem Speicher abstellen.

»Ich hoffe, daß sie dort nicht lange zu bleiben brauchen«, erklärte Fritz. Erstaunt sahen die Geschwister ihn an.

»Du hast noch nicht davon gesprochen, daß du Riga-Land aufgibst«, wunderte sich Gustav.

»Nein, da bleibe ich nicht, ich habe überhaupt, da Mutterchen nicht mehr da ist, der so sehr daran lag, daß ihre Söhne in der Heimat bleiben, keinen Grund mehr, im Baltikum mich festzulegen.«

»Das kann ich nicht begreifen«, widersprach Gustav, »wenn dir dein jetziger Wirkungskreis nicht zusagt, dann ... wirst du doch wohl hier noch was anderes finden.«

»Das glaube ich nicht. Die deutschen Gemeinden sind alle versorgt, und in eine lettische gehe ich nicht ... Schon am nächsten Sonntag halte ich meine Vorstellungspredigt in Krettingen.«

»In Krettingen? Wo ist denn das?« riefen sie alle.

»In Litauen, richtiger gesagt, im Kownoschen Gouvernement, hart an der preußischen Grenze. Es ist eine kleine deutsche und eine größere litauische Gemeinde ...«

»Soviel ich weiß, ist das Kownosche Gouvernement, das ehemalige Großfürstentum Litauen, rein katholisches Land«, bemerkte Hermann.

»Da hast du ganz recht, es ist evangelische Diaspora. Die Evangelischen sind nur eine kleine Minderheit. Sie wohnen längs der Grenze Lettlands und bilden dort deutsch-lettische evangelische Gemeinden, und an der Grenze Preußens deutsch-litauische Gemeinden, und zu so einer gehe ich. Krettingen ist seit drei Jahren ohne geistliche Bedienung, ohne einen Pastor.«

»Wer hat dich dazu verführt? Wer hat dich gerade auf Krettingen gestoßen?« wollte Gustav wissen.

»Das kann ich dir ganz genau sagen. Mein lieber alter Propst, der hat mich gefragt, ob das nicht etwas für mich wäre. Ein Freund von ihm wohne dort seit Jahrzehnten und habe ihm die Not geschildert und ihn um Hilfe gebeten. Und ich habe das als einen Wink von oben aufgefaßt und fahre zum nächsten Sonntag hin.«

Die Geschwister schwiegen. Jeder dachte dasselbe, Fritz fort, Hermann weit weg, wer blieb noch, nur Gustav und Lotting. Wie anders sähe es aus, wenn Fritz hier ein Pastorat bekommen hätte, dann hätten sie alle ein neues Zuhause gehabt, ein neues Elternhaus ...

Er erriet ihre Gedanken und sagte: »Wo ich auch sein werde, wer von meinen Geschwistern zu mir kommt, der wird ein Zuhause finden. Ich hoffe, daß Lotting alle Feste und Ferien bei mir verbringen wird.«

So überzeugt er auch war, einen richtigen Weg eingeschlagen zu haben, so wurde auch sein Herz schwer bei dem Gedanken, die Heimat verlassen zu müssen, die alte Vaterstadt, mit der er sich verbunden fühlte, das Land, das geliebte, aufzugeben.

[illegible] nicht bemerkt [illegible]

[illegible]

[illegible]

[illegible] sagte [illegible]

[illegible]

[illegible]

[illegible]

[illegible]

[illegible]

[illegible]

[illegible]

[illegible]

II. Teil
Diaspora

Als das zwölfte Kind in der Mühle am Minjefluß in Litauen geboren wurde, hatte die Gemeinde Krettingen, zu der auch die Mühle gehörte, endlich wieder einen Pastor. Drei Jahre hatte das Pastorat mit dem großen Garten leergestanden, hatten die Kinder keinen Unterricht gehabt, waren die Alten ohne geistlichen Zuspruch auf dem Sterbebett geblieben. Ab und zu war wohl eine Vertretung gekommen, um Gottesdienst zu halten, die Neugeborenen zu taufen, aber schnell war sie wieder abgefahren und hatte die Gemeinde verwaist zurückgelassen. Jetzt würde es anders werden. Ein Pastor war eingezogen, und die verstreut wohnenden Evangelischen hatten wieder einen Mittelpunkt, um den sie sich scharen konnten. Der Minjemüller, Otto Grubert, kletterte aus dem Wagen und reichte seinem litauischen Knecht die Zügel. Er war eben aus der Kreisstadt zurückgekommen.

»Wo warst du denn so lange?« wunderte sich seine Frau, die rundliche Müllerin, als er ins Haus trat.

»Nun rate mal«, forderte er sie gutgelaunt auf.

»Wie soll ich das wissen, nur das eine weiß ich, im Traktir, der Schenke, warst du nicht«, erwiderte sie.

»Deine gute Meinung ehrt mich«, scherzte er und zog die Mütze vor ihr, »beim Pastor war ich.«

»Beim neuen ...«

»Nun, der alte ist schon seit drei Jahren fort, der konnte es ja nicht mehr sein.«

»Du willst mich wohl zum besten haben, wie kommst du denn zum neuen Pastor, den kennst du doch kaum.«

»Mit dem ist man gleich bekannt. Er fragte nach dir und den Kindern und freute sich über unser Dutzend. Sonntag wird getauft, kannst schon den Kuchen einrühren.«

»Hast du darüber auch mit dem Pastor gesprochen«, spottete sie, »lange genug warst du doch bei ihm.«

Der Müller lachte: »Darüber grade nicht, aber über die Schule. Wir werden eine Schule einrichten.«

»Na, da bist du ja an den richtigen Mann gekommen. Ich sag' schon, deine fixe Idee mit der Schule wird unser Ruin sein«, die Frau wehrte unwillig mit der Hand ab. »Weißt du nicht, daß die russische Regierung keine Erlaubnis für eine Schule, für eine deutsche Schule erteilt?«

»Wir werden sie gar nicht fragen«, trotzte der Müller.

»Noch schlimmer«, ereiferte sich die Frau, »noch schlechter, dann werdet ihr bestraft werden und nach Sibirien kommen.«

»Nach Sibirien, oh, das ist sehr weit«, beruhigte er sie, »wo kein Kläger, da ist auch kein Richter ... die Polizei wird uns nicht anzeigen, dafür werden wir schon sorgen.«

»Polizei – eine unsichere Gesellschaft, heute stehst du dich gut mit ihr, und morgen ist ein anderer da ... Hast du auch bedacht, wo das Geld herkommen soll? Eine Schule braucht einen Raum, der kostet Miete, braucht eine Lehrerin, die beansprucht Gehalt ... wer soll es ihr zahlen, und wo bleibt noch die Beheizung und Reinigung?« rechnete sie ihm vor.

»Das wird sich alles finden«, tröstete er sie, »ich weiß nur, daß Kinder in eine Schule müssen. Edgar ist vierzehn Jahre alt, Olga dreizehn und Paul zwölf, und was können sie? Gar nichts ... Mit Mühe und Not habe ich ihnen etwas Lesen und Schreiben beigebracht ... nein, nein, ich mache dir keinen Vorwurf«, wollte er sie beruhigen, weil er sah, daß sie empört auffahren wollte, »du hast keine Zeit, ich weiß, ich weiß, ich habe auch keine Zeit. Wir müssen eine Schule einrichten, koste es, was es wolle. Der Pastor sagt, jedes Kind in eine deutsche Schule ...«

»Der hat gut reden«, höhnte sie.

»Der redet nicht nur, der will auch was tun. Die Schule kann fürs erste im Pastorat Unterkunft finden, und die Lehrerin wird er auch aufnehmen. Das Haus ist groß genug, meint er.«

»Für wie lange? Ein Pastor muß doch heiraten«, widersprach die Müllerin, »und was wird die Pastorin dazu sagen?«

»Er wird es ihr ebenso beibringen wie ich dir«, schmunzelte er und gab ihr einen schallenden Kuß. Er wußte, was er seiner tüchtigen Ehefrau zu danken hatte. Die große Kinderschar war wohl versorgt, das Hauswesen versah sie so, daß kein Mangel herrschte und immer noch etwas zurückgelegt werden konnte. Mit straffer Hand legte sie auch ihm die Zügel an, wenn er zu viel für seine Schulideen ausgeben wollte. Schule ist gut, sagte sie, aber Geld muß auch sein. Sie selbst hatte keine besucht. In ihrem Elternhause war im Herbst und Frühjahr eine bucklige Näherin ins Haus gekommen, die hatte den Kindern, ihr und den Schwestern, ein bißchen Rechnen, Lesen und Schreiben beigebracht. Die Brüder hatte der Vater in die Stadt aufs Gymnasium geschickt. Für die Mädchen war das Geld zu schade.

Was sie fürs Haus brauchten, lernten sie von der Mutter. Der Müller aber hatte ein paar Klassen des Gymnasiums besucht und wußte den Wert der Bildung zu schätzen. Daher war er eifrig bemüht, sie seinen Kindern zu ermöglichen.

Der Fluß, an dem das Städtchen Krettingen lag, floß nur noch träge dahin, denn es herrschte seit Wochen eine brütende Hitze ohne Regen. Müde überquerte die sonst so übermütig sprudelnde Danje bald hinter Krettingen die russisch-deutsche Grenze, zog sich dann einige zwanzig Kilometer in reizvollen Windungen durch preußisches Gebiet und mündete schließlich bei der alten Hafenstadt Memel breit und ausladend im Kurischen Haff.

Ausgedörrt waren die Holzhäuser Krettingens mit ihren Schindeldächern infolge der langen Trockenheit und ungewöhnlichen Wärme. Holz war das Baumaterial des Landes. Es war billig und reichlich vorhanden. Man baute mit Holz, man heizte mit Holz, viele Hausgeräte waren aus Holz. Außer Kirchen und polnischen Schlössern gab es nur wenige massive Bauten. Auch das Pastorat, in dem Stephani jetzt wohnte, war aus demselben Material. Es war groß und geräumig, hatte viele Zimmer und gehörte zu den stattlichsten Häusern Krettingens. Besonders angenehm war, daß es am Rande des Städtchens lag. Diese Holzhäuser hatten große Vorteile, waren sie doch im Sommer kühl und im Winter warm. Ihr Nachteil bestand in ihrer Feuergefährlichkeit. Besonders im Sommer, während der trockenen Jahreszeit, steigerte sich die Gefahr.

Oft ging der Pastor von Zimmer zu Zimmer und wünschte, daß irgendwo doch ein bekanntes Gesicht auftauchen würde, aber es blieb alles still und leer. Nur die Sachen, die alten Möbel aus dem Elternhause, umgaben ihn. Auch das große Bild von Kaulbach hing wieder über dem Sofa, und er stand manchmal sinnend davor.

Auch er war ausgezogen aus seiner Heimatstadt, aus dem Lande seiner Väter und Vorväter. Er war hinausgezogen wie die kleine Christenschar unter dem Schutz des Höchsten.

Nun mußte er die Fremde nicht nur kennenlernen, er mußte sie mit dem Herzen erfassen, er mußte sie liebgewinnen.

Seine beiden Gemeinden, die deutsche und auch die litauische, wie kamen sie in dieses rein katholische Land? Wie waren sie entstanden? In der Chronik, die sein Vorgänger, Pastor Straumann, geschrieben hatte, fand er Antwort auf diese Fragen.

Der polnische Adel hatte Deutsche ins Land gerufen. Als Beamte auf seine Güter, als Handwerker in seine Städte und als Pächter seiner Mühlen waren sie gekommen.

Das Baltikum hatte von seinem geistigen Überschuß Litauen abgegeben, Pastoren, Ärzte, Apotheker waren vielfach Deutsche, denn das Land selbst hatte noch keine Geistesarbeiter. Längs der lettischen Grenze zog sich eine Kette von Gütern, die sich in deutschen Händen befanden.

Anders war es mit der litauischen Gemeinde, die bestand nur aus Bauern. Aus Bauern, die in Preußen seßhaft gewesen waren, die aber das Land, das hier billiger und reichlicher zu haben war als in dem dichter besiedelten Preußen, gelockt hatte. Einer nach dem andern hatte sich hier angekauft, und so waren ganze evangelische Dörfer entstanden. Was aus Preußen kam, war evangelisch. Diese Bauern mußten ihre Steuern an das Kloster in Krettingen entrichten, ohne dessen geistliche Betreuung in Anspruch nehmen zu können oder auch nur zu wollen. Daher richteten vor ungefähr hundert Jahren vier Bauern, deren Namen noch erhalten sind, im Auftrag aller Evangelischen ein Gesuch an den Zaren Alexander I. und baten um Befreiung von den Steuern ans Kloster und Genehmigung zur Gründung einer evangelischen Gemeinde in Krettingen. Im Gegensatz zu den katholischen Litauern wurden die evangelischen »pruseninkai«, die Preußischen genannt, obwohl sie kein Wort deutsch sprachen.

Ein halbes Jahr später, im Juli 1802, traf die Antwort, der Gründungsukas, ein. Darin stand: »Seine Kaiserliche Majestät hat in Berücksichtigung des alleruntertänigsten Gesuches der deutschen Bauern (hier heißt es schon einfach »deutsche Bauern«) Michael Kasputtis, Anton Penelis, Jurgis Tarvid und Michael Brusdailins, der Bevollmächtigten seitens der Bauern lutherischer Confession Allerhöchst ihnen zu befehlen geruht gemäß ihrem Wunsche in Krettingen sich eine Kirche zu bauen und sie von den Abgaben zu befreien, die sie dem Krettingenschen Kloster zahlen, von welcher monarchischen Genehmigung den bezeichneten Bauern Eröffnung zu machen, ich das Niederlandgericht zu Telschi beauftrage.« Dieser Befehl konnte es aber nicht verhindern, daß die evangelische Gemeinde ein halbes Jahrhundert einen Prozeß nach dem andern gegen das Kloster führen mußte, um sich zu behaupten. Das Kloster wollte auf die Abgaben nicht verzichten, und da es außer der eignen Macht noch die Großgrundbesitzer auf seiner Seite hatte, war es ihm möglich, die Bauern zu zwingen. Wer dem Kloster nicht Steuern zahlte, wurde verklagt, entrechtet, enteignet. Der Himmel ist hoch, und der Zar war weit, es war vorteilhaft, sich mit denen gut zu stellen, die an Ort und Stelle die Gewalt ausübten. Verrat und Eigennutz in den eignen Reihen fügten der evangelischen Sache viel Schaden zu, aber andrerseits fanden sich immer wieder Pastoren, die für die Gemeinde eintraten und ihr schließlich zu ihrem Recht verhalfen.

Von dieser ihm so interessanten Lektüre mußte sich der Pastor direkt losreißen, denn sein litauischer Lehrer wurde ihm gemeldet.

Das war ein Bauer, der nicht einmal schreiben konnte, sondern nur im »Buch« lesen. Das Buch war die Heilige Schrift, es gab nur eines, und das war die Bibel. Darin forschte er eifrig, so daß der Pastor über sein Wissen staunen mußte. Er gehörte zu den »Wortverkündigern«, deren es in jedem Dorf wenigstens einen gab.

Dieser Mann hatte sich bereit erklärt, dem Pastor zu helfen. Der Pastor las ihm die Predigt vor, und er verbesserte die Aussprache und den Ausdruck.

Eigentlich lehnte jeder »Wortverkündiger« so eine vorbereitete Predigt ab. Sie vertraten die Ansicht, daß der Heilige Geist in dem Augenblick, da ein Prediger sprach, in ihm wirken müsse, sich seiner bemächtigen, sonst war es Menschenwerk.

Beim Pastor, der zu ihnen gekommen war, über den sie so glücklich waren, drückten sie ein Auge zu. Außerdem war die Sprache ein genügender Entschuldigungsgrund. Sie dankten es ihm, daß er sich mit ihrer Sprache so viel Mühe gab.

Es waren traurige Jahre für sie gewesen, als sie keinen Geistlichen hatten. Nun riefen die Glocken jeden Sonntag zum Gottesdienst, nun wurden ihre Kinder wieder unterrichtet, ihre Sterbenden mit dem Sakrament versehen.

Einmal fragte der Pastor seinen Lehrer, ob denn der Heilige Geist nicht auch am Schreibtisch in ihm wirken könne, wenn er sich ins Schriftwort vertiefe, daraufhin sah er ihn zweifelnd an. Nein, das sei unmöglich, antwortete er kopfschüttelnd: »Das sieht hier zu weltlich aus. Papier, Tinte ... Teufelswerk! Der Geist braucht das nicht.«

Hatte er nicht recht? Er selbst war ein lebendiger Beweis dafür. Dieser Mann brauchte keine Zettel und Zettelchen, der hatte alles im Kopf, mehr – er hatte alles im Herzen.

Einige Versammlungen hatte der Pastor schon besucht. Sie

nahmen viel Zeit in Anspruch, dauerten stundenlang. Ab und zu wurde die Ansprache durch Choräle, die sie mit einer Urkraft sangen, unterbrochen, oder sie fielen alle auf die Knie und beteten. Es war ein harter und strenger Gott, den sie predigten, dem nur seufzendes Beten wohlgefällig war, der die Freude aus dem Leben verbannte.

Oh, war das schwer, sich in eine fremde Sprache hineinzufinden, ihren Rhythmus, ihren Klang nachzuahmen. Wenn er meinte, hier sei die erste Silbe zu betonen, so war es gewiß die zweite, und wenn er den Ton auf die Endsilbe legte, dann hätte sie auf dem Anfang liegen müssen. Ihm schwirrte der Kopf von den vielen Betonungen und Verbesserungen, und als er endlich seinen Lehrer dankend verabschiedet hatte, flüchtete er ins Freie. Er ging in den Garten. Warum konnte er nun nicht aus dem Speisezimmer direkt in den Garten? Es verdroß ihn, daß er durch die Küche gehen mußte. Jedes Pastorat hatte doch eine Veranda zum Garten hin. In der letzten Kirchenvorstandssitzung hatte er sie beantragt, und in der Freude, wieder einen Pastor zu haben, war der Anbau auch einstimmig bewilligt worden. Die Jahre ohne einen Geistlichen hatten ihnen arg zugesetzt. Ihre Herzlichkeit war rührend. Und er? Wenn er ganz ehrlich sein sollte, so mußte er bekennen, daß er mit tausend Freuden wieder in die Heimat zurückgegangen wäre, zurück in die vertrauten Verhältnisse. Dieses finstere Christentum, dem er hier begegnete, lag ihm nicht. Sein Vorgänger, der hier zehn Jahre amtiert hatte, war auch aus dem Baltikum gekommen. Nach der Revolution hatte ihn eine große lettische Gemeinde, denn er war Lette, zurückgeholt. Könnte es ihm nicht ebenso ergehen? Er lächelte, wer sollte ihn holen? Die deutschen Gemeinden waren versorgt. Er mußte, nein, er wollte sich auch hier einleben. Aber wieder kamen ihm Bedenken. Ja, Straumann war der rechte Mann für hier gewesen, der Sohn aus dem Volke, der alles Praktische sah und mit beiden Händen die Wirklichkeit anpackte. Und er, er wollte sich nichts vormachen, ihm fehlte dieser Blick, er stammte aus einer geistigen Welt, seine Vorfahren waren alle geistlichen Standes gewesen. Er konnte nicht durch die Küche gehen, er, der Ästhet, eine Veranda mußte er haben ... die Küche, wo die alte Barre wie ein Trampel wirtschaftete, für den Kuhstall mochte sie gut gewesen sein, aber nicht für einen Haushalt, wie er ihn gewohnt war. Oh, wo war Olga, dieses Musterbeispiel aller Bedienung. Er ging langsam den Gang im Garten hinunter. Wohin sein Auge blickte, überall auf dem Pastoratsgrundstück sah er Straumanns Werk. Er hatte den Garten vergrößert. Wie? Gemeindeglieder hatten ihm erzählt, daß das Nebengrundstück der Gemeinde gehöre, aber durch ungetreue Verwaltung verloren gegangen sei. Er suchte und wühlte in den alten Akten, bis er die Beweise in den Händen hielt, strengte einen Prozeß an und gewann ihn. Der Gemeinde wurde ihr Eigentum zugesprochen. Auf diesem wiedergewonnenen Stück hatte er einen Obstgarten angelegt. Jetzt waren die Bäume groß und brachten reiche Ernten.

Das Pfarrland, das ungefähr hundert Morgen betrug, war in kleine und kleinste Parzellen zerstückelt gewesen, ein Greuel für jeden Landwirt. Pastor Straumann hatte es verstanden, durch Tausch und Verzicht zwei zusammenhängende Teile zu schaffen, auf denen jetzt eine ertragreiche Ackerwirtschaft durchgeführt werden konnte. Ehedem war Krettingen eine Hungerpfarre gewesen, jetzt hatte es eine gesicherte, wenn auch bescheidene materielle Grundlage.

In diese Gedanken versunken, war Stephani bis ans Ende des Gartens gelangt, wo sein Vorgänger eine Tannenhecke angelegt hatte, die Schutz gegen die rauhen Nordwinde bot. Es war erstaunlich, wie durchdacht alles war, was er in Angriff genommen hatte. Die Glocken der Kirche läuteten den Sonntag ein. Er blieb stehen und folgte ihren Schwingungen. Das Wichtigste, die Hauptsache, die Krönung seines Wirkens, war die Kirche, die neue Kirche, die während seiner Amtszeit gebaut worden war.

Diese arme, kleine Diasporagemeinde hatte sich ein schmukkes Gotteshaus aus heimatlichen Feldsteinen errichtet.

Vor vielen Jahren war die alte Kirche durch einen großen Brand zerstört worden, und Jahrzehnte hatte sich die Gemeinde mit einer Kapelle behelfen müssen. Jetzt war sie zu einem Wohnhaus umgebaut worden, dessen Miete eine willkommene Einnahme für die Kirchenkasse bildete. Wäre Stephani auch auf so eine Idee gekommen? Auf so eine praktische Verwendung? Er schüttelte den Kopf, nein, er hätte ein Gemeindehaus eingerichtet, das nur Kosten verursacht und keine Einnahmen gebracht hätte.

Den Kirchbau, ja, die Anregung dazu hätte er schon gegeben, aber die Durchführung hätte eine Schuldenlast der Gemeinde aufgebürdet, die nicht zu tragen gewesen wäre. Bei aller Mühe, die er sich gab, seine Ausgaben kamen nie in Einklang mit seinen Einnahmen, er kam immer zu kurz, und seine Kasse blieb leer.

Anders sein Vorgänger, in dessen Händen wuchs das Geld. Zuerst hat er die Krone um Bauholz gebeten, der Staat bewilligte das und gab dem kaiserlich russischen Oberförster des Rutzauschen Forstes den Befehl, der evangelischen Gemeinde zu Krettingen das Holz anzuweisen. Freiwillige Arbeit der Gemeinde sorgte für das Fällen und Anfahren. Dann ging eine Bitte an die Unterstützungskasse der Evangelischen in Rußland ab. Das war eine Vereinigung, die über das ganze weite Zarenreich ging, von der Ostsee bis zum Schwarzen Meer, über den Ural hinweg bis nach Wladiwostok. Ihren Sitz hatte diese segensreiche Organisation in Petersburg, und ihr Ziel war es, evangelischen Gemeinden in der Diaspora oder überall, wo sie in Bedrängnis waren, zu helfen. Eine ansehnliche Summe wurde für den Kirchenneubau zugesichert. Aber würde das reichen? War das genug?

Eines Tages war das Holz zu Ende und das Geld auch. Mußte man die Arbeit einstellen?

Und da ... kamen zehn Fuhren Langholz an. Schwekschni, die größte Filiale Krettingens, brachte neues Bauholz. Schritt vor Schritt hatten sie fünfzig Kilometer zurückgelegt, um zum Bau ihrer Mutterkirche auch ihr Teil beizutragen.

Wie ein Lauffeuer verbreitete sich in der Gemeinde diese Nachricht, alle Evangelischen kamen herbeigeeilt, um die Glaubensbrüder zu grüßen. Tränen des Dankes standen in vielen Augen.

Staubbedeckt waren Mann und Pferde.

Nicht nur die Gabe an sich brachte das Werk vorwärts, sondern die Opferwilligkeit weiterer Kreise wurde dadurch geweckt und angeregt. Auch das Gute steckt an. Und die Kirche stand bald darauf im Rohbau fertig da. Nun ging es an die Inneneinrichtung, wieder drohte die Sache ins Stocken zu geraten. Da schrieb der Pastor direkt an den deutschen Kaiser, den König von Preußen, und bat ihn um Hilfe für die kleine evangelische Gemeinde an seiner Grenze, in der viele seiner Landeskinder eine neue Heimat gefunden hatten, deren Männer aber noch im deutschen Heer ihre Militärpflicht absolvierten.

In Preußen sah der ganze Osten die Vormacht aller Evangelischen, und Kaiser Wilhelm enttäuschte nicht und schickte zur Errichtung des Altars tausend Mark aus seiner Privatschatulle.

Ein Kirchenneubau ist immer die hohe Zeit einer Gemeinde.

Als Stephani davon in der Chronik las, wurde auch sein Herz weit und warm.

Das Schlußwort in der Chronik hieß: »Ich habe das äußere Werk zu fördern versucht. Es ist mir durch Gottes Gnade einiges gelungen. Ein geordnetes Kirchenwesen hinterlasse ich.

Mein Nachfolger muß sich dem inneren Aufbau widmen.«

Diesen Auftrag hatte also der praktische Mann seinem Nachfolger hinterlassen, das war seine, Stephanis, Aufgabe, der innere Aufbau. Gott schenke ihm die Kraft dazu!

Die Glocken hatten längst aufgehört zu läuten. Über dem Pastorat, seinem Pastorat, war der Mond aufgegangen.

Als er in das Haus trat, erschien es ihm vertrauter. Er sah seinen Weg deutlich vor sich.

Vom Schreibtisch nahm er die Heilige Schrift zur Hand, schlug den Korintherbrief auf und las darin: »Es sind mancherlei Gaben, aber es ist ein Geist. Es sind mancherlei Ämter, aber es ist ein Herr. Es sind mancherlei Kräfte, aber es ist ein Gott, der da wirket alles in allem.«

Deutscher Gottesdienst fand nur alle zwei Wochen statt, denn in der Stadt selbst wohnten nur wenige deutsche Familien, die Mehrzahl saß auf dem Lande als Verwalter, Besitzer oder Pächter und Handwerker. Alle hatten einen weiten Weg zur Kirche, den man ihnen nicht jede Woche zumuten konnte.

Der Schmied aus Dorbiani mit seiner Frau war immer da. Er hatte einen Schimmel, ein bemerkenswertes Pferd, das zog ihn zu jeder Jahreszeit bei Frost und Hitze, bei Schlamm und grundlosen Wegen, bei Regen und Schnee mit gleicher Zähigkeit und Schnelligkeit den langen Weg von fünfzehn Kilometern zum Gottesdienst. Kaum saß das Ehepaar im Wagen, ein leises Schnalzen mit der Zunge, und der Schimmel ging ab wie der Wind. Er überholte jedes Fuhrwerk. Sobald er nur eins in der Ferne erblickte, ruhte er nicht eher, bis er es überholt hatte. Funkensprühend lief er über den Marktplatz und stand erst auf den Anruf seines Herrn vor der Kirchenpforte still. Erhebliche Summen waren Skirt für das Pferd geboten worden. Er hatte nur ein bescheidenes Auskommen, aber der Schimmel blieb unverkäuflich. Dieses kinderlose Ehepaar wurde seines Schimmels wegen von vielen beneidet, und als der Pastor einmal bedauernd meinte: »Leider haben sie keine Kinder«, ward ihm zur Antwort: »Dafür haben sie den Schimmel, der fährt sie durch die ganze Welt, im ganzen Umkreis lassen sie keine

Taufe, keine Trauung, keine Beerdigung aus. Skirts sind immer dabei.«

Daß sie bei der Taufe des zwölften Müllerkindes dabei sein mußten, war selbstverständlich. Wenn in einer Familie ein Dutzend Taufen stattfinden, so ist es kein Ereignis mehr, aber dieses Mal war es doch ein Abschnitt, denn beim nächsten fing ein neues Dutzend an. Onkel und Tanten waren von weither gekommen, sogar aus Libau und Petersburg, und die Großmutter, die jenseits der Danje ein Haus besaß, war in die Kirche gefahren worden, zum erstenmal nach vielen Jahren, denn sie schleppte sich nur mühsam durchs Zimmer, weil schwere Gicht sie plagte. Ständige Schmerzen an den geschwollenen, verunstalteten Gelenken quälten sie Tag und Nacht, aber sie ertrug diese Leiden mit Geduld.

Der Pastor hatte sie schon öfters besucht und sich dabei erkundigt, ob ihr die Zeit nicht lang würde. »O nein, Herr Pastor«, hatte sie ihm geantwortet, »ich habe sehr viel zu tun. Ich bete, zuerst für alle meine Kinder, acht Töchter habe ich und einen Sohn, dann kommen meine Enkel daran. Sie wohnen so weit verstreut, da dauert es schon eine Weile, bis ich zu jedem hinkomme, und dann hat jeder seine besonderen Sorgen und Freuden, die ich vor dem lieben Gott ausbreiten muß, mit der herzlichen Bitte, ihnen alles zum Segen werden zu lassen. Ich nenne es das große Rundgebet. Manchmal aber spreche ich auch nur das kleine, das geht schneller, aber«, und ein kleines Lächeln ging über ihr schmerzzerfurchtes Gesicht, »ich hoffe, der liebe Gott wird mir das verzeihen und meine Kinder und Lieben in seiner Obhut behalten. Wenn ich nachts nicht schlafen kann, dann lerne ich die Gesangbuchlieder auswendig, man hat so viel vergessen, Herr Pastor, während meiner Konfirmationszeit konnte ich viel mehr.« Ob sie denn nicht auch bete, daß Gott ihr die Schmerzen nehmen möge, fragte sie der Pastor. »Das darf man nicht«, antwortete sie, »das Maß des Leidens bestimmt der liebe Gott ganz allein. Ich will es mal so sagen, wie es in dem Liede heißt: ›Ei nun, so laß ihn ferner tun und red ihm nicht darein, so wirst du hier in Frieden ruhn und ewig fröhlich sein‹.« Und diese Heldin des Alltags saß heute einmal in der Kirche. Sie hörte die Orgel spielen, die Gemeinde singen, ein Gesangbuch brauchte sie nicht aufzuschlagen, mit ihren verkrüppelten Händen hätte sie es auch nicht halten können, sie trug alle Lieder in ihrem Herzen. Sie lauschte der Predigt und behielt jedes Wort, denn das Wort fiel bei ihr auf gutes Land.

Am Sonntag nachmittag war der Pastor zu Dr. Attelmayer gebeten. Das war der Patriarch der Gemeinde. Er übte keine Praxis mehr aus und wohnte mit seiner Nichte in einer Villa in der Nähe des Schlosses, die ihm der Graf, der Besitzer Krettingens, zur Verfügung gestellt hatte. Das Haus lag etwas abseits von der großen Lindenallee, die von der Stadt bis zum Gut führte. Es waren herrliche alte Bäume, die in majestätischer Größe den Weg säumten. Ein kleines Pförtchen bildete den Zugang in den Garten. Es war, sobald das Tor hinter einem zufiel, als bliebe die lärmende, hastende Welt weit hinter einem. Ruhe und Stille waren hier zu Hause. Wer hier wohnte, hatte abgeschlossen, er wollte nicht mehr gestört sein. Als Mensch und als Arzt hatte der Doktor einen gleich guten Ruf, und es gab weit und breit keinen, der ihn nicht einmal in Anspruch genommen, der nicht bei ihm Rat und Hilfe gefunden hätte. Jetzt respektierte man seinen Wunsch und ließ ihn in Ruhe, nur in dringenden Fällen, wenn die andern Ärzte ihn darum baten, beteiligte er sich an einer Konsultation. Er war nur noch Hausarzt der gräflichen Familie. Vor zwei Jahren hatte er seine Lebensgefährtin verloren und damit auch das Interesse am Dasein. Er war wie ein Mensch, der sich am Vorabend einer großen Reise befindet. Sein Sinnen und Trachten ging schon über diese Zeit hinaus. Die Gegenwart berührte ihn weniger als die Vergangenheit, deren er gern gedachte. Keiner kannte wie er Land und Leute. In diesen stillen Bann war auch die Nichte eingeschlossen, lautlos ging alles vor sich. Der Pastor hatte das Gefühl, man müßte hier auf Socken gehen. Der Altersunterschied zwischen ihr und ihm war nicht groß, aber sie machte den Eindruck, nie jung und übermütig gewesen zu sein. Den alten Herrn versorgte sie ausgezeichnet. Sie war eine Meisterin im Kochen und Backen. Ihr Kaffee war hervorragend, und einen Mohnstriezel hatte Fräulein Ella gebacken, der war ein kulinarisches Gedicht. Dem Pastor kamen ganz unpassende Gedanken für einen ersten Besuch. So eine Frau, dachte er, die so sorgt, so bäckt . . . er sah sie daraufhin kritisch an, . . . gar nicht so schlecht . . . ihr Gesicht hatte feine Züge, leider mußte sie wegen ihrer Kurzsichtigkeit einen Kneifer tragen. Sie war von mittlerer Größe und sehr schlank. In ihrer Figur erinnerte sie ihn an seine Schwester. Ein frohes Gefühl stieg in ihm auf, in nächster Zeit würde diese da sein, ihre Ferien würde sie bei ihm verbringen, dann würde er nicht mehr allein sein. Er würde jemand bei sich haben, der zu ihm gehörte.

Neben ihm saß die Frau des Apothekers Schönberg, eine alte Dame, die durch billige Aufmachung über ihr Alter hinwegzutäuschen versuchte, es aber dadurch noch mehr unterstrich. Sie sah aus wie ein übergorener Hefeteig, völlig auseinandergeflossen. Ein hellblauer Seidenschal flatterte an ihrem runzligen Hals, und das Kleid war mit viel Spitzen besetzt und hatte eine Schleppe, die sie nie anhob, deshalb fegte auf der Straße eine Staubwolke hinter ihr her. Stephani hielt sie zuerst für eine lächerliche Person, aber dann erfuhr er, daß sie eine arme Seele war. Sie war die jüngste von mehreren Schwestern gewesen, hatte früh geheiratet und war vom Mann weiter verwöhnt worden. Ihre älteste Schwester, Fräulein v. Tiedewitz, war gleich zu ihr gezogen und hatte ihr alle Lasten einer Haushaltführung abgenommen, nur die Geburten hatte sie ihr nicht ersparen können. Zwei Töchter und ein Sohn kamen zur Welt, und dieser Sohn wurde ihr Glück, ihre Freude, ihr Stolz. Als er fünfzehn Jahre alt geworden war, starb er ganz plötzlich, nicht zu Hause, sondern allein in einer fremden Stadt, wo er die Schule besuchte. Sie nahm es dem lieben Gott übel, daß er ihr das angetan hatte. Sie schmollte mit ihm, wie sie es mit ihren Angehörigen zu tun pflegte, bis die ihr zu Willen waren. Nun tat sie es mit Gott ebenso. Sie beachtete ihn nicht mehr, sie sprach nicht mehr mit ihm. Er existierte nicht mehr für sie. Darum nahm sie nicht am Begräbnis teil und setzte nie ihren Fuß auf den Friedhof. Durch ihre auffallende Kleidung wollte sie zeigen, »es ist mir einerlei, was du machst, ich mache mir nichts aus dir«. Zwanzig Jahre waren seitdem vergangen, und die Frau war noch nicht aus ihrem Starrsinn erwacht. Sie wollte diese Rolle um jeden Preis zu Ende spielen und nicht nachgeben.

Für Stephani hatte sie gleich eine große Vorliebe gezeigt und suchte seine Unterhaltung. Der Pastor sprach auch lieber mit ihr als mit ihm. Er war ein berechnender Mann. Seine Apotheke hatte er verkauft, denn der Sohn war tot und die Töchter hatten russische Offiziere der Grenzwache geheiratet, die dann aber versetzt worden waren. Was sollte der alte Mann allein mit der Apotheke anfangen, es war kein Erbe für sie da. Geld aber war bei allen willkommen. Er wohnte jetzt mit seiner Frau und Schwägerin in einem großen massiven Haus am Markt. Er und Dr. Attelmayer waren im Kirchenvorstand, und Schönberg verwaltete die Kasse. Einer Rechnung wegen war der Pastor mit ihm aneinandergeraten. Ein Handwerker hatte der Kirchenkasse gegenüber eine Forderung. Das moralische Recht lag klar auf der Hand, aber der Tischler hätte keine Klage einreichen können, da ihm die schriftlichen Beweise fehlten. Der Pastor hielt es für unanständig, diese Schuld nicht anzuerkennen, und trat für den Handwerker ein. Es kam zu stürmischen Auseinandersetzungen. Dr. Attelmayer sagte empört: »So kann man doch nicht.« Das konnte nun jede Partei zu ihren Gunsten auslegen. Er drohte mit seinem Austritt aus dem Kirchenvorstand, wenn eine Einigung nicht erzielt werden würde. Die litauischen Vertreter, die der Sache nicht hatten folgen können, weil sie in deutscher Sprache geführt worden war, verhielten sich passiv. In einem Lande, wo die Lebensmittel so billig waren wie in Litauen, besaß der Bauer wenig bares Geld. Für sich und sein Haus brauchte er es nur, um Salz zu kaufen, alles andere lieferte ihm sein Land, und er selbst stellte es her. Stoffe webte die Frau aus Leinen und Wolle, Schuhe schnitzte er aus Holz und selbstgegerbtem Leder, Brot backte er aus seinem Korn, Fleisch, Butter und Eier lieferten ihm seine Schweine, Kühe und Hühner. Geld war eine Kostbarkeit, mit der er sehr vorsichtig umging, daher war er auch nicht für das Bezahlen von Rechnungen. Einzig und allein der Müller stand ganz auf seiten des Pastors, und die Schuld wurde beglichen, aber das Verhältnis zwischen dem alten Apotheker und dem Pastor blieb gespannt.

Der jetzige Apotheker war wohl ein Mann von zweieinhalb Zentnern, aber so unfähig, daß er die gutgehende Apotheke in wenigen Jahren heruntergewirtschaftet hatte. Nicht einmal die gebräuchlichsten Arzneien waren darin zu haben. Seine Frau, mit deren Geld der Besitz gekauft worden war, wog nur noch neunzig Pfund. Sie litt an Schwermutsanfällen, in denen sie schon einige Selbstmordversuche unternommen hatte.

Das waren die Jungen, die nachher die Führung der Gemeinde übernehmen mußten, denn Dr. Attelmayer, dessen Wort bei den Deutschen als auch bei den Litauern galt, war alt, und Apotheker Schönberg auch. Wie lange würden sie noch ihr Amt im Kirchenvorstand innehaben? Trübe Gedanken stiegen in dem Pastor auf, wenn er an die Zukunft der evangelischen Gemeinde dachte. Dieses hier war die Oberschicht. Diese Menschen kannten sich seit Jahren, ihre Lebensschicksale, ihre Gewohnheiten waren ihnen gegenseitig vertraut. Sie nahmen den Pastor freundlich in ihren Kreis auf und erhofften von ihm eine Belebung ihres Daseins. Er sollte frischen Wind hineinbringen, daher machte er den Vorschlag, die Handwerker ins gesellschaftliche Leben hineinzuziehen. Der Doktor griff das Thema auf und sprach klug und gut darüber. Es käme letzten Endes nur auf den Menschen an und nicht auf den Beruf. Apotheker Schönberg meinte, dieser Versuch würde mißglücken, der Verkehr zwischen verschiedenen Gesellschaftsklassen würde die niedrigeren in Unkosten stürzen, sie würden glauben, durch äußeren Aufwand ihre Gleichberechtigung beweisen zu müssen. Darin hat er nicht unrecht, dachte der Pastor, denn was ihm alles vorgesetzt wurde, wenn er mal von den kleinen Leuten eingeladen war, das übertraf alle Vorbereitungen in diesem Kreise. Frau Schönberg aber erklärte ganz energisch, sie würde in keine Gesellschaft gehen, in der man ihr zumuten würde, mit Krethi und Plethi zusammen zu sitzen. Es sei natürlich was anderes, wenn sie von ihnen zur Taufe oder Hochzeit eingeladen werde, dann gebe man ihnen die Ehre zu kommen, aber so einen zwanglosen Nachmittag, wie heute hier, könne sie sich nicht vorstellen. Die Meinungen prallten aufeinander. Der Pastor vertrat den Standpunkt, daß ein engerer Kontakt mit allen Deutschen geschaffen werden müsse, und hoffte, daß die Schule, die er einrichten wolle, Wesentliches dazu beitragen würde. Nur nicht, wurde er gewarnt, damit könne er sich ins Unglück stürzen, hohe Strafen drohten dem, der Kinder unterrichten wolle, und eine Schule, wie sollte das geheim bleiben? Alles, was nach Bildung aussehe, halte die russische Regierung für staatsgefährlich.

Erst nach dem Abendbrot verabschiedeten sich die Gäste, und der Pastor dachte, jetzt atmet der alte Doktor auf, denn für ihn waren solche Zusammenkünfte keine reine Freude, sondern eine unangenehme Unterbrechung seiner Ruhe. Wirklich willkommen war ihm der einzelne, der ab und zu mal des Abends vorsprach, aber nicht viele, die seine gewohnte Hausordnung störten. Um des neuen Pastors willen hatte dieser Nachmittag und Abend stattgefunden. Hoch wölbte sich der Himmel über der sommerlichen Erde. Die Nacht war ungewöhnlich warm, als die Gäste gemeinsam durch die Lindenallee dem Städtchen zugingen. Voran der alte Apotheker mit seiner Frau am Arm, deren Schleppe eine leichte Staubwolke emporwirbelte, hinterher der Pastor mit Spliets. Sie sprachen wenig, es war schon alles gesagt worden, was es zu erzählen gab. Jeder hing seinen Gedanken nach. Der Pastor war schon wieder bei seiner Schule angelangt. Wenig Unterstützung würde er für sein Unternehmen finden, das war ihm klar. Aber eingerichtet mußte sie werden. Die Kinder waren da und mußten etwas lernen. Bis man eine andere Wohnung fand, würde er ein Zimmer im Pastorat dafür bereitstellen. Und woher den Lehrer, vielmehr die Lehrerin nehmen? Wer würde in solch ein abgelegenes Nest wie Krettingen kommen? Ob er es mit einer Annonce in der Libauer Zeitung versuchen sollte?

Nahm diese Trockenheit noch immer kein Ende! Diese Hitze war unerträglich und ermüdete Mensch und Tier.

Schweißgebadet trotteten die Braunen dahin. Am frühen Morgen war der Pastor zu einem Krankenbesuch in das größte Dorf seiner Gemeinde geholt worden. Auf der Hinfahrt war es noch nicht so drückend gewesen, aber jetzt auf der Rückfahrt sengte die Sonne unbarmherzig auf sie nieder. Es war, als ob die Luft stille stehe, kein Lüftchen regte sich. Die Bremsen, diese abscheulichen großen Fliegen, stachen schmerzhaft die Pferde und quälten sie unaufhörlich. Unruhig sprangen sie hin und her, schlugen aus ...

Alles Vieh wurde von den Weiden in die Ställe getrieben, um es zu tränken, denn alle Tümpel und Bäche waren versiegt. Erst am späten Nachmittag ließ man es wieder hinaus, und dann blieb es die ganze Nacht im Freien. Auch im Pastoratshof erscholl aus dem Stall das Brüllen der Kühe.

Das Land war vom Kirchenvorstand auf sechs Jahre an den Juden Schlomke Gilles verpachtet worden. Schlomke stand in der Tür des Stalles bei seinen acht schwarz-weißen Milchkühen mit dem glänzenden Fell, seinem Reichtum.

Als der Pastor in den Hof fuhr, kam er langsam näher, und aus der Küche stolperte Barre barfuß herbei, um die Amtstasche in Empfang zu nehmen. Die Männer sahen sich nach einem schattigen Platz für die Pferde um, und der Pastor blieb noch stehen, um sich von dem Bauern zu verabschieden.

In diesem Augenblick erscholl auf der Straße ein Ruf, der die drei erstarren ließ. »Feuer!« schrie jemand, »Feuer, Feuer!« Der Bauer wendete schnell den Wagen, der Pastor und Schlomke sprangen hinein, und schon ging es zum Tor hinaus. Immer lauter, immer häufiger ertönte der Ruf, nun mischte sich auch das Feuerhorn hinein, eins, mehrere. Fenster wurden aufgerissen, aus den Türen strömten Männer und Frauen. Wo? Wo brennt es? »An der Kirche«, rief einer im Vorbeilaufen. Die Kirche, der Pastor war schon da, nein, die war es nicht, auch nicht das Mietshaus neben ihr. Keins von beiden, aber drüben auf der andern Seite, da hatte das Feuer angefangen. Helle

Flammen schossen zum Dach hinaus. Es knisterte und sprühte wie Zunder. Es war ja so trocken, so pulvertrocken, daß die Flammen mühelos Nahrung fanden. Hochauf schossen die Feuersäulen, und ringsum war nur Holz, trockenes Holz. Ein kleines Fünkchen und schon lohte es auf dem nächsten Dach. Das Feuer pflanzte sich mit Windeseile fort, es lief weiter ohne Unterlaß. Die ganze Straßenzeile war schon ergriffen, auch am Marktplatz brannten einige Häuser, nur das Schönbergsche, das massive mit den Dachziegeln blieb unberührt. Schon lief das Feuer hinunter und ergriff die andere Straßenseite und verwandelte alles in ein glühendes Flammenmeer ... Retten, was retten und wohin? Nur die Kinder hinaus aus dieser roten Hölle! Hausrat, der auf die Straße geworfen war, brannte weiter und versperrte den Weg. Was brennt, war verloren, nur die Menschen, die Menschen mußten sich retten, hinaus, über die Brükke, jenseits der Danje. Da waren sie sicher, am besten in Kellers Garten mit den alten hohen Bäumen, außerdem ging kein Feuer über das Wasser, das war eine alte Erfahrung.

Unermüdlich arbeitete die Feuerwehr, Litauer, Polen, Juden, Deutsche kämpften in einer Front. Die Brunnen waren leer, und der Schlauch an der Handpumpe war zu kurz und reichte nicht bis zum Fluß. Mit Äxten, Schaufeln, nassen Säcken standen die Männer auf den Dächern, um die Funken totzuschlagen. Aufhalten, eindämmen, das Feuer an weiterer Ausbreitung verhindern, nur darauf war das Augenmerk gerichtet. Doch der Funkenregen hörte nicht auf, fiel wahllos auf die unglückliche Stadt hernieder.

Die alte Frau Keller hatten die Töchter ans Fenster gesetzt und waren hinausgegangen, um zu helfen. Die kranke Frau sah, wie sich in ihrem Garten Hausrat und Bettzeug türmte, wie immer noch mehr herangeschleppt wurde, dazwischen stand verschüchtert die Kinderschar, hockten alte Weiber. Wer noch das Glück hatte, wie sie am Fenster ihres Hauses zu sitzen, der mußte dankbar und zufrieden sein. Doch, was jetzt? Draußen schrien sie, zeigten nach oben ...

»Kellers Haus brennt, Kellers Haus ...« Das Haus jenseits des Flusses, hinter den hohen Bäumen? Wie war das möglich? Gierig leckten die roten Zungen an den trockenen Schindeln, noch waren sie unscheinbar, klein und harmlos, aber sie wuchsen, breiteten sich aus, wurden riesengroß ... Um Gottes willen, die Frau am Fenster, warum saß sie noch da? Warum ging sie nicht? Gehen? Sie konnte nicht. Tragen mußte man sie. Tragen?

Wer hat soviel Kraft? Da kamen auch schon die Töchter angestürmt, ergriffen den Stuhl samt der Mutter und schoben sie dem Ausgang zu, aber wie weiter? Die hohe Schwelle, die Stufen? Hilfreiche Hände packten zu. Gott sei Dank! Sie trugen sie ins Freie. Es war aber auch höchste Zeit. Die Flammen schlugen schon hoch hinaus. Tochter Minna raste noch einmal hinein, den Beutel mit dem Gelde wollte sie holen, die zweihundert Rubel, die auf dem Nachttisch lagen. Schon hatte sie ihn, im Vorbeigehen griff sie noch nach der schönen neuen Lampe, dabei fiel ihr der Beutel aus der Hand. Sie wollte danach greifen, aber schon brannte ihr Kleid. Feuer, Feuer, ringsum Feuer, nichts als glühende Flammen! Schreiend empfingen sie die Schwestern, rissen ihr das brennende Zeug vom Leibe. Hoch über ihrem Kopf hielt sie die Lampe, das einzige Stück, das gerettet war, der Beutel mit dem Gelde aber war verbrannt. Das viele, viele Geld!

Zum Jammern ist nachher Zeit, jetzt nur die Mutter versorgen. Gott sei Dank, da war auch schon der Pastor mit dem Bauernwagen, dahinein die gelähmte Frau, ja, zum Pastor, er hatte es angeboten, sie könnten alle ins Pastorat, sie und die Töchter und Schwiegersöhne, der Besuch aus Libau und Petersburg ... im ganzen neun Personen ... Gott segne den Pastor!

Und das Feuer tobte und fraß sich weiter. Menschenkraft reichte nicht aus, es zu bändigen, da erbarmte sich Gott. Er tat den Himmel, den so lang verschlossenen, auf und ließ einen Regen niedergehen, einen Gewitterregen, der strömte und goß. Die Funken mußten sterben, die Brände wurden gelöscht, die kleinen Regentropfen löschten das große Feuer.

Tausende waren obdachlos geworden, hatten ihr Hab und Gut verloren. Versichert? Wer war schon in Krettingen versichert. Nicht einmal der Graf, der Besitzer vom Gut Krettingen. »Wenn ich die Versicherung jedes Jahr bezahlen müßte, wäre es soviel, als ob ich jedes Jahr einmal abbrenne«, sagte er, denn so hoch waren die Prämien bei dieser feuergefährlichen Bauweise. Am meisten gelitten hatten die Juden, denn sie bildeten den Hauptteil der Bevölkerung. Eng aneinandergepreßt standen ihre Häuser und Häuschen. Niedergebrannt waren sie jetzt. Mit ihnen war aber auch aller Schmutz, aller Unrat, alle Lumpen und Abfälle verbrannt. Es war eine grausame, aber radikale Desinfektion. Man hatte die Beobachtung gemacht, daß solche Brände immer wiederkehren. Alle acht Jahre ungefähr verheert so ein Brand die litauischen Städtchen. Um ihn auszulösen genügt ein geringfügiger Anlaß. Da tritt ein Mädchen mit ihrem Bügeleisen auf den Hof und bläst hinein, um die Kohlen anzufachen. Schon richten die umherfliegenden roten Fünkchen das Unheil an, oder aus dem Schornstein fliegen einige Funken und fallen auf das trockene Schindeldach, und schon brennt es. Wie könnte man diese Gefahr verhüten? Dachziegel auf die Häuser, mit Dachziegeln decken, aber das ist vierfach, fünffach so teuer wie Schindeln. Und Holz ist doch da, die Krone bewilligte ein Teil zum Wiederaufbau, kaufen konnte jeder, wieviel er wollte, und so baute man wieder im alten Stil.

Auf diese Fahrt zum Bruder hatte sich Lotting gefreut. Sie war der Lichtblick ihres freudlosen Daseins. In der kleinen Wohnung wurde sie nicht heimisch. Sie war auch nicht der Mensch, der imstande gewesen wäre, sich ein gemütliches Heim zu schaffen. Beide verstanden es nicht, weder die Tante in ihrer immer bullernden Art noch die Nichte mit ihren dauernd verpaßten Gelegenheiten: »Hätt' ich doch ... wenn ich doch ...«

So dachte sie auch jetzt: »Wenn ich das von dem Brande vorher gewußt hätte, dann wäre ich doch lieber nicht gefahren. Hätte ich Fritzens Brief früher erhalten, dann hätte ich doch noch anfragen können ...« Aber sie hatte ihn zum Glück erst auf der Station erhalten. Der jüdische Fuhrmann, Hennoch, den der Pastor ihr entgegengeschickt hatte, übergab ihn ihr. Auf der stundenlangen Fahrt fand sie Zeit, alle »Für« und »Wenn« zu überlegen, ohne etwas daran ändern zu können. Was ihr ja im Grunde sehr angenehm war, denn sie änderte von sich aus überhaupt nie etwas, sondern ließ alles an sich herankommen und über sich ergehen, in nie aufhörenden Klagen.

Als sie nun endlich, es war schon gegen Abend – am frühen Morgen war der Zug angekommen, und sie waren gleich abgefahren –, Krettingen erblickte, war sie überrascht von der reizvollen Lage des Städtchens, das auf dem gegenüberliegenden Ufer der Danje lag. Noch konnte sie die Verwüstungen des Brandes nicht erkennen, denn die Kirchen, die katholische mit allen wuchtigen Gebäuden des Klosters, ebenso die evangelische Kirche, waren verschont geblieben, aber die Synagogen, die Sommer- und die Winterschule waren vernichtet. Das Grauen packte sie erst, als sie an den schwarzen Trümmern der verbrannten Häuser vorüberfuhr. Welche Ausmaße hatte dieses Unglück! Rechts und links der Straße, über die Brücke hinweg, so weit das Auge reichte, war alles dem mörderischen Feuer zum Opfer gefallen. Was stand denn überhaupt noch? Zwischen schwarzen Ruinen ging es den Berg zum Marktplatz hinauf. Sie atmete erleichtert auf, als sie von der anderen Seite die schmucke evangelische Kirche aus Feldsteinen erblickte. Die war heil und unversehrt. Licht und frei erhob sie sich mit ihrem schlanken Turm aus dem Grauen der Vernichtung. Der Stadtteil, der dahinter lag, war unberührt geblieben.

Ihr Bruder stand schon am Gartentor des Pastorats und erwartete sie. Mit einem Schwung hob er sie aus dem Wagen, und sie fiel ihm froh um den Hals. Gott sei Dank, sie war zu Hause angekommen. Zu Hause, nun würde Fritz für sie sorgen, wie für sie im Elternhause gesorgt worden war, und sie würde weiter lamentieren können mit: »Warum hast du das ... hättest du doch ... wenn du doch ...« und sich geborgen fühlen unter dem festen Willen ihres Bruders.

Lotting verstand sich gleich ausgezeichnet mit den einfachen Menschen, die im Pastorat Obdach gefunden hatten. Besonders zwischen der alten Frau Keller und ihr entspann sich ein herzliches Verhältnis. Die alte Frau konnte zuhören, und Lotting genoß es, erzählen zu können, von sich zu sprechen, nur von sich. Und sie, die sich sonst zu zieren und zu wehren pflegte, sang für die Alte gern. Alle Choräle, die Frau Keller in der Nacht auswendig gelernt hatte, trug sie ihr mit ihrer weichen, vollen Stimme vor. Da hatte sie keine Hemmungen, keine Befangenheit. Im Umgang mit diesen Menschen fand sie den richtigen Ton.

Die Menschen gleichen den Ameisen. Noch rauchen die Trümmer, aber schon laufen die Obdachlosen, um den Schutt wegzuräumen, um den Platz für einen Neuanfang zu säubern.

Ein Komitee hatte sich gebildet, dazu gehörten der Bürgermeister, der russische Geistliche, der Prior des Klosters, der jüdische Rabbiner und der evangelische Pastor. Sie richteten Aufrufe an die Öffentlichkeit, sie reichten bei der Regierung Gesuche zum Wiederaufbau ein. Sie nahmen Spenden entgegen, sie sorgten für die notwendigsten Nahrungsmittel, sie arbeiteten nach bestem Wissen und Gewissen, ohne sich um Lob und Tadel der Besserwisser zu kümmern.

Als der Pastor zwei Wochen später in seine Filiale Schwekschni fahren mußte, herrschte in Krettingen reges Leben. Über der vielen Arbeit fand keiner Zeit zum Jammern.

An Kellers Haus ging es mit Riesenschritten vorwärts. Der

einzige Sohn, ein erfolgreicher Kaufmann in Riga, hatte Geld geschickt, eine große Summe ... mit dem Wunsch, daß die Mutter so schnell wie möglich ihr eignes Haus beziehen könne.

Auf allen Straßen und Plätzen sah man die Vorbereitungen zum Neubau. Alte Hütten waren verbrannt und stattliche Häuser entstanden. Wie war das möglich?

Es zeigte sich hier, wie überall in der Welt, daß ein Unglück noch so groß sein kann, der Wille des Menschen ist größer, er überwindet alle Schwierigkeiten.

Auf der langen Fahrt, die acht Stunden dauerte, hatte der Pastor Zeit, seinen Gedanken nachzuhängen. Die Fahrten in die Filialgemeinden waren festgelegt, viermal im Jahr mußte er nach Garsden, das nur zwanzig Kilometer entfernt lag und dreimal im Jahr nach Schwekschni, das fünfzig Kilometer weit weg war. Der Pächter des Pfarrlandes mußte das Fuhrwerk stellen. Er suchte alles so billig wie möglich zu erledigen. Der Pferdewagen war hart und die Gäule waren abgetrieben. Nur langsam kamen sie vorwärts. Ein eigenes Gefährt, eigene Pferde, eigener Wagen, das wäre eine andere Sache. Schönberg allerdings schüttelte den Kopf, als er diesen Wunsch einmal äußerte. Nein, fremde Pferde und eigene Peitsche, das sei die beste Art vorwärtszukommen. Aber nicht für ihn, wie konnte er es vom Kutscher verlangen, daß er diese müden Tiere noch antrieb ... Wie würde er die Gemeinde dort vorfinden? Die Verhältnisse waren verworren, das wußte er. Der Kantor Sunde war dieser selbständigen Arbeit nicht gewachsen.

Abends kam er im Kantorat an. Schon der äußere Eindruck, den er empfing, war nicht günstig. Es sah ungepflegt aus.

Am Sonntag nach dem Gottesdienst fand eine Kirchenvorstandssitzung statt. Harte Anklagen wurden gegen den Kantor vorgebracht. Allerdings fehlte es auch nicht an Verteidigern, doch die standen selbst in üblem Ruf. Von Ausschreitungen und Saufereien war die Rede, der Pastor legte keinen Wert darauf, alle Einzelheiten zu erfahren. Das eine war ihm klar. Sunde mußte von hier fort, so schnell wie möglich.

Nachher sprach er mit ihm allein, da weinte er und jammerte, der Pastor wolle ihn brotlos machen. Er habe doch drei Kinder, was solle er denn mit seiner Familie ohne Stelle anfangen? Brotlos werde er ihn nicht machen, versicherte ihm der Pastor, er schlage ihm vor, nach Krettingen zu kommen. Dort sei ein Kantor nötig. Bisher war aushilfsweise ein Lehrer aus Preußen zum Sonntag herübergekommen, aber das sei doch nur ein

Notbehelf. Doch davon wollte Sunde nichts wissen. Er betonte seine Anhänglichkeit an diese Gemeinde, es würde ihm das Herz brechen, wenn er sie verlassen müßte. Er versprach Besserung, solche Dinge, die ihm vorgeworfen wurden, sollten nicht wieder vorkommen.

Was sollte der Pastor tun, gleich mit Schärfe vorzugehen widerstand ihm. Er kannte die Gemeinde noch zu wenig. Einige Drohungen waren ihm schon zu Ohren gekommen, die Saufbrüder standen zu Sunde und würden in der Gemeinde hetzen.

Erst am Montag konnte der Pastor die Rückfahrt antreten, da er den ganzen Sonntag über Amtshandlungen zu vollziehen gehabt hatte. Überall, wo er hinkam, wurde diese leidige Kantorfrage erörtert. Ohne eine Entscheidung gefällt zu haben, verließ er Schwekschni. Im Vorbeifahren kehrte er in Garsden ein. Dort war alles wohlgeordnet. Der Kantor war ein reiferer, ein strenger Mann. Er kannte nur einen Gott des Zornes und nicht einen der Liebe. Er hielt die Gemeinde in strenger Zucht, die Alten als auch die Jungen. Schon sein Äußeres hatte etwas Fanatisches, Asketisches. Er riet dem Pastor, Sunde auf der Stelle zu entlassen. Nach Krettingen? Er warne ihn davor, nur Unannehmlichkeiten würde ihm das eintragen. Aber man könne doch den Mann nicht auf die Straße setzen, wandte der Pastor ein. Er hätte es nicht anders verdient, beharrte der Garsdensche Kantor. Das Vertrauen, das man ihm entgegengebracht habe, hätte er mißbraucht, nun müßte er die Folgen tragen. Nein, beharrte der Pastor, so könnte er nicht handeln, aber in Schwekschni durfte Sunde auch nicht bleiben . . .

Er bewegte diese Bedenken in seinem Herzen und gewann die Gewißheit, daß ihm ein Ausweg gezeigt werden würde.

Seine Krettingensche Gemeinde hatte unter dem Brande lange nicht so viel zu leiden gehabt als die anderen, da in der Stadt nur wenige Evangelische wohnten.

Am schlimmsten hatte es die Juden getroffen. In dieser nackten Form hatte er das Elend bisher noch nicht kennengelernt.

Es ging ihn ja auch nichts an . . . wirklich . . . durfte das der Mensch im Hinblick auf seinen Nächsten sagen? Gewiß nicht . . . gerade er nicht. Menschen in Not gingen ihn immer an, ob sie zu ihm gehörten oder nicht. Er mußte sich allen gegenüber verantwortlich fühlen. Und seine Schule, schoß es ihm durch den Kopf, seine Schule? Was würde aus der werden? Ins Pastorat konnte er sie fürs erste nicht nehmen, das war wohl bis Weihnachten durch die Familie Keller besetzt. Und ein anderer Raum war für die Schule in dem ausgebrannten Krettingen nicht zu finden.

Es war ja auch noch Sommer, tröstete er sich, und da würde sowieso niemand sein Kind schicken, die mußten alle mitarbeiten im Haushalt, in der Landwirtschaft, im Geschäft . . . bis zum Herbst hatte es noch Zeit, da würde es vielleicht anders aussehen.

Fürs erste sah er lauter Probleme, die er nicht lösen konnte.

Eines Tages, es war schon Ende Juli geworden, erschien der Lehrer der russischen Elementarschule und fragte ihn, ob er nicht einen zweiten Lehrer für die Schule wüßte. Es wäre eine zweite Stelle bewilligt worden, aber er hätte keine Lehrkraft gefunden. Der kam ihm wie gerufen. Er dachte gleich an Sunde, der hatte eine russische Lehrberechtigung, den konnte er vorschlagen. Er tat es, und der Schulleiter erklärte sich damit einverstanden. Mehr konnte Kantor Sunde nicht erwarten, nicht nur Lehrer an der russischen Schule zu werden, sondern auch Kantor an der evangelischen Kirche. Beide Stellen mußten doch einen Mann ernähren. Die Kantorstelle allein wäre zu wenig gewesen. Sofort teilte er ihm die Aussicht in freudiger Erregung mit. Er nahm an, einen Jubelzusagebrief zu erhalten, aber er wurde enttäuscht. Sunde suchte nach Ausreden . . . Da packte den Pastor ein gerechter Zorn. Jetzt sei aber Schluß, schrieb er, entweder stelle er sich sofort hier vor oder er sei fristlos entlassen. Ursache genug hätte er dazu gegeben. Da bequemte sich Sunde zu kommen und wurde angestellt. Zum ersten September, dem Schulbeginn, hätte er da zu sein, verlangte der Pastor energisch. Sunde jammerte, wie sollte er das machen? In dem abgebrannten Krettingen sei doch keine Wohnung zu finden. Auch das würde sich finden, beruhigte ihn der Pastor. Zum Winter würden so viele Neubauten, wenn auch nicht fertig, so doch beziehbar werden, bis dahin müßte die Familie noch in Schwekschni bleiben, und für ihn allein wäre es doch wohl möglich, eine Unterkunft zu besorgen. Wo sollte er denn essen, fragte Sunde, wer würde ihn beköstigen? »Jetzt sagen Sie noch, wer Sie füttern soll«, spottete der Pastor. »Ein materieller Gewinn ist das für mich nicht«, jammerte Sunde weiter, »meine Familie dort und ich hier.«

»Das ist doch nur vorübergehend«, wandte der Pastor ärgerlich ein, »Sie haben mir doch gesagt, die Besoldung in Schwekschni wäre so gering gewesen, daß es zum Sterben zuviel, aber zum Leben zuwenig wäre. Also was wollen Sie? Diese beiden Stellen zusammen bringen Ihnen das Doppelte, wenn nicht Dreifache an Gehalt. Das eine merken Sie sich, Schwekschni ist ein für alle Male für Sie zu Ende. Sie kennen die Gründe.«

Die Zusage einer Lehrerin war angekommen. Die Zeitungsannonce im Libauer Blatt hatte Erfolg gehabt. Es war eine Frau in mittleren Jahren ohne Anhang, die bereit war, die Stelle zu übernehmen.

Das Pastorat war frei. Kellers waren in ihr neues Haus gezogen. Er konnte der Lehrerin ein Zimmer zur Verfügung stellen. Wenn auch die Neubauten noch nicht fertig waren, so waren die meisten doch so weit hergerichtet, daß Türen und Fenster den kalten Winden wehrten und ein Kachelofen im Zimmer stand, der, mit dicken Birkenkloben geheizt, Wärme ausströmte.

Im Januar würde der Unterricht beginnen können. Jetzt lohnte es sich nicht mehr anzufangen, denn Totensonntag stand schon vor der Tür.

Schwester Lotting hatte einen langen Brief mit endlosen Klagen geschrieben. Würde sie sich im Leben je zurechtfinden können? Gewiß könnte sie jederzeit zu ihm kommen, aber wie lange würde sie es hier aushalten? »Hätte ich doch meine Stunden nicht aufgegeben. Wäre ich doch in der Heimatstadt geblieben«, würde sie nach kurzer Zeit jammern und dem Bruder vorwerfen: »Warum hast du mich hierher geholt?« Wo sie nicht war, da war eben immer das Glück. Es war wohl das Beste, es bliebe so, wie es jetzt war.

»Für noch einmal einen Tag im Elternhause«, schrieb sie, »würde ich mein ganzes Leben hingeben. Der einzige Lichtblick ist Weihnachten, die Aussicht, wieder zu Dir nach Krettingen zu kommen.«

Aber noch war nicht Weihnachten, noch grauten die Novembernebel über dem Land. Er mußte sich jetzt ganz energisch nach einer Haushälterin umsehen. Mit der alten Barre allein ging das unmöglich. Solange die Schwestern Keller dagewesen waren, hatte er nichts vermißt, aber nun, da er nur auf die alte Siebzigjährige angewiesen war, fühlte er den Mangel einer ordnenden Hand. Wenn er davon sprach, erwiderte ihm jeder: »Heiraten müssen Sie, Herr Pastor, heiraten, ein Pastorat ohne Pastorin ist nur was Halbes.« Ja, er wollte das auch, aber wen? Die einzige, die hier in Frage gekommen wäre, war die Nichte vom Doktor. Nur: es rührte sich nichts in seinem Innern, auch gar nichts, wenn er an sie dachte. Und mit der Vernunft allein schien ihm die Sache doch nicht möglich.

Was erwartete er denn? Stürmische Gefühle? Die hatte er einmal durchgemacht, erlebt ... noch einmal ... war das nicht zuviel verlangt? Jetzt mußte er eine Lebensgefährtin suchen, die ihn im Dienst in der Gemeinde unterstützt. Das mußte den Ausschlag geben. Hatte er noch immer keine Geduld gelernt? Auch hier würde ihm ein Weg gezeigt werden, er mußte nur auf den Wink warten.

Der Gottesdienst am ersten Advent war zu Ende. Noch stand der Pastor im Talar in der Sakristei, als schon die Kirchenältesten hereinkamen. Es waren große kräftige Gestalten in grauen, langen Mänteln von selbstgewebtem Tuch. Prächtig sahen sie aus in ihrer freien, aufrechten Haltung. Stephani fiel der Unterschied zwischen ihnen und den Letten auf. Der Lette hatte leicht etwas Unterwürfiges in seinem Betragen, das sich schon im Handküssen äußerte, ja früher wagten sie es nur den Rockärmel mit den Lippen zu berühren. Die Pruseninkai taten das nicht. Sie hatten sich ihre Kirche erbaut, sie besoldeten selbst ihren Pastor, kein Patronatsherr stand über ihnen. Sie verneigten sich wohl tief vor dem Geistlichen und faßten vorsichtig seine Hand, die er ihnen bot.

»Pons kunigs, Herr Pastor, die Kalende beginnt, wir bitten dich, zu uns zu kommen«, bat einer von ihnen.

»Zu uns auch, pons kunigs«, riefen alle. Der Litauer duzt, wo er liebt. Wem er wohlgesinnt ist, zu dem sagt er »du«. Und ihren Pastor liebten sie. Er war der Bewahrer, der Hüter ihres Glaubens, der Verwalter der Sakramente. Sie lebten im Glauben, und wenn er auch hart und streng war, dieser Glaube, so war er doch echt und lebendig. Das erkannte der Pastor immer mehr. Es war nicht seine Art, aber er mußte sie gelten lassen, er konnte ihnen seine Achtung nicht versagen. Und er fühlte es, daß auch sie ihn hinnahmen, wie er war. Wenn sie ihn auch nicht für einen »Bekehrten« hielten, so wandten sie sich nicht von ihm und hofften auf Gottes Gnade, die ihn den rechten Weg führen würde. Und darin waren sie mit ihrem Pastor wieder einig, diese Hoffnung hatte er auch, wenn er auch gern seine Zigarette rauchte und Musik und Tanz liebte. Es ging dem Pastor wie seiner Gemeinde um Gottes Ehre.

Kalendefahrten, das war etwas Neues. Er freute sich darauf. Im Baltikum, in seiner Heimat, waren sie auch einst üblich gewesen, doch schon seit Jahrzehnten durch Getreideschüttungen abgelöst worden. Der Pastor brauchte nicht selbst hinzufahren, um die Gaben abzuholen. Hier, in Litauen, bestanden sie noch. In der Adventszeit begannen die Fahrten und dehnten sich bis ins neue Jahr hinein. Das Wort kam vom litauischen »kaledas, Weihnachten« her, daher nannten es die Leute »kaleduoti«, die Weihnachtsgaben einsammeln. Es war die beste Gelegenheit, die Gemeinde kennenzulernen. Nirgends lernt man einen Menschen besser kennen als in seinem Hause. Dort gewinnt man den besten Eindruck von seinem Leben.

Lustiges Schellengeläut ertönte am Montag morgen der ersten Adventswoche auf dem Pastoratshof. Der Pastor, angetan mit einem dicken Pelz, trat aus der Tür, dicht hinter ihm der Kirchenvormund des Dorfes, in das er fahren sollte, und der ihn dazu abholte. Vorne auf dem Bock saß auch ein angesehener Bauer, mit dem sich Stephani durch Handschlag begrüßte. Sie stiegen ein, die Pelzdecke wurde an allen Seiten festgestopft, und dann knallte lustig die Peitsche, und fort ging es zur ersten Kalendefahrt.

»Pons kunigeles, Herr Pastorchen, jetzt haben wir dich für uns allein, wir halten dich«, sagte Endrysas und legte seinen Arm um den Pastor, »fall nur nicht hinaus.« Er selbst ließ ein Bein draußen, um bei scharfen Biegungen das Gleichgewicht zu halten. Es war ein Ehrentag fürs Dorf, ein großer Tag, wenn der Pastor zur Kalende kam.

Der Weg führte über Wiese und Heide. Keine Spur war zu sehen, und doch trabten die Pferdchen sicher dahin. Es war dieser zähe, flinke Litauerschlag, der sich als entbehrungsfähig und ausdauernd erwies.

Vor dem Hause des Kirchenvormundes, vor Endrysas, dem ersten Mann im Dorfe, hielt der Schlitten an. Weißer Sand war vor der Tür gestreut, und die Hausfrau selbst stand auf der Schwelle, um den Ehrengast zu empfangen.

Zwei andere Schlitten standen schon wartend auf dem Hof, einer für den Pastor, mit dem er durchs Dorf fahren sollte, der andere für die Gaben, die gesammelt werden sollten. Alles war genau eingeteilt, jeder mußte seine Aufgabe haben, keiner durfte übergangen werden. Der Pastor kam zu allen. Er wurde in die große Stube gebeten, die Männer zogen die Pelze aus, und der Pastor mußte sich auf den einzigen Stuhl in der Stube setzen, während die Männer auf den Bänken längs den Wänden Platz nahmen.

Geschäftig rannten die Frauen hin und her. Einzeln trugen sie die Speisen auf und stellten sie auf den weißgedeckten Tisch. Da kamen die Teller mit dem köstlichen Weißbrot, mit fetttriefender Bratwurst, die Schüssel mit dampfenden Kartoffeln, Butter, Eier, Honig und zuletzt der Kaffee in dickbauchigen Tassen.

Das Geklapper verstummte, und die Hausfrau bat mit einer Verneigung zu Tisch, zum Essen.

Die Männer erhoben sich, stellten sich um den Tisch und falteten die Hände. Der Hausvater stimmte das Tischlied an und alle sangen:

»Wir danken Gott für seine Gaben, die wir von ihm empfangen haben, und bitten unsern lieben Herrn, er woll' uns allezeit bescheren und speisen uns mit seinem Wort, daß wir satt werden hier und dort, ach lieber Herr, du wollst uns geben nach dieser Zeit das ewige Leben.«

Dann setzten sich alle, nur die Frauen liefen umher und bedienten. Die Bauern aßen langsam und bedächtig, je fetter, desto besser, stetig und ausdauernd. Der Pastor konnte da nicht mithalten, alles Fette lehnte er ab. »Wie ein kleines Kind ißt er«, sagten die Leute, »Eier, Butter, Honig und Kaffee.« Ja, Kaffee, das war sein Lieblingsgetränk, das hatten die Hausfrauen herausbekommen und schenkten ihm reichlich ein. Die andern tranken ihren selbstangebauten Zichorienkaffee, braun war er auch, nur der Duft fehlte. Als alle gesättigt waren, fuhren sich die Männer mit der Hand um den Mund und wischten sie in breiten roten und blauen Taschentüchern ab. Es wurde wieder ein Lied gesungen, und dann begann erst die eigentliche Arbeit.

Die Kinder wurden herbeigeholt. Aufgeregt und scheu kamen sie herein, sehr sauber gewaschen, die Gesichter glänzten vor Reinlichkeit. Den Hausunterricht zu kontrollieren gehörte zu den Aufgaben der Kalende. Eine Schande wäre es für das Haus, für das Dorf gewesen, wenn diese Elternpflicht vernachlässigt worden wäre. In alter Zeit wurde diese Unterlassung mit Kirchenbuße bestraft, in neuerer Zeit begnügte man sich mit Ermahnungen und überließ es im übrigen den Pastoren, diese Mängel auszugleichen. Stephani tat etwas Unerhörtes, er erzählte ihnen eine biblische Geschichte und forderte sie auf, ihm zu helfen, denn er lerne jetzt erst ihre Sprache, und sie müßten ihm da manchmal die richtigen Wörter sagen. Da waren sie mit Eifer dabei, sie tauten auf und mußten lachen, wenn er ganz komische Wörter brauchte, dann riefen sie ihm zu, wie es richtig heißen müßte. Er stellte sich unwissender an, als er war, und reizte sie dadurch zu immer lebhafteren Äußerungen. Der älteste Sohn des Kirchenvormundes, ein siebenjähriger Bursche, sah ihn schließlich ganz erstaunt an und fragte ihn, ob er denn auch die Zehn Gebote kenne. Der Pastor machte ein nachdenkliches Gesicht und meinte, davon hätte er wohl schon gehört, ob er ihm wohl eins aufsagen könne. »Ich kenne sie alle«, antwortete der Kleine stolz, es klang daraus ein gewisses Mitleid mit dem Pastor, daß er sie nicht kannte, »mit allen Erklärungen«, setzte er noch hinzu. »Na, dann sag mir mal das vierte«, forderte Stephani ihn auf, »wie heißt du denn eigentlich?« – »Martin«, war die Antwort, »so wie Luther.« Und dann folgte ohne Stocken das vierte Gebot mit der Erklärung. »Der wird mal mein Nachfolger«, erklärte der Pastor dem Vater. »Du willst doch mal Pastor werden«, wandte er sich an den Knaben. Der sah ihn nachdenklich an, dann sagte er: »Nein, das ist zu schwer. Da muß man die ganze Bibel im Kopf haben.«

»So«, meinte der Pastor, »was willst du denn einmal werden?«

»Lehrer«, entschied der Junge.

»Ein schöner Beruf«, lobte der Pastor, »meinst du, daß der leichter ist?«

»Ja«, antwortete der Kleine, »da braucht man nur die biblischen Geschichten zu kennen und nicht die ganze Bibel.«

»Nun, Martin, wenn du groß genug sein wirst, dann komm zu mir, und ich werde dir helfen, das zu werden, was du willst, aber die Worte aus der Bibel, die wollen wir alle nicht nur im Kopf, sondern erst recht im Herzen behalten.«

Dann begann der Pastor sich zu verabschieden, und der Kirchenvormund legte einen kleinen Teller auf den Tisch, an den trat jeder Hausbewohner heran und warf ein Geldstück hinein.

Wenn im Hause eine jungverheiratete Frau war, dann mußte sie dem Pastor irgendein Stück aus ihrer Aussteuer schenken: ein Handtuch, ein Paar Handschuhe oder Socken. Das überreichte sie ihm persönlich, alles übrige Geben geschah hinter dem Rücken des Pastors. Er kam nicht in die Verlegenheit wie einst in alten Zeiten, da eine Bäuerin einem Amtsbruder zwei geräucherte Schinken zeigte und ihn fragte, welchen er wohl haben wolle, worauf er geantwortet haben soll: »Beide sind gut, stecke sie nur in den Sack.« Was gegeben worden war, erfuhr der Pastor erst zu Hause, wenn der Gabenschlitten ausgepackt wurde. Wenn es auch alles freiwillige Spenden waren, so kamen jedes Jahr ungefähr dieselben Mengen an Roggen, Hafer, Gerste, Erbsen zusammen.

Zweimal in der Woche fanden diese Fahrten statt, und der Pastor war den ganzen Tag unterwegs. Das war sehr anstrengend und besonders für ihn, der ein Raucher war. Das erste, was er tat, wenn er seinen Pelz abgeworfen hatte, war, wie er es nannte, nach dem »Sündenstengel«, der Zigarette, zu greifen. Auf die Fahrten nahm er nie eine mit, um nicht doch in Versuchung zu kommen, sich eine anzustecken. Er hielt das Rauchen nicht für ein Unrecht, aber um der Gemeinde willen, die unter allen Genüssen das Rauchen für den verderblichsten hielt, verzichtete er darauf.

Diese Fahrten in sämtliche Dörfer waren von großem Nutzen. Der Pastor lernte seine Gemeinde kennen. Er sah ihre Schwächen, ihre Vorzüge und erlebte ihre Streitigkeiten, denn streitlustig waren sie über alle Maßen. Prozessieren war ein spannendes Erlebnis. Die Leute prozessierten untereinander, die Mutter mit dem Schwiegersohn, die Schwester mit dem Bruder. Ohne Ende ging das. Jeder war von seinem Recht überzeugt und hielt es für seine Pflicht, dafür einzutreten. In den meisten Fällen hatten beide Parteien unrecht, und beide verloren ihr Geld an Rechtsanwälte und Gericht. Geld und Besitz imponierten auch ihnen, und dabei zeigte sich ihre ganze menschliche Schwäche trotz aller Bekehrung. Auch auf den Kalendefahrten ging es nicht immer friedlich zu. Der Bauer Preikschas war beleidigt, daß nicht er, sondern Endrysas zum Kirchenvormund gewählt worden war. Als der Pastor zu ihm kam, ergriff er wütend seine Mütze und rannte an ihm vorbei in den Hof hinaus: »Da du mit Endrysas kommst, adieu!« Der Pastor tat, als habe er nichts gehört, und unterhielt sich mit den Frauen, die verlegen in der Stube standen. Nachher wollte die Hausfrau wenigstens ein Stück Fleisch in den Schlitten schmuggeln, aber der Bauer bemerkte es und riß es heraus. Der Litauer ist stark im Lieben und im Hassen. Der Pastor verlor kein Wort über diesen Vorfall, der mußte mit Humor aufgenommen werden. Es war natürlich nicht zu vermeiden, daß im Dorf reichlich und ausgiebig darüber gesprochen wurde, aber nicht in Gegenwart des Pastors. Diese gelassene Art gewann ihm viele Herzen.

In den nächsten Tagen erschien Preikschas im Pastorat und brachte seine »Kalende« persönlich. Endlos lange Reden hielt er, in denen er den Beweis erbringen wollte, daß er um seiner Ehre willen so unhöflich gegen den Pastor hatte handeln müssen, aber daß er bestimmt nichts gegen ihn habe. Den Endrysas versuchte er so schlecht zu machen, als es irgend ging. Der

Pastor ließ ihn ausreden, sein ganzes Pulver verschießen, und dann erzählte er ihm, wie gut Endrysas von ihm denke und spreche, er versehe sich eben da, der Endrysas sei gar nicht so schlecht, er verkenne ihn. Er handelte nach dem Grundsatz seines alten Seniors, der ihm eingeschärft hatte: »Wer nichts Gutes von seinen Mitmenschen zu sagen weiß, der schweige. Aber von dem Guten, was einer vom andern erzählt habe, davon könne man nicht genug berichten, da könne man ruhig seine Phantasie spielen lassen und so viel zulegen, damit er so erscheine, wie man ihn haben möchte, wie er eigentlich sein sollte.« Der Endrysas hätte sich selbst sehr gewundert, wenn er gehört hätte, was er für ein tüchtiger Kerl sei, was für ein ausgezeichneter Mensch. Und dieser vortreffliche Mann bedaure es, daß Preikschas nicht sein Freund sei . . .

Vor Weihnachten gab der Pastor dem Glöckner den Auftrag, Weihnachtsbäume zu besorgen, einen fürs Pastorat und zwei für die Kirche.

»Für die Kirche?« fragte Jokschas erstaunt. »Herr Pastor, das kann man nicht, das ist zu weltlich.«

»Weltlich? Wir zünden doch sonntags immer die Lichter auf dem Altar an und bei besonders feierlichen Anlässen im Kronleuchter, warum sollen denn Kerzen am Weihnachtsbaum zu weltlich sein?«

»Für mich nicht«, beeilte sich der Glöckner zu versichern, »aber die Wortverkündiger . . . was werden die sagen?«

Doch der Pastor ließ sich nicht irremachen, auch als die Gemeinschaftsleute kamen und versuchten, ihm das Unpassende vorzuhalten. Gott ist ein Geist, und wir müssen ihn im Geist und der Wahrheit anbeten, sagten sie. Grüne Bäume und so was, nein, das gehöre nicht in die Kirche. »Du liebst zu sehr das weltliche Licht«, warfen sie ihm vor. Er hörte jeden einzelnen mit großer Geduld an, der sanftmütige Geist fiel ihm nicht immer ganz leicht, aber er wollte sie überzeugen und nicht vor den Kopf stoßen. Schließlich einigten sie sich, es wurde eine Art Waffenstillstand geschlossen. Die Gemeinschaftsleute versprachen, es zu dulden und ihre Gebetsstunde nicht gerade während der kirchlichen Feier anzusetzen, und der Pastor versprach, darauf aufmerksam zu machen, daß nachher bei Pukis, seinem früheren litauischen Lehrer, eine Versammlung noch stattfinde.

Nur einmal packte ihn der Zorn, als Schönberg sich weigerte, die Weihnachtsbäume und die Kerzen aus der Kirchenkasse zu bezahlen. Er wurde so heftig, daß Dr. Attelmayer ihn darauf aufmerksam machen mußte, er solle nicht vergessen, daß er mit einem alten verdienstvollen Mann spreche, der unter Pastor Straumann die Kirchenkasse – und gerade beim Kirchenbau – meisterlich geführt habe.

Was den Kauf der Weihnachtsbäume betreffe und die Kerzen dazu, so trat er für den Pastor ein. Allerdings meinte er, hätte man mit solchen Neuerungen warten können, vielleicht im nächsten Jahr sie durchführen, wenn die Gemeinde sich an den neuen Pastor schon mehr gewöhnt hätte. So war es immer, der alte Herr wollte zwei Seiten gerecht werden, und dadurch schwelte jeder Streit unter der Oberfläche weiter. Die Ausgaben wurden von der Kirchenkasse beglichen, aber der Kassierer nannte den Pastor einen Verschwender, er fand, besonders in der litauischen Gemeinde, manches willige Ohr dafür. Stephani aber sagte sich, gerade jetzt, da die Gemeinde noch so willig ihm gegenüber war, müßte er es durchsetzen. Wenn auch sein Vorgänger am Heiligabend keinen Gottesdienst gehalten hatte, er wollte es tun, er hielt es für nötig. Und er tat es auch.

Am Heiligen Abend standen die Kirchentüren weit auf, und die strahlenden Weihnachtsbäume rechts und links vom Altar leuchteten weit in die dunkle Nacht hinaus. Aus der Finsternis trat die Gemeinde in das Licht der Weihnacht. Eine Krippe hatte er noch nicht gewagt hinzustellen, dann hätten sie geschrien, er will uns noch katholisch machen. Es freute ihn, daß die Kirche voll wurde. Kinder und Alte der Gemeinde waren gekommen, und er verkündigte ihnen die frohe Botschaft von der Heiligen Nacht. »So als ob wir selbst die Hirten wären, kam es uns vor«, erzählte Frau Dennecke, die mit ihren sechs Kindern in die Kirche gegangen war. »Es war wirklich wie ein Wunder. In unserer Kirche leuchtete zum erstenmal der Weihnachtsbaum. Wir feierten doppelt so schön das Fest.« Der Pastor aber spürte, daß ihm geholfen wurde, noch nie hatte er so wenig mit Sprachschwierigkeiten zu kämpfen gehabt wie in dieser Andachtsstunde am Heiligen Abend, da er zum erstenmal mit seiner eignen Gemeinde das Weihnachtsfest feierte.

»Ich fürchte nur, Herr Pastor«, sagte der Minjemüller, als er in den ersten Tagen des neuen Jahres bei ihm war, »daß es Ihnen zu viel werden wird. Die Lehrerin soll bei Ihnen wohnen, Sie wollen sie auch beköstigen, der Unterricht soll auch im Pastorat stattfinden, und was haben Sie davon? ... nur Unruhe.«

»Es ist sonst so still bei mir«, scherzte der Pastor, »machen

Sie sich keine Sorge, Herr Listander, wollen wir nur erst anfangen, später wird sich alles finden, nur erst den Anfang machen, und das geht so am besten. Kommen Sie, ich zeige es Ihnen, wie ich es mir gedacht habe. Die Lehrerin wird oben ihr Zimmer haben, und der Unterricht soll hier in dieser Stube nach dem Garten hinaus stattfinden.«

»Sehr schön, ausgezeichnet, nur müssen die Kinder alle durch Ihr Speisezimmer gehen ...«

»Was ist denn dabei? Das geht doch.«

»Ich weiß nur, daß meine Frau das nicht erlauben würde ...«

»Sehen Sie, wie gut, daß ich keine habe, mir kann keiner was verbieten ... Jokschas hat mir gesagt, daß auf dem Kirchenboden einige alte Schulbänke stehen, die laß ich holen und hier hineinstellen.«

»Das sollen mal die Eltern der Kinder tun, Herr Pastor, alle müssen dazu etwas beitragen. Es geht nicht, daß Sie allein alle Lasten tragen.«

»Alle nicht, das Gehalt müssen die Eltern aufbringen.«

»Das ist auch mehr als billig. Die Leute hier sind nun mal so, je weniger man von ihnen verlangt, desto mehr wollen sie haben. Sie müssen ans Geben gewöhnt werden.«

In dem Augenblick wurde der Schmied Putz gemeldet, und die beiden gingen wieder zurück ins Schreibzimmer. Putz hatte eine Litauerin zur Frau, eine von den Pruseninkai, sie sprach wenig Deutsch, aber der Mann verlangte von ihr, daß sie auch zum deutschen Gottesdienst gehe, sie konnte auch zum litauischen bleiben, das war ihre Sache, aber er und seine sechs Kinder gehörten zur deutschen Gemeinde. Er ließ sich diese Zugehörigkeit etwas kosten, denn die Abgaben der deutschen Gemeinde waren höher als die der litauischen. Seine Frau faßte das als unnützen »Hochmut« auf. »Wenn du besoffen bist (leider war er es sehr häufig), warst immer ein Vieh, ob Deutscher oder Litauer.« Sie war eine tüchtige Frau, die das Haus in Ordnung hielt und die Kinder streng erzog.

»Nun, Meister Putz, was bringen Sie Gutes?« redete ihn der Pastor an.

Putz wurde verlegen. Ja, das war eine komische Angelegenheit. Er komme wegen der Anna, die müßte dieses Jahr eingesegnet werden, da macht sie sich jetzt schon Sorgen, ob der Pastor sie annehmen würde, sie verstehe doch nichts. Das Kind sei ganz elend geworden, sie fahre nachts hoch und murmele Sprüche und Liederverse ...

»Grüßen Sie die Anna schön und sagen Sie ihr«, beruhigte der Pastor, »ich nehme jeden zur Konfirmation an, es kommt aufs Herz an ...«

»Ja, das haben wir ihr schon gesagt, aber es nützt nichts, da hat die Frau gesagt, es sind doch nur noch paar Wochen, es möchte gut sein, wenn sie in dieser Zeit noch die Schule besuchen könnte. Sie würde dann ruhiger werden. Es ist ja wohl eine unnütze Ausgabe, aber um der Anna willen, die sonst sehr fleißig ist, möchten wir es machen.«

»Natürlich, die Anna kann auch die paar Wochen kommen, aber Sie haben doch noch mehr Kinder, was ist mit denen?«

»Das hat noch Zeit, die sind noch klein ...«

»Na, hören Sie mal, der Junge ist doch auch schon zwölf Jahre, und die Martha, die ist doch nur ein Jahr jünger als Anna«, mischte sich Listander ein, »die müssen alle in die Schule, sonst werden die sich ebenso nachher aufregen wie die Anna.«

Leopold Putz schüttelte den Kopf und seufzte. »Ach, Herr Pastor, jetzt haben Sie mit so einer neumodischen Sache angefangen, nu werden die Kinder ganz wild. Schule, Schule ... wer hat uns zur Schule geschickt. Kein Professor nicht brauchen sie nicht zu werden. Mit ihren zehn Fingern werden sie mal ihr Brot verdienen und nicht mit dem Kopf«, ereiferte sich der Schmied.

»Wäre es nicht ganz gut, wenn man den Kopf zum Verdienen auch noch mitbenutzen könnte?«

»Ach, Herr Pastor, das ist für Leute, die Geld übrig haben, wir haben es nicht ...«

»Nur zum Saufen reicht es noch«, dachte der Pastor, aber er sagte es nicht. Er sah nur lächelnd zum Müllermeister hinüber. »Hören Sie mal, Putz, Sie sind doch ein vernünftiger Mann«, begann der, »schicken Sie mal alle drei Kinder in die Schule.«

»Wo denken Sie hin? Wo soll ich das viele Geld hernehmen?«

»Wieviel haben Sie denn gedacht, für die Anna auszugeben?« fragte der Pastor.

»Es kostet pro Kind fünf Rubel monatlich«, sagte der Müller.

»Fünf Rubel ...«, dem Schmied blieb der Mund offen, »fünf Rubel, meine Frau dachte zwei, höchstens drei ...«

»Na, hören Sie mal zu, drei Rubel monatlich, und Sie schikken alle drei Kinder ... einverstanden?«

Putz wand sich noch hin und her, aber schließlich willigte er doch ein.

Als er weg war, sagte der Müllermeister: »Sehn Sie, Herr Pastor, war das nicht ein richtiges Beispiel? Sie versuchen, so billig wie möglich davonzukommen. Wenn der Pastor so dumm ist und alles umsonst macht ... dafür muß er bestraft werden, sie nutzen das aus.«

Ja, der Pastor mußte in dieser Hinsicht noch viel lernen. Aber das Feilschen und Handeln lag ihm nicht, er war immer bereit, aus dem Vollen zu geben. Doch seine Kasse war dem durchaus nicht gewachsen. Er mußte an Straumann denken, wie der es verstanden hatte, die Kassen zu füllen, und er verstand es nur, sie zu leeren. Im Frühjahr sollte die Veranda angebaut werden. Im vorigen Jahr war das Vorhaben des Brandes wegen zurückgestellt worden, aber nun sollte sie diesen Sommer fertig werden. Auch wieder eine Sache, die Geld kostete und nichts einbrachte.

Die Lehrerin mußte aus Libau geholt werden, das kostete Geld, viel Geld, so viel wie eine Fahrt von Memel nach Berlin, und das lag tausend Kilometer entfernt, während die Strecke bis Libau nur hundert Kilometer betrug. Aber nach Berlin fuhr man mit der Bahn, und nach Libau konnte man nur mit Pferden hinkommen.

Während der Pastor noch darüber nachdachte, wie er die Fahrt bezahlen solle, bot sich eine günstige Gelegenheit. Doktor Attelmayer hatte Weihnachtsbesuch gehabt und schickte ihn in den nächsten Tagen zurück, mit der rückkehrenden Equipage konnte die Lehrerin, Frau Kroll, mitkommen. Was war das nur für ein mühseliger Anfang mit dieser Schule! Wie sollte man diese zusammengewürfelte Schar unter einen Hut bringen? Nach Alter? Unmöglich! Der Elfjährige war manchmal weiter als die Fünfzehnjährige.

Nach Kenntnissen? Die waren sogar bei jedem einzelnen unterschiedlich, wenn einer rechnen konnte, so hieß das noch nicht, daß er lesen konnte, oder wenn er die Tafel mit Buchstaben vollmalte, so wußte er oft nicht, wie sie hießen, was sie bedeuteten.

»So was habe ich noch nicht erlebt«, erklärte Frau Kroll.

»Oh, Herr Pastor«, jammerte sie, »was habe ich mir da für eine Aufgabe aufgehalst. Da kann nichts dabei herauskommen.«

»Nun, was erwarten Sie«, tröstete Stephani, »das Abitur brauchen Ihre Schüler nicht zu machen, das wird niemand von ihnen verlangen. Aber ihre Namen werden sie einst schreiben können, nicht mehr drei Kreuze zu machen brauchen, wie es bisher unsere Handwerker tun mußten.«

»Das ist allerdings ein bescheidenes Ziel.«

»Nicht bescheiden, ein großes«, widersprach der Pastor, »wenn wir es erreichen können, daß wir keine Analphabeten mehr haben, dann ist unsere Mühe nicht umsonst gewesen.«

»Das Glück des Menschen hängt nicht davon ab, ob er lesen oder schreiben kann«, meinte Frau Kroll. Sie war bisher nur Hauslehrerin auf adligen Gütern gewesen, wo sie zwei oder drei Kinder zu unterrichten gehabt hatte, und nun stand sie vor siebzehn. Sie verstand es nicht, sich Disziplin zu verschaffen, daher ließ sie alles gehen, wie es eben kam. Wenn einer lernte, dann nahm sie es ebenso gleichmütig, als wenn er nicht lernte.

Die Kinder wollten alle zur Schule gehen, das war etwas Neues, das machte Spaß, aber es sollte mühelos bleiben.

Frau Kroll war auch für Mühelosigkeit und gutes Essen, beides bot ihr Krettingen nicht. Daher war sie nicht zufrieden, und die Schule entwickelte sich nicht so, wie es der Pastor gewünscht hätte. Er gab den Religionsunterricht und blieb dadurch immer im Bilde.

Es gab viel Ärger, am meisten gab Kantor Sunde Grund dazu. Stephani hatte sich ihn als Lehrer im Litauischen genommen. Es lag ihm daran, bei ihm Grammatik zu lernen, denn Sunde besaß Kenntnisse darin. Doch bevor er aus ihm etwas herausquetschte, konnte er die Geduld verlieren.

Sunde zog die Schultern hoch, ruckte an seinem Hosengurt und murmelte was vor sich hin: »Man kann es so sagen, manche drücken es auch anders aus, einer meint so, ... andere sagen ...«

»Zum Kuckuck, jetzt will ich aber wissen, wie es denn richtig ist?« fuhr der Pastor auf. »Es muß doch eine Regel geben.«

»Regeln ... Regeln gibt es auch, aber meistenteils sind es Ausnahmen. Die Pruseninkai sprechen so, und die Szameiten sagen anders. In manchen Büchern steht es wieder so ...«

»Gibt es denn auch litauische Lehrbücher? Ich denke, in Rußland sind sämtliche Druckschriften litauischer Sprache verboten«, wandte der Pastor ein.

»Ja, die sind verboten, aber in Preußen werden sie gedruckt und dann hierher geschmuggelt.«

»Eine schwierige Sprache«, stellte der Pastor fest, »wie soll man sie erlernen?«

»Man muß sie einfach sprechen«, meinte Sunde, »und sich nicht den Kopf zerbrechen, ob es so oder so heißen muß. Der Herr Pastor gibt sich viel zuviel Mühe.«

»Und du zuwenig«, dachte Stephani, ohne es auszusprechen.

Mit seinen Haushälterinnen hatte der Pastor kein Glück. Die erste, die er ins Haus nahm, schwärmte ihn an und legte ihm Gedichte auf den Schreibtisch. Ihr Inhalt war ebenso schlimm wie ihre Orthographie. »Es bliet in geten Hertz di Libe, o, wenn si ihmer bei dich blibe.«

»Darauf reimen sich nur noch ›Hiebe‹«, ergänzte der Pastor und entließ sie.

Die zweite nahm es übel, wenn er nicht pünktlich zum Essen erschien. Sie hatte bei einer alten Generalswitwe den Haushalt geführt, und bei der war alles auf die Minute eingeteilt gewesen, und nun konnte sie es nicht begreifen, daß der Pastor Fahrten oder Besprechungen hatte, die ihn länger aufhielten, als er gedacht hatte.

Sie kündigte und ging, in so einem unordentlichen Haushalt könne sie nicht bleiben.

Die dritte unterschied nicht »mein von dein«. Er ertappte sie dabei, daß sie sein Portemonnaie untersuchte. Sie behauptete, es gefunden zu haben. Wo? In seiner Jackentasche.

Er entließ sie, damit nicht noch ein größeres Unheil entstehe. Nun behalf er sich wieder mit der alten Barre.

Oh, eine Frau, wie die ihm fehlte!

Da meldete sich eine junge Frau, deren Mann nach Afrika ausgewandert war. Nun sei er so weit, daß er seine Frau nachkommen lassen wolle. Zum Sommer werde er ihr eine Schiffskarte schicken, wenn der Pastor mit ihr vorlieb nehmen wolle, könnte sie bis zum ersten Juli bleiben.

Er war damit einverstanden und sagte sich, Zeit gewonnen, alles gewonnen, wenigstens jetzt, während der kommenden Passionszeit, würde er die Sorge um den Haushalt los sein.

Wer heiraten wollte, mußte sich beeilen. In Rußland gab es damals noch kein Standesamt. Die Pastoren führten die Standesregister, und das Aufgebot mußte an drei Sonntagen von der Kanzel aus erfolgen. Und jedesmal sprach dann der Pastor die Mahnung aus: »Wer etwas dagegen zu sagen hat, der rede jetzt und schweige später.« Das zweite und dritte Mal konnte zusammengezogen werden, aber unter zwei Aufgeboten ging es nicht. In der letzten Woche vor der Passionszeit häuften sich die

Hochzeiten. Im ganzen Jahr fanden nicht so viele Trauungen statt wie in diesen Tagen. Mit dem Beginn der Leidenszeit unseres Herrn wurde nicht mehr getraut, dann konnte die Hochzeit erst nach Ostern stattfinden. »Na, Endrysas«, redete der Pastor seinen Kirchenvormund an, »auch erst in letzter Minute.«

»Ja, Herr Pastor, die Mutter wollte die Tochter erst nach Ostern abgeben, es war noch so viel zu weben, aber die Schwiegermutter ist krank geworden und hat Hilfe nötig.«

Reizend sah diese Tochter aus, die die Mutter nicht abgeben wollte. Ihr Bräutigam war der Sohn eines Bauern aus demselben Dorf. Die jungen Leute sahen sich nicht an, ob aus Verlegenheit? Diese Ehe war wie die meisten eine Abmachung zwischen den wohlhabenden Eltern, nur die Armen durften nach Gefühl handeln. Bei Reichen entschied der Verstand. So war es immer gewesen, so mußte es auch bleiben, denn wer konnte besser für das Wohl seiner Kinder sorgen als Vater und Mutter? Reich und reich paßt eben besser zusammen als arm und reich.

Doch so arm war niemand, so verlassen kein Brautpaar, daß es zu Fuß zur Kirche hätte gehen müssen. Das wäre nicht nur eine Schande für sie selbst, sondern auch für alle Nachbarn gewesen. Zur Hochzeit und zum Begräbnis mußte ein Fuhrwerk jedem gestellt werden, das gehörte sich so. In der Mädchenkammer des Pastorats machte sich die Braut zurecht. Sie setzte sich das Rautenkränzlein auf das glattgestrichene, in feste Zöpfe geflochtene Haar und band sich die Seidenschürze vor den breiten Faltenrock. Den Halsrand der schwarzen Jacke zierte ein weißes Krägelchen, weiße Strümpfe und blanke schwarze Schuhe vervollständigten die ernste, aber anmutige Tracht der preußischen Litauerin.

Der Bräutigam trug einen dunklen Anzug aus selbstgewebtem Tuch. Wenn das Brautpaar den Wagen bestieg, dann warfen die Pferde ihre Köpfe zurück, daß die bunten Papierrosen, mit denen die Mähnen geschmückt waren, raschelten, und fort ging es mit lautem Gepolter. Hinterher jagten die Wagen der Hochzeitsgäste, je mehr Wagen, desto besser. Und wenn die Gäule auch sonst nicht hatten laufen wollen, hier holten sie aus, mußten es tun, daß die Funken sprühten.

Fenster und Türen rissen die Leute auf, um die Brautfahrt zu sehen. »Schön war die Braut, habt ihr es gesehn? Wunderschön! Bei dem Frost ohne Mantel, ohne Hut hat sie dagesessen wie eine Kerze.«

Und die bunten Papierstreifen am Gespann wehten und

schaukelten lustig im Winde. Auch in diesem sonst so strengen Dasein gab es einen Tag der Lebenslust, das war der Hochzeitstag.

Mit einem Ruck hielten die Wagen vor der Kirchentür. Während ernst und feierlich der Zug die Kirche betrat, jagte ein Wagen zurück, um den Pastor zu holen. Sobald er dann am Altar stand, zog das Brautpaar mit allen Gästen den Gang hinauf, um den Segen Gottes für seinen Lebensbund zu empfangen.

Ostern war vorbei, Pfingsten gewesen, da kam ein Brief von Lotting, in dem sie sich ankündigte. Da sie, so schrieb sie, von seinen Haushälterinnensorgen Kenntnis habe, so schlage sie ihm vor, Olga mitzubringen. »Großartig«, sprach er vor sich hin, als er das las, »her mit ihr.« Aber schon wurden seine Hoffnungen gedämpft. Olga, stand da weiter, sei krank gewesen und müsse sich erholen, zum Herbst würde sie dann heiraten, aber sie habe gemeint, für zwei Personen zu kochen und das Haus in Ordnung zu halten, würde für sie nicht zu anstrengend sein.

»Heiratet denn jetzt alle Welt und nur ich nicht?« dachte der Pastor grimmig, aber er schrieb der Schwester sofort, sie solle Olga mitbringen, da ihn seine jetzige Haushälterin am 1. Juli verlasse.

Zwei Wochen später traf wieder ein Brief von der Schwester ein. »Lieber Bruder«, schrieb sie, »vor einigen Tagen besuchte ich Rahdens. Erinnerst Du Dich ihrer? Wir sind weitläufig mit ihnen verwandt. Käthe hat sich nett entwickelt, sie ist ein munteres Wesen und zeigte große Lust, mich zu begleiten. Ihr erstes, selbstverdientes Geld will sie für eine Reise benutzen, und die nahe Grenze bei Krettingen lockt sie. Würde es Dir recht sein, wenn ich sie mitbringe? Ich glaube, sie würde unsern Sommer sehr beleben. Sie ist ein lieber Kerl! Wer ist es nicht mit neunzehn Jahren?«

»O Schwester«, seufzte er, »das reine Jungfrauenstift wird mein Pastorat, drei auf einen Schlag, und keine kommt als Frau für mich in Frage.« Seine Schwester konnte ohne Gesellschaft nicht auskommen, das wußte er, sie mußte jemand haben, der um sie war ... allein war es ihr hier zu langweilig.

Was sich aber die Rahden von einer Reise in dieses Nest versprach ... na, also schön, soll sie kommen. Er ließ sich aber Zeit, ehe er antwortete. Erst als eine Mahnkarte der Schwester eintraf, sich doch zu äußern, entschloß er sich zu schreiben. »Wenn Du meinst, ohne die Rahden nicht auskommen zu können, dann bringe sie schon mit«, stand da zu lesen.

Daß diese Aufforderung herzlich war, konnte niemand behaupten, aber Lotting übermittelte sie so, als ob sie es wäre.

»Fritz hat geschrieben«, sagte sie zu Käthe, »du sollst mitkommen, er freut sich auf deinen Besuch ...«

»Freut sich?« wiederholte Käthe ungläubig. »Er kennt mich ja kaum. Ich erinnere mich nur, daß ich einmal zum Geburtstag deines Vaters bei euch war, um Onkel Hermann, wie ich ihn nannte, zu gratulieren, im Februar war es, nicht? Bis wir Kaffee getrunken hatten und ich nach Hause wollte, war es dunkel geworden. Auf deiner Mutter Geheiß sollte mich Fritz nach Hause begleiten. Er tat es nicht gern, das merkte ich, und als wir auf die Straße kamen, rief er nach einer Droschke. Ich aber wollte zu Fuß gehen. Ich dachte es mir so schön, mit einem Couleurstudenten durch die Stadt zu wandern, es hätte mich doch vielleicht eine Freundin sehen können ... das hätte Eindruck gemacht ... ich war damals vielleicht fünfzehn Jahre alt ... so schlug ich denn vor: ›Eigentlich könnten wir zu Fuß gehen, der Fuhrmann kostet Geld‹, aber er achtete nicht auf meinen Einwand, die Droschke fuhr vor, und wir stiegen ein. Ich fand das furchtbar unhöflich und sagte kein Wort mehr, er übrigens auch nicht.«

»Richtig«, bestätigte Lotting, »ich erinnere mich, als er nach Hause kam, sagte er: ›Die Käthe ist eine kleine selbstbewußte Person, sie wollte mir vorschreiben, was ich machen sollte.‹«

»Dann habe ich also auf ihn einen ebenso ungünstigen Eindruck gemacht wie er auf mich. Aber egal, Berlin lockt mich zu sehr ...«

»Was, du willst gleich nach Berlin? Würde nicht Memel und Königsberg auch genügen?«

»Mit dem Grenzschein kann man doch fahren, wohin man will, hast du gesagt, in Deutschland frage niemand nach dem Paß.«

»Tun sie auch nicht.«

»Dann kommt es also nur darauf an, daß Fritz mir den Grenzübertrittschein besorgt ... hat er am Ende schon geschrieben, daß das nicht geht?« erkundigte sie sich mißtrauisch.

»Nein, keine Spur«, versicherte Lotting, denn auf Käthes Mitkommen wollte sie auf keinen Fall verzichten. Sie einigten sich über den Tag der Abreise, und Lotting meldete dem Bruder ihre Ankunft, damit er sie beide und Olga abholen lassen könne.

Es war Hochsommer, als sie eines Abends aus Riga abfuhren. Um sechs Uhr morgens kamen sie in der Hafenstadt Libau an und fanden Hennoch mit der Kalesche und zwei ausgeruhten Pferden auf dem Bahnhofsplatz vor. Die Koffer wurden hinten aufgeschnallt. Die beiden jungen Damen setzten sich in den Fond und Olga auf den Rücksitz. Hennoch bestieg den Bock, und holpernd und polternd ging es durch die noch schlafende Stadt zum Strand. Zum erstenmal erblickte Käthe das offene Meer, die Ostsee. Bis dahin hatte sie nur den sanften Rigaschen Meerbusen gekannt. Sie war entzückt von dem kräftigeren Wellenschlag, von der ausdrucksvolleren Färbung des Wassers. Als sie noch von Hennoch hörte, daß sie vierzehn Kilometer so am Strande entlang fahren müßten, war sie begeistert. War das schön! Direkt im Wasser fuhren sie manchmal, immer da, wo der Sand am härtesten war, damit die Räder nicht einsanken.

Noch brannte die Sonne nicht zu sehr, ab und zu wurde sie von kleinen Wolken verhängt, dann spielten die verschiedensten Farben auf der leise rauschenden See.

Das Wasser schimmerte in hellen und dunklen Tönen, es glitzerte und flimmerte in tausendfachem Licht und wirkte im nächsten Augenblick dunkel und grollend.

Käthe wurde nicht müde, diesem wechselvollen Spiel zuzuschauen und die andern mit ihren Ausrufen zum Mitschauen anzuregen. Olga blieb freundlich lächelnd unberührt. »Nur Wasser«, sagte sie, »Wasser wie Wasser, nur sehr, sehr viel!« Klitsch, klatsch, planschten die Pferde gleichen Schrittes. Es spritzte nach allen Seiten, was Käthes Lust noch erhöhte. Schnurgerade zog sich der Strand hin, in endloser Ferne berührte der Himmel das Meer.

Schon von weitem erblickte man den einsamen Bernatenkrug auf hoher Düne. Es dauerte aber noch eine ganze Weile, bis sie herankamen. Da mußten die Reisenden den festen Boden verlassen und ins Land abbiegen. Der schwere Halbverdeckwagen konnte nun nicht mehr so glatt dahinrollen wie am Strand. Im losen Sand sanken die Räder tief ein. Wie sehr sich die Pferde auch anstrengten, sie kamen nur mühsam vorwärts. Außerdem war die Sonne immer höher geklettert, und ihre

Strahlen brannten erbarmungslos. Nicht nur die Tiere gerieten in Schweiß, auch die Menschen fingen zu schwitzen an.

Als aber erst der Anstieg auf die Düne begann, ging es nur mehr Schritt für Schritt.

Hennoch sprang vom Bock. Seine Pferde, sein Kapital, wollte er nicht noch durch sich selbst belasten. Er war ein wohlbeleibter Mann mit schwarzem Krauskopf. Sein Gewicht spürten die Braunen, und wenn er so nebenher schritt, dann wußten die Pferde, daß ihr Herr sie schonen wollte, und sie legten sich ins Zeug ohne Zuruf. Er war ein ausgezeichneter Pferdepfleger. In der ganzen Gegend war es sprichwörtlich geworden: »So blank wie Hennochs Braune.« Das war ein Ausdruck höchsten Lobes.

Kaum war der Fuhrmann ein paar Schritte gegangen, da rief Käthe: »Ich steige auch aus und gehe zu Fuß.« Ehe es Hennoch verhindern konnte, war sie draußen und schritt schnell vorwärts. Dem Fuhrmann ging das gegen seine Berufsehre. Er konnte wohl zu Fuß gehen, aber seine Passagiere mußten die Pferde hochziehen. Sollten sie schon zu schwach dazu sein! Die Reisenden mußten sitzen bleiben, das gehörte sich so. »Fräulein, Fräulein!«

»Käthe, Käthe! Höre doch.«

Aber Käthe hörte nicht, winkte lachend mit der Hand zurück und beeilte sich, weiterzustapfen. Lotting räsonierte: »Hätte sie es mir gesagt, wäre ich doch auch ausgestiegen ...« Olga pflichtete ihr freundlich bei.

Schnaufend und tief aufatmend hielten sie vor dem Krug, der schon an der Kieschaussee lag. Hier war aber kein Aufenthalt vorgesehen, nur eine kurze Pause, in der Hennoch vier Flaschen Limonade in grellen Farben besorgte. Olga schob sie unter ihren Sitz in den Wagen. Und dann ging's weiter auf einer glatten, festen Kieschaussee. Die Pferde liefen einen kleinen Trab, schüttelten ab und zu ihre Köpfe und prusteten vergnügt. »Dieser Weg gefällt uns besser«, schienen sie damit bekunden zu wollen. Käthe aber rief übermütig: »Der Herr Pastor erwartet seinen Harem.« Lotting wollte sich ausschütten vor Lachen, nein, dies Mädchen hatte Ideen! Das war zu komisch!

Trab, trab ging es Stunde um Stunde. Wie groß, wie lang dieser Wald war, wie ein grünes Meer umgab er sie, Birken und Eichen, Tannen und Fichten wechselten mit dichtem Unterholz. Und heiß war es in dieser grünen Weite, drückend heiß, denn kein Windhauch kam hier an, kein Lüftchen regte sich.

Dicke Fliegen und Bremsen umschwirrten die Pferde und belästigten sie dauernd. Sie warfen ihre Köpfe hin und her, daß die Mähnen flogen, schlugen mit den Schweifen, stampften mit den Füßen, um diese Quälgeister abzuschütteln. Hennoch unterstützte ihre Abwehr, mit dem umgekehrten Peitschenstiel verjagte er vom Rücken der Pferde jedes nur erreichbare Insekt.

Vierzig Kilometer lang war dieser Weg durch den Forst von Rutzau, und den mußten die Reisenden jetzt, in der Mittagshitze, durchqueren. Lotting fand, daß es zum Auswachsen sei, zum Hörnerkriegen. »Essen wir mal einen Speckkuchen«, schlug Käthe vor, »und trinken wir mal aus Zeitvertreib eine Flasche farbenprächtiger Limonade.« Gesagt, getan, aber die Speckkuchen waren schon hart und die Brause warm, gräßlich schmeckte diese laue Brühe. Oh, jetzt etwas Kaltes, Eiskaltes! Nein, dann schwitzt man noch mehr, heißen Tee sollte man trinken. »Brrr!« schüttelte sich Käthe, »ich bitte um ein Glas kalter Milch.« Aber weder das eine noch das andere war zu haben, sondern nur prächtiger Wald, der allmählich zu einer grünen Hölle wurde.

Aber auch der Wald von Rutzau nimmt einmal ein Ende. Schon lichtete er sich, der freie Weg lag vor ihnen, dann kam noch eine kurze Strecke in praller Sonne, aber ohne Bremsen und in sanftem Winde, endlich hielt der Wagen vor einem Krug.

Wie wohl tat den drei Frauen die kühle Gaststube. Zwei Stunden Pause mußten den Tieren gegönnt werden. Zwei volle Stunden mußten sie sich ausruhen. Die Reisenden ließen sich unterdessen das ständige Menü aller Krüge vorsetzen: Rührei mit Rauchschinken, dazu einen Teller voll saurer Milch mit Sahne. Hennoch versorgte seine Pferde mit duftendem Heu, nichts als Heu gab es zuerst, ganz zuletzt, wenn sie sich erholt hatten, bekamen sie den kräftigen Hafer und Wasser, das erfrischende Wasser, so viel sie trinken wollten, eimerweise ...

Dieses Mal mußte aber die Rast der Hitze wegen verlängert werden, und es dauerte gute drei Stunden, ehe alles zur Weiterfahrt bereit war. Hennoch war schon auf den Bock geklettert, und die Passagiere wollten eben einsteigen, als es einen Knall gab. Erschreckt fuhren sie zurück. Die Pferde zuckten zusammen, spitzten die Ohren, Hennoch stieß beruhigende Laute aus. Da – ein zweiter, ein dritter, nun war kein Halten mehr, in wildem Galopp jagten die Braunen dahin, und aus dem Wagen sprudelte grüne und rote Brause, die Flaschen kullerten hinterher.

Limonadenexplosion!

Alle Glut und Hitze des langen Sommertages war vorüber, als die Fahrenden endlich, nach hundert Kilometern, von der Anhöhe auf dem gegenüberliegenden Ufer der Danje das Städtchen Krettingen erblickten. Hoch oben, alles andere überragend, lag das Kloster mit seinen großen Gebäuden und der wuchtigen Kirche.

Auf der andern Seite stand breit und gradlinig die Synagoge, aus der Mitte ragte der schlanke Turm der evangelischen Kirche, und vorne blinkten die Zwiebeltürme der russischen Kirche.

Alle Fensterscheiben blinkten in den Strahlen der sinkenden Sonne wie Edelsteine.

Trotz dieser anstrengenden Fahrt bekamen es die Pferde noch fertig, in scharfem Trabe über den Marktplatz zu laufen und mit Schwung beim Pastorat vorzufahren. Hier war der Weg schon weich und sandig. Der Pastor trat aus dem Haus und Käthe musterte ihn mit kritischen Blicken.

Er sah gut aus, stellte sie fest, nahm sich aber vor, sich auf keinen Fall von ihm imponieren zu lassen. Er war ein Mensch wie jeder andere auch. Weil er Pastor war? Kein Grund, sich etwas einzubilden. Erst als sie zu dritt am Abendbrottisch saßen und Olga, angetan mit einer weißen Schürze, sie bediente, kam eine Unterhaltung zustande. Lotting schilderte drastisch die Limonadenexplosion. Käthe unterstrich die Komik der Situation durch ab und zu hingeworfene Zwischenrufe. Sie lachten alle drei. Es gibt wohl nichts, was einen so schnell miteinander vertraut machen kann als gemeinsames Lachen. Dann stiegen sie über die noch im Bau befindliche Veranda in den Garten. Oh, wenn die erst fertig sein würde! Käthe bewunderte sie nach Gebühr. Sie erklärte, sie würde den ganzen Tag nur hier sitzen ... aber dann fand sie den Garten noch schöner ... Merkwürdig, auch dem Pastor schien alles hier so reizvoll zu sein wie noch nie.

Die Gäste hatten sich zur Ruhe begeben, und der Pastor setzte sich noch an den Schreibtisch. Er hatte sich vorgenommen, jeden Tag ein Kapitel aus der litauischen Bibel laut zu lesen. Doch heute war er nicht bei der Sache. Er trommelte ungeduldig mit den Fingern auf der Tischplatte, seine Gedanken wanderten ... Er hätte nicht sagen können, was ihn bewegte. Schließlich stand er auf, ergriff ein Buch vom Regal, um vor dem Einschlafen noch hineinzublicken. Leise sprach er vor sich hin: »So ganz übel ist sie nicht.«

Am nächsten Tag saßen sie nach dem Frühstück auf der Bank an der Tannenhecke, von wo aus man einen Blick über den Garten bis an das Haus hatte. Alle drei befanden sich in gelöster Ferienstimmung. Der Pastor behauptete, er werde von den Gästen angesteckt, nichts zu tun. Lotting ergriff Käthes Hand und sagte: »Wie schön, daß du da bist. Dieser Sommer läßt sich ganz anders an als der vorige.«

»Das ist auch nicht weiter verwunderlich«, wandte der Pastor ein. »Im Vorjahre kamst du doch unmittelbar nach dem Brande an. Dieses Unglück warf eben über alles einen dunklen Schatten. – Womit ich aber Käthes Verdienste nicht schmälern will«, setzte er hinzu.

»Ich sah überhaupt keine Ruinen mehr, wo sind sie alle geblieben?« fragte Käthe.

»Oh, es gibt noch Schäden, sie fallen einem aber nicht mehr so in die Augen. Die Stimmung ist ohne Frage in diesem Jahr anders. Der Mensch ist eben kein Einzelwesen, sondern lebt in einer Gemeinschaft, deren Schicksal, ob er es will oder nicht, er mitträgt. Auch ich habe Lust, etwas zu unternehmen ...«

»Hoffentlich hast du auch das nötige Unternehmungsgeld?« fragte Lotting, eine Grimasse ziehend. »Damit hapert's bei uns leider immer.«

»Ach Geld, Geld ist eine ärgerliche Angelegenheit. Wenn man es hat, gibt man es aus, und wenn man es nicht hat, dann braucht man es.«

»Gut gesagt, so geht es mir auch«, pflichtete Käthe ihm lustig bei.

»Man muß sich nur nicht unterkriegen lassen«, dozierte der Pastor weiter, »es hat da zu sein, wenn ich es will.«

»Meine Mutter dürfte das nicht hören«, bemerkte Käthe, »sie predigt mir immer, jeder habe sich nach seiner Decke zu strecken.«

»Und doch ist alles Große aus der Idee heraus entstanden, und nicht das Geld war das Primäre. Keiner von den Gründern, Reformatoren hat ein Vermögen gehabt, sie haben gewagt, nachdem sie erkannt hatten, daß es getan werden muß, ein Pestalozzi, ein Wichern ...«

»Ja, aber im Grunde sind sie doch gescheitert, ein Pestalozzi bestimmt.«

»Du urteilst nach dem Erfolg.«

»Ja, wonach denn sonst?« fragte sie erstaunt.

»Als Christin müßtest du eigentlich wissen, daß man auch unterliegend siegen kann, nicht der äußere Erfolg entscheidet ...«

»O weh, der Herr Pastor erteilt Unterricht«, spottete sie, »ich zweifle an allem.«

»So eine habe ich schon lange gesucht, da können wir ja unsere Klingen kreuzen ...«

»Willst du mit so einer ungleichen Partnerin wie mir anfangen, da wirst du leichtes Spiel haben«, bekannte sie kleinlaut.

»Wieso?« ermutigte er sie.

»Ich bitte dich, du hast studiert und ich, was habe ich? Nach der Schule bin ich Kindergärtnerin geworden, habe also etwas Seelenkunde mitgekriegt, Pädagogik ... das einzige, was für mich spricht, ist: ich habe Lust zum Lesen, zum Nachdenken ...«

»Das ist sehr viel«, stellte der Pastor fest, aber er konnte nicht weitersprechen, denn der Glöckner kam ihn holen, eine Taufe war zu vollziehen. Bevor er wegging, sagte er: »Bitte, gebt mir eure Pässe, ich muß euch anmelden, legt sie mir auf den Schreibtisch.« Sie versprachen es zu tun, und nun wäre es doch das Einfachste gewesen, nach dem Grenzschein zu fragen, aber Käthe wagte es nicht. Der Gedanke, eine Absage, ein »Nein« zu hören, war ihr schrecklich, lieber wollte sie sich noch in Hoffnungen wiegen. Wäre es aber wirklich so schrecklich, wenn sie die geplante Reise nicht würde unternehmen können? Es ließ sich alles entschieden besser an, als sie es sich gedacht hatte. Der Garten war herrlich, das Haus geräumig, konnte sie sich einen besseren Ferienaufenthalt wünschen? Bücher, das hatte sie schon gesehen, die gab es hier in Hülle und Fülle ... und Lesen – war ja doch das Schönste für sie.

Bis in die späten Abendstunden, bis in die Nacht hinein, hatten sie sich gestern unterhalten.

Käthe hatte im Laufe des Tages zwei Broschüren ergriffen, die in aufreizend roten Umschlägen in des Pastors Arbeitszimmer auf dem Tisch lagen. Es waren Haeckels ›Welträtsel‹, ein Werk, das viel Aufsehen erregt hatte, über das viel gesprochen worden war. Mit brennendem Interesse hatte sie darin geblättert.

Als sie davon erzählte, riet ihr Fritz ab, sich damit zu befassen, er warnte sie, es werde sie nur verwirren. Haeckel zu widerlegen sei für einen Laien unmöglich, also würde sie es gläubig hinnehmen.

»Das müssen wir doch bei den Pastoren auch tun, gläubig hinnehmen? Was sie uns vorpredigen, müssen wir glauben, dabei bin ich nicht mal davon überzeugt, ob sie das alles selbst glauben.«

»Wie kommst du darauf?« entsetzte er sich. »Du wirfst ja uns Pastoren damit das Schlimmste vor: Heuchelei und Unwahrhaftigkeit!«

»Ach so kraß meine ich das nicht. Es geschieht zum besten der Gemeinden, zum besten der Menschheit. Jede Religion dient ja zur Vervollkommnung.«

In Gedanken versunken schwieg Stephani eine Weile. Was sollte er ihr darauf sagen? So dachte also die Jugend?

»Zu welcher Gemeinde gehörst du in Riga?« fragte er.

»Zu St. Gertrud«, antwortete sie.

»Zu St. Gertrud«, wiederholte er, »und dann hast du diesen Eindruck gewonnen, und das bei einem Pastor wie Oskar Schabert?«

»Nein, nein, du verstehst mich nicht. Pastor Schabert ist fabelhaft. Er hat mich konfirmiert. Seine Stunden haben mich sehr zum Nachdenken bewegt, aber alles glauben kann ich nicht, und so meine ich, geht es auch den Pastoren.«

»Alles? Was heißt alles. Alles ist ein weiter Begriff.«

»Nun zum Beispiel: die Schöpfungsgeschichte, wer kann das glauben, daß die Welt in sieben Tagen erschaffen worden ist?«

Um seine Mundwinkel zuckte es verräterisch, dies vertrackte Lächeln, das hatte sie schon immer gereizt.

»Jetzt lachst du über mich, und das ärgert mich, so seid ihr, wenn ihr nicht weiter könnt, dann lacht ihr uns aus.«

»Nein, ich lache nicht über dich, aber so etwas Ähnliches erwartete ich ja, nur dachte ich, du würdest mit der Sonne anfangen. Das ist auch so ein Angriffspunkt unserer Zeit. Und wer sagt dir, daß ich nicht weiter kann? Ich fange überhaupt erst an. Zuerst muß ich dir etwas Grundlegendes sagen, dadurch werden schon viele Fragen hinfällig ...«

»Da bin ich aber gespannt«, bekannte Käthe.

»Und das mußt du dir merken, das gehört nämlich«, und jetzt sah er sie mit einem herausfordernden Lächeln an, »das gehört nämlich zur Bildung.«

»Du«, blitzte sie ihn an, »reiz mich nicht ...«

»Weh mir«, fiel er ihr schnell ins Wort.

»Nu, sag schon, was gehört denn deiner Ansicht nach zur Bildung?«

»Bescheidenheit«, sagte er, zog aber gleich den Kopf ein, als erwarte er einen Angriff.

Bums, da hatte er ihn schon, ein Sofakissen hatte sie ergriffen und ihm an den Kopf geworfen.

»Danke«, erwiderte er, ihr das Kissen zurückgebend, »der Friede ist wieder hergestellt. Es ist aber so, wie ich es sagte, und man kann es sich nicht genug einprägen, nicht genug wiederholen, die Bibel enthält Glaubensaussagen, die Heilige Schrift ist ein Glaubenszeugnis, und naturwissenschaftliche Erkenntnisse spielen darin überhaupt keine Rolle, sie entsprechen dem Weltbild der damaligen Zeit, sind also überholt, was aber nicht überholt ist und nicht überholt werden kann, was feststeht für alle Zeiten, davon spricht die Bibel, davon allein, und das ist das Entscheidende: Schöpfer des Himmels und der Erde ist Gott. Ich glaube an Gott den Vater, Schöpfer Himmels und der Erde.«

Käthe schwieg, so eindringlich und überzeugend hatte er es gesagt. War es wirklich so?

Lotting, der die Unterhaltung zu lang geworden war, schreckte auf, sie war sacht und leise eingeschlummert.

»Kommt schlafen«, rief sie.

»O Schwesterchen, wie wir dich quälen«, neckte sie der Bruder. Er hätte zu gern seinen Bekehrungsversuch, wie Käthe es nannte, an ihr fortgesetzt, aber es war schon längst Mitternacht, und daher wünschten sie sich gegenseitig eine »gute Nacht«.

Am nächsten Morgen lagen neben ihren Frühstücksgedecken die – welcher Jubel, welche Freude! – die Grenzkarten!

Der D-Zug raste, ratterte, schaukelte, man mußte sich im Korridor festhalten, um nicht von einer Wand an die andere geschleudert zu werden. Käthe stand am Fenster und schaute hinaus. War es wirklich wahr, war es kein Traum, sie, Käthe Mathilde Rahden aus Riga, fuhr im D-Zug nach Berlin. Königsberg lag schon weit hinter ihr. Felder, Sträucher, Wiesen flogen nur so vorüber, am Horizont, gegen den hellen Himmel, hob sich die dunkle Linie eines fernen Waldes ab. Nichts besonderes, ein gewöhnliches, vertrautes Landschaftsbild. Gewöhnlich? Wie konnte etwas gewöhnlich sein, das in Deutschland lag?

Vertraut? War sie schon einmal so durch die Landschaft geflitzt? Nie! Trab, trab mit Pferden oder mit einer behäbigen Bahn durch die Gegend gezuckelt, so war sie bisher gereist.

Sie warf einen Blick ins Abteil zurück, Lotting schlief, wie konnte nur ein Mensch schlafen, in Deutschland schlafen, hinter Königsberg auf dem Wege nach Berlin – schlafen?

Fritz saß am Fenster und las in einer Zeitung. Wie sich das alles gefügt hatte! Merkwürdig, wenn etwas zustande kommen soll, dann fügt sich eins zum andern. Fügt sich, wer fügt? Der Pastor würde ihr sagen: »Die Hand, die du nicht siehst, aber die trotzdem da ist, die fügt ...«

Er bekam einen Brief von seinem Freund Balzer: »Komm nach Berlin«, schrieb der, »ich bin auch da, und zwar im Johanneum Spandau, wo von der Inneren Mission eine Reihe von Vorträgen veranstaltet wird.

Schabert schickt mich, und der Amtsbruder, der mit mir fahren sollte, mußte plötzlich absagen, woher nun eine Vertretung mit Auslandspaß so schnell hernehmen? Ich habe mit Schabert gesprochen, er ist einverstanden, daß Du mitkommst. Alter Freund, besinn Dich nicht lange, komm!« Käthe war begeistert. Sie hatte ja sowieso nach Berlin fahren wollen, und nun in dieser Begleitung! Herrlich, herrlich! Lotting konnte doch nicht allein zu Hause bleiben, daher nahm sie der Bruder mit.

Für welchen Deutsch-Balten war es nicht das Ziel seiner Sehnsucht, einmal nach Deutschland zu kommen, einmal in das Land, das man nur aus Büchern kannte.

Einmal in einen Zug steigen, der einen hinausträgt über die Grenzen hinweg nach Königsberg, wo ein Kant gelehrt, nach Berlin, wo Friedrich der Große regiert hatte, wo alle Menschen deutsch sprachen, nicht nur zu Hause, das war ja selbstverständlich, aber auch der Schutzmann auf der Straße, der Beamte auf der Post, der Schaffner auf der Bahn und die Butterfrau auf dem Markt. Jetzt war es soweit, Käthe war in Deutschland. Für Fritz und Lotting war es kein so unerhörtes Erlebnis. Sie waren schon öfters auf Reisen gewesen, aber für sie, für sie war es das erstemal.

Irgendwo in der Nähe des Bahnhofs Friedrichstraße half ihnen Fritz, ein Zimmer zu finden, irgendein »chambre garni«. Schön war es nicht, aber billig. Dann mußte er sie verlassen, um nach Spandau zu fahren. Sie verabredeten, sich am nächsten Abend zu treffen, bis dahin würde er keine Zeit haben, sich um sie zu kümmern, aber sie hatten sich ja einen ganz genauen Plan gemacht, was sie in diesen drei Tagen besichtigen, unternehmen wollten. Lotting machte ein recht unglückliches Gesicht, als der Bruder sie verließ, aber Käthe lachte sie aus und meinte: »Jeder von uns hat einen Mund, um zu fragen.« So trennten sie sich. Für heute konnte nichts mehr unternommen werden, weil es schon sehr spät geworden war, so legten sie sich hin und schliefen gleich ein.

Was war das? Lotting hatte Licht gemacht. Sie behauptete, es habe sie was gestochen, gebissen ... Was konnte einen in Berlin stechen oder beißen, die bildete sich was ein, dachte Käthe. In Deutschland war alles sauber und ordentlich, so hatte es in allen Lesebüchern gestanden.

»Weißt du, was das sind?« fragte Lotting.

Nein, wie sollte sie das wissen? »Wanzen«, sagte Lotting mit Betonung. Wanzen? Unmöglich! Wanzen in Berlin? Schrecklich, die hatte sie im Osten noch nicht gesehen, und nun sollte sie dieses Ungeziefer in ihrem Paradies kennenlernen. Lotting war unterdessen aufgestanden und rief: »Komm und sieh!« Das war eine kalte Dusche auf alle hochgespannten Erwartungen. Es wurde eine kämpferische Nacht für die arme Lotting, Käthe wurde nicht behelligt. Ob die Viecher vielleicht auch Verständnis für ihre Begeisterung hatten?

Am nächsten Tag aber war alles vergessen. Sie nahmen ein anderes Zimmer, es lag ja ein Tag vor ihnen, ein Tag mit einem Programm ... wunderbar ... Schloßbesichtigung, Spaziergang »Unter den Linden«, Museum, Charlottenburg, Wertheim ... Käthe brannte vor Erwartung.

Aber zuerst mußte sie ihr Geld wechseln, das viele Geld, ganze hundert Rubel lagen in ihrer Tasche, und der Kurs stand hoch, zweihundert und vierzehn Mark waren das. Sie trat in eine der Wechselstuben, von denen es unzählige in der Friedrichstraße gab. Käthes Augen liefen an den Wänden entlang. Alle Bekanntmachungen in deutscher Sprache! »Vor Taschendieben wird gewarnt!« Sie drückte ihre Handtasche fester an sich. Genau gegenüber der Kasse stand: »Bitte das Geld sofort nachzählen, spätere Reklamationen werden nicht berücksichtigt.«

Jetzt kam sie an die Reihe, sie zählte ihre hundert Rubel auf den Tisch und bekam einen Haufen Scheine zurück, steckte sie befriedigt ein und verließ reich und glücklich das Lokal.

Dann gingen sie ins Kaiser-Friedrich-Museum. Sie wußte nachher selbst nicht warum, aber nachdem sie eine Weile durch die Säle gewandert waren, fiel es ihr ein, nach ihrem Gelde zu sehen. Sie stellten sich beide etwas abseits, Käthe nahm ihre Tasche zur Hand und zählte, einmal, noch einmal, es stimmte nicht ... wieder zählte sie, rechnete ... o Schreck, es fehlten rund hundert Mark. Hundert Mark mußte er ihr in der Wechselstube zuwenig herausgegeben haben. Er hatte sich verzählt, ein Hundertmarkschein fehlte. Ausgegeben hatte sie noch nichts, so wie sie es in der Wechselstube bekommen hatte, so lag es da. »Spätere Reklamationen werden nicht berücksichtigt«, ging es ihr durch den Kopf. Was tun? Und doch mußte sie es versuchen, unbedingt!

Lotting riet zu warten, bis sie es heute abend Fritz erzählt hätte und dann mit ihm zusammen hingehen konnte, aber Käthe schüttelte den Kopf, entweder sofort oder gar nicht ... sie rannte allein los.

Lotting wollte im Museum auf sie warten.

Klopfenden Herzens betrat sie die Wechselstube. Außer dem jungen Mann, der sie bedient hatte, war niemand anwesend.

Zuerst fragte sie ihn, ob er sich erinnere, daß sie vor ungefähr einer halben Stunde da gewesen wäre. Kaum merklich nickte er mit dem Kopf. Ein Glück, er wies sie jedenfalls nicht gleich ab. Dann legte sie die Scheine auf den Tisch und erzählte und redete, sprach und berichtete herzzerreißend, steinerweichend ... er sagte nichts ... wie lange konnte sie noch so auf ihn einreden ... einmal mußte sie ja alles Pulver verschossen haben ... einmal mußte sie aufhören ... sie sah ihn erwartungsvoll an. Was würde er tun? Schweigen, aber ihre Augen sprachen immer weiter.

Er zog das Schubfach auf und blickte hinein.

»Kommen Sie mittags wieder, dann mache ich Kasse, und dann muß es sich herausstellen« ... sie atmete erleichtert auf ... immerhin noch Hoffnung, nicht ganz aussichtslos ... aber andererseits schoß es ihr durch den Kopf, konnte ihm doch kein Mensch etwas anhaben, wenn er ihr mittags mitteilte, er habe die hundert Mark nicht gefunden. Entweder gelang es ihr, das Geld gleich zu bekommen, oder es war verloren. Sie versicherte ihm, sie könne nicht warten, ihr Zug gehe ... dabei sah sie ihn flehend an ... und er? Er griff in die Kasse und gab ihr das Geld, einen blauen Hundertmarkschein. Als sie abends Fritz trafen, schilderte sie ihm ihre Angst und Aufregung, aber auch ihre ganze Seligkeit. Sie wollte doch so gern dem ehrlichen jungen Mann irgendwie ihre Dankbarkeit beweisen, ob sie ihm nicht einen Rosenstrauß schicken könnte?

»Tu es lieber nicht«, warnte Fritz, während sie die Friedrichstraße entlang gingen, »dann denkt er, du hättest ihn am Ende doch begaunert.«

»Außerdem weißt du auch nicht seinen Namen«, warf Lotting ein.

»Das stelle ich fest«, versicherte sie eifrig, »wir müssen ja da vorübergehen.« Sie eilte etwas voraus und kam strahlend zurück.

»Ich weiß, jetzt weiß ich, wie er heißt.«

»Nun, wie denn?«

»Er heißt Stube ... Herr Stube ...«

»Stube? Erlaub mal«, Fritz ging hin, um sich zu vergewissern. Dann kam er zurück und lachte, daß er sich schüttelte, daß er nicht sprechen konnte.

»Käthe, Käthe, du in Berlin losgelassen, was wirst du nicht alles anstellen, der gute Mann heißt nicht Stube, sondern das Wort davor, nämlich ›Wechsel‹, ist abgefallen und nur das Wort, vielmehr die Silbe ›stube‹ ist nachgeblieben.«

Ach so!

So blieb er der Namenlose, aber der nie Vergessene.

Berlin hatte sie nicht enttäuscht. Dieser Unbekannte verkörperte für sie das ehrliche, anständige Berlin, so mußten die Menschen in Deutschland sein.

Der dritte, der letzte Tag ihres Aufenthaltes in Berlin war Sanssouci gewidmet. Lotting und Käthe waren schon gleich nach dem Mittagessen nach Potsdam gefahren. Sie hatten es bei Aschinger stehend eingenommen. Würstchen und Kartoffelsalat, was denn sonst? Zu mehr reichte weder die Zeit noch das Geld. Fritz konnte erst später nachkommen.

Bilder, Ansichten von Sanssouci, wer hatte sie nicht gesehen? Unzählige Male hatte auch Käthe Bilder von den aufsteigenden Terrassen mit den Wasserspielen betrachtet, deren letzte das Schlößchen Friedrichs des Großen krönte, immer mit dem geheimen Wunsch, das alles einmal in Wirklichkeit zu erleben. Behutsam betraten sie den Park. Darf man das auch? So einfach hinaufgehen, zum König? Denn zu ihm gingen sie jetzt. Was waren Schloß, Terrassen, Wasserspiele, und wären sie noch viel tausendmal schöner und großartiger, wenn man sie nicht mit dem Geist dessen belebte, auf dessen Geheiß sie entstanden waren, der darin gewohnt hatte? Bescheiden war das Schlößchen im Verhältnis zu den anderen Prunkbauten seiner Zeit, aber ihm haftete ein Zauber an, der Zauber des Genies. Nein, in keiner Weise wirkte es imposant. Es war keine Gralsburg, in der sich ein Drama abspielte, das hatte sich auf den Schlachtfeldern von Leuthen und Kunersdorf zugetragen. Hier hatten die Dinge ihre Schwere verloren, ergötzen sollte man sich hier, in spielerischer Anmut ausruhen. Wohin der Blick sich auch richtete, überall fiel er auf Blumenbeete in zierlichen Windungen, auf glitzerndes Wasser aus zahllosen Fontänen. Die Schönheit hatte man hier eingefangen. Ob da nicht gleich das Flötenkonzert erklingen würde? Hier hatte sich der König nach all dem Sturm und Drang eine Oase der Ruhe geschaffen, einen Zufluchtsort, ein Refugium.

Wer aber Sanssouci nur von dieser Seite, der spielerischen, anmutigen betrachtete, der würde ihm nicht gerecht werden. Diesem barocken Teil schloß sich ein Park an, von seltenem Ernst und stiller Würde. Alte Bäume in vollendetem Ebenmaß hoben sich freistehend aus weiten grünen Rasenflächen. Bäume, die tief in die Erde reichten und hoch zum Himmel emporstiegen, die, breit und ausladend, die Welt zu umfassen schienen und schlank und rank nach den Sternen griffen. Nirgends auf der Welt ließ es sich besser in sich hineinhorchen als unter Bäumen, unter diesen alten Riesen, die so viel gesehen und erlebt hatten. Der philosophische Herrscher hat hier um den Lorbeer eines Künstlers gerungen, ihn aber nicht gewonnen. Er ist in die Geschichte eingegangen als Held und Feldherr, und so lebt er in den Herzen der Deutschen fort und fort. Schweigend gingen die beiden Mädchen durch den Park. Sie lauschten der Sprache der Vergangenheit, die an diesem Ort so besonders deutlich redete. Trotz aller Verschiedenheit ihres Wesens waren sie doch auf einen Ton gestimmt. Nur daß auf Käthe, die gesund und voll Lebenslust war, alles viel stärkeren, tieferen Eindruck machte als auf die zartere Lotting, die körperlich den Anstrengungen des Fahrens, Laufens, Sehens einfach nicht gewachsen war. Als sie sich dann mit dem Bruder trafen, der auch Freund Balzer mitgebracht hatte, sagte Lotting, sich erschöpft auf eine Bank setzend: »So, jetzt aber genug für heute, ich bin halb tot.« Und das glaubte ihr auch jeder. Als Balzer mit Stephani einen Augenblick allein war, wiegte er bedenklich den Kopf: »Du, ich fürchte, du bringst deine Schwester nicht lebend nach Hause, wenn du sie noch weiter diesem Vollblut überläßt.« Fritz amüsierte sich über den Ausdruck »Vollblut« und versicherte, daß er von morgen ab die Führung in die Hand nehmen würde. Aber sie sei selbst schuld daran, denn sie habe das »Vollblut« selbst haben wollen. »Meine Schwester muß jemand haben, der sie mitreißt, der ihr sagt, das machen wir so und so ... Hätte ich den Eifer der andern zügeln sollen?« – »Hmmm ... ja ...« Balzer wußte auch nichts anderes zu sagen.

In der Garnisonskirche fand eine Abendandacht statt, dahin wollten die beiden Pastoren gehen und forderten die Damen auf, mitzukommen. Lotting war gleich bereit: »Da wird man wenigstens ruhig sitzen können.« – »Auch ein Grund, in die Kirche zu gehen«, meinte der Bruder. Käthe aber rief: »Was? Ich soll mich an diesem köstlichen Sommerabend, hier an diesem interessanten historischen Ort in die Kirche sperren lassen? Das geht nicht!«

Die Kirche sei auch ein bedeutender historischer Ort, wurde sie belehrt. »Und der Abend wird dir dadurch noch schöner vorkommen, wenn ein Strahl ewigen Lichtes auf diese Stunde fällt«, riet ihr Fritz. Sie schwieg und überlegte, länger als eine Stunde würde es nicht dauern, und wenn sie Fritz damit eine Freude machte, dann wollte sie es gern tun, alle sollten froh sein. Sie selbst war ja so glücklich. Jede Kirche hatte ihre eigne Atmosphäre, aber in allen Kirchen schwingen doch die Lob- und Danklieder ungezählter Feierstunden, sind spürbar die innigen Gebete frommer Seelen. Betritt man diese hohen, ehrwürdigen Räume, so ist es, als ob man an der Hand gefaßt würde und hineingezogen in die Schar derer, die hier vor dem Angesicht des Höchsten sich beugen. Das Orgelspiel und das Lied legten sich wie eine sanfte, kühle Hand auf Käthes erhitzte Sinne. Sie wurde allmählich ruhiger. Der Pastor, der die Abendandacht hielt, war, so hatten die Freunde gesagt, ein bedeutender Redner.

Er las aus dem Alten Testament die Stelle vor, da Moses hinaufsteigt, um Gottes Befehle und Verheißungen zu empfangen. Dann führte er aus: Gott ist König und sein Gebot gilt, aber die Menschen haben sich selbst zu Königen gemacht. Bei den Römern sagten sie von sich: »Ich, Cäsar und Gott.« Das ist noch zu entschuldigen, denn sie waren Heiden, aber wenn ein christlicher König von sich behauptet hat: »Der Staat bin ich«, so stellte er sich nicht unter das Gesetz, sondern über das Gesetz. Nicht der göttliche, der menschliche Wille wurde Maßstab für alle Dinge. Potsdam ist eine alte Königsstadt, hier hatten die Könige den alten Königsbegriff hergestellt. Sie fühlten sich als Diener des himmlischen Königs, von ihm beauftragt. Sie stellten sich unter, nicht über das Gesetz. Allem irdischen Tun haften Mängel an, aber es ist eine der schönsten Geschichten unseres deutschen Volkes, die vom König und dem Müller zu Sanssouci! Der König, der erste Diener des Staates, steht unter demselben Gesetz wie der Müller.

Es gibt keine irdische Gerechtigkeit ohne Gottes Gesetz. Wer sich unter sein Gesetz stellt, dem gilt die Verheißung: »Ihr sollt mein Volk sein.«

Aufgerüttelt wurden die Herzen aller, die in dieser Abendstunde diesen Befehl und die Verheißung hörten.

Als sie die Kirche verließen, sah Käthe einen Augenblick zu Stephani hinüber. Wie hatte er doch gesagt? »Im Strahl des ewigen Lichtes.« Ja, ja, das sah alles anders aus. Welch eine gewaltige Spanne Zeit lag ausgebreitet vor ihrem geistigen Auge, eine Spanne Zeit im ewigen Licht.

Galt auch für Friedrich den Großen die Verheißung: »Ihr sollt mein Volk sein?«

Ach, vielleicht legten die Pastoren das nur so aus.

»Na, der Alte Fritz«, sagte sie, »würde sich heute gewundert haben, wenn er diese Ansprache gehört hätte!«

Schon tat es ihr leid, sich so abfällig geäußert zu haben, denn sie war tief beeindruckt von dem Gehörten. Warum sagte sie das nur? Und Fritz hatte nun wieder sein mokantes Lächeln, als er ihr antwortete: »Auch er, ob er es nun wahrhaben wollte oder nicht, wurde geführt. Es ist nicht so wesentlich, was der Mensch von Gott denkt, wohl aber hängt alles davon ab, was Gott von dem Menschen denkt. Er schaut hinein in die feinsten Fäden des menschlichen Herzens.«

Und wer jetzt in ihr Herz hätte schauen können, der hätte auch etwas anderes gesehen als den Eindruck, den sie nach außen hin erwecken wollte.

Die Ferien waren zu Ende. Käthe und Lotting mußten in den nächsten Tagen zurückfahren. Wohl waren sie in Berlin gewesen, aber einen der schönen Ostseestrandorte bei Memel hatten sie nicht kennengelernt. Sie hatten immer so viel vorgehabt, so daß sie keine Zeit dazu gefunden hatten.

»So geht das nicht«, erklärte Stephani, »ihr dürft nicht fort, ohne in Försterei gewesen zu sein. Försterei ist schnell zu erreichen und ein entzückender Badeort. Dahin fahren wir morgen.« Nach dem Abendessen waren sie wieder in ein endloses Gespräch geraten. Käthe trat für alle Frauenrechte ein, schwärmte von Kameradschaftsehe, las Wedekind ...

Der Pastor widersprach ihr, er bot seine Beredsamkeit auf, um sie zu überzeugen, sie hörte still zu, innerlich frohlockte er schon, aber dann brachte sie durch einen Einwand sein ganzes schön aufgebautes Gebäude ins Wanken. Ihr Temperament ging mit ihr durch.

»Und schäumt der Most auch noch so sehr, es wird doch Wein daraus«, dachte er und bemühte sich weiter um sie. Lottings mahnende Rufe: »Kommt schlafen«, verhallten schon längst umsonst. Sie schlief in ihrer Sofaecke gekrümmt und unbequem, aber war nicht zu bewegen, allein schlafen zu gehen. Allein in einem Zimmer zu sein war für sie eine Strafe, dann schon besser auf dem Sofa kauern.

Graute da nicht schon der Morgen? Wirklich, jetzt aber schnell ins Bett.

Heute sollte es nun aber wirklich nach Försterei, an den Ostseestrand gehen. Der Tag ihrer Abreise war festgelegt, und wenn es heute nicht dazu kam, dann mußten sie es aufgeben. Käthe sah unruhig auf die Uhr. Sunde war beim Pastor, wenn er doch endlich ginge. Aber das war so ein langweiliger Pinsel! Eine halbe Stunde war noch Zeit, was konnte da nicht alles kommen, eine Taufe, ein Krankenbesuch ... wenn sie nur erst weg wären. Endlich kam Hennoch vorgefahren. Lotting klopfte an die Schreibzimmertür. »Ja, ja, ich komme gleich.« Die beiden setzten sich schon in den Wagen, vielleicht half das, und er kam schneller, aber alles Trommeln mit Händen und Füßen nützte nichts. Sie mußten warten, na endlich ... Sunde begleitete ihn bis zum Wagen. Dann ging es fort über die Grenze, herrlich, sie hatten ja den Übertrittschein. Zuerst russischer Zoll und Paßkontrolle, dann deutsche Paß- und Zollkontrolle. Auf russischer Seite ein Heer von Beamten und Zöllnern, auf deutscher ein einziger. »Wenn die Russen uns so gut bewachen«, sagten sie, »brauchen wir doch nicht so viel Angestellte.« Gleich hinter dem Zollhaus war Bajoren, Endstation der Bahn Memel–Bajoren. Von Krettingen war sie nur zwei Kilometer entfernt, während die nächste Bahnstation auf russischer Seite siebzig Kilometer weit lag. Die Russen fürchteten den Einfall ihrer Nachbarn und meinten, ihn dadurch verhindern zu können, wenn sie keinen Schienenstrang zur Grenze hin legten. Illusion der Sicherheit!

Bezaubernd war der kleine Badeort Försterei, den sie aufsuchten, Wald, Dünen, Sand und Wasser! Was war das herrlich nach dem Bade, das sie natürlich weit voneinander getrennt, hier Herren, da Damen, nehmen mußten, im weichen Sande zu liegen, losgelöst von allem Alltag, nur dem Rauschen der See zu lauschen und ab und zu ein gutes Wort zu sagen. Im übrigen aber nichts weiter zu tun, als sich seines Daseins zu freuen.

Nachher wanderten sie durch die blühende Heide. Lotting hatten sie in die Mitte genommen, und Fritz sang mit seinem wohlklingenden Tenor aus voller Kehle, Lotting mit ihrem hellen Sopran fiel ein, Käthe versuchte den Alt zu halten ...

Mit einemmal zog eine dunkle Wolke auf, und im Nu prasselte ein kurzer, aber heftiger Regen auf sie nieder. Wo einen Schutz finden? Kein Haus weit und breit. Der Pastor hatte einen Mantel mit, und den schlug er übermütig um ihre Köpfe und schmetterte in dieser dumpfen Enge das Mendelssohnsche Duett: »Oh, seh ich auf der Heide dich, im Sturme dich, im Sturme dich, mit meinem Mantel vor dem Wind beschützt ich dich, beschützt ich dich«, dabei hielt er Käthes Hand fest, so fest, daß sie dachte, nie mehr davon loskommen zu können. War das nicht Glücks genug?

Längst war im Pastorat alles zur Ruhe gegangen. Warum heute so früh? Nur in des Pastors Zimmer brannte noch Licht. »Das also ist das Ende«, dachte er grimmig, ja, sie paßte wirklich nicht zu einer Pfarrfrau. Was sollte er nur mit so einer anfangen, darum war es gut so. Aber daß dies grüne Gemüse ihm auf diese Art und Weise einen Korb erteilt hatte, das ärgerte ihn. Heute, nach diesem Tage, heute abend, als er schon wirklich die entscheidende Frage stellen wollte, erzählte sie ihm, wie schön ihr Leben sei, mit Mutter und mit dem jüngeren Bruder. Sie hätten so viel vor, einmal die Woche Theater, dreimal Tanz, nein, sie könne sich nicht denken, daß dieses schöne Zusammensein einmal aufhören sollte. Damit hatte sie seiner Frage vorgebeugt, konnte er daraufhin noch wagen, etwas zu sagen? Nichts. Seiner Schwester wünschte er eine »gute Nacht«, und sie übersah er einfach. Sie existierte nicht mehr für ihn. Er wollte von ihr nichts mehr wissen. Ihr ganzer Besuch, das hatte er doch gleich gesagt, war der reine Unsinn gewesen. Sie war viel zu unreif. Wenn er auch mit dem Gedanken gespielt hatte, dieses »Vollblut«, Balzers treffende Bezeichnung, für immer an sich zu binden, damit war es nun vorbei. Dumme Gans, was hatte sie sich eigentlich gedacht?

Erregt ging er auf und ab, stampfte einmal heftig mit dem Fuß, daß er noch so viel Gedanken an sie verschwendete ...

»Sag, was ist denn mit Fritz los?« fragte am nächsten Tag die ahnungslose Käthe Lotting. »Er sieht mich überhaupt nicht, er antwortet mir nicht ... was habe ich denn getan?«

Lotting zuckte die Achseln: »Ich weiß es wirklich nicht ...«

Die Koffer standen gepackt. Dieses Mal sollte die Wagenfahrt durch die Nacht gehen, deshalb wollte sie der Pastor bis zur Station begleiten. Abends fuhren sie ab und sollten am frühen Morgen auf der Station ankommen, gerade noch zum ersten Zug nach Riga.

Es wurde eine stumme Fahrt. Stephani sprach nur mit der Schwester oder Olga, das war auch wenig genug, es fehlten Käthes muntere Reden, ihre treffenden Bemerkungen. Aber die saß ganz niedergeschmettert in einer Ecke des Wagens. Sie hätte ihm doch so gern für den schönen Ferienaufenthalt gedankt, für die Gespräche, bei denen er sich so viel Mühe mit ihr gegeben hatte, aber sie brachte kein Wort über ihre Lippen. Sein Gesicht war abwehrend, eisig geradezu, daß sie erstarrte. Wo war der liebe Ausdruck geblieben? Wo sein schelmisches, manchmal nachsichtiges Lächeln, wenn er sie bei ihren stürmischen Reden angesehen hatte. Am liebsten hätte sie angefangen zu heulen, ganz laut und ganz ungebärdig, aber sie ballte die Fäuste, nicht eine Träne sollte er sehen. Pah, der sollte sich nur nicht was einbilden, wenn er nicht wollte ... sie schon erst recht nicht ... lange nicht.

Es fing an zu regnen, es goß, sie mußten Unterkunft suchen. In dem kleinen Städtchen, das sie gerade passierten, war nur ein einziges Hotel, eine jüdische Gastwirtschaft. Die große Stube war voller Fuhrleute und Reisender, eine dicke Luft schlug ihnen entgegen. Olga zog es vor, gleich in die Kalesche zurückzugehen, die in der Einfahrt untergestellt war. Sie wollte dort schlafen. Die drei aber gingen nach oben in ein Fremdenzimmer, das noch frei war. Es war eine jämmerliche Bude. Ein Stuhl, ein Bett und ein wackeliger Tisch, das war die ganze Einrichtung. Alles sah unappetitlich aus. Fritz breitete eine von ihren Decken über das Bett und forderte seine Schwester auf, sich hinzulegen. Lotting zog Käthe mit sich. »Ohne dich nicht«, erklärte sie. Der Pastor setzte sich auf den einzigen Stuhl im Zimmer. Käthe war so müde, daß ihr die Augen zufielen. Sie merkte aber, daß er aufstand, und sah wie im Nebel, daß er seinen Mantel nahm und die Schwester damit zudeckte. Ein Zipfel fiel auf ihre Füße, den nahm er sorglich ab und legte ihn auf die andere Seite. Das kränkte sie so, daß sie es wie einen körperlichen Schmerz empfand. Es war derselbe Mantel, den er in Försterei um sie geschlungen hatte und dabei ihre Hand so fest in seiner gehalten ... »Mit meinem Mantel vor dem Wind beschützt ich dich ...« Es war ihr, als hörte sie ihn noch diese Worte singen. Hol ihn der Kuckuck ... Sie kniff die Augen zusammen und wollte nichts mehr von ihm sehen und hören ...

Als sie auf der Station ankamen, war der Fahrkartenschalter noch nicht geöffnet. Die Luft war frisch und rein. Durch den Regen hatten sich Baum und Strauch, Rasen und Blumen erquickt, es leuchtete und glitzerte in der ersten Morgensonne in frischen Farben. In den Bahnhofsanlagen gingen sie hin und her. Dann war der Pastor verschwunden. Lotting ging ihn suchen, nach einer Weile kam sie zurück und sagte: »Der Schalter ist auf, denk dir, Fritz fährt mit nach Riga.«

»Fährt mit?« staunte sie. Sie atmete tief auf: »Fährt mit.« Da kam er auch schon mit den Karten. Jetzt konnte sie sich nicht länger halten, jetzt mußte sie etwas sagen. Ein Glücksgefühl durchströmte sie ... »Lotting sagt mir eben, daß du mitkommst?«

»Freut dich das?« fragte er, sie noch nicht ansehend.

»Sehr«, antwortete sie jauchzend. Da sah er sie an, und was sein Mund noch nicht sagen konnte, das verrieten seine Augen.

Wer war nun glücklicher, sie oder er?

Nach einem froh verbrachten Tag im Geschwisterkreise mußte er am nächsten Abend zurückfahren. Hennoch wartete auf ihn. Die Pferde waren ausgeruht, er würde am Freitag abend zu Hause sein. Lotting, Gustav und sie begleiteten ihn zum Bahnhof, aber das Wort war noch nicht gefallen. Jetzt war es zu spät, in Gegenwart der andern konnte er es nicht aussprechen ...

Alles andere versank um sie her. Sie sahen nur sich. Er sah sie an und sie ihn. Wer sprach, wer antwortete, sie hörten es nicht, sie wußten es nicht. Gustav machte seine lustigen Scherze, und Lotting wollte sich ausschütten vor Lachen, die beiden merkten es nicht. Langsam setzte sich der Zug in Bewegung, und er hielt noch immer ihre Hand in der seinen.

»Komm mit«, bat er. Hätte nicht Gustav sie zurückgehalten, sie wäre aufs Trittbrett gesprungen, um seinen Wunsch zu erfüllen. Wie im Traum befand sie sich die Tage darauf. Alles war unwirklich geworden, wirklich war nur er.

Am Montag war ihr Geburtstag, ein Brief von ihm konnte unmöglich in dieser kurzen Zeit ankommen. Würde er am Ende gar nicht daran denken? Ihr Herz stand fast still vor Schreck. Wenn er es nicht täte ... Angst und Unruhe quälten sie. Ihr Zuhause, Mutter, Bruder hatten allen Reiz verloren. Vettern und Kusinen, Freundinnen kamen gratulieren, aber das berührte sie kaum. Und sie, die sonst die munterste von allen gewesen war, wirkte heute still und in sich gekehrt.

Wie üblich hatte sich ein großer Kreis um sie versammelt, aber sie gehörte nicht mehr zu ihnen, ein anderer hatte von ihr Besitz ergriffen. Es war eine ganz merkwürdige Sache, wie kann nur mit einem Mal alles anders aussehen?

Keiner war mehr zu erwarten, da klingelte es, sie selbst öffnete die Tür. Ein Telegramm wurde abgegeben ... ein Telegramm! Ein Blick darauf ... von ihm!

Nur schnell in ihr Zimmer und die Tür geschlossen. Was fürchtete sie eigentlich jetzt? Sie mußte über sich selbst lächeln: »Ich will nichts von dir wissen ...«, konnte da doch wirklich nicht darin stehen ... aber was kann man denn in den wenigen Worten eines Telegrammes sagen, nur »herzlichen Glückwunsch«, ach, das wäre zu nichtssagend ... Sie riß es auf und las: »Dem Geburtstagskind meine herzlichsten Wünsche und Gedanken. Fritz.«

Gedanken, Gedanken ... was wollte sie mehr, dachten sie nicht beide dasselbe? Vereinigten sich nicht ihre Wünsche in derselben Richtung? Wie er das verstanden hatte zu sagen, oh, und er, der Kluge und Gütige, der so voller Geist und Wissen war, er gehörte ihr und sie gehörte ihm ... Verwandelt kam sie zu den Gästen zurück. Ihre strahlende Laune riß alle mit. Nur Lotting zog sie einmal beiseite und flüsterte ihr zu: »Fritz hat telegraphiert, lies!« Lotting sah sie mit einer Grimasse an: »Auch du, na ja du auch, so kommen alle mal dran ... wie es um euch stand, das konnte ja schon ein Blinder sehen ... Wenn er zur Synode kommt, dann wird es wohl klappen.«

Und es klappte. Sie verlobten sich am sechzehnten September im Jahre neunzehnhundertundneun.

Die Schule war aus dem Pastorat ausquartiert worden. Käthes Mutter sah die große Gefahr, in der sie schwebten, hatte sie doch erlebt, welch harte Urteile über diejenigen verhängt worden waren, die geheime deutsche Schulen unterhielten. Ihre Tochter sollte nicht in solch ein Unglück geraten. Bevor die

Schule nicht aus dem Pastorat sei, könne von der Hochzeit keine Rede sein.

Vergeblich suchte der Pastor es ihr klar zu machen, daß durch die Revolution 1905/06 gewisse Erleichterungen eingetreten seien. Sie erwiderte, daß alle Konzessionen, die die Regierung unter dem Druck der Unruhen gemacht hätte, schon längst unter den Tisch gefallen seien.

Was sollte der Pastor tun? Die Kinder nach Hause schicken und sagen, meine zukünftige Schwiegermutter erlaubt es nicht?

Er sprach mit dem Müller darüber. Aufhören? Nein, das ging auf keinen Fall, darin waren sie sich beide einig. Der Minjemüller durfte es seiner Frau auch nicht sagen, die würde triumphieren, daß sie recht behalten habe.

Sie suchten beide nach einem Ausweg. Da bot sich ihnen eine günstige Gelegenheit. Verwandte vom Müller waren fortgezogen. In ihrer Wohnung blieb nur deren Mutter, und für diese war sie allein zu teuer, sie konnte die Schule bei sich aufnehmen. Das war eine ideale Lösung.

Als der Müller seiner Frau mitteilte, daß die Schule nicht mehr im Pastorat sein könne, rief sie: »Siehst du, siehst du, was habe ich dir gesagt? Das läßt sich keine Frau bieten. Nun, und was nun?«

»Ganz einfach, wir nehmen eine Wohnung«, beruhigte er sie.

»Großartig«, höhnte sie, »als ob das Nehmen so einfach wäre!«

»Ja, denk dir, wir haben schon eine Wohnung, im Häuschen von der alten Bezien. Sie hat ihre alten Mieter verloren und gibt uns zwei Zimmer. In dem einen bringen wir unsere drei Schulkinder unter, in dem andern wird der Unterricht stattfinden. Bei deiner Mutter, so wie wir es uns gedacht haben, geht es nun auch nicht mehr, sie ist abgebrannt. Frau Bezien übernimmt es auch, für unsere Kinder zu kochen.«

Mit dieser Regelung hatte er seiner Frau die Schule wieder schmackhaft gemacht, und des Pastors Schwiegermutter mußte sich schließlich auch damit einverstanden erklären.

Die Schule war gerettet, und der Pastor konnte heiraten. Noch kurz vor dem großen Fasten fand die Hochzeit statt.

Heute sollte das junge Paar ankommen. Im Pastorat zu Krettingen waren die Spitzen der deutschen Gemeinde versammelt. Im Speisezimmer wurde der Tisch gedeckt, der Gabentisch! Ein weißes Tischtuch lag schon darauf, und Fräulein von Tiedewitz und die Nichte des Doktors steckten eine Girlande herum.

Mädchen aus der litauischen Gemeinde waren in den Wald gegangen und hatten immergrünes Preiselbeerkraut gesucht und daraus einen feinen langen Kranz gewunden. Er reichte um den ganzen Tisch, und es war der große Tisch aus dem Elternhause des Pastors. Frau Spliet zappelte aufgeregt umher und lief bald hierhin, bald dorthin, während Frau Schönberg mit einem Federhut auf dem Kopf auf einem Stuhl saß und gute Ratschläge erteilte. Die drei Herren, der Doktor, Schönberg und der Minjemüller, standen zusammen und mutmaßten über die genaue Ankunft des jungen Ehepaares. Schönberg meinte, es würde spät werden, da der Weg schlecht sei, aufgeweicht und ausgefahren ... »Nein«, widersprach der Minjemüller, »er ist noch nicht so schlecht, ich bin doch heute auch hingefahren. Der Frost ist noch nicht aus dem Boden heraus. Unter einem dünnen Brei von oben ist der Untergrund noch hart, es geht noch ... Ich schätze, gegen sechs könnten sie hier sein.«

»Sechs«, rief Attelmayer, »es ist ja schon halb ...«

Schönberg schüttelte den Kopf ... »Hennoch schont seine Pferde«, warf er ein.

Die Frauen ordneten die Geschenke. Es blitzte und funkelte, soviel Silber lag da.

Das größte Dorf, Miszuten, hatte eine silberne Platte geschenkt, und die deutsche Gemeinde Zuckerdose und Sahnekännchen, beides war mit einer eingravierten Widmung versehen. Außerdem hatten die Honoratioren jeder für sich noch ein besonderes Silbergeschenk gebracht. Der Tisch nahm sich prächtig aus. Was würde die junge Frau sagen? Und der Pastor? Es war doch ein Beweis, wie sehr sie ihn schätzten. Draußen hämmerte Jokschas, der Kirchendiener, eine dicke Girlande an die Haustür. Er stand auf der Leiter, als der Minjemüller hinzukam, um sein Werk zu begutachten. Da ertönte Räderrollen, es klang wie eine Kutsche, klapp, klapp ... er trat an die Gartentür ... »Sie kommen«, schrie er und rannte zurück ins Haus. »Sie kommen, sie sind schon da!« – »Wer?« – »Nun, wer kann das sein? Der Pastor natürlich ... das junge Ehepaar!«

»Nicht möglich«, rief der Doktor und griff als Beweis dafür nach seiner Uhr. Das war eine Flucht ... der Doktor vergaß seine Galoschen, Frau Schönberg ließ ihren hellblauen Schal fallen, die Tiedewitz verlor ihre Handschuhe. Hals über Kopf stürzten alle durch die Küche hinaus. Der Glöckner fiel vor Schreck beinah von der Leiter, als er den Pastor aussteigen sah. Mit dem Hammer in der Hand kam er ihm entgegen.

»Jockschas, so kriegerisch«, und das schelmische Lächeln umspielte des Pastors Mund.

Nur der Minjemüller bewahrte Haltung und empfing das junge Paar auf der Schwelle des Hauses mit Salz und Brot.

Frau Spliet verwünschte ihn nachher, denn sie war auf die Veranda geschlichen und hatte sich hinter einer Wanne, die dort hingestellt war, versteckt. So konnte sie das ganze Zimmer übersehen. Wie würde das junge Ehepaar sich verhalten? Und nun war dieser Müller dabei. Kaffee tranken sie noch zusammen. Konnte er nicht endlich weggehen? Statt dessen lachten und sprachen sie ohne Ende. Offenbar schilderte er ihnen die Vorbereitungen zum Empfang und das Entsetzen über ihr frühes Eintreffen. Dann besahen sie die Geschenke, jedes einzelne wurde bewundert und ging von Hand zu Hand. Schließlich wurde es der Frau Spliet zu langweilig, sie fing auch an zu frieren, ja im Februar ist es noch zu kalt, um auf der Veranda zu sitzen. Der Minjemüller konnte es natürlich länger aushalten als sie, der saß ja auch im warmen Zimmer. Enttäuscht zog sie sich zurück.

Stephani saß in seinem Arbeitszimmer am Schreibtisch, und vor ihm lag die aufgeschlagene Familienbibel. Sie war ein Hochzeitsgeschenk an seine Eltern gewesen. Er hatte sie vom Bücherregal heruntergeholt, um seinen und seiner Frau Namen einzutragen. Er war jetzt ein vollwertiges Familienglied, er war verheiratet und hatte eine Frau, die, während er hier saß, im Hause hantierte. Ein köstliches Gefühl, nicht mehr allein zu sein. Bevor er die Eintragung machte, las er noch einmal alle die Daten durch, die schon drin standen.

»Verehelicht am dritten Juni 1865 Hermann Valentin mit Adele Auguste Luise geb. Lutzau.« Darunter waren die Namen aller ihrer Kinder eingetragen. Er nahm die Feder zur Hand und schrieb: Friedrich Karl Stephani und Käthe Mathilde Rahden sind am 28. Februar 1910 in der St. Gertrudkirche zu Riga von Pastor O. Schabert getraut.

Tag für Tag hatte er den Vater dieses Buch zur Hand nehmen sehen. Daraus hatte er alle seine Predigttexte entnommen, daraus die Betrübten mit den ewigen Verheißungen getröstet, daraus den Brautpaaren die Richtung für ihren gemeinsamen Lebensweg gewiesen, aus diesem Schatz die Kinder zur Taufe und Konfirmation gesegnet. Nun, da er ein Haus gegründet hatte, sollte dieses Buch auch ihm zum täglichen Gebrauch dienen.

Wenn es auch groß und viel weniger handlich war als seine Taschenbibel, so sollte es doch nicht nur als Prunkstück im Bücherschrank stehen. Er fühlte sich jetzt würdig, das tägliche Brot, das Lebensbrot eines evangelischen Pfarrhauses aus diesem väterlichen Erbe zu empfangen. Zum evangelischen Pfarrhause gehörten zwei, Mann und Weib. Beide mußten sie ihre Ohren auftun, um Gottes Wort zu hören, ihre Herzen weiten, öffnen, um das Leben einer Gemeinde zu tragen. Ob im Weinen oder im Glück, am Pfarrhause sollte keiner vorübergehen, und jeder sollte aus diesem Buch gespeist werden.

Konnte das Käthe auch tun? Er hatte sie sich zu seiner Lebensgefährtin gewählt. Er? Nein, nicht er hatte sie gewählt, bestimmt worden war sie ihm. Was hatte er denn dazu getan? Gewehrt hatte er sich. Zwar für die Pflege von Musik, Literatur, Wissenschaften und fröhlicher Geselligkeit hätte er sich keine bessere Gefährtin denken können. Aber – Käthe als Pfarrfrau? Das bewußte Lächeln, das Käthe an ihm so ärgerte, »man denkt immer, du nimmst einen nicht ernst«, umspielte seine Mundwinkel. »Vielleicht tue ich das auch«, erwiderte er ihr manchmal, was sie noch mehr erregte. »Du mußt auch eine andere Meinung gelten lassen«, ereiferte sie sich dann, »ihr Pastoren meint immer, die Weisheit gepachtet zu haben.« – »Wir wollen ihr wenigstens dienen, der ewigen Weisheit«, und er lächelte wieder, wie konnte er nur so unvorsichtig sein, denn jetzt kam sie erst recht in Fahrt. Oh, wenn sie nur an diese finstern und freudlosen Wortverkündiger dachte, deren Unduldsamkeit allen »Nichterweckten« gegenüber bekannt sei. Nein, nein, mit diesem Christentum solle er ihr vom Leibe bleiben, sagte sie. »Oh, mein liebes Vollblut!« dachte er, nun schüttest du wieder das Kind mit dem Bade aus. »Weißt du auch, daß du jetzt ebenso unduldsam bist?« – »Wirklich?« sagte sie dann mit einer entwaffnenden Ehrlichkeit. »Du hast recht.«

Ein heißer Wunsch stieg in ihm auf, daß dieses Wesen, das nun ein Teil von ihm selbst war, dieses junge heiße Leben in seiner natürlichen Kraft von einem andern Geist erfüllt werden möchte, dem Heiligen Geist. Er aber dürfte keinen Zwang auf sie ausüben, den würde sie abschütteln wie ein ungebärdiges Füllen. Geduld müßte er haben. Am Sonntag würde er seine erste Predigt als Ehemann vor der Gemeinde halten. Es war ihm, als sei er ihr näher getreten, da er nun ein Weib an seiner Seite hatte. Er dachte nicht mehr einfach, sondern zweifach. Sein Nachdenken ging über in eine Zwiesprache ... in ein Gebet, eine Bitte um das rechte Wort zur sonntäglichen Verkündigung. Er blieb eben immer der Suchende ... Suchen? Ein Griff, er hatte die Konkordanz in der Hand, blätterte »suchen«, wählte Psalm 69 Vers 33 und schlug die Hausbibel auf. Was stand da? »Die Gott suchen, denen wird das Herz leben.« Das war es, ein herrliches Wort. Das sollte der Text zur Sonntagspredigt werden. Sein liebes Weib, auch sie war eine Suchende. Sie und er, gemeinsam Gott zu suchen, konnte es in der Lebensgemeinschaft ein höheres Ziel geben? Konnte der Lebensbund auf festerem Grunde stehen als auf dem Suchen nach Gott? Und welch köstliche Verheißung war denen zugesagt, ihr Herz würde leben, nicht tot, nicht hart, nicht kalt sein, sondern lebendig, voll Barmherzigkeit und großer Güte ...

Noch nie waren ihm die Gedanken so zugeströmt, so zugeflogen wie an diesem Sonntag, da sie, seine Frau, sein ihm angetrautes Weib, unter seiner Kanzel saß, mitten in seiner Gemeinde.

Verstand sie ihn?

Als er nach den beiden Gottesdiensten nach Hause kam, umarmte sie ihn und sagte: »Ich will, daß auch mein Herz leben soll, du hast es an deines gebunden.«

Die Sachen, Käthes Aussteuer, waren angekommen, darunter ein Klavier, zwar nicht ein Flügel wie im elterlichen Hause, aber ein schwarzglänzendes Pianino. Bruder Hermann hatte es auf Wunsch von Käthes Mutter selbst ausgesucht. Es war hervorragend schön im Klang, und Fritz freute sich wie ein Kind. Er hatte nicht nur eine Frau, sondern auch ein Klavier.

»Du und das Klavier sind meine Wonne«, versicherte er. »Dein Glück, daß du mich zuerst genannt hast, sonst wäre ich samt Klavier zur Mutter zurückgegangen«, versicherte sie ihm. Er spielte auswendig und sie nur nach Noten. Einen ganzen Stoß hatte sie davon mitgebracht, und beide wühlten nach Herzenlust darin. Sonaten von Haydn, Walzer von Chopin und die ›Träumerei‹ von Schumann, alles wurde durchprobiert. Nur eins fehlte, außer einem Choralbuch gab es keine Gesangsnoten. Bei der nächsten Gelegenheit müßten sie sich die aus Memel kommen lassen, dann würde er singen und sie ihn begleiten. Das würden herrliche Stunden werden, aber das allerschönste war es, am Sonntagmorgen im Hause den Choral erklingen zu lassen. So war es zu Hause gewesen, so hatte der Vater das Haus mit einem Choral geweckt. In der ersten Zeit, da das Klavier im

Wohnzimmer stand, setzte sich Stephani noch vor dem Frühstück an das Instrument und ließ eins der schönen geistlichen Lieder erklingen, dann nahm er das Andachtsbuch und las daraus die Betrachtung des Tages.

»Muß das sein? Jeden Tag?« fragte sie. Er antwortete darauf nichts. Doch sie gewann allmählich diese Andachten lieb. Es war ›Das tägliche Brot‹ von Conrad, ein Buch, das neu herausgekommen war. Dieser Theologe hatte eine kernige Sprache. An einer Stelle sagte er: »Pilze wachsen über Nacht, Eichen brauchen Jahre, willst du Pilz oder Eiche sein?« Das berührte Käthe, es tröstete sie, Eichen brauchen Jahre, sie konnte auch nicht alles mit einemmal erfassen, Körnchen für Körnchen sammelte sich bei ihr die Erkenntnis, und immer wieder prüfte sie die, ob sie auch echt sei, ob sie sich nicht etwas vormache oder vormachen ließe.

Der Sonntag nach Mariä Lichtmeß, an dem mußte, das war von alters her so Brauch, der Pastor in Schwekschni sein. Dieses Mal fuhr er mit großen Erwartungen hin. Sunde war nun bald ein Jahr in Krettingen, und in der Filialgemeinde wirkte ein neuer Kantor. Er meinte mit diesem Mann, Kantor Kanning, einen guten Griff getan zu haben, seine Zeugnisse waren ausgezeichnet gewesen, und er hatte auf Stephani einen ruhigen, ernsten Eindruck gemacht. Welche Enttäuschung bereitete es ihm, daß er die Gemeinde in Schwekschni gespalten vorfand. In zwei Lager hatte sie sich geteilt. Die Ruhigen, Besonnenen hielten es mit dem neuen Kantor, aber diejenigen, die an Sunde einen Saufkumpanen verloren hatten, hetzten in übler Weise gegen die Neuregelung. Anlaß dazu gab auch Kannings Frau, die eine klatschsüchtige Person war. Sie trug von einem zum andern die harten, bösen Worte, die im Eifer des Gefechtes fielen, und schürte dadurch das Feuer der Zwietracht. Das kirchliche Leben fand er in Ordnung. Die Konfirmanden hatten einen besseren Eindruck auf ihn gemacht als im Vorjahr. Sie hatten lebhafter geantwortet und auch mehr gewußt. Kanning hatte sich viel Mühe mit ihnen gegeben. Gegen ihn konnte nichts Nachteiliges vorgebracht werden, und trotzdem gab es eine heftige Auseinandersetzung in der Kirchenvorstandssitzung. Die Männer schrien sich gegenseitig an. Einige verlangten seine Entlassung, er sei zu alt für sie und habe einige Sonntage keinen Lesegottesdienst halten können. »Warum nicht?« fragte der Pastor. Ja, er sei krank gewesen.

»Nun«, meinte Stephani, »das könne doch jedem passieren, manchmal werden auch junge Menschen krank.« Ob sie einen andern Kantor hätten, den sie gern haben möchten. Nein, einen andern nicht, aber Sunde solle zurückkommen, das wäre der richtige Mann für Schwekschni gewesen. Darauf erhob sich Empörung bei den andern, die nichts von Sunde wissen wollten, die froh waren, ihn losgeworden zu sein.

Mit welcher Zähigkeit doch der Mensch am Bösen hängt! Aus Feinden werden Freunde, um einem andern zu schaden.

Gibt es doch einen leibhaftigen Satan? Warum hielten die Menschen im Unheilstiften viel mehr zusammen als zum Guten?

Warum waren sie zum Aufbauen lau und untüchtig und zum Niederreißen bereitwillig und eifrig?

Die Gemeinde hier sah es doch, daß Kanning von anderer Art war als sein Vorgänger.

Sie erlebten an ihren Kindern, daß sie sich gesitteter betrugen, daß sie mehr lernten, warum unterstützten sie den neuen Kantor nicht einmütig?

Stephani schalt sich selbst, solcher Gedanken wegen. Traute er dem Teufel vielleicht mehr Macht zu als Gott? Ein Christ, so sprach er sich vor, steht immer auf der Seite des Sieges. Der Sieg des Guten, der Gottessieg ist ein für allemal am Kreuz auf Golgatha erfochten worden.

Daran hatte er festzuhalten, und wenn es auch in der Welt immer wieder anders zu sein schien.

Er hörte sich alle widersinnigen Beschuldigungen mit Geduld an und versuchte, ihnen ins Gewissen zu reden, auch ermahnte er die Frau des Kantors, ihre Zunge im Zaum zu halten.

Eins aber stehe fest, erklärte er ihnen, und davon könne nicht mehr die Rede sein, davon wolle er auch nichts mehr hören: Sunde käme nicht mehr zurück.

Bald nach seiner Rückkehr aus Schwekschni suchte ihn der Leiter der russischen Elementarschule auf, an der Sunde als zweiter Lehrer angestellt war, und bat ihn auf diesen einzuwirken, denn er betrage sich unmöglich. Wenn das so weiterginge, würde er die Stelle verlieren. Neulich habe er einen unglaublichen Lärm gehört, er sei in die Klasse gekommen, und da habe sich ihm folgendes Bild geboten: Ein paar Jungen wälzten sich auf dem Fußboden und prügelten sich aus allen Kräften, während die andern johlend herumstanden, der Lehrer Sunde aber,

Kopf aufs Pult gelegt, schlief laut schnarchend. Er war betrunken. Und das tat der Mann unter der Aufsicht eines Vorgesetzten, wie mußte er es erst in Schwekschni alle die Jahre getrieben haben?

Der Pastor versprach sein möglichstes zu tun und bat, noch Geduld mit ihm zu haben.

Als er das seiner Frau erzählte, sagte sie: »Warum hast du ihn nur hergeholt, dort war er weit fort.«

»Du sprichst wie die Leute hier, die machen mir auch den Vorwurf, dort wäre er weit weg gewesen und hätte die Hiesigen nicht gestört, aber die Gemeinde in Schwekschni?«

»Ich sehe nur, daß dir diese Sache Unannehmlichkeiten bringen wird, sehr viel, dort in Schwekschni und hier auch, viel Ärger.«

»Darauf kann ich keine Rücksicht nehmen.«

»Wirst du ihn ändern, kannst du das?«

»Ich nicht, aber der, in dessen Diensten ich stehe, und wie soll ich das verantworten, eine Gemeinde solch einem schädlichen Einfluß zu überlassen ...«

»Ja, ja, ich sehe, du hast das Zeug zum Märtyrer.«

»Natürlich, sonst hätte ich dich doch nicht geheiratet«, scherzte er, seinen Arm um sie legend.

»Unverschämter ... Aber das eine weiß ich, du bist viel zu gut für diese Welt, ein Glück, daß ich eine Portion gesunden Egoismus habe, der muß jetzt für zwei reichen.«

Eines Tages kam die Lehrerin aufgeregt zum Pastor. »Wir sind entdeckt, die Polizei ist auf uns aufmerksam geworden. Was machen wir nun jetzt?«

»Zuerst erzählen Sie mir, wie Sie zu dieser Annahme kommen«, versuchte er sie zu beruhigen.

»Ich bleibe nicht mehr, Herr Pastor, da können Sie machen, was Sie wollen. Ich werde mich doch nicht nach Sibirien verschicken lassen«, fuhr sie erregt fort.

»Auch nicht in meiner Begleitung?« fragte er ernsthaft, dabei aber erschien das bewußte Lächeln auf seinem Gesicht.

»Noch können Sie lachen, aber die Sache kann schlimm genug enden.«

»Jetzt will ich aber erst wissen, warum Sie sich so aufregen.«

Es war wirklich eine dumme Sache, das mußte der Pastor auch zugeben.

Die zwölfjährige Lene Dennecke war heute morgen auf dem

Schulweg von einem Gendarm angehalten und gefragt worden, wohin sie gehe.

Stephani hielt den Atem an ... Was hatte sie gesagt? Am Ende: zur Schule! ... Nein, die Lene war ein aufgewecktes Kind, die hatte ihm erzählt, sie gehe zur Großmutter. Zur Großmutter? habe er gefragt, mit so vielen Büchern in der Tasche? Ja, mit so vielen Büchern, die Großmutter lese ihr daraus schöne Geschichten vor, habe sie geantwortet.

Wo denn die Großmutter wohne, habe er noch wissen wollen, und ob noch andere Kinder dabei wären? Die erste Frage habe sie nicht beantwortet, nur daß manchmal auch andere Kinder dazukommen, hätte sie gesagt. Da sei zum Glück ein Wagen vom Gut gekommen, ein schöner Wagen mit zwei Rappen, der Gendarm habe dem Kutscher zugewinkt, der habe angehalten, und der Gendarm sei eingestiegen, sie aber sei schnell weggelaufen. So also war es gewesen. Vielleicht war der Gendarm gar nicht von hier? ... denn die hiesigen kennt doch jeder.

»Herr Pastor, Sie nehmen schon wieder alles zu leicht, da mache ich nicht mehr mit.«

»Es tut mir leid, zwingen kann ich Sie nicht, Sie sind freiwillig hierhergekommen, und ich habe Ihnen nichts verheimlicht. Sie können natürlich auch jederzeit kündigen.«

»Bis Ostern, bis Ostern muß ich dann wohl noch aushalten, aber Angst habe ich, das sage ich Ihnen ganz ehrlich ... jederzeit kann die Polizei da sein ... und was dann?«

»Nun, Frau Kroll, auch diesen Fall haben wir genügend besprochen. Sie weisen sie dann eben an mich. In meinem Auftrage helfen Sie mir beim Konfirmandenunterricht. Es ist doch jetzt die Zeit, bis Palmsonntag können wir uns darauf berufen ... und später, da werden Sie ja außer Gefahr sein.«

Zu Ostern oder vielmehr nach Ostern, was sollte nun werden? War das nun das Ende der Schule?

Aber da erwies es sich, was für ein prächtiger Kamerad seine Frau war. Als sie sah, wie schwer es ihm fiel, den Unterricht aufzugeben, die Kinder wieder sich selbst zu überlassen, schlug sie vor: »Von Ostern bis zu den großen Ferien unterrichten wir selbst, du und ich. Ich habe das schwarz auf weiß, daß ich Elementarunterricht erteilen darf, das steht in meinem Zeugnis. Und nachher, in den langen Sommerferien werden wir schon jemand finden ...«

Ein Stein fiel dem Pastor vom Herzen, so könnte man es machen, so würde es gehen.

Sollte nun doch eine Untersuchung seitens der Regierung kommen, wäre es auch am leichtesten, das Ganze als Religionsunterricht darzustellen.

Georgenburg an der Memel schrie nach einem Pastor. Es war fast zu derselben Zeit vakant geworden wie Krettingen, und die hatten einen bekommen, und sie hätten bis jetzt geduldig gewartet, jetzt aber könnten sie es nicht länger aushalten und verlangten dringend nach einer Hilfe.

Das Konsistorium wußte keinen andern Ausweg, als den Pastor von Krettingen mit der Vertretung in Georgenburg zu beauftragen. Einmal im Monat sollte er dort Gottesdienst halten und die Amtshandlungen, die vorlagen, vollziehen. Der Krettingensche konnte mit seinem Grenzübertrittsschein, wann und wo er es wollte, die Grenze überschreiten und dadurch die Bahn durch Preußen benutzen, denn auf russischer Seite gab es an der Grenze entlang keine Bahn, und mit Pferden hätte die Fahrt tagelang gedauert, da die Entfernung hundertsechzig Kilometer betrug.

Seine Frau war außer sich, als sie davon hörte.

»Das kannst du nicht, das wirst du nicht aushalten, diese ewige Fahrerei jeden Monat einmal, und wo bleibt Schwekschni, Garsden, Dorbiani, Retowo? Überallhin stundenlange Wagenfahrten, das wird dir zu viel werden. Weißt du nicht, daß der Arzt gesagt hat: schonen müssen Sie Ihr Herz.«

»Ja«, antwortete er, den Kopf einziehend, wie einer, der einen Angriff fürchtet, »ich muß dich eben weniger lieben, nach Georgenburg muß ich.«

»Warte«, rief sie auf ihn losgehend, »das soll dir teuer zu stehen kommen.« Schon hatte er ihre Handgelenke mit festem Griff gepackt und hielt sie fest: »Einen andern Ausweg gibt es nicht, dem Konsistorium muß ich gehorchen.«

Sie seufzte. »Laß mich los«, stöhnte sie, er lockerte den Griff, »wenn es doch wenigstens was einbringen würde.«

»Immer dieser schnöde Mammon«, tadelte er, »aber zur Beruhigung kann ich dir verraten, es wird was einbringen.«

»Ja, wieviel?«

»Nun, ungefähr so viel wie Krettingen ...«

»Fabelhaft, großartig«, jubelte sie, »das ist zwar nicht überwältigend, was Krettingen gibt, aber immerhin wenig und wenig wird mehr, die Schwindsucht in unserm Beutel wird etwas gemildert werden.«

»Und mein Herz?« erkundigte er sich, sie anschielend.

»Ach«, sie zuckte bedauernd die Achseln, »mußt mich eben weniger lieben ...«

»Jetzt ist aber meine Geduld zu Ende«, und er drückte ihr einen stürmischen Kuß auf die Lippen.

»Du«, schrie sie, aber jedes weitere Wort erstickte, und ... sie wollte es gewiß nicht anders haben, nein, nein, das mit dem »weniger lieben« ging wirklich nicht, denn täglich gewannen sie sich mehr lieb, viel mehr ...

Im Spätsommer kam es zur ersten Fahrt nach Georgenburg an der Memel. Die Paßkontrolle war auf dem Hinwege schnell erledigt, denn kein Staat interessierte sich damals für das, was ausgeführt wurde, nur die Einfuhr unterlag der Kontrolle. Der deutsche Zoll achtete scharf auf Einfuhr von Lebensmitteln, der russische, daß keine Industriewaren ohne Zoll ins Land kamen. Hin ging es schnell, ein Stempel darauf, und schon konnte man weiterfahren. Allerdings hatte sich der Pastor nicht zu beklagen, er erfuhr in dieser Hinsicht auf beiden Seiten eine bevorzugte Behandlung. Man traute einem evangelischen Geistlichen nicht zu, daß er in seiner Amtstasche Gänse oder Hühner nach Deutschland schmuggele oder Seidenkleider und Gardinen nach Rußland.

Von Bajoren, der deutschen Endstation, ging es dann nach Memel und von da mit einem andern Zug weiter bis kurz vor Tilsit. Die Stadt konnte Stephani nur von weitem erblicken, diese Stadt, die seit der Begegnung Napoleons mit Alexander I. und der Königin Luise von Preußen geschichtlich bedeutsam geworden war. Nun brachte ihn eine Kleinbahn wieder an die russische Grenze. Er stieg aus und sah sich um. War denn kein Wagen ihm entgegengeschickt? Bis Georgenburg waren es immerhin noch acht Kilometer.

»Ist aus Georgenburg niemand da«, erkundigte er sich beim Stationsvorsteher.

»Da steht doch die Equipage«, antwortete der Vorsteher und wies auf eine glänzende schwarze Kalesche mit einem Kutscher in dunkelblauer Livree auf dem Bock.

»Das sieht ja geradezu fürstlich aus«, wunderte sich Stephani und dachte an seine Probezeit in Malmuische, da war es nichts Ungewöhnliches gewesen, hier aber fiel es auf.

»Das ist auch die Kalesche der Fürstin«, bestätigte der Beamte.

»Ist die evangelisch?«

»Nein, das nicht, aber ihr Bevollmächtigter, Oberförster Willmann, ist es, er ist ein Deutscher. Als der Fürst vor einigen Jahren auf der Jagd verunglückte, hat Oberförster Willmann die Verwaltung ihrer Güter übernommen, er wurde dazu vom Staat beurlaubt.«

Nur wer in fremdem Land gewohnt hat, kann es recht ermessen, was es bedeutet, einen Gast aus der Heimat bei sich aufnehmen zu können. Oberförster Willmann stammte aus dem Baltikum und hatte eine Pastorentochter von dort zur Frau. Mit großer Herzlichkeit empfingen sie Stephani und hießen ihn willkommen. Willmann hatte sich der Evangelischen hier angenommen und war ein tätiges Mitglied im Kirchenvorstand. Stephani fiel es nicht schwer, sich gleich in die Gemeinde hineinzufinden, denn die Verhältnisse in diesen Grenzgemeinden waren sich sehr ähnlich. Zwei Gemeinden waren auch hier zu bedienen, eine deutsche und eine litauische, führend waren die Deutschen, die Litauer waren Bauern aus der Umgegend. Obwohl die Gemeinde kleiner war als Krettingen, waren ihre Leistungen nicht geringer. Eine Kirche hatte sie sich schon vor fünfzig Jahren gebaut, einen eignen Pastor aber nur zehn Jahre gehabt, sonst waren sie immer auf Vertretungen angewiesen gewesen.

Aus den riesigen Wäldern seines Besitzes hatte Fürst Wassiltschikow der Gemeinde das Bauholz geschenkt. Die Kirche war ganz aus Holz, auch der zweistöckige Turm mit dem Hahn auf der Spitze war aus Holz. Das Gotteshaus mit seinen hellen Fenstern wirkte schlicht und einladend. Nur das Eingangstor zum Kirchenplatz war mit reichem Schnitzwerk versehen. Unwillkürlich fragte sich der Pastor, wie kam das hierher?

Es hatte so etwas Rührendes in seiner unbeholfenen Ausführung. Gewiß konnte es keiner künstlerischen Kritik standhalten, aber es sprach daraus eine Glaubensfreudigkeit. Hier war einer am Werk gewesen, der etwas zum Lobe Gottes hatte tun wollen, der seinem überquellenden Gefühl eine sichtbare Form gegeben hatte. Bei dem Anblick mußte er an das Psalmwort denken: »Herr, ich habe lieb die Stätte deines Hauses und den Ort, da deine Ehre wohnt.« Wer war es gewesen, der dies geschnitzt hatte? Ein junger Mensch, so wurde ihm erzählt, ein ganz junger. Beim Holzfällen war er verunglückt, hatte sich das Rückgrat so verletzt, daß er nie mehr gehen konnte. Während seines Krankenlagers hatte er angefangen, um sein Leiden überhaupt ertragen zu können, die endlosen Stunden des Tages mit einer Arbeit auszufüllen.

Sein Bruder war Zimmermann und hatte den Auftrag erhalten, das Tor für den Kircheneingang zu machen, und er kam auf die Idee, es zu verzieren. Zuerst hatte er nur an ganz einfache Formen, Linien, Ornamente gedacht, aber dann versuchte er, das Kreuz hineinzufügen.

Er erinnerte sich der biblischen Geschichten aus seiner Konfirmationszeit, an den guten Hirten, der die Schafe auf einer grünen Aue weidet. An den Hirten selbst wagte er sich nicht, aber ein Schäflein, das müßte er doch zustande bringen ... er versuchte es, und es gelang, nicht nur eins, er machte viele ... auch die Krippe und das leere Grab fügte er hinzu.

Mit großem Eifer war er dabei, die Stunden vergingen jetzt schnell, und sein Leben war ausgefüllt von dieser Aufgabe, die sich ihm geboten hatte.

Als das Tor aufgestellt war, trug ihn sein Bruder mit seinen Kameraden auf einer Tragbahre hin, damit er sein Werk sehen könne. Beglückt schaute er darauf, es war ihm wirklich gut gelungen, aber eins fehlte, vielleicht hätte er doch noch versuchen sollen, den guten Hirten an irgendeiner Stelle hineinzufügen.

Da er nun schon hier war, am Eingang, bat er, sie möchten ihn in die Kirche hineintragen. Das taten sie. Der Organist übte gerade und spielte einen Choral. Wie schön klang das! Es war, als ob eine Stimme ihn riefe, war das nicht die Stimme des guten Hirten? Die Kirche, richtig, die Kirche, das war der gute Hirte auf Erden, der die Schafe sammelte. Orgel und Kirchenglocken, das waren die Stimmen, die mahnten und lockten. Glocken, ja, richtige Glocken hatte er in das Tor geschnitzt ... es fehlte wirklich nichts ... und er wurde sehr froh.

Zum Schluß soll er gesagt haben: »Jetzt habe ich den Herrn Jesus liebgewonnen, so lieb, daß ich auch gern sterben möchte.« Sein Wunsch wurde ihm erfüllt, eine Woche später war er für immer eingeschlafen.

Die Georgenburger waren sehr stolz auf ihr Tor, durch das sie jeden Sonntag zur Kirche gingen. Sie sprachen ehrfürchtig von dem jungen Manne und erzählten ihren Kindern und Kindeskindern von ihm.

War das nicht ein herrlicher Eingang. Wieviel tausend Weisen hat doch Gott, um die Menschen für sich zu gewinnen.

Wer durch seine Lebensarbeit den Herrn Christus liebgewinnen darf, dem wandelt sich das schwerste Schicksal in Gnade.

Georgenburg war dem Pastor lieb und vertraut geworden. Er fuhr gern dorthin.

Gibt es ein schöneres Familienfest als die Taufe? Die Hochzeit wird noch im elterlichen Hause gefeiert. Eine Taufe aber weiht das neugegründete Heim ein. Die erste Taufe im evangelischen Pfarrhause, in jedem christlichen Hause, ist das große Erlebnis des jungen Ehepaares. Im Pastorat Krettingen war das erste Kind geboren, eine Tochter, und Freund Balzer hatte die lange unbequeme Reise nicht gescheut und war gekommen, um das Kind zu taufen. Hätte denn Stephani seine Tochter nicht selbst taufen können? Gewiß hätte er das können, aber er dankte es dem Freunde, daß er seiner Bitte nachgekommen war. Er wollte in dieser Stunde nichts anderes sein als nur der Vater, der glückliche Vater, der mit seiner Frau ihr Erstgeborenes zum Heiland bringt, auf daß es seinen Namen trage.

Wie schön waren schon die gemeinsamen Vorbereitungen gewesen. Im großen Zimmer hatten sie einen Altar aufgebaut, einen Hausaltar, auf dem das Kruzifix stand und die alte Bibel lag.

Auf dem Sofa und ringsum auf Stühlen hatten die Gäste Platz genommen: Dr. Attelmayer, Schönbergs, Spliets, Käthes Mutter und ihr Bruder, der noch Student war, Gustav mit seiner schönen Frau, deren blondes Haar wie Goldgespinst gleißte, neben ihr, ganz in den Hintergrund gedrückt, hatte sich Hermanns Frau gesetzt, die sehr unscheinbar wirkte, aber einen großen Einfluß auf ihren Mann ausübte. Hermann hatte seinen Platz am Pianino. Dem Altar am nächsten saß das junge Ehepaar, Käthe hatte ihr weißes Brautkleid an, und der Pastor sah in dem schwarzen Anzug besonders lang und schlank aus. Hermann intonierte ein Präludium auf dem Klavier. Pastor Balzer im Ornat trat vor den Altar, und als Lotting mit der Kleinen auf dem Arm hereinkam, erhoben sich alle und sangen den Choral: »O selig Haus, wo man dich aufgenommen, du wahrer Seelenfreund, Herr Jesu Christ, wo unter allen Gästen, die da kommen, du der gefeiertste und liebste bist.« Hatte Stephani dieses Lied vorher gekannt? Gekannt schon, aber verstanden erst heute. Heute, da der gefeiertste und liebste Gast sein Haus betrat, da er sich seinem Kinde nahte, um es in seine Schar aufzunehmen. Mit dieser Gewißheit im Herzen konnte er singen wie noch nie. Zweifel, Anfechtungen – hatte er sie jemals gehabt? Weit, weit lagen sie zurück, so stark, so wirklich spürte er die Gegenwart des »O selig Haus, wo Mann und Frau in einer, in deiner Liebe eines Geistes sind ...« Er faßte nach der Hand seiner Frau, und sie erwiderte seinen Druck, sie, diese kraftvolle junge Mutter seines Kindes.

Schimmerte es nicht feucht in ihren Augen? Mit ihrem tiefen Alt sang sie die weiteren Strophen fest und sicher mit. War das nicht eine Antwort auf seine Gebete? »O selig Haus, wo man die lieben Kleinen mit Händen des Gebets ans Herz dir legt ...« Noch nie hatte er sich mit ihr so eins gefühlt wie in diesem Augenblick, da ihr Kind die heilige Taufe empfing.

Lotting war nun doch Patin geworden. Zuerst, als der Bruder und die Schwägerin sie darum baten, hatte sie wie üblich sich gesträubt, mit den Füßen gezappelt, mit den Fingern auf den Tisch getrommelt und abgewehrt, nicht, weil sie es nicht gern getan hätte, sondern weil so vieler Augen auf sie gerichtet sein würden. Ihre Wangen glühten auch jetzt vor Aufregung, sie sah aber dadurch anziehend aus. Unverwandt ruhte ihr Blick auf dem Kind in ihrem Arm, so als ob ihr von da Halt und Stütze kommen könne. Für jede Frau, einerlei, ob es ihr eignes oder nur ein ihr anvertrautes Kindlein ist, bedeutet es Halt und Stütze. So ein kleines, hilfloses Wesen, so ein Wunder der Schöpfung wird den Händen der Frau übergeben, wird ihrem Herzen geschenkt.

Nachher wanderte Klein-Elsa von Arm zu Arm. Jeder entdeckte neue Vorzüge an ihr. Sie selbst aber guckte mit ihren unergründlich dunklen Augen, die noch aus weiter Ferne zu kommen schienen, verträumt in diese Welt hinein.

Nach und nach fielen sie ihr zu, und sie sah so lieblich aus wie alle schlafenden Kinder in diesem Alter. Bald nach dem Abendessen verabschiedeten sich die einheimischen Gäste. Sie wollten der Familie noch einige Stunden des alleinigen Zusammenseins gönnen.

»Komm, alter Freund, wir gehen mal durch den Garten«, forderte Stephani auf, »mir sind die Mundwinkel schon ganz müde geworden von den dauernden Liebenswürdigkeiten, die ich verzapfte, ich muß mich etwas davon erholen.«

»Und dazu bin ich dir gut genug«, scherzte Balzer, ihm willig folgend, »für ein wütendes Gesicht soll ich herhalten.«

»Das verstehst du wieder nicht! Wahre Freundschaft ist,

wenn man sich auch mal dem andern gegenüber gehen lassen kann, aber das will ich gar nicht«, beruhigte ihn Fritz, »nur mit dir allein möchte ich mal reden.«

»Bitte ...«

»Hör mal zu, der Pastor der Nachbargemeinde, ein Zweiundachtzigjähriger, ist gestorben. Seit einem halben Jahr ist Skudi vakant, es ist nur sechzig Kilometer von Krettingen entfernt, ist das nicht verlockend? Übernimm sie ... Du würdest mein nächster Nachbar sein ...

»Hm ...«, machte Balzer, »zuerst beantworte du mir eine Frage.«

»Bitte ...«

»Sage aufrichtig, würdest du hierbleiben, wenn auch für dich die Möglichkeit bestünde, wieder in die Heimat zurückzugehen?«

»Da kann ich dir ohne mich zu besinnen mit ›Ja‹ antworten, mit uneingeschränktem ›Ja‹. Ich bleibe hier, auch wenn sich mir andere Aussichten bieten würden ... Weißt du, wann ich mir darüber ganz klar geworden bin ...«

»Nun, wann?«

»In Berlin, damals als wir die Vorträge in der Innern Mission mitmachten. Ich war erschüttert, bis zu welchem Grade die Entfremdung der Kirche vom Volk schon vorgeschritten ist und welche Maßnahmen ergriffen werden müssen. Es ist ja ein Werbefeldzug, den die Kirche unternehmen muß.«

»Vielen genügt eben nicht mehr nur der sonntägliche Kirchenbesuch«, versuchte Balzer zu entschuldigen.

»Natürlich genügt das nicht. Und warum nicht? Weil in den Häusern die täglichen Andachten aufgehört haben, die Mütter ihren Kindern nicht mehr die biblischen Geschichten erzählen, mit ihnen nicht mehr die Gebote lernen. Die Religion ist aus der Mitte des persönlichen Lebens verdrängt, so irgendwo am Rande vegetiert sie noch dahin ... Hier ist es noch nicht so und soll auch nicht so werden, und deshalb muß ich bleiben. Ich kann mir kein idealeres Verhältnis zwischen Pastor und Gemeinde denken, als ich es hier gefunden habe, und das würdest du in Skudi auch haben.«

»Und Litauisch müßte ich auch noch lernen ...«

»Nein, das brauchst du nicht, dort ist nur Lettisch nötig.«

»Auch das lehne ich ab, nein, ich kann mir nicht denken, daß ich mich wo anders als in Riga einleben könnte ... Es weht auch dort ein frischer Wind ... der ist unverkennbar. Mit Tatsachen müssen wir rechnen. Gewiß fällt manches Alte ein, aber es geht ein Fragen und Suchen durch die Gemeinden, das merkt man besonders in den Bibelstunden, die in allen Gemeinden der Stadt schon eingerichtet sind und gut besucht werden.«

»Das macht hier die litauische Gemeinde selbst durch ihre regelmäßigen Gebetsversammlungen.«

»Aber du hast mir doch auch gesagt, daß es ein finsteres Christentum ist, das sie predigen«, wandte der andere ein.

»Mängel gibt es überall. Es ist eben hier meine Aufgabe, ihnen das hellere Licht der Liebe und Barmherzigkeit zu bringen.«

»Hallo, wo bleibt ihr denn«, ertönte Gustavs Stimme von der Veranda her.

Der warme Sommerabend hatte alle hinausgelockt. Gustav hatte von seinem unerschöpflichen Vorrat – »die trockene Situation bei meinem Bruder konnte ich mir ausmalen, daher habe ich vorgesorgt« – ein paar Flaschen hervorgeholt, und in fröhlicher Tischrunde saßen sie beieinander. Dieser festliche Tag sollte nicht sobald zu Ende gehen ...

Durch die guten Tropfen lösten sich die Zungen, und einer nach dem andern erzählte aus seinem Leben. Gustav in seiner lustigen Art machte seinen Kompagnon nach, der ein sehr biederer, tüchtiger Mann war, eine durchaus zuverlässige Rechenmaschine ...

»Welches Glück für dich«, rief Hermann, »da du doch gar nicht rechnen kannst.«

»Mach du nur nicht so, als ob ich unter Kuratel gestellt werden müßte. Ich weiß, wo die Tausendrubelscheine zu verdienen sind, er aber weiß das nicht, er hat noch keinen Auftrag eingebracht.«

»Aber er weiß, wo die Scheine bleiben!« warf Hermann wieder ein.

»Wo nichts ist, da gibt es auch nichts zu rechnen. Daß er was zu rechnen hat, das verdankt er mir.«

»Eins jedenfalls stelle ich fest, Bruderherz, du hast den richtigen Kompagnon gefunden, halte ihn fest, Gustav, der ist nicht mit Gold aufzuwiegen.«

»Hast recht, ich komme auch sehr gut mit ihm aus. Prosit, meine Lieben, Prosit, so jung kommen wir nicht mehr zusammen.«

»Und ihr seid in Mütterchen Rußlands Hauptstadt, in Moskau, gelandet, wie gefällt es dir denn da?« erkundigte sich der Pastor bei Hermanns Frau.

»Das war eine reizende Geschichte, diese Umsiedlung, hat denn Hermann nichts davon erzählt?« erwiderte sie.

»Nein, kein Wort«, antwortete der ganze Chor.

»Dann werde ich es jetzt nachholen. Daß ich in Orel war, wißt ihr doch ...«

»Natürlich ...«

»Eine bedeutende Sängerin hatte sich zum Konzert angesagt. Als ihr Partner, ihr Klavierspieler aus dem Zug steigt, stolpert er und verletzt sich die Hand so, daß er nicht spielen kann. Also, entweder Konzert absagen oder ...«

»Zu dir ...«, ergänzt Gustav.

»Richtig, sonst durfte ich im besten Fall den Künstlern die Noten umblättern, jetzt sollte ich die Sängerin begleiten. Das Herz klopfte mir bis zum Hals vor Aufregung, und die Hände zitterten auf den Tasten. Aber die Dame war so berückend, entzückend, ich begleitete sie schließlich nicht nur mit den Fingern, sondern auch mit dem Herzen ...«

Schallendes Gelächter. Und was sagte Lenchen dazu?

»Er kniff mit ihr aus«, sagte Lenchen, »nach zwei Monaten fing ich ihn wieder ein ...«

»Hast du dich nicht von ihm scheiden lassen?« erkundigten sich die andern.

»Kein Gedanke, ich verzieh ihr alle Tränen«, versicherte Hermann.

»Na, so ein Unverschämter«, riefen die Geschwister.

»Mir ward eine Stelle in Moskau angeboten, und die nahm ich an ...«

»Das hat Hermann nur meinem Bruder zu verdanken, der im Kirchenvorstand war«, betonte Lenchen wichtig.

»Etwas trug ja auch mein Können bei«, meinte Hermann, »und nun leben wir wieder in Frieden und Freundschaft, nicht, Lenchen?«

»Die Zügel halte ich aber strammer«, verriet seine Frau.

»Kann den Männern nur guttun«, erklärte Gustavs Frau, ihrer Schwägerin zustimmend. So ging es lustig weiter!

Oh, diese nordischen Sommernächte! Dunkel wird es überhaupt nicht, man kann ja gar nicht aufhören, zu singen und zu jubeln ... Erst als Klein-Elsa an ihr Morgenfrühstück mahnte, gingen die Geschwister auseinander.

»Ob Lotting und Balzer ein Paar werden?« sagte Käthe so vor sich hin, als sie mit der Kleinen beschäftigt war.

»Wie kommst du darauf?« verwies sie ihr Mann. »Ihr Frauen, was ihr gleich alles seht und hört . . .«

Käthe lächelte: »Das fühlt man so . . .«

»Ich kann es mir nicht denken«, meinte Fritz bedächtig, »Balzer ist ein praktischer, nüchtern denkender Mann, was soll er mit einer Frau, die so hilflos dem Leben gegenübersteht wie meine Schwester?«

»Eben darum. Gerade das zieht ihn an. Du wirst es vielleicht nicht bemerkt haben, aber einmal sah sie ihn an, und als er den Blick erwiderte, hatte er so was in den Augen . . . wie soll ich das beschreiben, es ist etwas, was außerhalb des Willens liegt, es ist eben da oder nicht, so ein elektrischer Funke, der von einem zum andern springt und zündet . . . und meiner Meinung nach hat es bei den beiden gezündet.«

»Was du für eine glänzende Psychologin bist. Ich entdecke immer neue Vorzüge an dir. War es zwischen uns auch so?«

»Das fragst du noch? Glaubst du, ich hätte mich in so ein Kaff wie Krettingen gesetzt, wenn nicht aus unbegreiflichen Gefühlen für dich . . .«

»Ich hoffe aber, daß du dich allmählich mit dem ›Kaff‹ immer mehr aussöhnst.«

»Jetzt, seitdem diese süße Puppe da ist«, und sie küßte stürmisch Klein-Elsa, »sieht die Sache schon wesentlich anders aus.«

»Und, wenn noch mehr solche Puppen kommen . . .«

»Wenn du doch einmal mäßig sein würdest . . . jetzt freu dich doch zuerst an dieser hier«, und sie reichte ihm das Kind.

Er nahm es in seine Arme und betrachtete es mit einem glücklichen Lächeln.

Vater und Tochter, sie gehören mir, dachte Käthe, wo die sind, da ist es für mich immer am schönsten.

Als sie schon im Bett lagen, sprach Fritz noch einmal von Käthes Beobachtungen.

»Eins fiel mir allerdings auch auf«, sagte er, »daß sie ohne die üblichen Faxen uns vorsang. Da staunte ich . . .«

»Siehst du, ich auch, und warum hat sie es ohne Widerspruch getan, weil er sie darum bat.«

»Hmmm«, machte der Pastor, »es wäre zu schön, um wahr zu sein . . . Lotting und Balzer . . . Gott gebe es!«

»Das kommt eben von dem ewigen Kinderkriegen«, maulte Käthe, »Lottings Hochzeit, und ich kann nicht dabei sein. Entweder man kann nicht ausfahren, weil man eins eben trägt, oder man muß zu Hause bleiben, weil man es nährt. Oh, ich könnte ... Du wirst sie trauen, und Gustav wird ihr die Hochzeit ausrichten, und was der macht, das kann sich sehen lassen ... Heulen könnte ich.« Ihr Mann sagte nichts, sondern nur dies Lächeln schwebte um seinen Mund. »Und du lachst noch, dies verdammte Lächeln, ja, so bin ich, und so bleibe ich ... etsch, sag nur nichts ... ich will gar nichts hören ...«

Er lachte hell auf und schwieg. »O du«, sie ging mit Fäusten auf ihn los, da lachte er noch mehr, sie aber mußte wider Willen mitlachen. »Mit dir kann man doch nicht vernünftig reden«, entrüstete sie sich.

»Du bist so herrlich jung, und ich habe dich lieb«, sagte er. Nun, kann man so einem Mann böse sein? Das geht doch einfach nicht, und wenn man zwei so goldige Kinder hat, dann erscheint einem der Verzicht auf eine Hochzeit, und wenn es auch die von Lotting ist, gering.

Aber wieder einmal in der Heimatstadt sein und alle Jugendfreunde wiedersehn, das war doch zu verlockend ... »Fängst du schon wieder an«, schalt sich Käthe selbst. Ihr Temperament ging immer wieder mit ihr durch.

Als der Pastor allein, ohne sie, auf der Reise nach Riga war, wußte er, daß die Tage ohne sein liebes Vollblut für ihn kein Vergnügen sein würden, sondern eine Pflicht der Schwester und dem Schwager gegenüber. Er sollte sie trauen. Um ihrer gegenseitigen Freundschaft willen hatte er es auf sich genommen.

Wenn seine Käthe neben ihm war, sah er mehr, fühlte er mehr, mit ihr war die Welt und das ganze Leben reich und schön. Welch ein Geschenk hatte ihm Gott der Herr in seinem Eheweib gegeben.

Der Zug, mit dem der Pastor weiterfahren mußte, fuhr langsam vor. Er riß eine Tür auf, es quoll ihm förmlich entgegen, so besetzt war er. Er versuchte die nächste zu öffnen, die dritte, immer dasselbe Bild. Alles voll – da öffnete sich eine Tür am Zugende, und ein Krettingenscher Kaufmann winkte ihm zu. Der Pastor beeilte sich hinzukommen. »Herr Pastor, Herr Pastor, kommen Sie, wir machen Platz für Sie.«

Es war dort nicht weniger voll, aber die Leute rückten zusammen, und er konnte sich hineinquetschen. Sogar ein Eckchen zum Hinsetzen wurde ihm eingeräumt. Der Zug ruckte wieder an, und nun wollte der, der so freundlich für ihn eingetreten war, ihn auch seinen Reisegefährten vorstellen. Es waren alles jüdische Handelsleute. Zuerst stotterte der Betreffende etwas, dann machte er eine großartige Handbewegung, die auszudrücken schien, »seht, so was haben wir«, und sagte überzeugend: »Unser Pastor!« Verbeugungen rechts und links, sie erhoben sich etwas von ihren Sitzen, ein allgemeines Gemurmel und Geschnatter erfolgte zur Begrüßung.

Der Pastor konnte sich eines Lächelns nicht erwehren. Wie hatte der jüdische Kaufmann ihn vorgestellt? Unser Pastor! War das möglich? Er, der evangelische Geistliche ...

Gehörte er wirklich zu ihnen? Ein warmes Gefühl durchströmte ihn. Unser Pastor! Verdiente er diesen Ehrentitel? War er das wirklich schon? Oh, da fehlte noch viel, den mußte er sich erst erwerben. Aber wie?

Nur durch die Liebe, durch die Bruderliebe. Ohne Unterschied der Person, des Standes, der Rasse, allen Menschen die frohe Botschaft zu verkünden und nicht nur das, zu verkündigen, sondern sie auch vorzuleben, das war die Aufgabe für »unsern Pastor«!

Die Pastorin stand am Fenster und schaute hinaus. Was war das nur für ein Wetter! Ein Unwetter war es! Böen heulten ums Haus und jagten dichte Schneemassen in tollem Wirbel auf und nieder. Kamen sie von oben, kamen sie von unten, das war nicht zu unterscheiden. Himmel und Erde schienen durcheinander geraten zu sein. Es kreiste und wirbelte alles, so daß nichts als weißer Schaum zu sehen war. Die Häuser jenseits der Straße waren in dem Gischt verschwunden, sie schienen in dem Chaos untergegangen zu sein. Wehe dem, der jetzt unterwegs sein mußte. Und der Pastor war nicht zu Hause. Ein Telegramm hatte ihn am Dienstag nach Georgenburg gerufen, ein Kirchenältester war gestorben, und er wurde gebeten, das Begräbnis zu übernehmen.

Am Gartenzaun bewegte sich jetzt etwas, eine Frau war es, die mit weit vorgebeugtem Oberkörper gegen den Sturm kämpfte. Was trieb die bei diesem Stiemwetter hinaus? Sie bog in den Pastoratshof ein. Ob es das eine Mädchen vom Pächter war, die in den Stall zum Füttern mußte? Käthe sah auf die Uhr, aber dazu war es noch zu früh, erst drei Uhr nachmittags. Da hörte sie die Küchentür zuschlagen, also war die Frau doch ins Haus gekommen.

Gleich darauf wurde der Pastorin ein Brief übergeben. Er war an den Pastor adressiert. Von wem? Von Dr. Attelmayer, Anne, die Köchin, hatte ihn gebracht. Er schrieb nicht selbst, das sah sie schon an der Handschrift. Sie riß ihn auf. Fräulein Ella, die Nichte, bat darin den Pastor, gleich zu kommen. Der Onkel wäre zuerst an einer harmlosen Erkältung erkrankt, aber seit gestern habe sich sein Zustand so verschlimmert, daß Dr. Dombrowsky, der Militärarzt, der ihn behandelte, auch Dr. Januscis hinzugezogen habe, beide Ärzte haben sie über den Ernst der Krankheit unterrichtet. Ihr Onkel habe nach dem Pastor gefragt, und sie bitte ihn, doch gleich zu kommen. – Ja, der Pastor, wo steckte der jetzt? Gestern abend hatte sie ihn schon zurückerwartet, aber sich nicht weiter gewundert, daß er nicht kam, denn am Donnerstag war ja erst die Beerdigung gewesen und da hätte er wohl den Zug nicht erreichen können, doch heute vormittag hatte sie bestimmt damit gerechnet, daß er käme. Ein Schlitten war nach Bajoren entgegengeschickt worden, der kam leer zurück. Seit Stunden, nein seit Tagen schneite es, schon auf der großen Bahn gab es Verspätungen, wie würde die Kleinbahn durchkommen?

Sie setzte sich gleich hin und schrieb eine Antwort. Als sie den Brief Anne aushändigte, ließ sie sich von ihr erzählen, wie es denn mit der Krankheit so schnell gekommen sei. Das Mädchen sprach nur litauisch, aber wenn Käthe auch nicht alles verstehen konnte, so erfaßte sie doch den Sinn. Es stand schlecht, sehr schlecht um den alten Herrn. Ihr käme es so vor, meinte Anne, als ob er schon jetzt niemand mehr erkenne, das Fräulein weine viel, »und ich weine mit«, sagte sie, »er war doch ein so guter Herr«, dabei wischte sie sich die Tränen vom Gesicht.

»Wie wirst du nur durch den Sturm und den Schnee nach Hause kommen?« fragte die Pastorin besorgt.

»Das kleine Stückchen!« beruhigte sie das Mädchen. »Das Fräulein hat auch Angst gehabt, mich gehen zu lassen, aber ich sagte, ich brauche doch nicht ins Dorf übers Feld zu gehen, in der Stadt kommt man immer durch. Bis zu den Knien sank ich wohl manchmal ein, so hoch waren die Schneewehen.«

Sorgsam barg sie den Brief unter ihr Umschlagtuch und verabschiedete sich. Käthe wußte, welch einen Verlust es für die evangelische Gemeinde, für den Pastor bedeutete, wenn dieser angesehene, geachtete und beliebte Doktor nicht mehr da sein würde.

Auch sie persönlich hatte das Gefühl, einen Freund zu verlieren. Am liebsten wäre sie gleich zu Fräulein Ella gegangen, denn die verlor in ihm den Vater, das Vaterhaus, ihren ganzen Lebensinhalt, sie hatte nur für ihn gelebt.

Käthes Mutter, die seit einiger Zeit bei ihnen wohnte, ließ es nicht zu. »Sieh doch hinaus, du kannst doch bei diesem Wetter nicht gehen. Und helfen kannst du ihr wenig. Sie ist nicht allein und hat ihre beiden Mädchen zur Hand. Warte doch ab, vielleicht kommt Fritz mit dem Abendzug.« Das war wohl auch das beste, auf Fritz zu warten. Wer auf etwas warten muß, dem wird die Zeit lang. Alle Augenblicke sah sie auf die Uhr, jetzt mußte der Kutscher des Pächters bald fahren, in einer Stunde könnte er dann zurück sein, aber er war in zwei Stunden auch noch nicht da. Sie legte die Kinder schlafen. Es waren jetzt drei. Elsa hatte noch ein Schwesterchen bekommen, Gertrud, und dann im August dieses Jahres 1913 war der Sohn geboren, der ersehnte Sohn. Wer nur Söhne hat, will eine Tochter, und wer nur Töchter hat, brennt auf einen Sohn.

Als sie den Sohn badete und sich an seinen gesunden Gliedern, an seinem kräftigen Strampeln erfreute, dachte sie: »Das war doch der schönste Augenblick in meinem Leben, als die Hebamme mir sagte: ein Sohn.«

Mit einem Juchzer hob sie den Kleinen aus der Wanne, hinein in das von der Großmutter sorglich vorgewärmte Badetuch. Nur die Augen des Sohnes funkelten aus dem Tuch, mit dem sie das Kind abrieb. Stürmisch küßte sie ihn: »Mein Goldiger, wo bleibt nur unser Papi.« Die dreijährige Elsi hopste an ihrem Bettrand auf und nieder und rief: »Papi, Papi, komm, komm doch, schnell!« Trude, die sich schon zum Schlafen eingerichtet hatte, mit Fingerchen im Mund, richtete sich jetzt wieder auf und fing auch an zu rufen: »Papi, tomm, tomm.«

Aber der Papi kam nicht. Der Schlitten war wieder leer zurückgekommen. Der Abendzug hatte eine Stunde Verspätung gehabt, aber der Pastor war nicht drin gewesen.

»So nun aber Schluß«, erklärte die Mutter, als sie Helmut satt und zufrieden wieder ins Körbchen gelegt hatte, »faltet eure Händchen, wir wollen das Abendgebet sprechen.«

»Nein, singen«, forderte Elsi.

»Gut, singen wir, aber ohne Papi wird es nicht schön klingen.«

»Oma soll mitsingen«, bat das Kind.

»Schwacher Ersatz für Papis schöne Stimme«, lachte die

Großmutter. Ums Haus heulte der Sturm. Es klang wie Ächzen und Stöhnen. So tobte er auch um das Haus des Mannes, der selbst in schwerem Kampf lag. Gott stehe ihm bei!

An den Fensterläden klirrte und klapperte es.

»Wer klopft da?« fragten die Kinder ängstlich.

»Es ist der Wind, nur der Wind«, beruhigte sie die Mutter, aber er kann nicht herein, der muß draußen bleiben ... Singt mal beide schön mit, dann könnt ihr ganz ruhig schlafen.«

Die beiden Frauen sangen mit den Kindern:

Breit aus die Flügel beide,
o Jesu, meine Freude,
und nimm dein Küchlein ein,
will Satan mich verschlingen,
so laß die Engel singen,
dies Kind soll unverletzet sein.

In der Diaspora ist keine Amtshandlung Privatsache, sondern eine Angelegenheit der ganzen Gemeinde. Sie trägt die Verantwortung, daß die Feiern würdig verlaufen. Den Verstorbenen auf seinem letzten Erdengang zu begleiten sieht jedes Gemeindeglied als Pflicht an.

Bei dieser Beerdigung gab es wirklich viel Mühe. Wer einen Spaten, einen Besen halten konnte, der half mit, die Wege freizuhalten.

Kaum war der Weg zum Friedhof freigeschaufelt, da war schon wieder seine Spur verwischt, denn es schneite unaufhaltsam weiter. Es wurde geschaufelt und gefegt, und immer neue Massen fielen hernieder.

Pastor und Träger, hinterher alle Trauergäste stapften durch den hohen Schnee, und des Pastors Samtbarett sah aus wie eine weiße hohe Mitra.

Es dauerte lange, bis das Grab zugeschaufelt, bis der Hügel gerichtet war, keiner verließ eher den Platz. Ein Lied nach dem andern wurde gesungen, und geduldig warteten alle, auch der Pastor, bis der Glöckner mit dem Spatenstiel ein Kreuz auf das Grab drückte.

War das ein gegenseitiges Abbürsten und Abklopfen des Schnees, bevor man ins Haus trat. Gefroren hatte jeder und nasse Füße bekommen auch, da tat der heiße Kaffee gut.

Der Pastor erklärte, gleich zur Bahn fahren zu müssen, um den Abendzug noch zu erreichen.

»Aber Herr Pastor«, bat die Witwe, »Sie werden mir doch das nicht antun, Sie werden doch nicht zu stolz sein, eine Tasse Kaffee mit uns zu trinken.« Kränken wollte er die Leute gewiß nicht, außerdem kam noch ein Mann, der sein Kind zu taufen bat, und ein anderer meldete einen Krankenbesuch bei seiner Mutter an. Jetzt war es natürlich ausgeschlossen, abends noch fortzufahren. Aber am nächsten Tag wollte er gleich den ersten Zug benutzen.

Oberförster Willmann mit Frau nahmen auch an diesem Leichenschmaus teil und forderten ihn auf, bei ihnen zu schlafen. Er würde ihn auch am nächsten Tag zur Station schicken.

Als er schon im Schlitten saß, um mit dem Oberförster nach reichlichem Essen und Trinken aufs Gut zu fahren, kam noch die Hausfrau angelaufen und überreichte ihm einen großen, runden Käse, eine Berühmtheit Georgenburgs. Nirgends wurde der Käse so schmackhaft hergestellt wie in Georgenburg. »Weil Sie ihn so gern essen, Herr Pastor, und noch herzlichen Dank, daß Sie gekommen waren.«

Der Oberförster lachte ihn aus, als er darauf bestand, mit dem ersten Zuge fahren zu wollen. »Wissen Sie, was das heißt, um fünf Uhr morgens geht er ab, um drei müßten Sie aufstehen, das ist ja Unsinn und warum? Um neun können Sie fahren, um zehn Uhr dreißig geht wieder einer ... Wir sind nicht so zurückgeblieben, bei uns herrscht eine gute Verbindung mit Tilsit. Ich schicke Sie schon rechtzeitig hin.«

Der Pastor ließ sich zureden, aber als er am nächsten Morgen zur Bahn fuhr, dauerte die Fahrt doppelt so lange. Es hatte wohl aufgehört zu schneien, aber der heftige Wind, der eingesetzt hatte, jagte die Schneemassen an manchen Stellen so hoch auf, daß die Pferde bis an den Bauch darin versanken. Am deutschen Zoll wurde er aufgehalten. Es war ein ganz neuer Beamter, der wollte den Käse nicht durchlassen, trotz der Versicherung des Pastors, daß er ihn nur durch Deutschland spazieren führe, der Käse würde wieder in Rußland landen, er würde in keiner Weise die deutsche Landwirtschaft schädigen, bestand der Zollbeamte darauf, ihm einen Schein ausstellen zu müssen, den er am deutschen Zoll in Bajoren abzugeben habe. Oh, der Pastor stand wie auf Kohlen, aber er mußte sich fügen, der Schein wurde ausgestellt, und der Neunuhrzug ging ohne den Pastor ab. Er sah nur noch die Schlußlichter leuchten. Und das war der letzte Zug, der bis Tilsit durchkam. Der nächste, mit dem er endlich abfahren konnte, blieb auf halber Fahrt stecken.

Es hatte wieder angefangen zu schneien, es fing an zu stürmen. Ein fürchterliches Unwetter brach herein. Den Reisenden wurde geraten, nicht im Zug zu bleiben, sondern ins nächste Dorf zu gehen, das nur einen halben Kilometer entfernt war. An Weiterfahren war nicht zu denken, solange der Sturm anhielt, denn kaum waren an einer Stelle die Schienen freigelegt, so hatte der Wind an der nächsten wieder hohe Wälle zusammengefegt. Es blieb nichts anderes übrig, als sich in der Gaststube des Dorfkruges in Geduld zu üben und zu warten.

Außer dem Pastor waren nur noch drei Männer übriggeblieben, die anderen hatten Bekannte im Dorf, zu denen sie gegangen waren.

Die Wartenden überlegten, schmiedeten Pläne, wie man schneller fortkommen könne, fragten den Gastwirt, ob er ihnen nicht Pferde besorgen könne? Der schüttelte den Kopf, kein Bauer würde seine Tiere dieser Tortur aussetzen.

Der ganze Freitag verging, und erst am Sonnabend morgen kam ein Bauer und erklärte sich bereit, die Fahrt zu machen, die Reisenden bis zur nächsten Station der Großbahn zu bringen. Man feilschte eine Weile hin und her, denn der Bauer verlangte einen hohen Preis. Vielleicht würde die Kleinbahn doch noch im Laufe des Tages fahren, denn zu schneien hatte es aufgehört und der Wind hatte sich gelegt. Es war nur sehr kalt geworden. Die Fenster der Stube waren dicht befroren.

Unentschlossen blickten die drei sich an. Sollte man, sollte man nicht? Schließlich einigten sie sich mit dem Bauern. Bald darauf fuhren sie ab. Sechs Stunden dauerte die Fahrt, sechs Stunden – und mit der Bahn brauchte man dazu nur anderthalb.

Das Land sah in seiner frischen Weiße zauberhaft schön aus, ab und zu schien die Sonne, und die Helle blendete dann so, daß man die Augen schließen mußte. Aber sechs Stunden, in dieser Kälte im offnen Schlitten unterwegs sein ... das war kein Spaß. Steif und verfroren langten sie auf der Station an.

Ein warmer Ofen und ein heißer Grog tauten ihre Glieder allmählich auf und halfen über den Schrecken hinweg, daß auch hier die Züge unregelmäßig verkehrten, weil auch auf der großen Strecke die Züge steckengeblieben waren.

Eben sei einer abgegangen, wann der nächste folgen würde, sei ungewiß.

Oh, dieser Käse! Der Pastor hätte ihn am liebsten zum Fenster hinausgeschmissen, der war an allem schuld, hätte er den nicht gehabt, wäre er glatt durch den Zoll gekommen und hätte den Zug erreicht und wäre schon längst zu Hause.

Nein, nicht der Käse, der gewissenhafte preußische Beamte hatte es verschuldet. Dieses tatenlose Warten! – Morgen war der zweite Advent, er mußte doch wenigstens zum Gottesdienst dasein.

Das gelang ihm auch. Am Sonntag früh sechs Uhr langte er zu Hause an, schmutzig, dreckig und todmüde. Nur dem Käse hatte die lange Reise nichts geschadet. Er konnte ihn seiner Frau in voller Frische überreichen. Und wenn der Pastor hier nicht so nötig gewesen wäre, hätte Frau Käthe darüber lachen können.

Noch lebte der alte Doktor, aber er war bewußtlos. Käthe war gestern da gewesen, und Fräulein Ella hatte nun auch gemeint, es sei unmöglich, ihm das heilige Abendmahl zu reichen.

Nachdem der Pastor sich gesäubert hatte, legte er sich noch auf eine Stunde hin, denn der doppelte Gottesdienst mit Abendmahlsfeier verlangte eine große geistige Anspannung.

In der litauischen Gemeinde war es üblich, mindestens zweimal im Jahr zur Kommunion zu gehen. Einmal in der Passions- und das andere Mal in der Adventszeit. Daher war heute eine große Beteiligung zu erwarten. Die Pastorin nahm ihrem Mann das Anschreiben ab, denn nach russischem Gesetz mußte sich jeder, der zum Abendmahl gehen wollte, vorher beim Pastor ins Kommunikantenregister eintragen lassen, dadurch sollte verhindert werden, daß Andersgläubige, damit waren Russisch-Orthodoxe gemeint, an einer evangelischen Feier teilnahmen.

So schwer es ihr auch fiel, denn sie kam in ihrem Leben zum ersten Mal mit dem Tode in so unmittelbare Berührung, erklärte sie ihrem Mann, daß sie statt in die Kirche jetzt ins Doktorhaus gehen wolle.

»Ich danke dir«, hatte er ihr zugestimmt, »du kannst dir denken, wie sehr es mich drückt, in diesen Tagen nicht zu Hause gewesen zu sein. Aber meine Frau war da ... ich glaube, du wirst noch eine rechte Pastorin.« Sie war ganz rot geworden vor Freude. Wurde sie das wirklich? Ach nein, sie war noch weit davon entfernt. Eine Pastorin mußte doch auch geistlichen Trost bringen können, und das konnte sie gar nicht, sie war ja noch selbst so unsicher. Was sie tat und sagte, kam ihr unbewußt, nur so aus dem Herzen ...

Sie ging so schnell sie konnte. Aus der Ferne hörte sie die letzten Töne der Kirchenglocken verhallen. Kurz vor dem Hause traf sie Dr. Dombrowsky: »Gut, wie gut, daß Sie kommen. Dort ist eine, die in ihrem ersten Schmerz eine Hilfe braucht.« So wichtig war sie? Eine Hilfe konnte sie sein, das erwartete man von ihr?

Anne führte sie gleich nach oben in das Schlafzimmer des Doktors. Fräulein Ella stand am Bett des Onkels, er lag da, als ob er schliefe. In solchem Frieden ruhte nur ein Toter!

Aufschluchzend fielen sich die Frauen in die Arme. Sie weinten beide. Es ist der beste Trost, einen Menschen neben sich zu haben, der mit einem weinen kann.

Die Frauen zogen sich Stühle heran und saßen eng aneinandergeschmiegt am Bett des Dahingeschiedenen. Leise erzählte Fräulein Ella von seinen letzten Stunden. Es war so, als ob er auch noch zuhöre, als ob er noch ganz unter ihnen weile! Als Käthe sich einmal bewegte, bat sie: »Nein, wollen wir noch eine Weile bleiben, es ist so schön, ihn noch so zu sehen, als ob er mir gleich etwas sagen wolle, seine Hand fühlt sich noch warm an, nachher ...« sie hob traurig die Hand und ließ sie fallen, nachher ...

Anne hatte schon mehrere Male ins Zimmer geschaut, jetzt kam sie auf Zehenspitzen näher.

»Fräulein, die Frauen sind gekommen, um den Herrn zu waschen und anzuziehen«, mahnte sie sanft.

»Ja, es muß ja alles sein«, aufstehend nickte sie dem Mädchen zu.

»Es ist zu Ende«, fest preßte sie ihre Hände zusammen, »zu Ende, so gut wird nie ein Mensch mehr zu mir sein, wie er es war. Auch er hätte noch gern gelebt, ich weiß es. Mehrere Male sprach er davon, daß er es nicht geglaubt habe, nach dem Tode seiner Frau noch so viel Freude am Leben zu finden. Ohne ein langes Leiden hat Gott ihn zu sich genommen. Dafür muß ich dankbar sein.«

Nicht auf dem Friedhof in Krettingen sollte der Doktor seine letzte Ruhestätte finden. Es war sein Wunsch gewesen, in der alten Heimat, in Libau, im Erbbegräbnis seiner Familie neben seine Frau gebettet zu werden. Aber in dieser Jahreszeit, bei diesen Schneeverwehungen war eine Überführung unmöglich. Erst im Frühjahr, vielmehr im Sommer konnte daran gedacht werden. Bis dahin mußte der Sarg abgestellt werden. Aber wo? Der Graf übernahm es, dafür zu sorgen. Er weinte an der Bahre des Freundes wie ein Kind: »Wir haben unsern Doktor geliebt wie unsern Vater. Es gab keine Schmerzen, keine Krankheit, die nicht besser wurden, wenn er ins Zimmer trat«, sagte er.

Maurer Kublitz, ein deutscher Handwerker, bekam von ihm den Auftrag, auf dem evangelischen Friedhof in der Erde ein Gewölbe zu errichten, eine Art Keller, in dem sollte der Sarg bis zur Überführung geborgen werden.

Das war keine Kleinigkeit, bei diesem Frost eine Maurerarbeit im Freien auszuführen, aber Kublitz war ein findiger Mann und daneben ein großer Säufer.

Die Erde war nicht so tief gefroren, wie man es bei der Kälte hätte annehmen müssen. Die hohe Schneedecke hatte sie warm erhalten, aber der Mörtel gefror und die Hände wurden steif. Dagegen half nur Feuer, Feuer von innen und außen. Ein primitiver Ziegelsteinherd sorgte für heißes Wasser zur Mischung, und die Branntweinflasche kreiste unter den Arbeitern. Der Graf bezahlte ja alles.

Wegen der Beerdigung hatten sich die Kirchenältesten zu einer Besprechung versammelt. Die Litauer sahen es nicht gern, daß Totenfeiern in der Kirche stattfanden, aber beim alten Doktor, der so eifrig für den Kirchenbau gearbeitet, an dem Pastor Straumann eine große Stütze gehabt hatte, waren sie einstimmig dafür, daß er in die Kirche gebracht werde. Der Pastor müßte zwei Reden halten, eine deutsche und eine litauische, denn die Beteiligung würde von beiden Gemeinden groß sein.

In der Stille seines Studierzimmers ging der Pastor auf und nieder. Er ließ das Leben des Doktors im Geiste an sich vorüberziehen. Welches war der auffallendste Charakterzug seines Wesens? Er war keine Kampfnatur gewesen, er hatte sich nicht mit Zweifeln geplagt. In Gott hatte er immer den gütigen Vater gesehen, und in ihm spiegelte sich auch etwas von dieser Güte ab. Er war in erster Linie der warmherzige Mensch geblieben in Einfachheit und Schlichtheit. Gütig wie ein Vater hatte er seine Kranken behandelt, ohne Ansehen der Person oder des Standes. Wieviel Strecken hatte er zurücklegen müssen, und was das bei den litauischen Wegen bedeutete, wußte der Pastor aus eigner Erfahrung.

Ihm fiel ein, wie der alte Herr eine Fahrt beschrieben hatte, die er zu einer Frau in Kindesnöten machen mußte. Es war in der dunkelsten Zeit des Jahres gewesen. Erst gegen Morgen war er von einem anderen Krankenbesuch heimgekehrt, er und seine Pferde todmüde. Am Vormittag sei ein Bauer gekommen, um ihn zu holen. Seine Frau quäle sich schon seit Tagen. Die

Geburt gehe nicht vorwärts. »In der Nähe ist doch ein jüdischer Arzt, warum gehst du nicht zu dem?« hatte er ihn gefragt. Das habe er schon getan, versicherte der Bauer, aber der habe gesagt, nur der Krettingensche Doktor könne helfen. Das war natürlich erfunden, um das Ziel zu erreichen. Das Wartezimmer war voller Patienten, in der Stadt harrten des Doktors Schwerkranke, er wollte nicht fahren. Aber der Bauer ließ nicht nach, versprach zu warten, bis der Doktor mitkäme. Wie konnte er da absagen? Sein Gewissen hätte ihm keine Ruhe gelassen. Am Ende hätte er sich schuldig gemacht?

Er ließ umspannen, denn seine Pferde brauchten einen Ruhetag, des Bauern Tiere kamen vor seinen bequemen Wagen, und sie fuhren ab. Unterwegs bestand aber der Doktor darauf, zuerst seinen Kollegen, den jüdischen Arzt, aufsuchen zu wollen. Der Bauer machte Einwände. »Den Juden«, sagte er verächtlich, »außerdem wird es zu dunkel werden.« – »Das ist es schon sowieso«, entschied der Doktor. Dann auf dem Rückwege, schlug der Bauer vor. Nein, jetzt gleich. Wie sehr wurde er durch diese kollegiale Art von all seinen Berufsgenossen geschätzt. Es stellte sich dann heraus, daß die Sache sich ganz anders verhielt, als der Bauer gesagt hatte. Der Arzt habe eine Zangengeburt machen wollen, aber da hätten die Weiber protestiert und geschrien, er wolle die Frau umbringen! Da habe er wohl gesagt: »Und wenn ihr den Krettingenschen holt, so kann er auch nichts anderes machen. Macht, was ihr wollt, adieu!« Also, so war es gewesen. »Kommen Sie mit, Kollege«, bat der Doktor. Aber der lehnte es ab, jetzt sei es zu spät, und wenn es mißglücke, so bringe es ihm nur Nachteile.

So mußte der Doktor allein weiter. Die Pferde trotteten dahin, mit einem Mal blieben sie stehen. Der Bauer, der eingenickt war, schreckte auf und hieb auf die Pferde ein. Die rührten sich nicht, wieder trieb er sie an, nichts, sie gingen nicht, sprangen nur unruhig auf der Stelle hin und her. Wieder wollte er auf sie lospeitschen, da aber schrie ihn der Doktor an. »Steige aus und sieh nach, was da ist.«

»Was glauben Sie?« Der Pastor meinte die Stimme des alten Herrn zu hören, »was glauben Sie? Wir standen tatsächlich vor einem Abgrund, buchstäblich vor einer Tiefe, Gott schütz' und bewahr', wenn wir da hineingestürzt wären ... eine Kiesgrube war da ausgehoben worden, statt links abzubiegen, waren wir geradeaus gefahren. ›Wie konntest du‹, schalt ich den Bauern. ›Ach‹, sagte der seelenruhig, ›die Pferde wären schon nicht hineingefallen.‹ – ›Da haben sie aber mehr Verstand als du‹, sagte ich ihm. Eine Gleichgültigkeit hat dies Volk, eine Zähigkeit ... die Frau überstand alles, ich mußte es genau so machen wie der Kollege, wogegen sie sich bei ihm gewehrt hatten. Das Kind lebte auch noch ... mein Ruhm wurde groß – meiner? – alles nur Gottes Güte.« Der Pastor trat an seinen Schreibtisch und griff nach der Bibel. »Güte«, das war es, er hatte sie von Gott erfahren und hatte sie weitergegeben, hatte allen davon zuteil werden lassen, die zu ihm kamen, nicht durch Reden, aber durch Handeln und Tun. Das war der Anfang und das Ende dieses gesegneten Lebens gewesen. Im 36. Psalm las er: »Denn bei dir ist die Quelle des Lebens, und in deinem Licht sehen wir das Licht. Breit deine Güte über die, die dich kennen, und deine Gerechtigkeit über die Frommen.« Ja, das war das Wort, das er gesucht hatte. In ihm fand er das, was er verkündigen wollte, was er den Gemeinden sagen mußte. Für ihn, den Heimgegangenen, brauchte er nicht mehr zu sprechen, er schaute nun, was er geglaubt hatte, aber die, die hier noch auf Erden weilen, die mußte er zu der lebendigen Quelle führen, aus der der Verstorbene geschöpft hatte. Diese Quelle war für ihn die Heilige Schrift gewesen. Kindlich froh war er immer an sie herangetreten und hatte aus ihr die Kraft zu seinem Dienst an den leidenden Menschen genommen. Das Licht von oben hatte immer seinen Lebensweg erhellt, auch wenn es durch dunkle Nacht ging. Gottes Güte und Barmherzigkeit nahm er hin als ein Geschenk seines himmlischen Vaters und hat es aus sich herausstrahlen lassen. Wer zu ihm kam, der spürte diesen Segen, der von ihm ausging.

So sprach er zu den Deutschen, so redete er zu den Litauern, eigentlich hätte er es noch russisch sagen müssen, denn er sah auch Soldaten und Offiziere vom Grenzmilitär in der Kirche, aber das durfte er nicht wagen, das wäre ihm als unerlaubte Werbung ausgelegt worden, als Religionsverbrechen. Ein langer Trauerzug bewegte sich von der Kirche bis zu dem außerhalb der Stadt gelegenen Friedhof, der zur Hälfte der russisch-orthodoxen Gemeinde, zur Hälfte der evangelischen gehörte. Voran ging der Pastor, dann kam der Leichenwagen mit zwei Rappen aus dem gräflichen Stall bespannt und hinterher alle Trauergäste zu Fuß. Auf diesem langen Weg, es waren fast zwei Kilometer, verflog allmählich die Hochstimmung, in der man die Kirche verlassen hatte.

Viel neugieriges Volk schloß sich an, und noch viel mehr

stand auf dem Friedhof, denn die Beisetzung in dem Grabgewölbe war etwas Neues, was jeder sehen wollte. Nachdem die Funeralien vollzogen waren, sprang Kublitz mit leichtem Schwung in die Grube neben den Sarg, und schob ihn ins Gewölbe, dann ließ er sich die Ziegel reichen und schloß damit die Öffnung, erst jetzt konnte mit dem Zuschaufeln begonnen werden. Während dieser Hantierungen mußte gesungen werden, Sunde, als Vorsänger, hatte ein Lied nach dem andern anzustimmen, und alle fielen ein und sangen mit. Alle Verse von Anfang bis zu Ende. Wenn das Lied auch noch so lang war, es mußte durchgesungen werden, aber trotzdem froren alle sehr. Die Neugierigen drängten nach vorne, um sich auch ja nichts entgehen zu lassen, weder die Tränen der Weinenden noch den Sarg in der Tiefe. Sunde wurde immer näher an die Gruft herangedrückt. Er wehrte sich mit Füßen und Ellbogen, ohne das Singen zu unterbrechen, er stieß zurück, aber das Drängen ließ nicht nach. Nervös geworden von diesem unaufhörlichen Ringen, machte er seinem Herzen durch Ausrufe Luft. Mitten in das Lied der Andächtigen tönte auf einmal sein Zwischenruf »Stoß doch nicht so«, und dann ging's weiter »daß ich Jesum möge sehen«, wieder erscholl es, »stoß doch nicht so«, »in die Stadt der goldnen Gassen«, oder es erklang »Jerusalem, du hochgebaute Stadt«, und dazwischen kam immer wieder »stoß doch nicht so«, »weit über Tal und Hügel«, »stoß doch nicht so.«

Die Pastorin fror, daß ihr die Zähne klapperten, sie kam sich vor wie klirrendes Glas, aber Sundes verzweifelter Kampf war ihre Rettung. Sie preßte ihren Muff, in dem die Finger steif vor Kälte waren, ans Gesicht, damit man ihren zuckenden Mund nicht sehe. Er war zu komisch. Die Ohren schmerzten ihr, aber sie mußte lachen! Ob sie schon abgefroren waren?

Gespannt verfolgte sie Sundes Bewegungen, ob er nicht doch noch hineinfallen würde ... er war bedenklich nahe gerückt ... Nahm die Sache überhaupt mal ein Ende? Wie hielten die Menschen das nur aus! Sie mußte aushalten, sie durfte nicht weggehn, bevor nicht alle gingen. Jetzt sah sie ihren Mann noch einmal das Barett abnehmen und ein letztes Gebet sprechen. Sie atmete auf, erfroren war tatsächlich niemand, und sie auch nicht.

Aber nun wurde der Pastor von so vielen noch angesprochen, und sie mußte auf ihn warten. Er hatte für jeden Zeit, viel zuviel Zeit ihrer Meinung nach, dadurch kam er oft mit ihr ins Gedränge. Fror er denn nicht? Davon war sie überzeugt, aber er zeigte es nicht. Dabei hätten sicherlich alle diese Fragen und Mitteilungen Zeit gehabt, bis sie in eine warme Stube kämen, aber sie kannte ihren Mann, er wäre eher erfroren, als daß er einen auf später vertröstet hätte.

»Das kann ich nicht«, erklärte er ihr, »vielleicht kommt dieser Augenblick nie wieder, erst recht nicht in der warmen Stube, wo oft nur belangloses Zeugs geredet wird.«

»Und auf dem Friedhof in Eiseskälte nicht?«

»Weniger, Kälte zieht zusammen, Wärme dehnt aus.«

Wenn dicke Briefe vom Konsistorium kamen mit Listen und Formularen, Verfügungen und Mitteilungen, dann war Stephani verdrießlich. Aller Verwaltungskram war ihm zuwider. Er legte sie meist in irgendeine Ecke seines Schreibfaches, so daß er sie nicht zu sehen brauchte, aber der Erfolg war, daß noch mehr Briefe aus dem Konsistorium ankamen. Jedes Schreiben trug am Kopf den Vordruck, ganz gleich was darin stand: Auf Befehl Seiner Majestät des Kaisers aller Reussen, König von Polen, Großfürsten von Finnland usw., dabei wurde an fällige Berichte gemahnt, Urlaub bewilligt, Ehescheidungen ausgesprochen und Fest- und Bußtagstexte verkündet. Konnte man sich etwas Widersinnigeres vorstellen, das Haupt, der Zar, der Hüter der Rechtgläubigen, dessen Sprachrohr der Allerheiligste Synod war, gab Befehle für die inneren Angelegenheiten der evangelischen Kirche!

»Das ist alles Unsinn«, erläuterte der Pastor die Posteingänge, »die stehlen uns nur unsere Zeit. Wo soll ich sie hernehmen, alle diese Neugier zu beantworten.«

»Ordnung muß sein, das sagst du doch selbst«, verteidigte Käthe die Verwaltungsmaßnahmen.

»Ja, aber doch nicht solch eine ...«

»Und wie stellst du sie dir dann vor?«

»Na, hör mal zu, du kennst doch die alten Brekofs, das Haus hier in der Straße rechts ...«

»Ich weiß, eine Tochter mit zwei Kindern wohnt bei ihnen.«

»Richtig, und diese Tochter mußte ich zu mir bestellen und ihr eine Eröffnung des Konsistoriums vorlesen. Sie ist geschieden ... Als ich der Frau das Urteil übergab, da sah sie mich mit einem Blick an, daß ich die Augen niederschlug, da war alles drin. Vorwurf, Spott, Mitleid ... ›Was nützt mir das jetzt, Herr Pastor‹, sagte sie, ›neun Jahre habe ich auf die Scheidung gewartet, neun Jahre! Jetzt habe ich mich abgefunden. Aber welch bittere Jahre waren es, als ich, weil es zu lange dauerte, wieder einem Mann angehörte. Das Glück, das ich bis zum heutigen Tage an seiner Seite gefunden habe, wurde sehr getrübt, ich wurde doch als unehrenhaft angesehen, es hat viel Tränen gekostet, bis ich mich dazu durchgerungen habe, auf das Gerede der Leute nicht zu achten ... heute haben sich alle damit abgefunden, und jetzt ist die Scheidung da ... ich lasse mich nicht mehr trauen.‹ Ich riet ihr, es doch zu tun. ›Aber ich kann mich doch nur russisch trauen lassen, mein Mann ist orthodox‹, wandte sie ein. ›Das macht doch nichts, die Hauptsache bleibt, daß Sie es überhaupt tun‹, sagte ich ihr. Sie versprach mir, schon in den nächsten Tagen das Aufgebot bestellen zu wollen, in unserer Kirche sollte ich dann nach der Eheschließung in der russischen über das Paar den Segen sprechen.«

»Das ist schön, schön und versöhnlich ...«

»Das war der erste Brief und nun der zweite. Die Gemeinde in Schwekschni hat mich beim Konsistorium verklagt, daß ich ihren tüchtigen, treuen Kantor, der jahrelang ihnen gedient, weggenommen und einen alten unfähigen an seine Stelle, als Ersatz, eingestellt habe. Dabei habe ich lange ausführliche Berichte in dieser Angelegenheit ans Konsistorium geschickt, die brauchen nur darauf zurückzugreifen, die Hand ins Fach zu stecken, um die Akte herauszuholen ... da können sie aber lange warten, bis ich jetzt was tue ...«

»Das gibt doch dann nur wieder neue Schreibereien, ordne es doch lieber gleich«, riet die praktische Käthe.

»Und jetzt kommt noch was ...«

»Noch was ... es schien mir schon ganz genug ...«

»Mir auch ... drittens soll ich auf Befehl Seiner Kaiserlichen Majestät in den Filialen und in Georgenburg den Konfirmandenunterricht überprüfen, ob nicht ›geheime Schulen‹ daraus geworden sind. Es haben sich derartige Anordnungen aus gegebenen Gründen als nötig erwiesen ...«

»Au, das ist aber unangenehm, dahinter stecken Anfragen der Regierung ... Da kann das Konsistorium nicht anders handeln ...«

»Ach, sie sollen nicht immer gleich in die Knie gehen, sondern sich vor uns stellen und antworten ohne viel Gefrage. In den evangelischen Gemeinden gebe es nur Konfirmandenunterricht und keine geheimen Schulen ... Schluß ... fertig!«

»Was wirst du tun?« fragte Käthe besorgt.

»Gar nichts.«

»Du wirst dich schön in die Nesseln setzen ...«

»Abwarten!«

»Bis es zu spät ist«, warnte seine Frau.

»Ich weiß nicht, wie du dir das denkst, soll ich jetzt, da wir einen Raum haben, eine Lehrerin da ist, die Kinder lernen, aufhören, nur weil eine Anfrage, eine ganz allgemeine, angekommen ist? Was würde der Minjemüller sagen? Aber eins kann ich verstehen. In den guten alten Zeiten erzählte man sich von den Pastoren, daß sie die Woche über am warmen Ofen standen, eine lange Pfeife rauchten und darüber nachdachten, wie sie das Konsistorium ärgern könnten. Das möchte ich auch tun, nur würde ich lieber eine Zigarette rauchen ...«

»Die ist zu schnell ausgeraucht, dabei hättest du zu wenig Zeit zum Nachdenken, ich rate dir gut, setze dich lieber an den Schreibtisch und antworte in mildem, brüderlichem Ton.«

»Oh, mein kluges Weib, wenn ich dich nicht hätte!«

Auch der längste Winter hat einmal ein Ende, auch der stärkste Frost muß einmal aufhören, und der dickste Schneeberg wird von der Macht der Sonnenstrahlen zum Schmelzen gebracht.

Es kommt eine Zeit der Unruhe, des Wartens. Die Bauern warten darauf, daß endlich die erste Kuh kalbt und es bald frische Milch gibt, daß die Stute ein Fohlen wirft, daß die Sau ferkelt, daß die Küken aus dem Ei schlüpfen. Am meisten aber warten alle darauf, daß der Winter ein Ende nimmt, daß der Schnee ganz und gar verschwindet, daß das erste Grün sich zeigt. Man sehnt sich nach Sonne und Wärme.

Die Nächte im Stall beim Wachen sind noch kalt und lang, dunkel und schwer. Die Arbeit in der engen Stube ist man satt, man will hinaus, man sehnt sich, den Spaten in die Hand nehmen zu können und ins lockere Erdreich zu stechen. Aber noch kann man nicht hinaus, denn der Boden ist so aufgeweicht, daß man vom Haus bis zum Stall Bretter legen muß, um nicht zu versinken.

Der Frühjahrswind muß kommen und alle Wege und Gärten trocknen, aber wenn man am Morgen aufwacht, ist wieder alles weiß, in der Nacht hat es gefroren und hat eine dünne Eisschicht über alle Pfützen und Rinnsale gezogen, doch die ist so durchsichtig, daß sie beim ersten Sonnenstrahl verschwindet und alle Wasser und Wässerchen wieder gurgeln und plätschern und fließen.

Es sind nur noch die letzten Machtproben des Winters, er zeigt noch manchmal seine grimmigen Launen. Aber es nützt ihm nichts mehr, denn jedes Jahr hat doch der Frühling den Sieg errungen.

Zu Ostern, das war so Sitte, sammelte jeder Kirchenälteste in seinem Dorf Eier für den Pastor. Wieviel Eier zusammenkamen! Oh, unglaublich viel. Am Markttage oder auch sonst an einem Wochentage kamen die Männer mit einem Korb an, den sie behutsam in ihren groben Händen hielten, und übergaben ihn der Pastorin. Die hatte ihr Herz gewonnen, sie konnte sich in ihrer Sprache mit ihnen unterhalten, das rechneten sie ihr hoch an. Ihr Mann sagte allerdings, es wäre sehr falsch, was sie da zusammenredete, aber die Leute verstanden sie, und sie verstand die Leute. Halb lettisch, halb litauisch, halb deutsch erzählte sie ihnen ganze Geschichten, erkundigte sich nach ihren Frauen, nach den Kindern, fragte, ob die Kühe schon gekalbt und ob der Webstuhl noch in der Stube stehe ... Allmählich hatte sie sich, wie der Pastor es nannte, eine »Eierballade« zurechtgelegt, die sie jedem einzelnen vortrug.

Ja, mochte er nur lachen, ihr lieber Mann, der Eiersegen nahm zu, jedes Jahr hatte er sich bis jetzt gesteigert. Das letzte Jahr waren es 494 gewesen und dieses Jahr waren es 512. Verkaufen, nein, das mochten die Leute nicht, daß das, was sie geschenkt hatten, verkauft wird. Aufessen mußten Pastors das, mit Appetit verspeisen. Hundert wurden in die Osterkuchen hineingebacken, hundert wurden bunt gefärbt, nicht nur mit gekaufter Farbe, sondern auch schön mit Zwiebelschalen, die so ein weiches Braun ergaben, oder mit Ellernrinde, die orangefarben leuchtete.

An den Feiertagen gab es ein lustiges Eierkullern. Von einem schräggestellten Brettchen oder einem Kinderbuch mit festem Einband rollte man ein Ei hinunter auf Teppich oder Decke, berührte es ein anderes Ei, das schon da lag, so gehörte es einem, und man durfte noch einmal sein Glück versuchen. An diesem Spiel beteiligten sich alle. Sogar auf der Straße standen Gruppen und kullerten Eier.

Und eine Schaukel gehörte auch zu den österlichen Vergnügungen, eine hohe Schaukel, die von den Burschen errichtet wurde und um die ein juchzendes Leben herrschte. Immer zu zweien ging es hoch in die Lüfte, stehend, sich an den Seiten festhaltend, tief in die Knie gehend und wieder hochschnellend gab sich das Paar den Schwung, und je höher es ging, desto größer war die Lust, desto jauchzender war der Zuruf der Umstehenden.

Der Winter war überstanden, das Leben hatte den Sieg davongetragen, und das wurde auf mannigfache Weise zum Ausdruck gebracht. Die Frauen banden sich die seidenen Kopftücher um, holten die bunten Schürzen aus den Truhen, die Gebetsleute hielten noch mehr Versammlungen ab, und über allem schwangen die Kirchenglocken, und in den Kirchen wurde verkündet: »Christ ist erstanden, er ist wahrhaftig auferstanden!«

Immer deutlicher trat es zutage, daß Sunde sich an der russischen Schule nicht würde halten können. Die Geduld des ersten Lehrers war zu Ende. Er gab sich in keiner Weise Mühe, er blieb gleichgültig, hielt keine Ordnung in der Klasse. Alle Schuld wälzte er nach wie vor auf den Pastor, der ihn aus seinem geliebten Schwekschni gerissen habe, wäre er da geblieben, dann gebe es keine Schwierigkeiten für ihn, jetzt aber sei er ein gebrochener Mann und hätte alle Lust zur Arbeit und zum Leben verloren. Immer noch hielt er die Verbindung mit Schwekschni aufrecht, und der Pastor hatte ihn in Verdacht, daß er der Verfasser der Beschwerden ans Konsistorium sei, die nicht aufhören wollten. Er hatte die Hoffnung auf eine Rückversetzung nicht aufgegeben, Kantor Kanning war viel krank, und über kurz oder lang würde die Stelle neu zu besetzen sein. Seine bevorstehende Schulentlassung kam ihm daher ganz gelegen, denn dann wäre doch der Pastor gezwungen, ihm eine andere Existenzmöglichkeit zu geben, von dem Kantorengehalt in Krettingen konnte er nicht leben. Der Mann war nicht zu verstehen und die Frau noch weniger. Sie trieb sich den ganzen Tag bei andern umher und war bei allen Deutschen zu finden, nur nicht in ihrem eignen Haushalt, der sehr verwahrlost aussah. Der Pastor versuchte, beiden ins Gewissen zu reden. Er sprach mit ihm, er sprach mit ihr, aber einer schob die Schuld auf den andern, einer klagte den andern an, und keiner schlug sich an die eigne Brust. Ihre drei Kinder wuchsen völlig sich selbst überlassen auf.

Diese traurigen Verhältnisse traten aber bald in den Hintergrund durch die Ereignisse der nächsten Wochen.

Eines Tages kam die Frau des Polizeimeisters, eine evangelische Deutsche, ins Pastorat. Sie wollte den Pastor allein sprechen, ganz allein. Im Schreibzimmer sah sie sich noch einmal ängstlich um und flüsterte dann dem Pastor zu, ihr Mann habe einen Befehl bekommen, die geheime deutsche Schule auszuheben. Sie bitte nun, doch sofort mit dem Unterricht aufzuhören und die Kinder nach Hause zu schicken. Bisher habe ihr Mann nicht nur ein Auge, nein, beide zugedrückt, aber jetzt könne er dem nicht mehr ausweichen. Er wisse es natürlich nicht, daß sie hergekommen sei, und sie bitte, niemandem gegenüber etwas davon zu erwähnen.

Diese Warnung konnte der Pastor nun nicht mehr überhören. An demselben Tage setzte er sich mit dem Minjemüller in Verbindung, und sie beschlossen, den Kindern zu sagen, daß die Ferien, es war ja schon Mai, dieses Jahr früher beginnen, wann die Schule im Herbst wieder anfangen würde, darüber bekämen sie noch Bescheid. Nicht mit Geschrei und Hurra, wie es sonst üblich war, stürmten sie aus dem Klassenraum. Verschüchtert saßen sie da und warteten, bis sie einzeln das Haus verlassen durften, auch sollten sie sich nicht in Gruppen zusammenstellen, sondern so schnell wie möglich nach Hause laufen. Bestürzendes lag in der Luft, das fühlten sie alle.

Sogleich wurden auch die Bänke fortgeschafft, nicht mehr auf den Kirchenboden, sondern in einen alten, halbverfallenen Stall, der auf dem Hofplatz stand und in dem nur ein Schweinchen grunzend hauste, das schenkte den Schulbänken keine Beachtung.

Wie sehr diese Eile geboten war, zeigte schon der nächste Tag. Es kamen zwei Polizisten, und da sie niemand vorfanden, wandten sie sich an die Hausbesitzerin, die wußte natürlich nichts. Sie hätte das Zimmer dem Pastor vermietet, den müßten sie, so war es verabredet, fragen, der würde ihnen Auskunft geben. Sie hätte sich um nichts gekümmert und nur am Monatsanfang das Geld einkassiert. Sie kamen nun zum Pastor und fragten ihn, ob er da eine Schule gehalten habe? Konfirmandenunterricht finde jedes Jahr einmal statt, antwortete der Pastor. Ob die Kinder auch lesen und schreiben dabei lernten, wollte die Polizei wissen. Nur so weit es zum Verständnis der Bibel nötig sei, wurde ihnen erklärt. Sie sahen sich an und wußten nicht weiter, ihre üblichen Methoden, rechts und links eine herunterzuhauen, konnten sie hier nicht anwenden, daher wollten sie ein Protokoll aufsetzen. Ihre groben Finger stellten sich so ungeschickt an, daß der Pastor sich erbot, es für sie zu machen. O ja, das wäre sehr gut! Er bat sie, sich hinzusetzen, er werde ihnen gleich eine kleine Stärkung bringen lassen. Und während sie sich mit dem kristallklaren Branntwein erfrischten, schrieb der Pastor das auf, was er ihnen auch gesagt hatte. Er brachte es in eine Form, die viel sagte und alles verschwieg. Wie kam es ihm jetzt zustatten, daß er Russisch konnte. Wenn er das gewußt hätte, wie nötig er diese Sprache einst haben würde, hätte er sie williger gelernt. War es nicht durchaus gerechtfertigt, die Regierungssprache zu beherrschen? Aber es mußte freiwillig geschehen, nicht mit Zwang. Mit dem Augenblick, da Gewalt angewandt wurde, empörte sich das Freiheitsbewußtsein des Menschen. Und was er mit Lust sonst getan hätte, wurde ihm dann zur Last.

Der Pastor las ihnen das Protokoll vor, sie fanden es ausgezeichnet, er unterschrieb, sie unterschrieben, steckten das Papier befriedigt in die Tasche. Rußland war wieder einmal gerettet.

Nun hätte Käthe sich freuen können. Dieser Gefahrenpunkt, die Schule, war weggeräumt, aber wenn sie in das traurige Gesicht ihres Mannes sah, dann hätte sie von Herzen gewünscht, daß die Sache weiter gegangen wäre, auch wenn sie sich dabei ängstigen mußte.

»Bis zum Herbst«, tröstete sie ihn, »sieht alles wieder ganz anders aus.«

»Ja, aber nicht besser«, murmelte er.

»Dein Grenzschein ist ja abgelaufen«, stellte Käthe fest, das Papier besehend.

»Zeig mal her, tatsächlich, wie gut, daß du das bemerkt hast. Ich werde Jokschas zur Polizei schicken, die stellen ihn ja gleich aus.«

Aber dieses Mal taten sie es nicht. Jokschas kam zurück und sagte, sie könnten den Schein nicht erneuern. Nanu? Was war das nun wieder?

Heute war Dienstag, am Sonntag mußte er in Georgenburg sein. Die Polizei mußte doch mit sich reden lassen, der Pastor machte sich gleich auf den Weg. Zuerst müsse er eine Bescheinigung bringen, daß er tatsächlich in Georgenburg zu tun habe, daß es im Interesse Rußlands liege, daß Pastor Fritz Stephani in Georgenburg Gottesdienst halte.

»Ich muß sofort ans Konsistorium telegrafieren«, sagte der Pastor erregt zu seiner Frau, als er nach Hause kam.

»Ach, was du nicht sagst, ans Konsistorium? Also ist es doch zu etwas nütze?« spottete sie.

Prompt traf am Freitag die Antwort des Konsistoriums ein,

und der Pastor konnte mit dem Schreiben: »Auf Befehl Seiner Majestät . . .« zur Polizei gehen. Ohne Widerrede bekam er den Grenzschein.

Auf Befehl des Selbstherrschers aller Reussen hielt der evangelische Pastor aus Krettingen Gottesdienst in Georgenburg an der Memel. Wie mächtig war doch der Zar!

Von den drei Familien, die den Pastor bei seinem Einzug in Krettingen auf heimatliche Art in ihre Mitte genommen hatten, war nur noch eine einzige übriggeblieben. Der Doktor war schon seit einem halben Jahr tot, Fräulein v. Tiedewitz war eines Tages für immer eingeschlafen, und Spliets hatten ihre Apotheke verkauft, verkauft an einen Polen. Für Spliets war es ein Glück, daß es noch gelungen war, die Apotheke abzugeben, bevor er sie noch mehr herunterwirtschaften konnte. Die nervöse kleine Frau freute sich wie ein Kind, Krettingen zu verlassen und wieder nach Riga, ihrer Heimatstadt, zurückziehen zu können. Wenn Spliets auch keine regen Glieder der Gemeinde gewesen waren, so bedeuteten sie doch einen Verlust für die kleine Schar der Evangelischen.

Als dem Pastor der Tod der alten Frau Keller, dieser Dulderin, mitgeteilt wurde, dachte er: »Soviel Begräbnisse und sowenig Taufen.«

Nur noch das Ehepaar Schönberg am Markt war übriggeblieben.

In der Villa an der Lindenallee, wo der Doktor gewohnt hatte, herrschte ein Kommen und Gehen, eine große Unruhe.

Fräulein Ella war noch einmal zurückgekehrt, um den Hausstand ihres Onkels aufzulösen und die Überführung vorzunehmen. Sie ging schmal und müde durch die leeren Räume. Ein Durcheinander von Kisten und Kasten stand im Vorraum, und wenn sie zugenagelt wurden, hallten die Hammerschläge laut durch das einst so stille Haus.

Am Abend holten sie Pastors ab. Die letzte Nacht sollte sie im Pastorat zubringen, und morgen würde sie dann die weite Fahrt mit der Leiche des Verstorbenen antreten.

Ohne besondere Feierlichkeiten wurde das Gewölbe geöffnet. Kublitz holte den Holzsarg heraus, der gleich in den danebenstehenden Zinksarg gelegt und zugelötet wurde.

Einige Kirchenälteste, der alte Schönberg, der Pastor und der Graf gaben dem Zug bis zur Stadtgrenze das Geleit. Langsam ging es durch den Ort, über die Brücke hinweg, den Berg nach oben. Dort wurde gehalten.

Fräulein Ella stieg aus und verabschiedete sich von den Herren. »Zehn Jahre habe ich in Krettingen verbracht, schöne, friedliche Jahre, wohl die schönsten meines Lebens«, sagte sie und warf noch einen letzten Blick auf die Stadt.

Zu ihren Füßen schlängelte sich das Silberband der Danje, im Hintergrund erhoben sich die Türme des Klosters, und da, wo die Kronen der alten Linden zu sehen waren, lag das stille Haus. »Ich danke Ihnen allen und besonders Ihnen, Herr Graf, für allen Beistand, den Sie mir geleistet haben.«

Solange man die Wagen noch sehen konnte, blickten die Krettinger den Scheidenden nach.

Es war ihnen, als habe sie mit dem alten Doktor eine Welt verlassen, eine Welt des Friedens und der Ruhe. Was vor ihnen lag, sah anders aus. Die Schwägerin des Grafen war heute in Memel gewesen und hatte ein Extrablatt mitgebracht, darin stand, daß der österreichische Thronfolger in Sarajewo ermordet worden sei. Welch entsetzliche Nachricht! Ihre Ausmaße konnte keiner übersehen.

Wie würde sich Rußland verhalten? Und Deutschland war der Verbündete Österreichs. Die drei Herrn ergingen sich in Mutmaßungen, alle fürchteten schwere Konflikte. Krettingen lag an der Grenze zweier Staaten ...

Am Marktplatz angekommen, stieg der Pastor in seinen eigenen Wagen, in seine eigne Equipage, die er sich vor einiger Zeit angeschafft hatte. Munter liefen die Braunen. Es war ein hübsches Gefährt, über das er sich immer wieder von neuem freute.

Als er auf seinem Hof ankam, sprang er aus dem Wagen, klopfte den Braunen anerkennend den Hals und eilte ins Haus.

»Was hast du nur?« fragte ihn seine Frau. »Du bist so unruhig. Hat es Unannehmlichkeiten gegeben?«

»Das kann man wohl sagen«, antwortete er.

»Was denn?« Erschreckt sah sie ihn an.

»In Sarajewo ist der österreichische Thronfolger mit seiner Frau ermordet worden.«

»Ach so«, meinte sie beruhigt, »also nichts, was uns angeht ... «

»Ich fürchte, daß es uns aber sehr angeht.«

»Ich bitte dich, auf dem Balkan, da morden sie sich doch immer gegenseitig, ich kenne das nicht anders, das liegt doch so weit ...«

»Nicht so weit, wie du denkst, das kann uns unmittelbar berühren ...«

»Glaubst du? Was soll denn schon werden?«

»Krieg«, antwortete der Pastor kurz.

»Krieg«, rief sie entsetzt, »das gibt es im zwanzigsten Jahrhundert nicht mehr, das war einmal ...«

»Wenn du dich nur nicht irrst ...«

Sofort, binnen drei Tagen mußte der Pastor die Strafe bezahlen. Was für eine Strafe? Er las das Schreiben noch einmal durch: »wegen Haltens einer geheimen deutschen Schule«. Also doch, mit hundert Rubel wurde er bestraft, weil er versucht hatte, Kindern Lesen und Schreiben beizubringen. Den Kantor in Garsden traf dasselbe Schicksal. Er wurde allerdings nur mit fünfzig Rubeln bestraft. Auch er hatte nichts weiter getan, als sich bemüht, Kindern Lesen und Schreiben beizubringen.

Die Diener einer kleinen Diasporagemeinde konnten nicht so ohne weiteres solche Summen entbehren.

150 Rubel – so auf den Tisch zu legen, war keine Kleinigkeit, denn für den Kantor mußte er natürlich eintreten, aber es waren wenigstens nicht 1500 Rubel, solche Strafen waren auch schon vorgekommen.

Er würde sich ans Konsistorium wenden, das würde auch nichts dagegen unternehmen können, aber es würde ihm vielleicht aus irgendeinem Fond die Summe ersetzen.

Wieder das Konsistorium! Käthe würde lachen. Wie gut, daß es eine Ordnung, eine Vertretung gab.

Gott erhalte sie und gebe ihr Männer, die nach seinem Willen handeln!

Eines Abends fühlte sich der Pastor nicht wohl. Er legte sich zeitig hin, schlief auch ein, aber dann erwachte er mit starken Schmerzen, die sich so steigerten, daß er seine Frau in der Nacht weckte. Was sollte sie tun? Er krümmte sich, die Schmerzen, es waren geradezu Krämpfe, nahmen zu. Sie weckte die Mädchen, schickte eine zum Doktor Januscis, der in der Nähe wohnte, und hieß die andere Feuer im Herd machen, vielleicht würden heiße Kompressen ihm guttun.

Der Doktor kam, gab eine Morphiumspritze und ließ heiße Umschläge machen. Er hielt es für einen Gallensteinanfall. Nie, noch nie hatte der Pastor so etwas gehabt. »Jede Krankheit nimmt einmal einen Anfang, aber das vergeht auch«, tröstete sie der Arzt. »Viel besorgniserregender ist das Herz Ihres Mannes. Er müßte ausspannen, völlige Ruhe mal für vier Wochen, mal ganz herauskommen.«

Käthe erschrak: »Jetzt?«

»Jetzt gleich«, meinte der Doktor, »je eher, desto besser.«

»Aber das geht doch nicht, in diesen Zeiten ...«

»Warum nicht? Vier Wochen, schätze ich, wird das Reden und Gegenreden dauern und dann – dann ...«

»Was dann?«

»Nun«, sagte der Arzt aufstehend, er hatte am Schreibtisch ein Rezept geschrieben und reichte es ihr. »Mobilmachung. Laut Befehl muß ich mich binnen 24 Stunden beim nächsten Wehrkommando melden ...«

Um Gottes willen, waren denn die Männer alle verrückt geworden, so weit war es doch wirklich nicht.

Am nächsten Tag kam der Arzt wieder. Die Schmerzen waren fort, und der Pastor fühlte sich wohl.

»Typisch für dieses Leiden ist es«, erklärte er, »daß, sobald der Anfall vorüber ist, alle Beschwerden behoben sind. Diät ist das beste Mittel gegen Gallensteinkoliken, doch davon halten die meisten Patienten nichts. Ich würde Ihnen sehr dazu raten.«

»Gegen alle Fette, außer Butter, habe ich sowieso eine Abneigung gehabt, immer, von jeher, Speck, fette Wurst ... so was esse ich nie«, erklärte der Pastor.

»Bei Ihnen hilft sich die Natur von selbst, da brauche ich Ihnen also nichts zu verordnen, aber auf eins muß ich nachdrücklich hinweisen, das ist Ihr Herz, dem müssen Sie einmal Ruhe gönnen, heute meint man noch, es mit Mitteln beruhigen zu können, aber auf die Dauer geht es nicht. Vier Wochen ausspannen ... ganz weg von hier ... völlig ausruhen ...«

»Daran ist jetzt nicht zu denken«, lehnte der Pastor den Vorschlag ab, »Ihre Medizinen, das verspreche ich, die werde ich einnehmen.«

Und dann kamen die Herren wieder auf die neuesten, so beunruhigenden Ereignisse zu sprechen.

Der Arzt war ein Litauer, der Graf ein Pole, der Pastor ein Deutscher, und alle vereinigten sich in dem einen Wunsch, in dem einen Gebet: »Gott erhalte uns den Frieden.«

Die Glocken riefen zur Kirche. Vom Kloster läuteten sie machtvoll und beherrschend ins Land hinein, von den blanken Zwiebeltürmen der russischen Kirche schallte es in tiefem Ton, von der kleinen evangelischen Kirche klang hell und klar der Ruf zum Gottesdienst.

Einen bösen Tag hatte es in der vergangenen Woche gegeben, einen schicksalsschweren, nicht nur für Krettingen, nein, für ganz Europa. Ob die Menschen nun in der einen oder anderen Kirche beteten, in Angst und Schrecken waren sie alle. Was würde kommen? Die Männer hatten sich stellen müssen, die vielen, vielen Männer, und waren fort. Wohin? Man wußte es nicht, man wußte nur, daß sie nicht mehr zu Hause waren und daß die Mütter, die Frauen weinten.

Die im russischen Militär gedient hatten, waren als Soldaten eingezogen, und die seit Jahrzehnten noch immer den Paß der deutschen Reichszugehörigkeit besaßen, waren gesammelt worden und abtransportiert. Sie waren Gefangene, die ersten russischen Gefangenen, diese friedlichen Bewohner des Grenzgebietes, deren Eltern sich hier schon angesiedelt hatten, die hier geboren waren und kein Wort deutsch verstanden. Jetzt waren sie Feinde Rußlands. Die Evangelischen traf es besonders hart, denn längs der preußischen Grenze, die heute eine bedrohliche Feindeslinie bildete, wohnten viele Einwanderer, die alle reichsdeutsch waren.

Die Tarvids, Penelis, Gwildies, alteingesessene Familien, sie hatten keine Veranlassung gesehen, sich naturalisieren zu lassen, im Gegenteil, sie waren bestrebt gewesen, die deutsche Staatsangehörigkeit zu behalten, denn im alten Zarenreich wurden Ausländer bevorzugt behandelt, entgegenkommender als die eignen Staatsangehörigen. Auch in der deutschen Gemeinde waren große Lücken entstanden: Trinkert, Martinkus, Listander, sie hatten noch geschwankt, sollten sie nicht vielleicht doch noch schnell über die Grenze, ach, dazu war es immer noch Zeit, die war doch so nah ... und hatte nicht der Kaiser an den Zaren geschrieben ... vielleicht lösten sich alle Konflikte in Frieden auf.

Aber ehe sie sich entschieden, war der Krieg ausgebrochen. Das Zollhaus wurde vernagelt und die Chaussee mit Drahtverhau gesperrt.

Es war zu spät.

Daß Frau Käthe jeden deutschen Gottesdienst besuchte, war selbstverständlich, ob sie es aber auch getan hätte, wenn sie nicht die Frau eines Pastors gewesen wäre? Sie war ehrlich genug, kein bedingungsloses »Ja« zu sagen. Allerdings aus Liebe zu ihrem Mann hätte sie es immer getan, ja, da wäre sie immer gegangen. Sie wußte, daß ihm daran lag, sie vor sich zu sehen.

Heute, am ersten Sonntag nach der Kriegserklärung, da war es ganz anders, da hatte sie sich direkt gesehnt, ein Verlangen danach gehabt, in die Kirche zu gehen.

Wie sah die Welt mit einem Schlage traurig aus. Ohne die Männer saßen die Frauen da. Wann würden sie einmal zurückkommen? Am Ende überhaupt nicht. Ihr Mann hatte es ihr verwiesen, so zu sprechen. Schwarzseherei sei verwerflich und unchristlich, hatte er zu ihr gesagt. »Du nützt niemand damit, wir haben nur an dem einen festzuhalten, daß Gott die Männer so führen wird, wie es für jeden am besten ist.«

Kantor Sunde war weder von den Einberufungen noch von der Gefangennahme berührt worden. Er zog alle Register auf und spielte. Laut und kreischend mißhandelte er ein Präludium. Wie oft hatte der Pastor ihm eine andere Zusammenstellung empfohlen, sie ihm auch gezeigt, aber er blieb bei seiner Methode. Der Gemeinde gefalle es so, erklärte er, es müsse machtvoll klingen. Aber es klinge so nicht machtvoll, widersprach ihm der musikalische Pastor, es klinge falsch, es schmerze direkt, wenn er so spiele. Warum war dieser Mann nur so gleichgültig? Wie viele an seiner Stelle hätten sein Schicksal gepriesen. Er durfte zu Hause bleiben und seiner Arbeit nachgehen.

»Befiehl du deine Wege«, sang die Gemeinde. Es klang inniger, dringlicher als sonst, »der Wolken, Luft und Winden gibt Wege, Lauf und Bahn, der wird auch Wege finden, da dein Fuß gehen kann«. Welch eine Verheißung!

Alles, was einen drückte und störte, fiel ab, es löste sich auf in der Gewißheit, »der wird auch Wege finden, da dein Fuß gehen kann«. Käthe war es, als ob sie bei jedem Wort einen Trunk frischen Wassers empfange. »... dem Herren mußt du trauen, wenn dir's soll wohlergehn ... es muß erbeten sein ...« Sie faltete die Hände fester.

Der Pastor, ihr lieber Mann, war an den Altar getreten und betete, sie auch, sie wollte es auch tun.

»Ehre sei dem Vater und dem Sohne und dem Heiligen Geist.« Wie konnte der schuldbeladene Mensch wagen, sich Gott zu nähern? Nur wenn sich sein Sohn seiner erbarmt, daher flehten Pastor und Gemeinde: »Herr erbarme dich, Christus erbarme dich ...« Und der himmlische Vater erbarmt sich immer wieder der sündigen Menschheit, aus dankerfülltem Herzen steigt dann der Lobpreis in die Höhe: »Allein Gott in der Höh sei Ehr und Dank für seine Gnade.«

In der Gewißheit dieser Gnade grüßen sich Pastor und Gemeinde mit dem Wunsch: »Der Herr sei mit dir, liebe Gemeinde!«, und sie antwortet ihrem Pastor: »Und mit deinem Geist.« Wer hat es nötiger als er, wie könnte er sonst die Gebete vorsprechen? Wie könnte er ohne diesen Geist predigen? Wie könnte er ohne ihn, ohne den Geist des Herrn, den Segen erteilen? Die Gemeinde mußte mit ihm und für ihn beten. Die Bitten, die er ihnen vorsprach, mußten in ihren Herzen Widerhall finden, Wort für Wort, Dank für Dank. Ja, so sollte es sein, Amen!

Und nun las er, am Altar stehend, aus den Briefen, den Episteln, der Apostel vor. Vor vielen hundert Jahren waren sie geschrieben und waren so lebendig, daß sie auch heute zu den Menschen sprachen. Sie waren von Menschen und an Menschen geschrieben, die nicht im Wohlleben saßen, sondern die in Not waren, die im Gefängnis schmachteten, die Anfechtungen erdulden mußten, und doch war ihre Zuversicht unerschütterlich geblieben, denn ihr Glaube war des Sieges gewiß gewesen. Heute las der Pastor aus dem Timotheusbrief: »Denn es ist ein Gott, ein Mittler zwischen Gott und den Menschen, nämlich der Mensch Christus Jesus, der sich selbst gegeben hat für alle zur Erlösung, daß solches zu seiner Zeit gepredigt würde.«

»Und diese Zeit war immer da, sie war immer gewesen, und sie würde es immer bleiben«, ging es Käthe durch den Sinn. Wie sie das heute alles verstand? Es war ihr, als entfalte sich vor ihr mühelos dieser Reichtum, der Reichtum eines Gottesdienstes.

Sie sangen das Lied: ›Jesu, meine Freude, meines Herzens Weide‹ und dann den herrlichen Vers: »Unter deinem Schirmen bin ich vor den Stürmen aller Feinde frei. Laß den Satan wettern, laß die Welt erzittern, mir steht Jesus bei. Ob es jetzt gleich kracht und blitzt, ob gleich Sünd und Hölle schrecken. Jesus will mich decken!«

Wieder begannen sich in Frau Käthe Zweifel zu regen, wie schon so oft. Wenn sie geglaubt hatte, nun hätte sie es für immer erfaßt, da fing sie schon wieder an zu schwanken. Besaß der Herr Jesus wirklich so viel Macht? Am Ende waren das nur dichterische Übertreibungen. Doch da kam die frohe Botschaft, das Evangelium, der Pastor verkündete es ... es erhob sich ein großes Ungetüm auf dem Meer ... die Jünger traten zu ihm und weckten ihn auf ... »Ihr Kleingläubigen, warum seid ihr so furchtsam? Und er stund auf und bedräuete den Wind und das Meer, da war es ganz stille.«

Ihr Herz war wieder voll Gewißheit, jetzt war die Gemeinde

reif geworden, reif durch Anbetung und Lobpreis, zu dem Bekenntnis: »Ich glaube«, zum Credo: »Ich glaube an Gott, den Vater ...«

Der Pastor verließ den Altar, und die Gemeinde sang das Predigtlied. Sie sang es so kraftvoll, daß sie Sundes Registerfülle übertönte. Es war auch ein Lied, das mit Kraft gesungen werden mußte: ›Ist Gott für mich, so trete ...‹

Sonntag für Sonntag, wo in aller Welt sich Evangelische zum Gottesdienst zusammenfinden, da werden sie von der Kanzel aus mit dem Wort gegrüßt: »Friede sei mit euch!« Friede – war das passend? Den Frieden hatten sie eben verloren ... Krieg war unter ihnen ... Sollte man in dieser Zeit diesen Gruß nicht fallenlassen? Erst wenn der Frieden wirklich wieder da wäre, die Männer zu Hause, die Grenzen geöffnet, dann könnte man ihn wieder anwenden ... Nein, nein, da war die Pastorin Stephani wieder auf dem Holzwege. Die Antwort gab ihr die Predigt. Die Geschichte von der Sintflut. Die hatte sie ja schon im ersten Schuljahr gelernt. Ihr Mann kam auch auf Ideen, daß er heute diesen Text aus dem Alten Testament genommen hatte!

Noah im dunklen Kasten führerlos den Stürmen preisgegeben. Mehr denn je gleicht die heutige Situation der Menschheit derjenigen Noahs. Dunkelheit umgibt sie. Was wird werden? Wir sind wie in einen Kasten eingesperrt, rechts und links wogendes Meer, Stürme!

Aber ein Ausblick ist frei, der Blick nach oben zu Gott. Er selbst hat die Tür hinter uns verschlossen, aber er behält den Schlüssel in der Hand, er kann das Tor wieder aufschließen, wenn er es für an der Zeit hält. Welcher Trost! Doch am Ende vergißt er uns? Hier, in der Geschichte, heißt es weiter: Gott gedachte an Noah, so steht es geschrieben, so war es vor Tausenden von Jahren, und so ist es heute noch. Gott gedenkt der Menschen. Die Arche landete schließlich. Warum seid ihr so kleingläubig? Gott wird uns auch landen lassen, wann? Das wissen wir nicht, das ist auch unwichtig, nur das ist wesentlich, das ist unentbehrlich, daß wir die Gewißheit erlangen, daß wir zum Glauben kommen, zu der festen Zuversicht: wir landen, wir kommen einmal auf den Berg seines Heils.

In den nächsten Tagen kamen Pastors von einem Ausgang zurück, sie blieben einen Augenblick stehen.

»Sieh doch, warum sammeln sich die Menschen vor Brekofs Haus? Was machen sie da?«

Sie beschleunigten ihre Schritte.

»Oh, Herr Pastor, Herr Pastor, die alten Eltern«, jammerte Frau Semjonow. Sie stand auf der Treppe ihres Hauses, »der Vater sechsundsiebzig Jahre und die Mutter vierundsiebzig, meine alten Eltern, die müssen weg ins Ungewisse ... weg aus ihrem Hause.« Die sonst sehr auf ein gepflegtes Äußere bedachte Frau sah wirr aus, die Haare hingen ihr ins Gesicht, sie rang die Hände und schrie: »Tragt sie doch lieber gleich auf den Friedhof ... das wäre weniger grausam.« Ihre beiden Töchter, beides Kinder unter vierzehn Jahren, bemühten sich vergeblich, sie in den Flur zu ziehen. Unterdes traten immer mehr Neugierige hinzu. Der Pastor winkte seiner Frau, allein weiterzugehen, stieg die Stufen hinauf und redete auf sie ein, dabei führte er sie ins Haus. Hinter sich schloß er die Tür. In der Stube saßen die beiden Altchen und weinten still vor sich hin. Was war geschehen?

»Der Befehl, Herr Pastor, der Befehl ...«

»Was für ein Befehl, ich weiß von keinem.«

»Hier lesen Sie, hier ... eben ist er gekommen. Alle Reichsdeutschen müssen fort, alle, die Wehrfähigen sind es ja schon, aber jetzt alle, nur Kinder unter vierzehn Jahren dürfen hierbleiben, und die Eltern sind Reichsdeutsche.«

»Und Sie?« fragte der Pastor.

»Ich bin doch durch meine Heirat russisch geworden. Ein Glück, Herr Pastor, daß ich auf Sie hörte und mich trauen ließ.«

»Sonst könnte auch ich nichts versuchen zu tun«, erklärte Semjonow, ihr Mann, der hinzugetreten war. »So will ich es, kann ich es überhaupt dem Kommandanten vorlegen ...«

»Eine ärztliche Bescheinigung«, meinte der Pastor, »müßte beigebracht werden.«

Semjonow lachte spöttisch: »Ärztliche Bescheinigung. Das wäre gut, aber wo haben wir denn einen Arzt? Der nächste wohnt in Libau, hundert Kilometer von hier, am Ort ist keiner, alle sind eingezogen ... und Memel – Feindesland!« Tatsächlich, so war es, so war die Lage. Gott bewahre uns vor Krankheiten, dachte der Pastor.

Doch jetzt mußte er an die andern Frauen der Gemeinde denken, die hatten doch gewiß auch den Befehl erhalten. Morgen, um acht Uhr, sollten sie zur Abfahrt bereit sein.

Als er nach Hause kam, fand er seine Frau in Tränen. Ihre beiden Hausmädchen gehörten auch zu denen, die es getroffen hatte. Sie waren nur eben in die Stadt gelaufen, um noch etwas einzukaufen.

Am nächsten Tag bot der Marktplatz ein erschütterndes Bild. Frauen standen mit Kisten, Koffern, von ihren weinenden Kindern umringt, die sie zu Hause lassen mußten.

Brekofs waren nicht dabei. Semjonow hatte es durchgesetzt, daß sie bleiben durften. Sie mußten sich nur einmal wöchentlich auf der Kommandantur melden.

Hin und her liefen die Menschen, wild durcheinander fuhren die Bauern, die für den Transport bestellt waren. Sie stießen aneinander, fuhren durcheinander, es war ein Schreien, Fluchen, die Polizei wies an, zog zurück ... und mitten in diesen Tumult erscholl plötzlich der Ruf: »Die Deutschen kommen.« Ob das nur ein Witzbold gemacht hatte? Jedenfalls hatte er eine unglaubliche Wirkung. Die Bauern hieben auf ihre Pferde ein und jagten mit und ohne Frauen los, einer schoß die breite Lindenallee zum Schloß hinunter, die anderen galoppierten die Straße zum Pastorat hinunter, einerlei wohin, nur fort aus der Stadt ... die Deutschen kommen, es wird geschossen werden ...

Nur der Pastor und ein mutiger Polizist waren auf dem Marktplatz stehen geblieben und sahen sich verdutzt um ... Was war das? Rein gefegt war der Platz, kein Mensch war zu sehen. Alles übrige hatte sich in die umliegenden Häuser geflüchtet.

Da lauerte der Maurer Kublitz um die Ecke. »Nur die Deutschen kommen nicht«, stellte er, eine Fratze ziehend, fest, »leider, denn wären sie wirklich gekommen, dann brauchten sie nicht mehr fortzufahren.«

»Seien Sie vorsichtig, Kublitz«, mahnte der Pastor.

»Ach, Herr Pastor, mich nimmt doch niemand ernst ...«

»Mensch, Sie haben sich einen Spaß erlaubt ...«

»Nun, war das nicht lustig, und Sie werden sehen, Herr Pastor, passen Sie auf, das Weinen wird allen vergangen sein.«

Damit behielt er nun allerdings recht, denn die eingefangenen Bauern kamen lachend zurück, und die ganze Stimmung hatte ihren düsteren Ernst verloren.

Die Sachen wurden nun eingeladen und aufgeladen, die Frauen stiegen ein, es waren im ganzen fünfundsechzig Personen, die abtransportiert wurden.

Lange winkten ihnen die Zurückgebliebenen nach ... es war

noch Sommer, und bis zum Winter würden sie wohl wieder zurück sein. Gott behüte sie!

Am Sonnabend, drei Tage nachdem sie abgefahren waren, traten die beiden Mädchen wieder ins Pastorat ein ... »Adele, Minna, wo kommt ihr her ... wie ist das möglich?«

»Sie haben uns gleich zurückgeschickt, wir sind gar nicht aus unseren Wagen ausgestiegen, es hieß, jetzt gibt es keine Züge, um Frauen abzuschicken.« – »Oh, Herr Pastor, was sich da tut! Unbeschreiblich. Das Vieh steht kilometerweit die Straßen entlang, brüllt vor Hunger. Wir Reichsdeutschen wurden wieder nach Hause geschickt.«

»Kinder, welches Glück! Sind alle zurück?«

»Alle, die mit uns ausfuhren.«

Die Frauen waren nun wieder zu Hause, da kam der Befehl, daß alle Pferde, die vier- bis fünfjährigen, in Retowo abgeliefert werden mußten. Darunter fielen auch Pastors Braune. Als der Kutscher mit ihnen durchs Hoftor ritt, sahen sie ihren hübschen Tieren traurig nach. Nicht mal ein ganzes Jahr hatten sie sich an ihnen erfreuen können. Nur der gute Wagen stand noch in der Remise, aber ohne die munteren Pferde ... Nach wenigen Tagen waren Kutscher und Pferde wohlbehalten wieder da.

»Wie? Ist der Krieg schon aus?« fragte der Pastor. »Das nicht«, lachte der Kutscher. »Aber die Straßen sind durch Pferde, Kühe, Schweine verstopft, man denkt, alle fliehen, aber es waren nur die, die auch abgeliefert werden sollten. Schon in die Stadt hineinzukommen, war ein Kunststück.« Er habe alle möglichen Seitenwege benutzt, erzählte der Kutscher. Er mit seinen Pferden konnte das auch, aber wer mit einem Wagen unterwegs war, mußte auf der Landstraße stehen und warten, bis sich die Wagenreihe langsam in die Stadt hineinschob. Manche Kuh habe schon verendet im Graben gelegen. So viel Vieh habe er noch nie auf einem Haufen gesehen, nicht mal auf dem Pferdemarkt in Plunjani würde so viel zu sehen sein. Ein Gebrüll, Gewieher, Gequieke ... er habe Angst bekommen, daß die Tiere anfangen, vor Hunger die Menschen aufzufressen, denn in der ganzen Stadt sei keine Handvoll Heu mehr aufzutreiben gewesen, und das mitgenommene Futter hätten sie schnell verbraucht.

Zwei Tage habe er sich so herumgetrieben, ohne zu wissen,

was er machen solle, dann habe der Kommandant oder wer es sonst gewesen sei, erlaubt, zurückzufahren.

Das habe er sich nicht zweimal sagen lassen und sei gleich losgeritten.

»So fängt es an«, dachte der Pastor, »und wie wird es enden?« Bisher hatte die Organisation völlig versagt, zuerst mit den Frauen, dann mit den Pferden ...

Er rief Käthe, die mit den Kindern im Garten war: »Die Braunen sind wieder da.«

»Nein, so was«, freudig kam sie mit den Mädels herangelaufen. »Die Prrrpferdchen, die guten Prrrpferdchen sind wieder da.«

Vater nahm Elsi auf den Arm, Mutter Trudi, und dann wurden die Pferde begrüßt. Das Fell gestreichelt, auf den Hals geklopft. Sie sahen aber nicht mehr so schön aus. Wo war denn ihr blankes Fell geblieben, es glänzte nicht mehr, stumpf und staubig war es geworden. »Ä, das ist gar nichts«, sagte der Kutscher und machte eine wegwerfende Handbewegung, »wenn ich sie wieder geputzt habe, dann blitzen sie wie vordem, genau wie ich, wenn ich mich gewaschen und rasiert habe. Hauptsache – wir sind wieder da.«

»Richtig«, bekräftigte Käthe seine Rede, »hast vollkommen recht, das Wichtigste ist, daß alle heil und gesund wieder zurück sind!«

»Es fragt sich nur für wie lange?« dämpfte der Pastor den Jubel.

»Ach«, meinte die Pastorin, »vielleicht nimmt der ganze Krieg bald ein Ende.«

Gott gebe es!

Narischkin hieß der Kommandant Krettingens. Wer war das? Man wußte kaum etwas von ihm, obwohl er schon zwei Jahre als Hauptmann im hiesigen Grenzmilitär stationiert gewesen war. Aber er war weder angenehm noch irgendwie unangenehm aufgefallen. Mit einem gewissen Bangen sah die Bevölkerung auf ihn. Ein Kommandant besitzt immer viel Macht, aber in Kriegszeiten steigert sie sich noch. Wie würde er sie ausnutzen?

Eines Tages erschien er im Pastorat. Zuerst erschrak man dort, aber dann erwies es sich, daß er nur einen Besuch machte, einen Höflichkeitsbesuch. Das war erstaunlich. Der russische Kommandant sucht Verbindung mit einem deutsch-evangelischen Pastor, den die Leute den »prusu kunigs«, den preußischen Pastor nennen? Für dieses Entgegenkommen war der Pastor dem Kommandanten dankbar. Es erleichterte ihm seine schwierige Stellung, die er als Deutscher und als Pastor einer litauischen Gemeinde hatte, deren Glieder noch vielfach Reichsdeutsche waren. »Unser Pastor«, freute sich die Gemeinde, »ist bei allen wohlgelitten und geachtet, der Kommandant selbst war bei ihm.« Narischkin war wirklich ein Gottesgeschenk für ganz Krettingen und Umgebung. Ob Litauer oder Pole, ob Deutscher oder Jude, die ganze Bevölkerung war einstimmig der Ansicht, daß sie einen besseren nicht hätte haben können. Jeder konnte zu ihm kommen, und er half, wo er konnte. Aber wehe den Verleumdern und Angebern, die durften sich ihm nicht nahen, die schmiß er hinaus. In diesen aufregenden Zeiten meinten nun manche, sich eine besonders gute Note bei der Regierung zu holen, wenn sie möglichst viele wegen Spionage oder Verrat anschwärzten. Die unsinnigsten Gerüchte schwirrten in der Luft umher.

So erschien eines Tages ein altes Weib auf der Kommandantur und wollte den Kommandanten höchstpersönlich sprechen. Als man sie zu ihm führte, erzählte sie ihm, daß der preußische Pastor in der Kirche, ganz öffentlich, eine Kollekte gehalten habe und das Geld nach Preußen schmuggele. »Hast du das selbst gesehen«, fragte sie Narischkin. »Ja«, versicherte sie, »er gab es einem Mann.« – »Ich aber«, erklärte der Kommandant gelassen, »stand hinter ihm, als er auf der Post war und die Kollekte, das Geld, an sein Konsistorium abschickte. Hinaus mit dir.« Das Weib verschwand schneller, als es gekommen war. Wie viele Klagen hörte der Pastor von den anderen Grenzorten. Alle Augenblicke gab es da Verhöre, Untersuchungen, die die Bevölkerung beunruhigten. Als er das dem Kommandanten einmal erzählte, sagte der nur: »Ist das nicht unsinnig? Die sich solche Bravourstücke leisten, hoffen auf einen Orden. Wenn sie sich nur nicht täuschen.«

In der Zeitung, die noch regelmäßig aus Riga kam, las man die Heeresberichte. Alle meldeten große Siege der russischen Armee. Ob das stimmte? Nach den Erfahrungen in Retowo?

Der Pastor faltete die Zeitung zusammen: »Ich möchte nur einmal das ›Memeler Dampfboot‹ in die Finger bekommen, was die wohl schreiben?«

»Na, genau das Gegenteil«, meinte seine Frau, »da werden die deutschen Heere nur siegen ...«

»Weißt du, das glaube ich nicht, die können nicht so verfahren, die müssen mehr Rücksicht nehmen auf die Bevölkerung. – Übrigens, ich habe schon mit Narischkin gesprochen, er stellt mir einen Schein aus, in dem er mir die Erlaubnis erteilt, längs der Grenze nach Georgenburg zu fahren, jeder Grenzposten wird angewiesen, mir behilflich zu sein. Nächste Woche fahre ich los, in acht Tagen bin ich, so hoffe ich, wieder zurück.«

»Um Gottes willen, du hast wirklich Ideen ...«

»Und wie dachtest du es dir? Sollte ich Georgenburg im Stich lassen?«

»Und die Kinder und mich, an die denkst du gar nicht ...«

»Ein bißchen«, scherzte er, »ein ganz klein bißchen, deshalb habe ich mit Verwalter Fuchs gesprochen, der nimmt euch aufs Gut zu sich, das ist nicht so nah an der Grenze, und hübsch ist es doch da, der Minjemüller ist auch nicht weit ... Bevor ich wegfahre, bringe ich euch hin.«

»Nein, ich will nicht, dann bleibe ich lieber hier.«

»Ich sehe auch im Laufe der nächsten Wochen keine Gefahr für Krettingen, das meint Narischkin auch, und ich muß diese Zeit ausnutzen. Noch habe ich die Pferde, noch sind die Wege gut ... und die Gemeinde dort wartet auf ihren Pastor.«

Und der Pastor fuhr die hundertfünfzig Kilometer nach Georgenburg hin, immer der Grenze entlang, wo viele Posten lagen. Bei allen mußte er seine Papiere vorzeigen. Ob die Wachen sie auch alle lesen konnten, das bezweifelte er sehr, aber alle sahen sie sich gewissenhaft an, keiner versäumte es, ein sehr ernstes und tiefgründiges Gesicht zu machen, sie wußten, was sich schickte, und ließen ihn dann salutierend passieren. Vielleicht war es zehnmal so gewesen, vielleicht auch zwanzigmal.

Er hatte die Papiere neben sich auf den Sitz gelegt und griff nur mechanisch nach ihnen. Sosehr er auch nach drüben spähte, konnte er dort niemand erblicken. Ob sie dort noch immer auf dem Standpunkt standen, wenn die Russen unsere Grenze so gut bewachen, wozu brauchen wir es dann zu tun?

Die Freude in Georgenburg war groß, als er ankam. »Unser Pastor, unser Pastor ist da.«

Es gab so viel zu tun, zu besprechen, daß der Pastor immer noch einen Tag zugeben mußte. Er versprach, nach Weihnachten, wenn es möglich wäre, wiederzukommen.

Die Pastorin umarmte beglückt ihren Mann, als er wieder daheim war, die Kinder umjubelten ihn, und Klein-Helmut kam ihm auf noch etwas unsicheren Beinchen entgegengestolpert. Er hob den Kleinen in die Höhe. Wie er jauchzen konnte, der kleine Bursche, vierzehn Monate war er jetzt alt. Sein liebes Kleeblatt, sein Herz war von Dank erfüllt.

Die Nachrichten aus Riga beunruhigten ihn. Die Stimmung gegen alles Deutsche steigerte sich. Die Maßnahmen wurden immer schärfer. Der Verleumdung waren Tür und Tor geöffnet, und die Letten benutzten die Gelegenheit, um den deutschen Herren eins auszuwischen. Viele der deutschen Großgrundbesitzer, viele Pastoren wurden des Landes verwiesen, sie mußten irgendwohin ins weite russische Reich, fort aus dem Baltikum. Auf der Straße, in der Öffentlichkeit durfte nicht deutsch gesprochen werden, und Riga war eine deutsche Stadt. Stumm mußten die Menschen werden, schweigen. Bruder Gustav hatte noch seine Arbeiten zu beenden und dann? Was dann? Neue Ausschreibungen fanden während des Krieges nicht statt. Lotting schrieb lange Briefe, in denen sie kunterbunt alles durcheinander erzählte, daß ihr Mann in seiner neuen Gemeinde ein reiches Arbeitsgebiet habe. Auf den Markt gehe sie nach wie vor, sie spreche eben lettisch, das ja erlaubt sei. Ihr Sohn, der zweijährige Victor, sei so schwer, daß es ihr Mühe mache, ihn hochzuheben. In ihrer Kirche habe sie neulich gesungen, und das wolle sie öfters tun, da fühle sie sich sicherer, da die Zuhörer so weit weg sitzen. Felix sei sehr stolz auf sie gewesen.

Am sichersten war wohl jetzt Hermann in Moskau. In der großen Stadt verschwand der einzelne, und dort kümmerte sich keiner darum, in welcher Sprache man sich unterhielt. Gräfin Stromberg hätte ihn gebeten, ein Konzert zu geben, was er auch getan habe, das wäre gut besucht gewesen, und die ganze Einnahme hätten sie zu Gunsten der deutschen Kriegsgefangenen verwenden können. Klang das nicht wieder unglaublich! Rußland blieb doch das Land der Gegensätze. Neben grausamen Härten wieder eine Großzügigkeit, die in Erstaunen versetzte.

Die ersten Kriegsweihnachten gingen vorüber. Die Frauen hatten Post von ihren Männern erhalten. Nicht nach Kilometern rechneten diese die Entfernung, sondern nach Gouvernements, vierundzwanzig hatten sie durchfahren müssen, ehe sie an Ort und Stelle angekommen waren. Vom Krieg wußten die Menschen dort wenig, sie hatten wohl schon von ihm gehört, und hier und dort war wohl einer eingezogen, aber die einzigen Söhne blieben ja sowieso alle zu Hause, und dann hatten auch viele nur vier Finger an der einen Hand oder lahmten etwas. Und in Rußland wurden nur Untadelige dem Kriegsgott geopfert. Es gab ja so viele Menschen dort. Es wäre sehr kalt, aber der Wald hätte viele Bäume, und sie durften heizen, wieviel nötig war, zu essen hätten sie auch genug. Diese Nachrichten beruhigten die Frauen. Wer zu essen hat, kann nicht verhungern und, solange im Wald Bäume gefällt werden konnten, nicht erfrieren.

In Krettingen gab es Märkte in dieser Zeit, nein, so was hatten die Leute noch nicht erlebt, eine Fülle herrschte dort wie noch nie. Dicht bei dicht standen die Fuhren. Wo sollten die Bauern auch hin mit ihren Erzeugnissen? Die Grenze war gesperrt, alle Gänse, Enten und Schweine, die für drüben bestimmt gewesen waren, Butter und Eier blieben jetzt im Lande. Die Preise sanken, sanken jede Woche mehr. Gänse kaufte man zu einer Mark pro Stück, und Ferkel gab es schon zu fünfzig Pfennigen, ein Pfund Butter kostete vierzig Pfennig, und für einen Pfennig gab es zwei Eier. Doch hatte keiner rechten Genuß davon. Zweimal in der Woche Gänsebraten wird auf die Dauer langweilig, und Delikatessen wie Spanferkel schmeckten auch nicht mehr.

Nur wer hungrig ist, der ißt mit Lust. Nicht der, der in der Fülle sitzt, genießt die Gaben, sondern der, der sich danach sehnt. Überdruß kommt von Überfluß. Beängstigend war es, denn wenn der Bauer kein Geld hat, fehlt es in der ganzen Welt. Und wenn heute die Nahrungsmittel zu Schleuderpreisen weggingen, so konnte sich jeder ausrechnen, daß eine Zeit kommen mußte, in der Mangel herrschen würde. Man saß wie in der Arche Noah, umgeben von allem Nötigen, aber abgeschnitten von der Außenwelt. Viele Gemeindeglieder erinnerten sich der Predigt, die der Pastor am ersten Sonntag im Krieg gehalten hatte. Gott selbst hat die Tür zugemacht, er würde sie auch zu seiner Zeit öffnen. Der Blick nach oben aber blieb frei.

Ach, der Krieg war noch lange nicht zu Ende, und im Januar beim stärksten Frost mußten die reichsdeutschen Frauen wieder antreten, und dieses Mal gab es trotz Kälte und Frost kein Zurück. Es ging durch vierundzwanzig Gouvernements mitten im russischen Winter. Nicht gleich, aber im Laufe der Zeit fanden sich die Ehepaare dann doch zusammen. Aber ein Zurück gab es erst nach vielen Jahren.

Wenn der Pastor sein Versprechen, nach Weihnachten Georgenburg zu besuchen, einlösen wollte, dann mußte er es jetzt tun. Die Erlaubnis zu erhalten machte auch dieses Mal keine

Schwierigkeiten, aber seine Braunen waren nicht mehr im Stall, die hatten nun doch in den Krieg ziehen müssen. Pferde waren schwer zu bekommen, schließlich hatte der Pastor einen alten Gaul von ungewöhnlicher Größe von einem Zollbeamten gekauft, der das Tier nicht mehr brauchte, weil er nach Libau zog. Das Pferd war einmal aus Preußen gekommen, denn solche Tiere sah man hier für gewöhnlich nicht, daher war es unmöglich, ein zweites zu finden, das zu ihm paßte. Der Pastor fragte seinen Glöckner um Rat, und der erbot sich, sein eigenes Pferd vorzuspannen, aber er selbst müßte dann der Kutscher sein. Das konnte dem Pastor nur recht sein. Viel schwieriger war die Fahrt heute als im Herbst. Es war so wenig Schnee gefallen, daß sie mit dem Wagen fahren mußten, dabei blies ein heftiger Wind, und als sie ausfuhren, fror es stark. Mindestens zwei Tage würden sie unterwegs sein, zwei Tage, vom Morgen bis zum Abend auf der Landstraße. Das war eine anstrengende Reise.

In Georgenburg wurde er mit derselben Freude empfangen wie das erste Mal. Trotz aller Spannungen, in denen die Menschen dauernd leben mußten, fühlte sich der Pastor frei und leicht. Alle Gespräche, ob bei Willmanns oder sonst in der Gemeinde kreisten um das Entweder – Oder. Nur über das Eine waren sie sich einig, so würde es nicht mehr lange bleiben. Entweder die Russen drangen vor, oder die Deutschen besetzten das Land. Das ging jeden persönlich an. Wann das sein würde! Ja . . . wer wußte das?

Auf dem Rückweg war er bis acht Kilometer vor Garsden, seine Filialkirche, gekommen, wo er zu übernachten gedachte. Es war spät geworden, so daß er sich auf der Kommandantur eine besondere Erlaubnis einholen mußte, die er auch bekam.

Kaum hatte er das Pflaster des Städtchens verlassen, da hörte er einen Reiter hinter sich herjagen. Der Kutscher wandte sich ängstlich mehrere Mal um. Der Pastor ließ halten. Es hatte ja keinen Sinn, wenn der Reiter es auf ihn abgesehen hatte, konnte er ihm doch nicht entrinnen. Ein Soldat sprengte heran. Befehl des Kommandanten, sofort umkehren! Nichts zu machen! Was wollte der von ihm? Während sie zurückfuhren, gingen ihm allerhand Gedanken durch den Kopf. Er war sich keiner Schuld bewußt, aber in heutiger Zeit passierte allerhand. Drohte auch ihm Verhaftung? Verschickung? Er wurde zum Oberst geführt und mußte seine Papiere vorzeigen. Der war äußerst höflich, entschuldigte sich, ihn aufgehalten zu haben, er finde alles in

Ordnung. Was war denn eigentlich der Grund gewesen? Wie gut war es wieder, daß der Pastor Russisch konnte. So erfuhr er die Ursache vom Oberst selbst, der erzählte sie ihm lachend. Eine Wache sei gekommen und habe ihm gemeldet, eben sei der preußische Pastor mit einem preußischen Pferd durchgefahren. Unerhörte Sache! Daher habe er sofort den Befehl gegeben, den preußischen Pastor einzuholen. Aber jetzt müsse er sich das preußische Pferd auch ansehen, gestand der Oberst. Unter den kleineren litauischen Pferden wirkte es wirklich wie ein Monstrum, es wurde von den Soldaten und Offizieren, die hinzukamen, gebührend angestaunt. Ob es auch leistungsfähig sei, wurde der Pastor gefragt. Er konnte es nur bejahen, denn diese nicht leichte Tour nach Georgenburg hatte es bisher recht gut überstanden. Mittlerweile war es noch später geworden, und der Oberst meinte, es sei unmöglich, daß er jetzt noch Garsden erreichen könne, die Wachen seien alle verschärft worden und auch mit dem Erlaubnisschein würde er nicht mehr durchkommen. Der Pastor machte ein unzufriedenes Gesicht. »Ich würde Ihnen gern einen Soldaten mitgeben, aber ich habe so wenig Leute, daß ich es nicht kann.«

»Hmm, ja, wenn es nicht anders geht ...«

Der Offizier besann sich einen Augenblick. »Ich sag Ihnen das Losungswort«, erklärte er dann, »aber vergessen Sie es nicht, sonst kann es Ihnen schlechtgehen.« Der Pastor glaubte seinen Ohren nicht zu trauen, das Losungswort, wie war so etwas möglich ... »Es heißt«, hörte er den Offizier sagen, »Amunizia«.

»Amunizia«, wiederholte der Pastor. »Amunizia«, sprach er sich in Gedanken vor, während er sich von den russischen Offizieren verabschiedete. »Amunizia, Amunizia«, wirklich, es war ein Zauberwort, er brauchte es nur dem Posten zuzurufen, da senkten sich die Gewehre und der Weg war frei. Viermal mußte er es auf dieser kurzen Strecke aussprechen. Viermal die Losung. Welch ein Vertrauen hatte damit der Oberst dem evangelischen Pastor erwiesen.

Die Kinder erkrankten, alle drei. Sie fieberten hoch, das Thermometer kletterte bis 40 und darüber hinaus. Was war es? Sie wimmerten in der Nacht. Sie weinten am Tage. An wen sollte man sich wenden? Alle Hausmittel versagten. Ob es etwas mit den Ohren, ob mit dem Halse war? Gerötet waren die Mandeln, aber eine richtige Angina war es nicht, und alle drei? ...

Der Kommandant schickte den Militärfeldscher, einen Arzt hatten auch sie nicht bei ihrer Grenzabteilung, der untersuchte die Kinder, meinte, es sehe nach einer Infektionskrankheit aus, vielleicht zeige sich noch der Ausschlag ... Scharlach, da der Hals gerötet sei, es könnten auch Masern sein ... er gab ein paar harmlose Mittel, die das Fieber drücken sollten ... aber es wurde nicht besser, wochenlang ging es so, einmal fiel das Fieber, einmal stieg es wieder an ... wohin sollte man sich wenden, man saß in der Arche Noah, nur der Blick nach oben war frei.

Ein Geraune ging durch den Ort, ein Geflüster von großen Schlachten. Eines Nachts, ein Gefahre und Gerassele, schwere Geschütze schienen vorüberzuziehen, das Haus dröhnte.

Narischkin verließ Krettingen, und wer blieb? Niemand, sie haben den Weg längs der Grenze, nach Garsden eingeschlagen. Memel sollte erobert werden. Memel? Aber nicht von Krettingen aus, sondern von Garsden aus, und Polangen von der andern Seite, von der Seeseite aus. Krettingen wurde ausgeschaltet. Tage vergingen, es war so still in der Stadt, gedrückt ging alles einher. Wie vor einem Gewitter die Vögel sich im Gezweig verkriechen, so blieben die Menschen in ihren Häusern. Still und leer war der Marktplatz. »Anne«, rief die Pastorin eines Morgens, »sieh doch nur, da wankt doch am Zaun entlang ein Soldat ... er kann nicht mehr ... er sinkt in die Knie ... komm, dem müssen wir helfen.« Anne Jokschas, ein Prachtmädchen, das sich zu Hause mit ihrer Mutter nicht hatte vertragen können, war, nachdem die reichsdeutschen Mädchen nicht mehr zurückgekommen waren, ins Pastorat gezogen. Hier war sie am rechten Platz.

Die beiden Frauen liefen hinaus, packten den Zusammengesunkenen unter den Armen und schleppten ihn ins Haus. Der Arme war so erschöpft, daß er nicht sprechen konnte. Sie flößten ihm heißen Tee ein. Er hob den Kopf mit geschlossenen Augen und schlürfte gierig das belebende Getränk. Dann lehnte er sich in den Stuhl zurück und rührte sich nicht. »Wir müssen ihn irgendwo hinlegen.« – »Ja«, nickte Anne, »aber wo?« – »Nach oben«, meinte die Pastorin.

»Da ist es doch so kalt.«

»Wir heizen den Ofen ein ... ein Bett steht da ...« Anne griff schon nach dem Korb mit Holz und eilte die Treppe nach oben. Man konnte doch so einen armen Kerl nicht wieder auf die Straße setzen ... bald knisterte ein helles Feuer im breiten Ziegelofen ... Anne suchte ein paar alte Decken zusammen und bereitete ihm ein Lager ... Das Zimmer war klein und erwärmte sich schnell.

Der Soldat regte sich, schwer auf den Tisch sich stützend, versuchte er aufzustehen. »Warten Sie, bleiben Sie sitzen«, forderte ihn die Pastorin auf russisch auf.

»Nein«, sagte er, die Augen aufreißend, »ich muß fort, alles verloren, alles aus, wo sind alle Kameraden geblieben? Ich bin allein aus Memel geflohen ...«, dann sank er wieder ermattet auf den Stuhl zurück.

»Gleich, gleich«, tröstete Frau Käthe, »gleich wird das Zimmer warm sein, dann legst du dich hin und schläfst, nachher kannst du die Kameraden suchen ...«

»Oh, ja«, seufzte er, »schlafen, nur schlafen ...«

»Willst du nicht was essen?«

»Essen, nein, nein, nur trinken ...« Sie goß ihm noch Tee ein. Kaum hatten sie den Soldaten nach oben gebracht, kam der Glöckner herein und erzählte, daß alles fliehe. Ob er nicht auch das Pferd anspannen solle ... der Pastor müßte doch wenigstens Frau und Kinder fortbringen. Wohin? Wohin sollten sie mit den kranken Kindern. Aber die Post und die Polizei, alle Fuhren würden schon beladen werden ... »Ich spann das Pferd an, wenn sie anfangen zu schießen ... Was dann?«

»Wer soll schießen? Militär haben wir doch nicht mehr in Krettingen. Auf die Zivilbevölkerung werden die Deutschen nicht schießen ...« – »Und der schlafende Soldat, oben im Zimmer, der wird keinen Widerstand leisten«, dachte Käthe und war auch dafür, sich nicht aus dem Hause zu rühren.

»Ich denke, wir lassen das Pferd lieber im Stall, wenn alle fliehen, nehmen sie es uns am Ende noch fort, wenn es gesehen wird.« Der Glöckner übte freiwilligen Nachrichtendienst, er ging und kam und hatte immer aufregendere Sachen zu berichten. Die Post sei schon abgefahren und Frau Semjonow sei im letzten Augenblick mit den Töchtern auf den Wagen gesprungen. Und die alten Eltern? Die sind dageblieben. Die Nachbarin von nebenan ziehe zu ihnen und werde sie pflegen. Der alte Schönberg ist auch weg. Der alte Apotheker Schönberg vom Markt? Ja, mit einem Köfferchen in der Hand ist er zur Polizei gerannt und mit der mitgefahren. Er allein. Er ganz allein, die Frau nicht, er soll sie getröstet haben und gesagt: »Es kann ja nur ein paar Tage dauern, dann bin ich wieder zurück. Rosalie wird für dich sorgen.« Rosalie war eine fromme Katholikin, die schon viele Jahre bei ihnen im Hause arbeitete.

»Arme Frau Schönberg«, dachten Pastors, »von allen verlassen.« Die Stille auf der Straße war unheimlich, drüben der kleine Laden des Berre Bloch blieb den ganzen Tag geschlossen.

Nach dem Mittagessen meinte der Pastor, daß man alle Fensterläden schließen müßte. Jetzt am hellen Tage? Er ging selbst hinaus, um es zu tun. Merkwürdige Dämmerung herrschte im Zimmer. Was würde kommen?

Da, ein Zischen, Sausen, Pfeifen ... bums fiel es nieder, dann nichts, alles wieder wie vorher, ganz ruhig.

Die Frauen standen am Fenster und lauerten durch die Herzchen in den Fensterläden. Der Pastor trat auf die Veranda zur Straße hinaus und sah einen einzelnen Reiter langsam mitten auf der Straße reiten, er sah sich sichernd nach allen Seiten um. War das noch ein Russe ... oder schon ...? Mit einem Male war er verschwunden. Der Pastor beugte sich vor, er konnte ihn nicht mehr erblicken. Von der anderen Seite stürzte der Glöckner herein.

»Schluß«, rief er aufgeregt, »alle Ausgänge sind besetzt, von den Deutschen natürlich, keiner kann mehr die Stadt verlassen.«

Nach kaum einer Stunde begann der Einzug der deutschen Truppen. Sie fuhren und fuhren am Pastorat vorbei, Geschütze und Mannschaften, viele, viele, das schien kein Ende zu nehmen. Welche Macht war das! Aber das wußten Pastors nicht, das merkte auch sonst niemand, daß es immer dieselbe Abteilung war, die von Bajoren kommend geradeaus durch das Dorf Krettingen fuhr, die Brücke über die Danje beim Gut benutzte, durch die alte Lindenallee in die Stadt hinein, über den Marktplatz, die Straße am Pastorat vorüber, dann in großem Bogen durch eine andere Straße über die Brücke an der Mühle wieder ins Dorf hinein, diese Rundfahrt machten sie einmal, zweimal, dreimal, und die ganze Bevölkerung staunte ... Ihre Täuschung war ihnen über alles Erwarten gelungen.

Ein Schuß war bei der Einnahme Krettingens gefallen, ein einziger Schuß, und der war über das Pastorat hinweg in die Kiesgrube am Ende des Ortes niedergegangen, ohne zu explodieren.

Das Fahren hatte aufgehört. Es war wieder alles still geworden. Die Kinder waren zu Bett gebracht und schliefen ruhiger als sonst. Gott gebe, daß die Krankheit endlich ein Ende nehme. Ende Januar hatte sie angefangen und bis jetzt, Mitte

März, ununterbrochen gedauert, manchmal sich etwas bessernd und dann mit erneuter Heftigkeit wieder anfangend.

Im Hause war es hell und warm. Fenster und Türen waren geschlossen. Wenn auch draußen noch Stürme tobten, ins Haus kam die Außenwelt nicht herein ... Oder doch ... Laute Schläge hallten an die Küchentür. Der Pastor wollte aufmachen gehen.

»Bitte nicht«, bat Frau Käthe, »ich gehe, kann man wissen, wenn die Russen doch noch einmal wiederkämen, dann kannst du mit ruhigem Gewissen sagen, du hättest die Deutschen nicht ins Haus hereingelassen.«

»Wer da?« rief die Pastorin energisch.

»Deutsche Einquartierung«, tönte es zurück. Sie schloß die Tür auf. Ein Feldwebel mit zwei Soldaten stand vor ihr.

»Ich sehe, dies ist ein großer Hof mit Stallgebäuden ...«

»Sie sind hier im evangelischen Pfarrhause«, erklärte Käthe mit Würde.

»So, das paßt ausgezeichnet, ich möchte die Zimmer sehen ...«

»Bitte«, Frau Käthe führte ihn ins Wohnzimmer.

»O schön«, sagte er, »genug Platz für neun Offiziere ...«

»Neun ... so viele Betten habe ich doch gar nicht ...«

Der Feldwebel lachte: »Gnädige Frau«, er verbeugte sich leicht ihr gegenüber, »ich darf Sie darauf aufmerksam machen, daß wir Krieg haben, und wir kommen von den Kriegsfeldern Frankreichs. Betten? Was ist das? – Jetzt möchte ich noch den Stall sehen.« Da kam der Pastor hinzu und stellte sich vor.

»Den zeige ich Ihnen«, sagte er. Als sie durch die Küche gingen, hörte der Pastor tapsende Schritte auf der Treppe, die nach oben ins Zimmer führte. Daß es dem Unglücksraben nur nicht einfiele, jetzt herunterzukommen. Aber schon waren sie auf den Hof hinausgetreten. Anne hatte die Geräusche auch gehört und lief zur Pastorin.

»Der Russe ist aufgewacht und kommt herunter«, meldete sie. »Das geht natürlich nicht«, entschied Frau Käthe, »der muß fürs erste oben bleiben, bis sich hier alles beruhigt hat, morgen werden wir weitersehen ...« Als Frau Käthe ihm das sagte, beugte er sich über ihre Hand und küßte sie. Aber nur einen Augenblick müsse er hinaus, er müsse austreten ... Natürlich, das müsse er, aber noch einen Augenblick. Sie gab Anne den Auftrag aufzupassen, wenn der Feldwebel den Hof verlasse, und es gleich dem Soldaten zu sagen. In der Zwischenzeit, bis die Einquartierung einrücke, könne er auf den Hof gehen. Anne sollte ihm dann noch ein gutes Essen auf das Zimmer bringen.

Sie selbst baute mit Hilfe ihres Mannes und ihrer Mutter, die auch sofort bereit gewesen war, ihr Zimmer zur Verfügung zu stellen, Betten auf.

Und wo und wie würden sie diese Nacht schlafen? Ach, das war doch so einerlei ... die erste deutsche Einquartierung sollte es bei ihnen gut haben. Anne war genauso bestrebt, alles gastlich herzurichten, denn Pastor und Gemeinde wußten sich in ihren Gefühlen für Deutschland eins.

Sie hatte in die Teemaschine frische Kohlen gelegt und brachte sie ins Eßzimmer. Ein gedeckter Tisch, ein leise summender Samowar, die Teemaschine, grüßten die Offiziere bei ihrem Eintritt ins Zimmer. Die höchste Wonne aber erwartete sie im Wohnzimmer. »Betten«, riefen sie, »richtige Betten und weißbezogene ...«

Als Pastors später auf ihren Strohsäcken lagen, denn ihre guten Betten hatten sie der Einquartierung gegeben, faßte Käthe nach der Hand ihres Mannes. »Ich hoffe, wir haben das Schlimmste überstanden«, sagte sie, »schlafen die Kinder nicht so ruhig, wie schon seit Wochen nicht mehr?«

War wirklich das Schlimmste überstanden, war es so? Heute nacht schliefen Freund und Feind friedlich unter dem Dach eines evangelischen Pfarrhauses. Oben lag der Russe und unter ihm schliefen die Deutschen.

Badener Dragoner waren es, die in Krettingen eingezogen waren, und am nächsten Tag klang das Lob des deutschen Soldaten aus aller Munde. Tadellos hätten sich die Einquartierungen betragen, und freundliche Wünsche begleiteten sie auf ihrem Weitermarsch. Sie wandten sich Polangen zu, dem nur sieben Kilometer entfernten Badeort an der Ostseeküste. Ob sie dann wieder zurück nach Memel gehen würden? Zu ihrem Schutz manövrierten Kriegsschiffe an der Küste. Als die Dragoner aus einem Wäldchen hervortraten, meinte die Marine, es seien Kosaken, und beschoß sie. Bis sie ihren Irrtum erkannte, mußten zwei von diesen prächtigen Jungen ihr Leben lassen. Was spielen schon zwei Menschenleben im Krieg für eine Rolle? Bedauerlicher Unfall, damit ist die Sache abgetan. Als Käthe das erfuhr, weinte sie. »Wie kann Gott so etwas zulassen, wie willst du das erklären?« wandte sie sich an ihren Mann.

»Entweder sie gehörten zu den Frühvollendeten, oder Gott hat sie vor größerem Schaden behüten wollen«, sagte der Pastor, »aber das ist auch keine Erklärung. Gott kann und soll man nicht erklären. Wir müssen mit ihm ringen. Ich lasse dich nicht, du segnest mich denn.« Ja, so war es immer, er sagte etwas, worüber sie viel nachdenken mußte, und alle seine Antworten wiesen auf den einen Weg, der zum Mittelpunkt allen Lebens führte.

Krettingen war Niemandsland geworden. Nur ein vorgeschobener Posten von drei Mann war auf dem Gut stationiert.

Dieser Vorposten wurde eines Nachts überfallen, einer von ihnen wurde getötet, einer entkam, und der dritte war schwer verwundet. In einiger Entfernung lag ein russischer Soldat auch schwerverletzt.

Kublitz, der auf dem Gut wohnte, hatte das Unglück zuerst bemerkt. Er sorgte für zwei Wagen, in die sie die Verwundeten legten, und brachte sie in die Villa an der Lindenallee, die Dr. Attelmayer bewohnt hatte und die seitdem leer stand. Den Deutschen legten sie in ein Zimmer, den Russen in ein anderes. Aber beide schwebten an der Grenze zwischen Leben und Tod.

»Einen Doktor haben wir nicht«, stellte Kublitz fest, »aber einen Pastor, wir holen unsern Pastor.« Die Frauen, die sich eingefunden hatten, fragten den Soldaten: »Sollen wir unseren Pastor holen, der Ihnen das heilige Abendmahl reicht?«

»Ja, den Pastor«, erwiderte er leise.

Kublitz übernahm es, den Pastor zu holen. Noch während der Pastor die heilige Handlung vollzog, kam eine Abordnung deutscher Soldaten, um den Kameraden zu holen. Sie traten in das Zimmer, zogen ihre Mützen und verharrten still, bis der Segen gesprochen war. Dann bedankten sie sich beim Pastor für die Versorgung des Kranken und nahmen ihn mit.

Für den Russen war der russische Geistliche geholt worden, der im Nebenraum dem Verwundeten das Abendmahl reichte.

»Den holen wir auch gleich ab«, versicherten die Soldaten und fuhren mit ihrem verwundeten Kameraden fort.

Der Pastor wechselte noch ein paar Begrüßungsworte mit dem russischen Amtsbruder und ging dann wieder nach Hause. Es mochten einige Stunden vergangen sein. Der Pastor saß gerade mit seiner Familie beim Mittagessen, als Anne wieder Kublitz meldete. Er sei sehr aufgeregt, fügte sie hinzu.

»Was ist denn los, Kublitz?« Der Pastor fürchtete, die Russen seien wieder da und wollten ihn zur Verantwortung ziehen, weil er dem Deutschen beigestanden hatte. Nein, nicht die Russen waren es. Dem Pastor fiel ein Stein vom Herzen. Die Deutschen seien gekommen, ein Hauptmann oder Leutnant mit soundsoviel Mann, die wollten die Stadt anzünden. Um Gottes willen! Der Hauptmann habe schließlich versprochen, damit so lange zu warten, bis er den Pastor gesprochen habe, also schnell ... Die Pastorin sah mit großer Sorge den Männern nach. Sie wußte nicht, was geschehen war, denn Kublitz unterrichtete ihren Mann erst unterwegs von der Sachlage.

In großer Unruhe saß sie mit ihrer Mutter und den Kindern im Wohnzimmer. Eine Stunde verging, noch eine ... sie blickte zum Fenster hinaus ... »Warum rennen denn die Menschen so«, wunderte sich ihre Mutter. Ja, warum rennen sie? Da muß doch etwas passiert sein!

Scharen von Menschen hasteten auf der Straße, auf dem Bürgersteig am Pastorat vorbei, hinaus aus der Stadt. Sie trugen Betten unter dem Arm, führten schreiende Kinder an der Hand ...

Sie stürzte hinaus. »Sagt doch, um Himmels willen, sagt doch, was geschehen ist«, rief sie.

In der Hauptsache waren es jüdische Frauen, die aufgeregt an ihr vorüberhasteten.

»Oi, diese Räubers, oi, diese Mörders, diese Deitschen, sie zünden die Stadt an!« Die Stadt? Fassungslos blieb die Pastorin stehen, dann rannte sie hinein, um es ihrer Mutter zu sagen, aber schon war sie wieder auf der Straße. Kam denn ihr Mann nicht endlich? Was sollte sie tun? Sie sah einige Reiter die Straße daherkommen, stellte sich ihnen mitten in den Weg. Die hielten kurz vor ihr die Pferde an. »Bitte sagen Sie mir, was geschieht jetzt eigentlich? Ich bin die Frau des Pastors, mein Mann ist im Augenblick nicht da und ich bin mit drei kranken Kindern allein ...«

»Ach, Sie sind die Frau des Pastors, seien Sie versichert, Ihr Mann wird gleich zurück sein. Wir sind ihm zu Dank verpflichtet und haben ihm jede Hilfe zugesagt. Ihrem Hause wird nichts geschehen. Ihr Haus bleibt stehen.«

»Wie können Sie das versprechen«, erwiderte sie zornig, »Sie kennen die hiesigen Verhältnisse nicht, sehen Sie nicht die Holzdächer, wenn es brennt, ist nichts mehr zu retten.«

Er zuckte leicht die Achseln und erwiderte: »Ich kann Ihnen nur nochmals sagen, Ihr Haus bleibt unversehrt. Sie werden von uns jederzeit Entgegenkommen erfahren.«

In diesem Augenblick sah sie den Pastor mit fliegendem Mantel daherstürmen. Sie ließ den Leutnant stehen und lief ihm entgegen.

»Komm ins Haus«, beruhigte er sie, »es wird so schlimm nicht werden!« Dann erzählte er ihr. Eine Abordnung Deutscher wäre gekommen, den russischen Soldaten abzuholen, aber der war nicht mehr da, der war schon weggebracht worden. Das hatte auch Kublitz, der mit allen Wassern gewaschene, bewerkstelligt. »Herr Pastor«, hatte er gesagt, »ei, wenn die Russen zurückkommen, wovor uns Gott bewahre, aber es kann jeden Augenblick geschehen, wir sind Niemandsland, was meinen Sie, was sie dann mit uns allen machen?« Der Pastor mußte ihm rechtgeben.

Es war ein Glück, daß der Russe oben aus dem Zimmer unbehelligt herausgekommen war.

»Jedenfalls ist es leichter und weniger gefährlich, mit den Deutschen zu verhandeln als mit den Russen«, meinte Kublitz, und so dachte auch der Pastor.

In dem Hause von Dr. Attelmayer erwartete ihn der deutsche Hauptmann, er sprach auch seinen Dank aus für das, was er dem Verwundeten erwiesen habe, und teilte ihm dann mit, daß der russische Soldat heimlich fortgeschafft worden sei und zur Strafe dafür die Stadt angezündet werden würde, wenn sich nicht derjenige melde, der ihn abtransportiert habe. Sie müßten erfahren, wohin er gebracht worden sei.

»Eine Stunde haben Sie Zeit!«

»Ich bitte Sie«, wandte der Pastor ein, »eine Stunde? In einer Stunde ist es unmöglich, den Einwohnern dieses Verlangen bekanntzugeben.«

»Der russische Soldat gehörte uns, er war unser Gefangener, und nach Kriegsrecht haben wir über ihn zu bestimmen, wir hätten ihn verhören, ausfragen können ...«, erwiderte der Hauptmann.

»Was wissen Zivilisten vom Kriegsrecht«, verteidigte der Pastor die Krettinger, »rein menschlich ist gehandelt worden, ein Sterbender zu den Seinigen gebracht.«

»Ich weiß es, der russische Geistliche hat es getan«, behauptete der deutsche Offizier, »den nehmen wir mit.«

»Was wollen Sie mit dem alten Mann, der kann Ihnen doch nur eine Last sein, der weiß nichts«, versuchte er seinen Amtsbruder von der andern Konfession in Schutz zu nehmen. So ging die Unterhaltung hin und her. Schließlich sagte der Hauptmann: »Befehl ist Befehl, anstecken lassen muß ich, aber meine Leute werden es nicht hindern, wenn gelöscht wird.«

Mehr war nicht zu erreichen, aber es war viel gewonnen.

Der unermüdliche Kublitz war hinter jedem Strohbündel her, das in ein Haus geworfen wurde. Durch sein Eingreifen ermutigt, rannten andere Frauen und Männer nach und rissen die Feuerbündel auseinander und traten sie tot.

Abends sah man die Scharen, die hinausgezogen waren, mit Sack und Pack wieder zurückziehen. Es brannte kein Haus ab.

»Ja«, sagte Kublitz, »wenn wir unsern Pastor nicht gehabt hätten, dann wäre der ›Batuschka‹ in Gefangenschaft gekommen und Krettingen wäre abgebrannt.«

Wer ist Herr im Niemandsland? Keiner, oder alle beide. Was der eine gutheißt, das bestraft der andere. Am Tage sah man deutsche Soldaten durch die Stadt reiten, am Abend kamen die Russen. Sie drangen in die Häuser am Rande der Stadt ein, wagten sich ins Dorf und holten sich die Männer heraus, die sie mitschleppten. Da das Pastorat eins der letzten Häuser der Stadt war, brachte der Pastor seine Schwiegermutter mit den Kindern in das Schönbergische Haus am Markt.

Keiner war glücklicher darüber als die Besitzerin. Ihr Mann hatte wohl gemeint, es handele sich nur um ein paar Tage, als er mit der russischen Polizei floh, aber nun waren es schon Wochen, und sie saß ganz allein in ihrem geräumigen Haus, denn Mieter der oberen Wohnung war eine russische Offiziersfamilie gewesen, die gleich bei Ausbruch des Krieges den Ort verlassen hatte. Der Pastor aber und die Pastorin schliefen nachts im Pastorat. Sie hatten sich einen Plan zurechtgelegt, wie sie sich bei einem Überfall durch den Garten hätten retten können.

Eines Nachts, vielmehr am späten Abend, schreckte sie ein heftiges Weinen auf. Frau Adomeit, die Witwe des deutschen Töpfermeisters, stürzte schluchzend herein. Ihr Haus war das allerletzte in der Korcianerstraße. Mit ersparten Groschen hatte sie es sich aufgebaut. »Herr Pastor, mein Haus brennt, sehen Sie doch nur, Herr Pastor, es brennt!« Wie war das gekommen?

Plötzlich hatten vor ihr deutsche Soldaten gestanden, sie habe schon im Bett gelegen und geschlafen. »Hinaus, hinaus, schnell, in ein paar Minuten brennt Ihr Haus, der Stall steht schon in Flammen.« Gott bewahre! Wirklich, sie warf einen Blick hinaus, hoch schlugen die Flammen zum Dach hinaus. Kaum war es ihr gelungen, ihre Kleider überzuwerfen, da knisterte schon das Feuer im Dach. Warum nur, warum? Der Pastor ging hinaus und sah sich um. Hell war durch das Feuer die Gegend ringsum erleuchtet.

Er sprach einen Soldaten, der vorüberging. Die Russen waren schon in Schützenlinien ausgeschwärmt gewesen zu einem Überfall auf Krettingen, wurden aber durch diese grauenvolle Beleuchtung zurückgeschreckt. Was gilt ein Haus, und wenn es auch einer armen Witwe gehört, wenn dadurch eine ganze Stadt gerettet wird! So ist der Krieg, alle Dinge bekommen ein anderes Gesicht.

Durch des Pastors Vermittlung bekam die Frau eine Entschädigung, aber zum Bau eines eignen Hauses kam sie nicht mehr.

Die Kinder des Pastors waren alle ganz gesund geworden und zwischen ihnen und der Tante Schönberg entspann sich eine herzliche Freundschaft. Besonders Helmut wurde ihr Liebling.

Um die Teezeit kamen täglich zwei deutsche Offiziere ins Schönbergsche Haus. Der eine hatte die Pflicht, einmal am Tage den Vorposten auf dem Gut zu besichtigen. Der andere war Arzt und kam nur aus Freundschaft und Langeweile mit.

Punkt vier brachte Rosalie die dampfende Teemaschine herein, und langsam von der Lindenallee her ritten die beiden Offiziere über den Marktplatz auf das Haus zu. Die Pferde wurden angebunden, und die Herren kamen herein. Das waren gemütliche Stunden, Schlag sechs brachen sie wieder auf. Als die Pastorin einmal sagte, wie sehr sie sich alle auf diese Nachmittage freuten, da versicherten sie, daß ihre Freude auf diese Abwechslung gewiß noch größer sei. Aber nun sollte die Zeit in Krettingen für sie bald zu Ende sein, die Herren machten Andeutungen, schon morgen oder vielleicht auch erst übermorgen ... Und dann? Das weiß kein Soldat, was übermorgen sein wird. Am nächsten Tage war Klein-Helmut unruhig, er weinte viel. Der Militärarzt untersuchte ihn, man könnte es noch nicht mit Sicherheit feststellen, sagte er, aber es könnte eine Lungenentzündung werden. Der Zustand des Kleinen verschlimmerte sich. Es wurde eine Lungenentzündung. Als der Militärarzt das feststellte, mußte er auch mitteilen, daß das sein letzter Besuch wäre. Sie würden versetzt. Wieder waren sie ohne Arzt, und Helmut wurde jeden Tag kränker.

Als die Bewohner Krettingens am Morgen des 6. April 1915 zum Fenster hinaussahen, war der ganze große Marktplatz dicht mit Militär besetzt. In der Nacht war es lautlos vor sich gegangen. Kein Mensch hatte etwas davon gemerkt. Der Pastor verglich es mit dem Abzug der russischen Truppen und dem Lärm, den sie dabei gemacht hatten. Vielleicht war auch ein Arzt dabei? Der Pastor fragte irgendeinen danach. Natürlich hätten sie einen Arzt, lautete die Antwort. Wenige Augenblicke später war er auch zur Stelle, und der Pastor bat ihn, nach seinem Kinde zu sehen. Er ging sofort mit. Er konnte aber auch nichts anderes feststellen, als daß der Kleine eine Lungenentzündung habe, fand die Verordnungen gut und riet, sie weiter zu befolgen. Die Krise komme ja erst. Er hoffe, daß er sie überstehen würde. Die Eltern dankten dem Arzt für seine Bemühungen und blieben in schwerer Sorge zurück.

In so tadelloser Ordnung, wie sich der Marktplatz gefüllt hatte, leerte er sich auch wieder. Staunend sah es die Bevölkerung. Ohne Geschrei, ohne Fluchen und Schimpfen löste sich das Heerlager auf.

Diese Nacht wollte der Pastor zu Hause verbringen, denn es konnte Einquartierung kommen, und dann war es günstiger, wenn er gleich zur Stelle war. Man war ja nicht mehr Niemandsland, ein Angriff der Russen war nicht mehr zu befürchten. Der große Vormarsch nach Kurland, in die Ostseeprovinzen, hatte begonnen.

Der Zivilbevölkerung war verboten worden, nach acht Uhr abends auf der Straße zu sein. Von acht Uhr abends bis sechs Uhr morgens hatte sie Ausgehverbot.

Um Mitternacht trat bei Helmut eine Verschlechterung ein. Käthes Mutter meinte, man müsse den Pastor zu seinem Kinde holen. Käthe mußte gehen, allein? Ja, wer sollte mit? Da erbot sich Rosalie, sie zu begleiten. In großer Aufregung rannten sie los. Die beiden Frauen liefen durch die einsamen Gassen, da, eine Militärpatrouille. Käthe in ihrer Herzensangst erzählte dem Mann von ihrer Not, ob er sie verstand? Sie sprach so schnell und viel ...aber eines begriff er, daß es sich hier um echten Schmerz handelte, er winkte mit der Hand, und so machten es auch die andern, die andern vier, die sie auf dem kurzen Wege trafen.

Bevor ihr kleiner Sohn Helmut seinen letzten Atemzug tat, waren die Eltern wieder zurück. Der Pastor fuhr sanft mit der Hand über das Gesicht seines lieben Sohnes, dessen Augen sich für immer geschlossen hatten. Käthe stand erstarrt daneben. Wie kann eine Mutter es je begreifen, daß ihr Kind tot ist, es irgendwo ist, wohin sie ihm nicht folgen kann? So ein kleines Kind, allein, ohne sie? Ihr Mann war niedergekniet, sie sank neben ihm hin. Sie fühlte es mehr, als daß sie es sah, er weinte. Noch nie hatte sie ihn weinen gesehen. Dann sprach er laut und deutlich das Vaterunser. Stockte er nicht beim »dein Wille geschehe wie im Himmel also auch auf Erden?« Konnte das Gottes guter und gnädiger Wille sein? »Oh, mein Junge, mein lieber, kleiner Sohn ...« Die Tränen liefen ihr übers Gesicht ...

»Unsern Sohn hatte Gott uns nur für eine kleine Weile geschenkt«, sagte der Pastor, sie mit sich hochziehend, »wir waren sehr glücklich mit ihm. Gott helfe uns, ohne ihn nicht undankbar zu werden.«

Am nächsten Tage konnten sie wieder ins Pastorat zurückziehen, aber mit einem toten Sohn. Ihn zu beerdigen erschien dem Pastor über die Kraft zu gehen, er wollte den Amtsbruder aus Deutsch-Krettingen, auf preußischer Seite, darum bitten. Für den mußte er eine Erlaubnis der Ortskommandantur erwirken.

Es war der erste sonnige Frühlingstag, deutsche Soldaten gingen hin und her. Durch den großen Vormarsch war wieder Sicherheit und Ordnung hergestellt. Wie hatten alle diesen Augenblick ersehnt! Man war kein Niemandsland mehr, die Deutschen hatten das Land übernommen. Aber wie sah es in den Herzen der Eltern aus, ein Schmerz tobte in ihnen, gegen den alles andere sein Gewicht verlor.

Im Grabgewölbe, in dem Dr. Attelmayer gelegen hatte, wurde Klein-Helmut beigesetzt. Ein Holzkreuz aus einem Eichenstamm machte der Tischler, und einer von den vielen Soldaten, die im Pastorat Quartier bezogen, erbot sich, auf einer Lindenholzplatte den Namen mit den Daten zu schnitzen. »Auch einen Spruch könnte ich darauf einschneiden, Lindenholz ist ja so weich«, sagte er. Und Frau Käthe gab ihm das Wort: »Geboren, um zu sterben, gestorben, um zu leben.«

»Wie weit meine Käthe schon ist«, dachte der Pastor. Er hörte kein Wort der Klage, nur manchmal der Anklage, sie hätte den Sohn wohl nicht verdient, und wenn er ihren leeren Schoß sah, auf dem der Kleine gesessen hatte, dann brannte sein Herz. Aber durfte er ein Wort sagen? Welch reiche Ernte hielt der Tod auf den Schlachtfeldern ... wieviel Väter und Mütter weinten um ihre Söhne ... grausam war dieser Schmerz, das erfuhr er an sich selbst.

»Unser Pastor«, sagten die Leute, »unser Pastor kann jetzt trösten wie ein Vater ...«

Er war sehr jung gewesen, dieser einzige Sohn eines schwerreichen Mannes aus Mannheim. Nun hatten zwei Kameraden die Leiche nach Krettingen gebracht. Ein verirrter Schuß hatte ihn getroffen. Der Vater würde ihn bestimmt holen, versicherten sie, aber es würde wohl einige Zeit dauern, bis er käme. Sie baten den Pastor um Rat, wo sie ihn in der Zwischenzeit abstellen könnten. Ja, wo? Da fiel ihm sein eigner Sohn ein, er hatte ja das Gewölbe von der Gemeinde gekauft. Es war sein Fleckchen Erde, er konnte sich da Gäste einladen, ohne die Erlaubnis des Kirchenrates einzuholen. Helmut bekam einen Kameraden. Der ganze Jammer packte ihn wieder an, als er den kleinen Sarg da stehen sah. Er hätte sein Leid hinausschreien mögen. »Auch ich weine um einen Sohn.«

Viele aus der Gemeinde waren gekommen, auch seine Litauer waren dabei, kein Wort konnten sie von seiner Rede verstehen, aber sie hielten der Kirche die Treue.

Dieser Glaubensbruder, der fern von der Heimat, weit weg von seinen Angehörigen hier bestattet wurde, war nicht verlassen von seiner Kirche, umgeben von einer gläubigen Gemeinde ruhte er. An seinem Grabe weinten sie um alle Söhne, um alle Männer, die der Krieg verschlang. Wo gab es einen Trost, solche Wunden zu heilen? »Denn es sollen wohl Berge weichen und Hügel hinfallen, aber meine Gnade soll nicht von dir weichen und der Bund meines Friedens nicht hinfallen, spricht der Herr, dein Erbarmer.«

Wenn die grünen Schleier der Birken im lauen Winde wehen, wenn ihr weißer Stamm gegen den blauen Himmel leuchtet, dann blühen die Tausendschönchen, schimmern die Stiefmütterchen, duften die Pfingstrosen, und die Butterblumen machen alle Wiesen und Weiden bunt.

Aus dem Wald aber schreit und ruft der Kuckuck, bis nicht ein einziges Kind mehr in der Stube bleibt.

Alles strebt zum Licht, zur Sonne. In grünen Wellen wiegen sich die weiten Kornfelder, und Gottes Hand ruht über dem wachsenden Brot, segnet die frühlingsfrohe Erde.

Es ist Pfingsten, Pfingstsonntag!

Die Glocken haben aufgehört zu läuten. Ein feldgrauer Soldat sitzt an der Orgel und spielt, er spielt anders als Sunde, es ist kaum zu glauben, daß das dieselbe Orgel sein soll. Wie weich und voll der Ton ist, wie leise kann er klingen, wie mächtig anschwellen und mitreißen! Er hebt und trägt den Gesang der Gemeinde, der großen Gemeinde, denn die Kirche ist bis auf den letzten Platz besetzt. Deutsche Soldaten sind zum Pfingstgottesdienst gekommen.

»O Heiliger Geist, kehr bei uns ein und laß uns deine Wohnung sein ...« erscholl es.

Der Amtseid, den der Pastor seinerzeit hatte leisten müssen, verpflichtete ihn, bei jedem Gottesdienst des russischen Kaiserhauses zu gedenken. Die Form, in welcher Weise es zu geschehen habe, war vorgeschrieben.

War er heute, an diesem Pfingstsonntag, dessen enthoben? Ja! Nein! Er tat es. Er bat für beide, für das russische als auch für das deutsche Kaiserhaus, daß Gott ihnen den Weg zeigen möge, ihre Völker zum Frieden zu führen.

Noch nie hatte er mit innigerem Gebet den Segen erteilt als heute – allen, allen galt er, es gab weder Freund noch Feind, es gab nur Brüder in Christo.

Dieser Gottesdienst brachte ihm viel Unannehmlichkeiten ein. Man warf ihm vor, es deutschen Soldaten zugemutet zu haben, für die Russen, die doch ihre Feinde waren, zu beten.

Der Pastor erklärte, daß nicht er diese Zumutung an die Menschen stelle, sondern der, in dessen Dienst er stehe, Christus, denn er verlange: »Liebet eure Feinde ...«

Eines Tages traf das Ehepaar aus Mannheim ein, um den Sohn, den toten Sohn, zu holen. Einen Gasthof, in dem sie hätten absteigen können, gab es in Krettingen nicht, das Gasthaus für solch einen Besuch war das Pastorat. Die Frau war so elend, so verstört, daß sie keinen vernünftigen Satz zustande brachte. Ihr Mann hatte sie mitgenommen, weil er sie nicht allein lassen konnte. Er hätte sie sonst in eine Nervenheilanstalt bringen müssen.

Sie wollte den Sohn durchaus noch einmal sehen. »Das ist unmöglich«, sagte Kublitz, der bestellt worden war, das Gewölbe zu öffnen. Es wurde beschlossen, am nächsten Vormittag die Überführung vorzunehmen, den Zinksarg, der für den Transport vorgeschrieben war, hatten sie mitgebracht.

»Ich will ihn aber noch einmal sehen«, beharrte die verzweifelte Mutter, »du willst doch sowieso den Sarg öffnen lassen, um die 500 Mark, die er immer bei sich trug, herauszunehmen.«

»Ob das überhaupt noch gehen wird?« zweifelte der Pastor.

»Oh, Herr Pastor, helfen Sie mir doch, ich bitte, mein Mann ist so dagegen, daß ich mitgehe ...«

»Ich auch«, stand Stephani dem Mann bei. Käthe aber meinte, den Wunsch der Frau unterstützen zu müssen, und sagte: »Wir könnten doch beide mitgehen.«

»Ich bitte dich«, widersprach der Pastor, »es nicht zu tun. Du hörst doch, es soll der Versuch gemacht werden, den Sarg zu öffnen, und das würde Eindrücke hinterlassen, die sehr quälend sein würden und keinem etwas nützen.«

»Ich gehe aber mit«, erklärte die andere, »ich gehe unbedingt mit. Keine Macht wird mich zurückhalten können.«

Als sie am nächsten Tage sich auf den Weg machten, versuchte Käthe noch einmal ihren Mann umzustimmen. »Siehst du, die andere Mutter setzte sich durch, nur ich ...«

»Nur du hast so einen Tyrannen zum Mann, mein armes Weib, wollen wir nicht beide jetzt mehr an das neue Leben denken, das in dir keimt.«

Ach, wenn Helmut nur am Leben geblieben wäre, sie wollte kein anderes Kind. Doch diesen Gedanken sprach sie nicht aus, weil sie wußte, daß es ihn gekränkt hätte.

Während alle auf dem Friedhof waren, deckte sie den Tisch, denn gleich nachher sollten die Fremden abfahren, vorher wollte sie ihnen aber noch ein Mittagessen anbieten.

Als die Frau vom Friedhof zurückkam, faßte sie Käthes beide Hände. »Ich war gerührt, als ich meinen Jungen neben Ihrem lieben Kleinen liegen sah. Sie haben den Schmerz auch erleben müssen.« Käthes Augen füllten sich mit Tränen.

»Mein Mann wollte es nicht.«

»Ich wäre mitgegangen.« Käthe sah sie erstaunt an: »Gegen seinen Willen.«

»Aber wenn mein Wille anders ist ... leide ich nicht genug ...«

»Er leidet doch auch, soll ich ihn noch kränken?«

»Er leidet doch auch«, wiederholte die andere, »aber nicht so wie ich ...«

»Ich möchte ihm doch in allem helfen und ihn nicht noch mit meinem Schmerz beschweren.«

»Aber ich kann nicht, ich kann nicht, es ist alles aus.«

»Ja, es ist sehr schwer, das Umdenken-, Umlernenmüssen ...«

»Es ist unmöglich.«

Käthe schüttelte den Kopf. »Nicht es noch schwerer machen,

als es ohnehin schon ist. Wir müssen unser Leid tragen, nicht schleppen.«

»Aber warum? Sagen Sie mir, warum mußte es meinen Sohn treffen?«

»Mein Mann sagte mir einmal auf solch eine Frage: ›Gott nahm ihn zu sich, um ihn vor Schlimmerem zu bewahren, oder weil er ein Frühvollendeter war.‹ Aber nach dem Warum dürften wir gar nicht fragen, nur nach dem Wozu.«

»Sie sind so stark, so beneidenswert sicher ...«

»Nein, nein, da irren Sie, ich bin nicht stark und ganz unsicher, ich versuche nur, von mir selbst loszukommen, mich nicht so furchtbar wichtig zu nehmen und vor allen Dingen kein Mitleid mit mir selbst zu haben ... Aber bitte kommen Sie, wir wollen noch Mittag essen, Sie müssen sich für die weite Reise stärken ...«

»Sie haben uns eine so herzliche Gastfreundschaft erwiesen«, sagte der Mannheimer, als er sich verabschiedete, »wir danken Ihnen und Ihrem Gatten.«

»Hier, lege dir diesen Schal noch um«, ermahnte ihn seine Frau, »du kannst dich sonst erkälten.« Er sah erstaunt auf. Sah sie mit einemmal, was er nötig hatte? Bisher war sie so in ihren Schmerz vertieft gewesen, daß sie nichts anderes gefühlt und gehört hatte. Sie erschien ihm wie umgewandelt. Wie herzlich sie sich von der Pastorin verabschiedete ... Es war vielleicht doch gut, daß er sie auf diese lange Reise mitgenommen hatte.

Ohne den Rat des Pastors fiel es dem Kreishauptmann, Fürsten von Löwenstein und Rosenberg, schwer, mit den Verwaltungsgeschäften des Landes fertig zu werden. Der Bann, der auf dem Pastor gelegen, war verflogen. Die Equipage stand wieder wie vorher vor dem Pastorat, um ihn ins Schloß zu holen. Es gab so viele Fragen, die mit ihm besprochen werden mußten. Und er trat nicht nur für die Bevölkerung ein, sondern behielt das Ganze im Auge.

Die Juden, die die Mehrheit im Städtchen bildeten, wandten sich in allen schwierigen Angelegenheiten, die der Krieg mit sich brachte, an ihn. »Oi, geh zum Pastor«, riet einer dem andern, »der wird deine Zorres (Sorgen) verstehen.«

Und die Litauer sprachen: »Wenn keiner mehr helfen kann, der Pastor wird sich schon was ausdenken.«

Am meisten nötig hatte ihn aber der Batuschka, der russische Priester. Er war sterbenskrank, und seine Frau und Tochter kamen in ihrer Verlassenheit, denn in Krettingen gab es außer ihnen keine Russen, zum Pastor und baten ihn, er möge doch ein gutes Wort für sie einlegen, daß sie, bis der Batuschka genesen sei, von Einquartierungen verschont blieben.

Auf Vorstellungen des Pastors wurde ihre Bitte erfüllt, und die drei Offiziere, die bisher bei ihnen gewohnt hatten, zogen um. Der alte Mann quälte sich mit Schmerzen und erhielt durch den deutschen Militärarzt Erleichterungen, soviel es ging, aber daß Rußlands Größe dahinschwand, daß sein geliebtes Vaterland, sein Mütterchen Rußland, eine Niederlage nach der andern erleiden mußte, das war sein tiefstes Leid, und kein Mensch konnte ihm das nehmen.

»Gott hat es gewollt, Gott hat es beschlossen«, murmelte er immer wieder vor sich hin.

Seine Frau, eine große, starke Person mit einem fast männlichen Wesen, dem leichten Anflug eines Schnurrbartes an der Oberlippe, vor der nicht nur er zeit seines Lebens Respekt gehabt hatte, die auch in der ganzen russischen Kolonie wegen ihrer rauhen Art gefürchtet gewesen war, kniete jetzt vor seinem Bett, ohne die sonst übliche Zigarette im Munde, und sprach ihm Gebete vor. Sie legte die Handflächen aneinander, hob die zusammengelegten Fingerspitzen bis zur Augenhöhe, daß sie die Ikone, die an der Wand über seiner Lagerstatt hing, ansehen konnte, und sprach: »O großer erhabener Gott, der du allein Unsterblichkeit hast und wohnest in einem Licht, zu dem niemand von selbst gelangen kann, der du alle Geschöpfe geschaffen hast und das Licht von der Finsternis geschieden, sei in mir gegenwärtig und erstrahle in meinem armen Herzen, kleide mich in unsterblichem Glanz und durchleuchte alle meine Glieder, umfange mich ganz, gewähre mir Unwürdigem deine Liebe und Schönheit und erfülle mich mit der Wonne und Süßigkeit deiner Gottheit ... So bitte ich nun, erlöse mich durch die Gnade deiner allerreinsten Mutter und die göttliche Kraft des lebendig machenden Kreuzes, welches du erduldet hast, o langmütiger und erbarmungsvoller Jesu, auf daß du erlösen möchtest dein gefallenes Geschöpf, welches dein Bild und deine Ähnlichkeit trägt. Amen.«

Der alte Mann starb, und wer sollte ihn beerdigen?

Der Abt des katholischen Klosters erbot sich dazu, aber die Frau lehnte es ab.

»Nur Sie, Herr Pastor, nur Sie könnte ich am Sarge meines

Mannes ertragen, Sie haben sich uns gegenüber als wahrer Christ gezeigt, wie der barmherzige Samariter haben Sie an Batuschka gehandelt, daher bitte ich Sie, dem Dahingegangenen das letzte Geleit zu geben. Wer weiß, wo der nächste Priester von uns sein mag? Aber Gott ist überall, er ist auch mit uns Verlassenen«, die alte schwere Frau verneigte sich leicht und schlug das Kreuz über sich. Unter diesem Zeichen hörten alle menschlichen Gegensätze auf, es war einerlei, welcher Konfession man angehörte, ob man Anhänger der russischen Kirche war, die sich die rechtgläubige nannte, ob man der katholischen, der alleinseligmachenden, angehörte, oder ob es der Vertreter der evangelischen Kirche war, der als berufener und verordneter Diener das Wort Gottes verkünden mußte, unter diesem Zeichen waren alle Menschen Kinder eines Vaters, die in brüderlicher Gemeinschaft zueinander stehen mußten. Der Pastor stand nicht allein bei den Feierlichkeiten zu der Beerdigung des russischen Geistlichen. Er vollzog sie nach evangelischem Ritus, und seine Gemeinde half ihm bei diesem Liebesdienst. Er hatte versucht, in die Tiefe des russischen Glaubens zu steigen, und hatte in einigen Schriften, die er über die Ikonenmalerei besaß, gelesen. Wer im Antlitz den Menschen finden wolle, müsse ihn in Liebe suchen, hieß es da. »Hast du deinen Bruder gesehen, dann hast du deinen Herrn gesehen.« Sorgfältig arbeitete er an dieser Rede, die er in russischer Sprache hielt.

Als der Sarg hinausgetragen wurde, warf sich die Witwe über das Klavier, das im Zimmer in der Ecke stand, und schrie mit lauter Stimme: »Batuschka, wo bist du?« Aber ihre Rufe verhallten, und kein Batuschka meldete sich. Die Pastorin wollte erschreckt zu ihr eilen, um sich ihrer anzunehmen, doch wurde sie zurückgehalten und belehrt, daß dieser Schrei zur guten Sitte gehöre, er müsse von der Witwe ausgestoßen werden, um noch einen letzten Versuch zu unternehmen, den Verstorbenen im Hause zu bannen.

Der Sommer, der nun folgte, brachte viel schweres Leid. Eine Ruhrepidemie brach aus, ganze Familien starben aus. Tag für Tag wurde der Pastor zu den Kranken geholt, kam mit ihnen in Berührung, aber wie durch ein Wunder blieben im Pastorat alle von der Seuche verschont. Anfang September flaute die Krankheit ab, und der Pastor sagte mit einem Seufzer der Erleichterung zu seiner Frau: »Dieses Mal sind wir verschont geblieben. Gott sei Dank!« Doch bald darauf fühlte sich Frau Käthe nicht wohl, vielleicht war es eine Erkältung? Leichtes Fieber stellte sich ein, dann schien es ihr, als sei es schon wieder besser geworden, aber der Pastor bat doch den Militärarzt, nach seiner Frau zu sehen. Der machte gleich ein ernstes Gesicht, und sie mußte ins Bett. Es kamen Wochen, Monate, in denen schwere Sorgen über dem Pastorat hingen. Während Frau Käthe im hohen Fieber lag, wurde der zweite Sohn geboren. Zuerst schien er ein kräftiges Kind zu sein, aber nach zwei Wochen erkrankte er, und auch die beiden kleinen Mädchen hatte die tückische Krankheit erfaßt. Besonders Elsi, die Ältere, fieberte sehr hoch. Am Krankenbett der Mutter, der es anfing besser zu gehen, wurde der Sohn getauft. Er lebte nur noch wenige Stunden und starb dann. An dem Tage, als Siegfried, diesen Namen hatte er erhalten, er sollte den Sieg und Frieden bringen, zum Friedhof hinausgetragen wurde, durfte die Mutter zum erstenmal nach einem monatelangen Krankenlager aufstehen.

Elsi lag völlig apathisch da, bläuliche Schatten spielten um ihre Augen. »Mein Gott, du kannst nicht so grausam sein und uns das dritte Kind nehmen«, schrie es in ihr. Die Kleine glühte wie im Feuer und war dabei totenblaß.

Der Pastor kam noch einmal schnell herein. Er war schon im Talar, um seinen Sohn auf den Friedhof zu geleiten. Die Eltern standen Hand in Hand vor dem Krankenbett der Tochter, nebenan lag die Leiche des Sohnes. Hier kämpfte noch das Leben mit dem Tode. Wer würde siegen?

Es gibt ein Übermaß an Leid, so daß man den einzelnen Schmerz nicht mehr erfassen kann. Käthe war es, als sei sie erstarrt. Wann fiel aus dem drohenden Wolkenballen der nächste verderbenbringende Blitz?

»Ich muß gehen«, sagte der Pastor.

»Nein, bleibe, sieh doch nur, wie elend sie ist ...«

In diesem Augenblick hob das Kind etwas den Kopf und nieste, nieste kräftig dreimal ... »Fritz«, rief sie, »Elsi hat geniest, das ist ein gutes Zeichen, schilt nicht, ich fasse es als einen Wink Gottes auf, den er uns in unsere Angst als Trost geschickt hat. Mutter, Elsi hat geniest ...«

»Nun siehst du, mein liebes Kind, es wird alles gut werden«, tröstete die Mutter. Auch in den schwersten Stunden besaß sie eine unerschütterliche Zuversicht, daß sich alles zum Besten wenden würde.

Ein treuer Freund war ihnen in dieser schweren Zeit der Militärarzt gewesen. Er war oft zweimal am Tag gekommen, und heute am Begräbnistag hatte er sich zum Abend angemeldet und gleich mitteilen lassen, er bringe zum Essen noch einen Kameraden mit.

Pastors waren gerührt über seine Fürsorge, denn sie wußten, daß er sie nicht allein lassen, daß er ihnen dadurch eine Ablenkung verschaffen wollte.

Jeden Abend zitterte Käthe vor dem Augenblick, wenn bei den Kindern die Temperatur gemessen werden mußte.

Jeden Tag und jeden Tag war sie 40 und über 40 gewesen, die Quecksilbersäule stieg und stieg ... nahm das denn kein Ende ...?

Heute wollte es der Arzt selbst tun. Frau Käthe wagte während dieser Minute kaum zu atmen, ihr Herz schlug hörbar, es mußte ja bei Elsi wieder schlimm sein, wie blaß hatte das Kind ausgesehen ... bei Trudi war es niemals so hoch gewesen ... Jetzt kam der Doktor mit dem Fieberglas aus dem Kinderzimmer. »Wieviel?« fragte sie mit vor Angst weit aufgerissenen Augen. »Zum erstenmal seit Wochen unter 39, es ist genau 38,8.« Gott hatte Erbarmen gehabt. Sie bedeckte ihr Gesicht mit beiden Händen. »Gott sei gedankt, Gott sei gedankt.« Dann hörte sie die Stimme des Arztes sagen: »Die Krankheit scheint ihren Höhepunkt überschritten zu haben. Es ist nun nicht gesagt, daß sie mit einem Schlage aufhören wird, aber sie ebbt ab ... ich hoffe, daß es von Tag zu Tag besser werden wird.«

Besser, jeden Tag besser und einmal gut, einmal werden alle gesund sein, ihre lieben kleinen Mädchen wieder herumspringen ... und die Söhne? Die lagen auf dem Friedhof ... still ... »Laß dir an meiner Gnade genügen«, ging es ihr durch den Kopf.

»Und Sie«, wandte sich der Arzt energisch an die Pastorin, »marsch ins Bett, ohne Widerrede, für den ersten Tag war es reichlich. Ihren Mann belegen wir aber noch mit Beschlag, der hat unsere Gesellschaft nötig und Sie den Schlaf.«

Drei Monate hatte die tückische Krankheit, der Typhus, im Pastorat geherrscht. Jetzt hatte er endlich ein Ende gefunden.

»Nun kann auch ich auf Urlaub gehen«, erklärte der Doktor eines Tages, »das Pastorat braucht mich nicht mehr, die Kranken werden von selbst gesund. Aber eine Einquartierung werde ich Ihnen noch besorgen, eine dauernde, dieser tägliche Wechsel ist unerträglich. Andererseits wird es gut sein, wenn Sie möglichst viel abgelenkt werden, und dafür wird Hauptmann Heinrichs der richtige Mann sein. Er ist ein komischer Kauz, aber es läßt sich mit ihm leben.«

Was war doch der Doktor für ein gütiger Mann, seine Fürsorge tat allen wohl. So zog dann Hauptmann Heinrichs aus dem Schloß ins Pastorat.

»Als Beschützer komme ich zu Ihnen«, verkündete er großspurig, »solange ich bei Ihnen bin, wird Sie kein anderer belästigen.« Das war nun sehr angenehm, aber tatsächlich war er, wie er sich ausdrückte, dem »trauten Kameradenkreis entflohen«, wo einer sich immer mehr als der andere mit Arbeit brüstete, in der er geradezu ersticke. Sie waren lauter Helden, die auf die Etappe schimpften und es nicht erwarten konnten, an die Front gerufen zu werden. »Ich kenne das«, sagte er, »aber sie sind hier alle so unentbehrlich.«

Er machte aus seiner Einstellung kein Hehl. Mit einer geradezu kindlichen Offenheit erzählte er, daß er sich nur bemüht habe herauszukommen, um das Eiserne Kreuz zu erhalten, sonst hätte er nicht daran gedacht, Berlin, sein wunderschönes Berlin, zu verlassen, in dem er Polizeioffizier sei, eine komfortable Wohnung, eine Frau und zwei Töchter habe, aber es sei ja direkt peinlich, sich ohne diese Auszeichnung auf der Straße zu zeigen.

Er hoffe, daß sein Gastspiel hier nicht länger als ein Jahr zu dauern brauche. »Das ist ein komischer Kauz«, urteilte der Pastor milde. Im Zusammenleben erwies er sich als angenehm. Er war immer guter Laune. Sein Wahlspruch, den er oftmals wiederholte, lautete: »Wenn ich die Sahne habe, können die andern in Milch schwimmen.«

Frau Käthe bekam ab und zu pädagogische Anwandlungen und wollte ihn erziehen, ihm eine andere Lebensauffassung beibringen, aber dann meinte er: »Sie sind noch so herrlich jung, aber Sie lernen es auch noch, daß Armut nicht glücklich macht und Reichtum keine Schande ist.« Aus diesem Grunde hatte er eine sehr reiche Frau geheiratet. »Bei meinem Äußeren war das nicht weiter schwierig«, meinte er. Seine naive Selbstbewunderung wirkte auf alle erheiternd.

Am Sonnabendnachmittag fuhr er zu einer befreundeten Familie nach Memel und kehrte erst am Sonntagabend zurück. In sein Büro, das im Gemeindehaus untergebracht war, ging er nur einmal am Tag, um Unterschriften zu leisten, sonst überließ er die ganze Spionageabwehr seinen Untergebenen.

Zu Weihnachten würde er natürlich nach Hause fahren, er hoffte drei Wochen Urlaub zu bekommen, dann käme ja auch bald Ostern. Man müsse sehen, das Jahr so angenehm wie möglich zu verbringen.

Frau Käthe platzte manchmal die Geduld, und sie äußerte stürmisch ihre Gefühle. Das Vaterland stehe im Kampf um Sein oder Nichtsein, und er denke nur an sich. Dann lachte er laut auf und fragte: »An wen soll ich denn sonst denken? Aber Ihre Ansichten, gnädige Frau, sind mir durchaus bekannt, ich habe nur keine Lust, mich in Ungelegenheiten zu stürzen. Mein Onkel hat mir schon, als ich noch Schüler war, gesagt: ›Willibald, du hast eine blühende Handschrift, du wirst im Leben vorwärtskommen‹, da hat er nun recht gehabt. Es würde mich interessieren zu erfahren, was Sie zu ihr sagen, ich schreibe Ihnen gleich was vor.«

Er tat es. »Was halten Sie davon, Herr Pastor?« Er reichte ihm das Blättchen.

Der Pastor wehrte ab: »Von diesen Dingen verstehe ich nichts, fragen Sie lieber meine Frau. Außerdem halte ich nicht viel davon.«

»Aber ich bitte Sie, das ist doch das Allerneueste ... in der Handschrift zeigt sich der ganze Mensch.«

»Ich bin eben sehr rückständig«, beharrte Stephani und meinte, daß sich die Art des Menschen in seiner Haltung, in seinem Tun und Reden, in allem zeige und nicht nur in der Handschrift.

Frau Käthe blickte unterdessen auf die Zeilen.

»Nun, und wie ist Ihre Meinung?« fragte Heinrichs gespannt. Wie treffend offenbarte ihn diese Handschrift, es war die Bestätigung ihres Urteils über ihn. Sie war nicht ohne Schwung, aber von einer Selbstgefälligkeit, von einer Unbekümmertheit, die beispiellos war. Striche und Schnörkel nicht nur beim Namenszug, sondern bei jedem Wort. Was sollte sie ihm sagen? Er wartete darauf.

»Soll ich ganz ehrlich sein?« fragte sie. Er nickte ermunternd mit dem Kopf, daß es etwas Ungünstiges sein könnte, darauf kam dieser Mensch überhaupt nicht. Ihr Mann sah sie warnend an.

Sie kniff die Augen zusammen, und nun wußte der Pastor, daß irgendeine ihrer Spitzbübereien komme.

»Ich sehe aus dieser Handschrift«, sagte sie ihn ernst ansehend, »daß Sie unwiderstehlich sind ...« Der Pastor wandte sich schnell ab, er wäre beinah losgeprustet, es fehlte nur noch, daß sie ihm die Zunge gezeigt und »etsch, etsch« geschrien hätte.

Der so Charakterisierte jedoch lehnte sich in den Stuhl zurück und sagte geziert: »Aber gnädige Frau! – Nun, was sagen Sie nun, Herr Pastor, Ihre Frau hat es gleich erkannt.«

»Meine Frau, Herr Hauptmann, ist eben außergewöhnlich begabt.« Nun war es mit Frau Käthes Selbstbeherrschung vorbei, sie lachte, daß sie sich bog. »Wir sind ein feines Trio«, sagte sie, sich noch immer amüsierend, »der unwiderstehliche Hauptmann, die begabte Frau und der rückständige Pastor!«

Der Doktor hatte recht gehabt, dieser Hausgenosse war wirklich eine Ablenkung. Er gab täglich Anlaß zur Heiterkeit. Aber nicht nur dadurch machte er sich hier beliebt. Wirkliche Freude hatten Pastors an ihm, wenn sie gemeinsam musizierten. In der Musik besaß der Hauptmann einen guten Geschmack. Er sang gern, und der Pastor war so musikalisch, daß er jede Stimme vom Blatt mitsingen konnte. Frau Käthe begleitete sie beide auf dem Klavier.

An jedem Sonntag brachte der Hauptmann neue Noten aus Memel mit, manchmal ließ er sich auch welche aus Berlin kommen. Schubertlieder, Balladen von Löwe, Mendelssohns Duette lagen immer griffbereit auf dem Klavier.

Das waren genußreiche Stunden, die sie miteinander verbrachten. Sie wiederholten die bekannten Stücke, übten an neuen, und der Reichtum der musikalischen Welt schloß sich ihnen mehr und mehr auf.

Je weiter die Front vorrückte, desto stiller wurde es in Krettingen. Litauen erhielt eine Zivilverwaltung, Ober-Ost, die für das Land in wirtschaftlicher und kultureller Hinsicht zu sorgen hatte.

Was der Pastor trotz allem guten Willen und aller Mühe nicht hatte erreichen können, jedenfalls nicht über die schwachen Anfänge hinaus, das entstand jetzt ohne Schwierigkeiten – die deutsche Schule. Wie leicht ist es doch, etwas einzurichten, durchzuführen, wenn man die Macht hat. Die Schule wuchs, nicht nur zwanzig, dreißig Kinder besuchten sie, es waren bald fünfzig und mehr. Ein feldgrauer Lehrer unterrichtete. Als er den Unterricht nicht mehr allein bewältigen konnte, stellte er einen Antrag auf einen zweiten Lehrer. Die Antwort lautete, ein feldgrauer Lehrer sei nicht mehr übrig, falls sich aber ein einheimischer finden sollte, könnte der angestellt werden, die Kosten würde die Zivilverwaltung Ober-Ost übernehmen. Sunde wurde zweiter Lehrer. »Ach Sunde«, seufzte der Pastor, aber er schwieg. Ballermann, so hieß der reichsdeutsche Lehrer, würde schon mit ihm fertig werden. Aber nicht nur in Krettingen, auch in allen andern Städten blühten Schulen auf. Was war das für ein freundlicher, friedlicher Anblick, die Kinder jeden Morgen mit ihren Büchertaschen frei und offen in die Schule laufen zu sehen. Der Pastor hatte seine große Freude daran.

Frau Käthe verstand es, Ballermann für ihre vielfachen Wünsche einzuspannen, denn er konnte die Grenze passieren und nach Memel fahren, während es sonst allen Zivilisten verboten war. Frauen haben immer allerhand nötig, und je weniger es gibt, desto vielseitiger werden ihre Bedürfnisse, angefangen von einer Nähnadel bis zum Federhut. Ballermann war geschickt und brachte alles mit, was sie auf ihrem Wunschzettel aufgeschrieben hatte. Sie mußte nur das nötige Geld dazu geben, aber daran fehlte es oft im Krettingenschen Pastorat. Georgenburg hatte aufgehört, die Unterstützungskasse lag in Petersburg hinter der Front, und die Gemeinde hatte noch nie so viel aufgebracht, um einen Pastor zu erhalten, sie war auf Zuschüsse angewiesen. »Du mußt auch mal was für dich verlangen«, forderte Frau Käthe von ihrem Mann, »alles gut und schön, wenn du für die anderen sorgst, daß Berre Bloch Waren für seinen Laden hat, daß die Matuschka (Witwe des russischen Priesters) nicht verhungert, daß Frau Adomeit das Geld für ihr abgebranntes Häuschen bekommt, aber wir müssen auch leben . . .«

»Ich weiß nicht, wie du dir das denkst, ich kann doch nicht für mich selbst bitten. Das Konsistorium muß dafür sorgen«, verwies er sie.

»Hoffentlich dauert das nicht auch neun Jahre wie die Ehescheidung bei Brekofs.«

»Brekofs, gut, daß du davon sprichst, wir müssen die mal besuchen . . .«

Frau Käthe zog ein Gesicht. Besuche machte sie nicht gern. Merkwürdig, sie war doch sonst so umgänglich und verstand es ausgezeichnet, mit Menschen umzugehen, aber sie ging selten zu ihnen.

»Dann sind die verlegen und ich auch. Die entschuldigen sich dann immer, daß es nicht genügend sauber und ordentlich bei ihnen wäre, wenn sie gewußt hätten, daß ich komme . . . dann, ja dann hätten sie alles vorbereitet, und wenn man sich anmeldet, dann tischen sie auf wie zur Hochzeit ... Wenn sie ins Pastorat kommen, dann ist es viel zwangloser, sie selbst sind viel aufgeschlossener, und ich fühle mich freier.« Der Pastor sah nachdenklich vor sich hin. Hatte sie recht? Er hatte schon oft überlegt, worin eigentlich der Zauber seiner Frau bestand. Ob es die deutsche Gemeinde war, ob die litauische, ob es die russische Gesellschaft gewesen war oder die deutsche Besatzung, ob es ihre Hausmädchen waren oder der jüdische Kaufmann, wer sie sah, wer sie grüßte, über dessen Gesicht flog ein heller Schein. Sie war überall gern gesehen und beliebt. Dabei dachte sie gar nicht nur an die andern, sondern war sehr mit sich selbst beschäftigt. Er gab sich viel mehr Mühe, die Leute zu verstehen, sich in ihre Lage hineinzuversetzen, aber ihm gegenüber gaben sie sich lange nicht so offen wie ihr, sie blieben verschlossener. Worin bestand dies Geheimnis? Als er ihr gegenüber seine Beobachtungen aussprach, lachte sie. »Ich bin einfach menschlich.«

»Und ich nicht?« fragte er erstaunt.

»Du bist zu gut, zu gut für diese Welt, ein ständiger Vorwurf, eine Mahnung, auch so selbstlos zu sein ... während sie mich mehr für ihresgleichen halten.«

»Meinst du?« Und auf seinem Gesicht erschien dies Lächeln, das sie so in Harnisch bringen konnte.

»Du«, drohte sie ihm, »jetzt sag schon, was du denkst, was du wieder ausheckst, um mich zu reizen. Ich nehme es mit dir auf ...«

»Jetzt muß ich aber allen Ernstes dafür sorgen, daß du mir nicht ganz verweltlichst ...«

»Und ich, daß du nicht ganz vergeistigst ... mit den Füßen hübsch auf der Erde bleibst ...«

»Mein kluges Weib!«

In Schwekschni war noch immer nicht Ruhe eingekehrt. Der Generalsuperintendent meldete sich an, er wolle kommen, um an Ort und Stelle eine Einigung zu erzielen. Die Reise war nicht mehr so mühsam, denn kaum waren die deutschen Truppen ins Land gekommen, da begannen sie schon mit dem Bahnbau. Krettingen bekam eine Eisenbahn. Glatte Schienen liefen nach beiden Richtungen an dem Städtchen vorbei. Die Verbindung von der deutschen Grenze, von Bajoren bis nach Preekuln, dem russischen Bahnnetz, wurde in wenigen Monaten hergestellt.

Auf der Strecke, die das neuvermählte Pastorenpaar in Hennochs Kalesche mit Pferden einen Tag lang gefahren war, ratterte jetzt ein Zug und brachte die Reisenden in zwei Stunden hin, aber noch durften Zivilisten sie nicht benützen. Doch sie war da, die heißersehnte Bahn, und Frau Käthe träumte davon, nach Riga fahren zu können und oft die Heimat zu besuchen.

Der Generalsuperintendent hatte die Genehmigung erhalten, einen Militärzug zu benutzen.

Die Kommandantur in Krettingen stellte dem Pastor einen Schlitten mit zwei schönen Pferden zur Verfügung, um den hohen Herrn abzuholen. Frau Käthe gab Pelz und Pelzdecke mit, darin sollte der Gast eingepackt werden. Sie erteilte dem Landser auf dem Bock allerhand Verhaltungsmaßregeln. »Wir werden ihn schon richtig schaukeln«, versprach er mit freundlichem Grinsen. Der Pastor fuhr mit.

Es war nur eine kleine Strecke von fünf Kilometern, aber es war ein dunkler Abend, der Himmel bedeckt und die Luft diesig, dazu blies ein scharfer Wind. In Krettingen hielt der Zug noch nicht, sondern erst jenseits der Grenze in Bajoren, die der Pastor nur mit besonderer Genehmigung hätte passieren können, daher hatte er vorgeschlagen, und es war abgemacht worden, daß der Generalsuperintendent in Dimitrowo, der letzten Bahnstation auf russischem Gebiet, aussteige. Eine Station konnte man es eigentlich nicht nennen. Es war eine Haltestelle, eine Bretterbude, die, kümmerlich von einer Petroleumlampe erhellt, einsam und verlassen am Waldrand stand. Der Landser lenkte den Schlitten hinter die Baracke, so daß die Pferde im Windschutz zu stehen kamen. Der Pastor stieg aus, den Pferden wurde eine Decke übergeworfen. Wo war denn der Bahnsteig? Den gab es noch nicht. Nur die Schienen liefen nach der einen Seite in den Wald hinein, auf der anderen in eine offene weite Ferne.

Der wachhabende Unteroffizier kam aus der Baracke, um ihn hineinzubitten. Ob der Zug Verspätung habe, fragte ihn der Pastor. Er zuckte mit den Achseln, wer weiß das? Halbe Stunde, Stunde ... das war ja auch einerlei in dieser Wildnis, ob der Zug dann oder dann käme, öde sei es hier immer ... Stickige Luft schlug dem Pastor entgegen, als er den Raum betrat. Das eiserne Öfchen glühte und wurde ab und zu mit Holzkloben gefüttert. Ein Gespräch wollte nicht in Gang kommen. Die Männer rauchten, und nur ab und zu fielen einige Worte wie einzelne Regentropfen. Es waren lauter ältere Männer, die sich nach Hause sehnten und das Kriegsgetue, wie sie sagten, satt hatten.

»Sollen sie doch mit dem ganzen Mist aufhören«, sagte der eine, sich an die Wand zurücklehnend und die Füße weit von sich streckend.

»Wenn das mal so einfach wäre«, meinte der andere.

»Warum nicht, jeder geht in sein Land zurück und baut seinen Kohl.«

»Und wenn der andere nachkommt und ihn nicht bauen läßt?«

»Das darf er nicht, das muß vorher ausgemacht werden.«

»Also Friedensverhandlungen ...«, stellte der Pastor fest.

»Aber noch hofft jeder, den andern so weit zu bringen, daß er die Bedingungen diktieren kann. Wehe dem Besiegten! Daher hat es doch einen Sinn, hier an diesem Waldrand Wache zu schieben und auf den nächsten Zug zu warten.«

»Pfeift er nicht schon?«

Sie stürzten hinaus, der Pastor mit ihnen. Weit in der Ferne aus der Schneise des dunklen Waldes blinkten ein paar Lichtlein auf. Näher und näher schoben sie sich, größer und größer wurden sie. Schnaufend, pustend schnob er heran, an ihnen vorüber. »Der hält ja gar nicht«, rief der Pastor enttäuscht.

»Doch, doch«, beruhigte ihn der Unteroffizier, »das ist jeden Abend dasselbe, bei der schlechten Sicht trifft er nicht die Haltestelle und zieht zu weit vor. Bleiben Sie ruhig hier stehen, wer aussteigt, muß hier vorübergehen.« Der Pastor stand und wartete. Es war ein endlos langer Zug mit Personen- und Güterwagen. Niemand zeigte sich. Er hatte es aber dem Generalsuperintendenten genau geschrieben, den Namen genannt: Dimitrowo. Ein Pfiff! Der Zug setzte sich in Bewegung, keiner war ausgestiegen, kein Soldat, kein Zivilist, kein Generalsuperintendent.

»Kommt heute, vielleicht in der Nacht, noch ein Zug?« erkundigte sich der Pastor.

»Nee, nee ... so'n D-Zugverkehr haben wir nun doch nicht«, wurde ihm gesagt, »der nächste ist erst am nächsten Morgen um 6.45 Uhr fällig.«

Sollte er mit dem kommen? Noch einmal, bevor er in den Schlitten stieg, blickte er sich nach allen Seiten um, es war niemand zu sehen. Nur die Schienen liefen nach rechts und links, und der Wald stand dunkel und schweigend da.

»Allein?« fragte ihn Frau Käthe erstaunt, als er mit den Pelzen ins Haus trat.

»Er ist nicht gekommen.«

»Nicht gekommen, wie ist das möglich? Am Ende ist er vorbeigefahren.«

Der Pastor machte eine unwillige Gebärde ... So was einem Generalsuperintendenten zuzutrauen.

Im Speisezimmer brummte der Samowar, der Tisch war gedeckt, allerhand gute Gaben, Leckerbissen für diese Kriegszeiten, standen appetitlich hergerichtet da.

»Jetzt setzen wir uns mal richtig dran«, entschied der Pastor, den Tisch mit Vergnügen betrachtend.

»Und wenn er doch noch kommt?«

»Das ist unmöglich ... vor morgen früh kann er nicht.«

Mit gesundem Appetit labten sie sich an den guten Dingen.

»Jetzt tu mir einen Gefallen und laß wenigstens noch ein Ei ...«

»Warum?«

»Für alle Fälle.«

»Du hast Ideen ... es lockt mich aber so ... nun, dir zuliebe verzichte ich.« Der Eßtisch wurde abgeräumt, die große Lampe ausgelöscht, der Pastor zündete eine Kerze an, um ins Schlafzimmer zu gehen. Da schlug der Hund an. Sie horchten auf. Die Pforte zur Straße knarrte. Da ist doch jemand ... schon klopfte es an die Tür. Als der Pastor sie öffnete, stand der Generalsuperintendent in recht mitgenommenem Zustande vor ihm. Woher? Aus Bajoren? Warum nicht wie abgemacht in Dimitrowo? Dort wäre alles dunkel, abweisend gewesen, sagte er, er hätte keinen Schlitten, keinen Menschen, keine Station gesehen, nur weites Feld und schwarzen Wald ... da habe er gedacht, in Bajoren gebe es doch sicherlich Häuser, Menschen ... das habe er da freilich gefunden, doch habe er von dort das Stück zu Fuß gehen müssen ...

»Pfui, wie sehe ich aus«, rief er und griff entsetzt nach seiner schiefgerutschten Krawatte.

Frau Käthe warf ihrem Mann einen triumphierenden Blick zu, als sie das gerettete Ei ihrem Gast vorsetzen konnte.

Am nächsten Morgen wurde der Pastor schon früh abgeholt. Er mußte zu einem Kranken in ein nicht allzu weit gelegenes Dorf, aber vor elf Uhr konnte er doch nicht zurück sein, und der Schlitten zur Weiterfahrt für den Generalsuperintendenten war schon für neun Uhr bestellt worden. Nun mußte Frau Käthe ihm die Verzögerung mitteilen. Er zog wohl zuerst die Stirn kraus, aber als sie ihn fragte, wie er geschlafen habe, lächelte er zufrieden. Wie schon lange, lange nicht mehr. »Durchgeschlafen habe ich wie ein Kind, ich kann mich gar nicht mehr erinnern, wann ich das letztemal einen so erquickenden Schlaf gehabt hatte.«

»Das macht der nächtliche Spaziergang, Herr Generalsuperintendent, der hat das bewirkt, und wenn Sie sich jetzt noch ein wenig Ruhe gönnen, bevor Sie die ermüdende Fahrt antreten, so fünfzig Kilometer im Schuckeltrab – das ist keine Kleinigkeit . . .«

»Oh«, unterbrach er sie, »ich weiß, was das bedeutet, in Kurland fahren wir auch so weite Strecken mit Pferden . . .«

»Aber da gibt es bessere Wege als hier in Litauen . . .«

»Das allerdings«, nickte er zustimmend.

»Für mich«, setzte sie die Unterhaltung fort, »ist es eine ganz besondere Freude, mich mit Ihnen unterhalten zu können, einmal heimatliche Laute zu hören, Ihrer Stimme zu lauschen . . . ein Genuß.«

Er lachte herzlich. »Sie verstehen wirklich, einen bei Laune zu erhalten, und ich bin gern bereit, Ihnen so viel zu erzählen, wie Sie es sich wünschen.«

»Das ist herrlich, bitte setzen wir uns hier, und ich werde mich von dem Atem der großen Welt anwehen lassen.«

»Sie haben ganz recht, die alte Herzogsstadt Mitau ist wirklich bedeutend geworden. Könige und Fürsten besuchen sie«, und dann schilderte er ihr, wie er den König von Sachsen begrüßt hätte, wie er den preußischen Prinzen Eitel Friedrich und Joachim die bedeutendste Kirche Mitaus gezeigt hätte, und wie er besonderen Wert darauf gelegt hätte, sie mit den Verhältnissen im Lande vertraut zu machen.

»Nun, hatten Sie den Eindruck«, fragte Frau Käthe, »daß diese jungen prinzlichen Herren Interesse dafür hatten?«

»Zum mindesten hörten sie höflich zu und stellten ab und zu auch mal eine Frage. Dem einen imponierte es, daß die Balten den Ostseeprovinzen ohne Waffengewalt das deutsche Gesicht des Landes so lange erhalten hatten. Ich habe natürlich da eingehakt und Beispiele angeführt, wie fortschrittlich der deutsche Adel, die Ritterschaft sich verhalten hat, schon 1819 hat sie die Leibeigenschaft im Baltikum aufgehoben, freiwillig, in Rußland wurde sie erst fünfzig Jahre später beseitigt. Das betone ich jetzt immer wieder, da gerade von der deutschen Besatzung aus soviel Tadel an dem Verhalten des Adels laut wird . . . Egoisten seien sie, saugen das Land aus . . . Das stimmt nicht . . .«

Im übrigen war der Generalsuperintendent voller Zuversicht und sah die Zukunft in rosigen Farben. Eine neue Zeit würde anbrechen, denn die Ostseeprovinzen würde das deutsche Reich nicht mehr aus den Händen geben. Es sei nicht ausgeschlossen, daß Kurland wieder Herzogtum würde, ebenso Litauen. Der Gang der Ereignisse zeige es deutlich. Es bestehen schon überall Zivilverwaltungen wie auch hier in der Hauptstadt des Landes, in Kaunas an der Memel, die Bevölkerung habe deutsche Personalausweise erhalten, eine neue Währung, das Ober-Ostgeld, sei auch schon eingeführt worden. Nun nahm die Pastorin die Gelegenheit wahr und schilderte ihm ihre bedrängte wirtschaftliche Lage. Ein Teil ihrer Gemeinde sei verschleppt, dadurch hätten sich die Einnahmen verringert und alle Zuschüsse von außen fehlten. Er zeigte Verständnis dafür und meinte, daß sich das von Grund aus ändern würde, wenn erst der offizielle Anschluß käme, dann würde der Osten evangelisches Land werden unter der Führung Preußens und dem evangelischen Königshause der Hohenzollern. Sie folgte begeistert seinen Ausführungen, und die Zeit verging schnell in angenehmen Gesprächen. Ganz überrascht waren sie, als der Pastor ins Zimmer trat. Wenn das doch alles Wirklichkeit würde, was sie eben gehört hatte. Aber noch herrschte Krieg.

In Schwekschni wurde eine Einigung erzielt. Die Kirchenältesten versprachen, nicht mehr gegen Kantor Kanning zu hetzen. Der schwerkranke Mann erweckte ihr Mitgefühl. Ab und zu krümmte er sich unter Krämpfen. Trotzdem hielt er jeden Sonntag den Lesegottesdienst und erteilte die Konfirmationsstunden. Der deutsche Militärarzt im Städtchen, welches Glück, daß er da war, behandelte ihn und verschaffte ihm Erleichterungen.

»Sie konnten nicht anders handeln«, bekannte der Generalsuperintendent auf dem Rückweg. Vorher hatte er Stephani Vorwürfe gemacht, er habe seinen Kopf durchsetzen wollen, und er hätte mehr auf die Gemeinde hören sollen. »Ich habe auch den Eindruck gewonnen, daß böswillige Verleumdungen ihm das Leben erschwert haben.«

Dieser Besuch hatte belebend gewirkt, nicht nur durch die hoffnungsvollen Zukunftsaussichten, sondern er brachte auch noch einen finanziellen Vorteil. Der Generalsuperintendent hatte dem Kreishauptmann einen Besuch gemacht und über die wirtschaftlichen Verhältnisse des Landes gesprochen und die des Pastors im besonderen. In den nächsten Tagen wurde dem Pastor vom Kreishauptmann eine größere Summe als Überbrückungsgeld überwiesen. Frau Käthe jubelte: »Das hast du nur mir zu verdanken, nur mir.«

»Nicht nur das ...«, bekannte der Pastor, sie herzlich ansehend. Es begann eine glückliche Zeit für sie. Die wirtschaftlichen Sorgen waren nicht mehr so drückend, und der Pastor vergrub sich in eine Arbeit, die der Generalsuperintendent angeregt hatte. Er sollte über die Selbstbesteuerung der evangelischen Gemeinde schreiben. Dazu mußte er die Akten des Kirchenarchivs durchlesen, ordnen. Das war für seine Forscherlust eine Freude. Fast alle Akten waren in polnischer Sprache verfaßt, aber auch das hinderte ihn nicht, sie zu lesen. Mit Hilfe einer Polin übersetzte er sie und benutzte jeden freien Augenblick, sich ihrem Studium zu widmen. Von Anfang bis zu Ende wurde er von dieser Arbeit gefesselt.

In dieser Zeit wurden zwei Söhne geboren, zwei Söhne, die schon bei ihrer Geburt deutsche Staatsangehörige wurden. Die beiden Mädchen waren noch zur Russenzeit geboren, aber die Söhne unter deutschem Schutz.

Als die Arbeit ihres Mannes gedruckt auf dem Tisch lag, blätterte sie voller Stolz darin, aber sie zu lesen, dazu kam sie nicht. Nur die Urteile über sie von den Amtsbrüdern in den kirchlichen Blättern sammelte sie und freute sich über die Anerkennung, die ihrem Mann zuteil wurde. Sie hielten es alle für einen wesentlichen Beitrag zur Geschichte der evangelischen Gemeinden des Ostens.

»Nein, so geht es wirklich nicht«, erklärte sie eines Abends, »ich muß doch wenigstens die Doktorarbeit meines Mannes kennen, gib sie mir her, ich werde sie mir auf den Nachttisch legen und ernstlich darangehen.«

»Dein Interesse ehrt mich«, versicherte er ihr, »aber das Beste habe ich dir schon vorgelesen und das andere, die trockene Wissenschaft, will ich dir nicht zumuten. Die Freude, ein Exemplar bei der Hand zu haben, die will ich dir nicht nehmen, hiermit überreiche ich es dir zu erb und eigen.«

Es war eine umfangreiche Schrift, wie sollte sie die Zeit dazu finden?

Hauptmann Heinrichs war nach Ablauf eines Jahres mit dem Eisernen Kreuz nach Berlin zurückgekehrt, aber auch sein Nachfolger zog wieder ins Pastorat.

Die vier Kinder und viel Besuch nahmen ihre Zeit völlig in

Anspruch. Über den Titel kam sie wirklich nicht hinaus, aber der klang ihr so gelehrt, daß sie darin allein Genüge fand:

»Die kirchliche Selbstbesteuerung der evangelisch-lutherischen Gemeinde zu Krettingen. – ›Eine Untersuchung über ihre Entstehung, ihr Wesen und Recht‹, von Pastor Fritz Stephani. – Gewidmet dem Generalsuperintendenten von Kurland, auf dessen Anregung die Arbeit entstand.«

War es wirklich möglich, waren wirklich nur wenige Jahre vergangen, waren es nicht Jahrzehnte? Welcher Sturz in die Tiefe!

Im Herbst 1918 zogen die letzten deutschen Truppen durchs Land. Auf stolzen Rossen waren sie ausgezogen, auf Panjepferdchen kehrten sie zurück.

Nichts von den Hoffnungen hatte sich erfüllt, nichts!

Des Pastors stille Studierstube war angefüllt mit den Polstermöbeln aus ihrem großen Gesellschaftsraum. Zwanzig litauische Soldaten hausten jetzt darin. Ja, litauische. Seit wann hatte denn Litauen eignes Militär? Seit die Siegermächte Litauen zu einer selbständigen Republik gemacht hatten. Das war so schnell gekommen, so über Nacht, daß man es kaum fassen konnte. Zur Strafe dafür, daß der Pastor einen Feind Litauens – er hatte nicht geahnt, daß der deutsche Hauptmann einer neuorganisierten russischen Westarmee unter Führung des Fürsten Bermont-Awalow ein Feind sei –, daß er diesen angeblichen Feind im Pastorat aufgenommen hatte, hatten sie diese Einquartierung bekommen. Bermont-Awalow mußte flüchten, die Formation wurde aufgelöst, und der Hauptmann ging nach Deutschland zurück. Der Pastor aber wurde zur Verantwortung gezogen und mußte zwanzig Rekruten, Soldaten waren es ja noch nicht, es sollten erst welche werden, in seinem Hause aufnehmen. Er saß an seinem Schreibtisch, hielt mit beiden Händen seinen Kopf und hatte die Augen geschlossen. War es ein Unrecht gewesen, sich an den Erfolgen seines Volkes zu freuen, sich zu wünschen, unter seinen Schutz zu kommen? Wäre es nicht zum Segen des Landes gewesen? Statt hundert Jahre russischen Druck und Gleichgültigkeit, hundert Jahre deutsche Ordnung und Aufbau.

Oh, dieser Lärm von nebenan. Zwanzig Paar Soldatenstiefel können nicht lautlos treten. Er empfand es wie einen körperlichen Schmerz. Es sollte ja auch für ihn eine Kränkung sein, es lag keine Notwendigkeit vor, er sollte dadurch gedemütigt werden.

Warum? Hatte er sich nicht bemüht, jedem zu helfen?

Seine Frau steckte den Kopf zur Tür hinein. »Wir wollten doch in die Stadt gehen, kommst du?« mahnte sie.

»Ja, ja, ich komme gleich«, rief er ihr zu.

In dem Augenblick klingelte es an der Haustür. Er ging öffnen. Ein deutscher Hauptmann mit Adjutanten stand vor ihm, von einer der letzten Truppeneinheiten, die noch durchzogen. Er bat um Quartier. Unmöglich, zwanzig litauische Soldaten haben das Pastorat belegt.

»Was? Litauische Soldaten im deutschen Pfarrhause, unerhört!«

»Ich bedaure es außerordentlich, Ihnen absagen zu müssen, aber Sie sehen selbst, daß es nicht anders geht, beim besten Willen können wir es nicht einrichten«, entschuldigte sich der Pastor und bildete sich ein, damit die Sache erledigt zu haben.

Sie gingen in die Stadt. Es war ein milder Herbsttag, die Sonne schien, und alle Schwere der Zeit schien leichter zu werden in der klaren, kühlen Luft.

»Wollen wir noch ein Stück die Allee hinuntergehen«, schlug er vor. »Es tut einem so gut, zu sehen, daß die Welt nicht am Ende ist, daß sie weiterlebt im Werden und Vergehen.«

An Dr. Attelmayers Villa gingen sie vorüber. Was waren das noch für gemütliche Zeiten gewesen, da der alte Herr hier gewohnt hatte. Wie weit lagen sie zurück!

Es mochte wohl eine Stunde gedauert haben, ehe sie wieder in die Nähe ihres Hauses kamen. Aber was war das? Wer stand denn da am Zaun entlang? In Reih und Glied angetreten?

Die litauischen Soldaten, zu ihren Füßen die Strohsäcke, darauf sie geschlafen hatten. Um Gottes willen, was war geschehen?

Pastors beschleunigten ihre Schritte. Alle Fenster des großen Zimmers waren weit aufgerissen, und darinnen waren deutsche Soldaten beschäftigt, sich einzurichten.

»Meine Herren, was haben Sie getan. Sie stürzen uns ins Unglück!« wandte sich der Pastor erregt den Offizieren zu: »Mir wird das zur Last gelegt werden. So als ob ich eine fremde Gewalt gerufen habe, mich von dem hiesigen Militär zu befreien. Das wird mir als Landesverrat vorgeworfen werden, und belastet bin ich schon sowieso.«

»Sie sind doch nicht so naiv«, verteidigte sich der Hauptmann, »anzunehmen, daß Sie hier noch bleiben können.«

»Allerdings, das bin ich«, antwortete der Pastor.

»Dann können Sie und Ihre Familie mir nur leid tun. Sie müssen natürlich mit. Wir sind die letzten Soldaten, die diesen Boden verlassen, und nehmen Sie alle mit, alle, mit Hab und Gut. Sie stehen von jetzt ab unter meinem Schutz.«

Der Pastor schüttelte den Kopf. »Ich danke Ihnen für Ihr Anerbieten, aber so einfach geht es nicht!«

»Warum nicht, ich bin zu jeder Hilfe bereit. Fünf bis sechs Tage werden wir uns hier wohl noch aufhalten.« Damit wandte er sich wieder seinen Soldaten zu.

»Du mußt fort, unbedingt«, verlangte Frau Käthe.

»Ohne euch – auf keinen Fall.«

»Dann alle ...«

»Wohin?«

»Das wird sich finden. Die Amtsbrüder in Memel werden uns nicht im Stich lassen.«

Das taten sie auch nicht. Der Superintendent aus Memel schickte, als er davon gehört hatte, eine Nachricht, der Pastor könne dort sofort eine Stelle bekommen. Schwarzort auf der Kurischen Nehrung sei vakant, er würde dafür sorgen, daß er dahinkäme.

War dieses Angebot nicht verlockend? Frau Käthe war begeistert. Die litauische Ortskommandantur verhängte eine Geldstrafe wegen Zuwiderhandlung militärischer Verordnungen, es ging immer noch um den Angehörigen der Bermont-Awalow-Armee, von zweitausend Mark. Wo sollte er die hernehmen? War es wirklich so, wie der Hauptmann es gesagt hatte, daß seines Bleibens hier unmöglich war? In aller Eile berief er eine Kirchenältestensitzung ein. Bestürzt hörten diese von den Vorgängen, standen aber ganz auf der Seite des Pastors, sie fanden, daß er kein Unrecht begangen habe. Das Militär hatte die Macht in den Händen, die einen wie die andern, und ein Zivilist konnte sich nicht gegen sie wehren.

Einige erboten sich, gleich zum Kommandanten zu gehen, um mit ihm zu sprechen. Doch der ließ sie gar nicht vor. Es hieß, er wäre verreist. Unverrichteter Sache kamen sie in das Gemeindehaus, das nach Auflösung der deutschen Verwaltung leer stand und in dem die litauischen Soldaten eine geräumigere Unterkunft gefunden hatten als in dem einen Zimmer im Pastorat, aber man wollte ja den Pastor treffen. Die Kirchenältesten blickten sich unschlüssig an, einesteils wollten sie den Pastor halten, andererseits waren sie sich auch voll bewußt, welche Folgen es haben könnte, wenn er doch vors Kriegsgericht käme.

Die Geldstrafe war das wenigste, die würden sie schon aufbringen. Zweitausend Mark, gab der Pastor zu bedenken, wäre eine große Summe, die er nicht bei der Hand habe. »Ach«, meinten sie, »das würde gehen.« Dem Pastor war es ein unangenehmer Gedanke, so in Abhängigkeit zu geraten. Er schlug ihnen vor, es noch einmal mit dem Kommandanten zu versuchen, ihm die ganze Angelegenheit vorzutragen und zu versichern, daß kein böser Wille vorgelegen habe. So gingen sie unentschieden auseinander. Was sollte er tun: bleiben oder gehen? Wenn er an seinen alten Senior dachte, dann rief es in ihm, unbedingt bleiben, wenn er an seine Familie dachte, dann meinte er gehen zu müssen. Mit seiner Frau konnte er nicht darüber sprechen, die war fest entschlossen, ihn mit allen Mitteln dazu zu bewegen, mit den deutschen Truppen mitzuziehen. Sie sah nur die Vorteile, gesichertes Einkommen, Schulen für die Kinder. »Es wäre ja Wahnsinn, diese einmalige Chance nicht auszunutzen . . . warum siehst du denn darin nicht eine Führung, eine Fügung, sonst bist du doch immer der Ansicht, daß wir geführt werden? Gilt denn das nur, wenn etwas Ungünstiges, Schweres bevorsteht, nicht auch einmal zum Besseren?«

Nein, nein, auf sie konnte er diesmal nicht hören, er mußte das ganz allein für sich durchdenken, sich durchringen. Der Gedanke, die Gemeinde, mit der er sich so gut verstand, mit der er so eins im Glauben war, verlassen zu müssen, erschien ihm als ein Unrecht. Und die Seinigen? Hatte er nicht auch ihnen gegenüber Verpflichtungen? Mit diesen Erwägungen, in diesen Zweifeln verging ein Tag, folgte eine unruhige Nacht. Noch konnten sie ruhig schlafen unter dem Schutz des deutschen Militärs, aber was würde sein, wenn die Soldaten abzogen? Er versuchte sich zu beruhigen. Auch der sich neubildende Staat würde ein Rechtsstaat werden. Es war nicht anzunehmen, daß sich eine Willkürherrschaft bilde, dazu war der Litauer ein zu besonnener Mann. Die Siegermächte hätten sie sonst nicht selbständig gemacht. Die Ostseeprovinzen und Litauen waren zu selbständigen Staatsgebilden ernannt, um Pufferstaaten gegen den roten Osten zu sein. Der neuen Regierung würde es daran liegen, Ruhe im Land zu haben, so schnell wie möglich eine Ordnung herzustellen.

In der Stadt war man empört über das Verhalten dem Pastor gegenüber, man hörte tadelnde Stimmen: »Wenn sie schon so anfangen, dann wird es ja schlimm genug werden, dann kommen wir vom Regen in die Traufe.«

Frau Käthe hielt sich nicht mit quälenden Gedanken auf. Sie packte Koffer, verhandelte mit dem Hauptmann um möglichst viele Fuhren, die er zu stellen versprach.

Die Sachen sollten über die Grenze geschafft werden, nur vier Kilometer jenseits der Grenze zum nächstliegenden Amtsbruder, der würde sie alle aufnehmen. Diese kleine Strecke konnten die Fuhren mehrere Male am Tage hin und hergehen. Morgen schon wollte sie den ersten Wagen abschicken. Dann sollte ihre Mutter mit den Kindern folgen. Der Pastor sah sich das gelassen an. Sein liebes Vollblut besaß einen Tatendrang, wer doch auch so könnte ... Er schloß sich in sein Studierzimmer ein, er mußte allein sein, er mußte mit sich und seinem Gewissen ins reine kommen.

»Was mache ich nur mit ihm?« dachte Frau Käthe in ihrer Geschäftigkeit innehaltend. »Wenn er sich doch anders entschließt. Wenn er bleibt? Aber es wäre doch Wahnsinn, er kann doch nicht so gegen seine eignen Interessen handeln.«

Während sie noch mit solchen Erwägungen erfüllt war, wurde ein Kirchenältester aus einem Grenzdorf gemeldet.

Am besten, ihn abweisen, irgendeinen Grund würde sie sich schon ausdenken, denn die beeinflußten nur ihren Mann zum Bleiben, die hatten nur ein Interesse, den Pastor hierzubehalten. Aber schon hatte Anne an die Schreibstubentür geklopft und ihn dem Pastor gemeldet. »Laß ihn hereinkommen«, hörte sie die Stimme ihres Mannes sagen.

»Na, wenn das nur gutgeht«, dachte sie, am liebsten wäre sie gleich hinter ihm hergegangen, um dabei zu sein, aber das wagte sie nicht ... Sie ließ die Hand sinken, am Ende hatten alle ihre Vorbereitungen keinen Sinn ...

»Herr Pastor«, begann der Kirchenälteste, »meine Frau hat mir keine Ruhe gelassen. Die ganze Nacht haben wir wieder geschmuggelt.« Der Pastor sah ihn erstaunt an. »Ja, wirklich«, bestätigte er, »wir gehen alle, schon seit einigen Wochen, die Frau, beide Söhne und ich, jeder mit einem Ballen Flachs auf dem Buckel über die Grenze. Oh, der Flachs wird drüben hoch bezahlt. Jede Nacht ein Tausendmarkschein. Das ganze Dorf macht es so. Ach, Herr Pastor, sagen Sie nichts, ich weiß, ich weiß, daß es ein Unrecht der weltlichen Obrigkeit gegenüber ist, aber nicht Gott gegenüber ...« Der Pastor wollte dazwischenreden, aber er kam nicht zu Worte, der Bauer fuhr fort. »Die Frau hat gesagt: geh zum Pastor und bring ihm die zweitausend Mark, und er soll bleiben. Sehen Sie«, und er zog ein

Päckchen aus seiner Hosentasche hervor, zeigte es dem Pastor, »wir nennen sie nur die Flachsfünfziger, immer zwanzig Stück in einem Päckchen, da haben Sie vier davon, so erfüllt das Geld noch seinen guten Zweck. Ich habe immer zu meiner Frau gesagt, wir müßten der Kirche etwas stiften, und wenn wir dadurch unsern Pastor behalten ... Besseres können wir wirklich nicht für unsere Kirche tun.«

War das nun der erbetene Fingerzeig? Oder war es eine neue Versuchung? Nein, jetzt aber Schluß mit dem Hin und Her.

Er drückte dem Bauern die Hand und sagte: »Grüße deine Frau und sage ihr, der Pastor bleibt.« In seiner Freude schlang der Mann beide Arme um ihn und rief: »Kunigeles, Kunigeles (Pastorchen, Pastorchen), wir haben dich wieder.«

Frau Käthe hatte gelauscht ... Als Stephani zu seiner Frau herauskam, so frei und erhobenen Hauptes, wie sie ihn schon lange nicht mehr gesehen hatte, da rief sie: »Sag mir nichts, ich weiß alles ... du bleibst, wir auch ... groß und gut ist es gewiß«, in ihren Augen schimmerten Tränen, »aber dämlich sind wir jetzt alle beide.« Sie küßte ihn herzlich.

Geht es im Leben nicht sonderbar zu? Käthe hatte sich so gefürchtet, solche Angst gehabt ... in ihrer Phantasie hatte sie schon gesehen, wie ihr Mann gleich nach Abzug der deutschen Truppen gefesselt abgeführt, wie er ins Gefängnis gesperrt wird ... nichts davon geschah. Es kam ihr wie ein Wunder vor. Allerdings besetzten die litauischen Soldaten sofort nach Abzug der Deutschen wieder das Zimmer im Pastorat. Das war alles, das empfanden sie jetzt als ein kleines Übel. Von den Soldaten wurden sie höflich behandelt. Diese einfachen Menschen betrugen sich so, als ob es ihnen unangenehm wäre, hier zu sein, sie versuchten durch kleine Hilfeleistungen sich erkenntlich zu zeigen. Die Wassertonne in der Küche wurde von ihnen gefüllt. Sie trugen das Wasser vom Ziehbrunnen auf dem Hof ins Haus, ohne daß Anne oder die Pastorin sie darum gebeten hätten. Oder der Koch kam mit einer Schüssel Gerstengrütze, auf der das Fett schwamm, und bot sie an. Es war damals eine magere Zeit und die Lebensmittel knapp, daher war so ein fettes Essen eine willkommene Gabe.

Heute morgen hatte ihr Mann in der Andacht aus dem 91. Psalm gelesen: »Denn er hat seinen Engeln befohlen über dir, daß sie dich behüten auf allen Wegen, daß sie dich auf Händen tragen und du deinen Fuß nicht an einen Stein stoßest.«

War das wirklich wörtlich zu nehmen, war das Wirklichkeit? Sie hatte es bisher nur als dichterische Übertreibung aufgefaßt. Die Psalmen waren ein wunderbares Poem, in Sprache und Klang, Gedankentiefe und Glaubensreichtum, das hatte sie immer empfunden, sie hatte sich begeistert an Luthers Übersetzung, wie gewaltig klang das, wie tönte es: »Herr, du bist unsere Zuflucht für und für, ehe denn die Berge wurden ... bist du Gott von Ewigkeit zu Ewigkeit.« Jetzt aber erlebte sie so ein Bewahren persönlich, es war ein Stück von ihr selbst geworden. Steine wurden aus dem Wege geräumt, nicht von ihr, ja, von wem? Man weiß, wie gerade im täglichen Leben eine Hölle entstehen kann, wenn dauernd Widerwärtigkeiten, Kränkungen einem zuteil werden. Wenn man durch eine Tür gehen muß und sie schon höflich von einem aufgemacht wird, wenn man sich nach einem Kochtopf auf dem Regal reckt und einer hinzuspringt und ihn reicht, dann lächelt man den freundlich an, und er lächelt wieder, und ein gutes Einvernehmen entsteht. Wochen vergingen, und es rührte sich nichts. Der Pastor hielt Sonntag für Sonntag Gottesdienste. Die Bauern kamen wie sonst zur Kirche gefahren, aber jetzt waren sie mehr gekränkt als der Pastor, daß in ihrem Pastorat noch immer die Einquartierung lag. Sie beschlossen, in die Hauptstadt zu fahren, nach Kaunas, und sich dort zu beschweren. So ging das nicht weiter. Sehr befriedigt kamen sie zurück, sie waren von einem ganz hohen Herrn, vom Minister selbst, der gleich hinter dem Präsidenten kam, empfangen worden, und der hatte mit ihnen sehr liebenswürdig gesprochen, er hatte gesagt, selbstverständlich werde das Pastorat frei werden, ob es denn nicht schon längst geschehen sei, aber sie könnten beruhigt nach Hause fahren, er werde dem Kommandanten schreiben, daß er das Pastorat räumen solle. Die Abordnung kam mit diesem günstigen Bescheid zurück, und man wartete darauf, daß sich das Versprechen verwirkliche, doch wieder verging eine Woche nach der anderen, und die litauischen Soldaten gingen nach wie vor aus und ein im evangelischen Pfarrhause.

Noch einmal entschlossen sich zwei Kirchenälteste, im Auftrag der Gemeinde die Fahrt nach Kaunas zu unternehmen. Das Resultat war dasselbe wie das erstemal. Nein, sie hatten mehr erreicht. Sie hatten einen Brief in den Händen, den sie dem Kommandanten überbringen sollten. Nun mußte er doch gehorchen. Natürlich, er erklärte sofort seine Bereitwilligkeit, er suche schon lange nach einer geeigneten Unterkunft, habe sie aber bis jetzt noch nicht gefunden. Selbstverständlich werde die Sache geregelt werden, es wäre doch nur ein Übergang, etwas ganz Vorübergehendes gewesen. Bei so viel Entgegenkommen kann man doch nichts anderes tun, als wieder geduldig zu warten. Wie lange? Wer konnte das wissen? Die Zeit ging hin, ein Tag lief hinter dem andern, und manchmal drängte sich der Gedanke auf: »Hättest du doch, wärst du doch mit den Deutschen mitgezogen ... Versprechungen waren genug gegeben worden.« Da aber kam von einer anderen Seite eine überraschende Hilfe, ein Bundesgenosse, ein neuer Kläger, gegen den Kommandanten.

In der Verfassung war den Minderheiten der Republik Litauen kulturelle Freiheit zugesichert.

Die Juden, dieses rührige Volk, machten als erste davon Gebrauch und veranstalteten Konzerte und Vorträge. Es hatte sich eine Theatergruppe angemeldet, der ein gewisser Ruf vorausging und bei der man erwartete, daß zahlreiche Besucher kommen würden. Wo aber war so ein großer Saal zu finden, die Räume, in denen die anderen Veranstaltungen stattgefunden hatten, erwiesen sich als viel zu klein.

In der Nähe der Kiesgrube, wo beim Einzug der Deutschen die einzige Bombe gefallen war, stand eine große Scheune, die leer war. Die wurde von den Juden gemietet, mit Sitzgelegenheiten versehen, eine Bühne hergerichtet, und der Theatersaal war fertig. Mittlerweile war es schon Frühjahr geworden, mit Mantel und Schal konnte man es im Raum aushalten. Frau Käthe ging auch hin, gespielt wurde Strindbergs Drama ›Der Vater‹. Ganz Krettingen war herbeigeströmt, und der Saal war zum Brechen voll. Der litauische Kommandant saß mit seinem Hund – wer hätte es gewagt, einem Kommandanten zu verwehren, seinen Hund mitzubringen? – in der ersten Reihe.

Das Spiel war ausgezeichnet. Mit Spannung folgten alle den Vorgängen auf der Bühne. Als eine der Schauspielerinnen, es war eine anmutige junge Person, in ihrem Spiel zu nahe der Rampe kam, sprang der Hund auf und kläffte sie an. Empört schrie sie auf, unterbrach ihr Spiel und rief: »Was ist das für eine Unverschämtheit, einen Hund mitzubringen?« Der Kommandant erhob sich sofort und forderte den Abbruch der Vorstellung. Der Vorhang mußte fallen. Er änderte auch seinen Entschluß nicht, als der Direktor der Truppe heraustrat und um Entschuldigung bat. Die Künstlerin hätte sich im Ton vergriffen, er möge es doch ihrer Hingabe ans Spiel zugute halten.

»Ich bitte Sie, Herr Kommandant«, bat er nochmals, »in Betracht zu ziehen, daß sie es bestimmt nicht gewußt hat, daß es Ihr Hund war.«

Ob ihn diese letzten Worte besonders geärgert hatten, denn im Publikum waren höhnische Rufe und verhaltenes Lachen zu hören, jedenfalls wurde der Saal geräumt.

Der Direktor bat noch dringend, den Saal in Ruhe zu verlassen. Das geschah auch.

»Das Pferd des Caligula war dieses Mal ein Hund«, sagte Frau Käthe, als sie ihrem Mann von diesem Vorfall berichtete.

»Er ist doch ein Flegel«, urteilte der Pastor.

»So sieht also die Demokratie aus, ein zaristischer Despot hätte sich nicht schlechter betragen können.«

»Das hat nichts mit Demokratie zu tun, solche Auswüchse hat es immer gegeben und wird es geben. Der bricht sich jetzt den Hals.«

Die Juden ließen sich das Vorgehen des Kommandanten nicht gefallen. Geheime Fäden, die bis in die Kabinette der Ministerien gingen, zogen eine Schlinge um diesen selbstsicheren Mann. Er verschwand von einem Tag zum andern.

Mit einemmal hieß es, der Kommandant ist nicht mehr da. Ein neuer kam. Die Einquartierung im Pastorat wurde aufgehoben, ohne vorherige Ankündigung packten die Soldaten ihre Strohsäcke unter den Arm und marschierten ab. Pastors sahen ihnen verblüfft nach, einige waren noch in die Küche gekommen, um sich zu verabschieden.

»Ich kann ihnen nur das beste Zeugnis ausstellen«, sagte der Pastor. »Diese direkte Berührung mit dem einfachen litauischen Mann hat mich um eine Erfahrung reicher gemacht, zum Frieden und Verständnis der Menschen untereinander gehört weder Bildung noch Wissen, spielt weder Konfession noch Rasse eine entscheidende Rolle, allein der gute Wille ist ausschlaggebend. Der war auf beiden Seiten vorhanden. – Und jetzt kommen sofort die Schulbänke herein, die Bänke aus der Schule der deutschen Zeit«, ordnete der Pastor an. »Die Schulbänke?« wiederholte seine Frau und machte ein langes Gesicht, »ich dachte, der Maler ...«

»Der kommt nachher, aber erst müssen wir das Inventar der Schule für uns retten, und dieses Zimmer ist in seinem jetzigen Zustande sowieso zum Wohnen untauglich, daher beginnen wir sofort mit dem Unterricht.«

»Und wer wird die Stunden geben?«

»Du und ich!«

»Ich? Wir haben vier Kinder ...«

»Elsi und Trudi müssen auch mit dem Lernen anfangen, die beiden Jungen ... nun, Mutter wird sich schon während dieser Zeit ihrer annehmen, es ist ja nicht für lange. Ich werde mich energisch um eine Lehrkraft bemühen.«

»Können wir denn nie mal allein sein«, seufzte Frau Käthe, »die Einquartierung ist vorbei, nun kommt wieder die Schule und die Lehrerin ... Ich hatte mich schon so gefreut, einmal das ganze Haus für uns zu haben!«

»Mein armes Weib, da hättest du aber wirklich keinen Pastor heiraten dürfen, er und sein Haus müssen immer für die Gemeinde da sein, und Luther hat gesagt, nicht das ist der Reichtum einer Stadt, einer Gemeinde, daß sie Geld und Gut sammele, große Kirchen und schöne Häuser baue, sondern daß sie Schulen errichte, darinnen die Jugend in christlichem Sinne erzogen werde.«

»Soviel ich weiß«, erwiderte Frau Käthe, »hat Luther das zu den Ratsherrn deutscher Städte gesagt und nicht damit einen kleinen Wald- und Wiesenpastor gemeint.«

»Ich fühle mich aber getroffen«, beharrte ihr Mann.

»Und ich finde das anmaßend, dich mit einem Ratsherrn deutscher Städte zu vergleichen.«

»Man kann sich nicht hoch genug einschätzen, und wieder muß ich dir ein Lutherwort dazu sagen: ›Niemand lasse den Glauben fahren, daß Gott durch ihn eine große Tat tun will.‹ Meine große Tat sehe ich in dem inneren Aufbau der mir anvertrauten Gemeinde, und dazu gehört die Schule.«

Am nächsten Tag schon standen die Schulbänke im Pastorat. Sie sahen noch neu und blank aus und rochen so gut nach frischem Holz.

Elsi und Trudi saßen wichtig und ehrbar zwischen den anderen Kindern und lernten bei der Mutti Lesen und Schreiben, die größeren Kinder unterrichtete der Vater in seiner Schreibstube. Das ging so bis Ostern, und dann kam eine baltische Lehrerin ins Haus und übernahm den Unterricht. Sie brachte Nachrichten aus der Heimat mit, die sehr besorgniserregend waren. Nach dem Zusammenbruch im Herbst 1918 verließen die regulären deutschen Truppen das Baltikum. Damit war der Krieg nicht beendet, denn ihnen folgte die Rote Armee, um das Land zu bolschewisieren. Die Gefahr war groß. Diesem Ansturm aus dem Osten beschloß die deutsche Bevölkerung des Landes mit der Waffe in der Hand entgegenzutreten. Spontan wurde die Baltische Landeswehr, das Baltenregiment gegründet, estnische und lettische Freiwillige schlossen sich ihnen an, Freiwillige aus dem deutschen Reich eilten herbei, Freikorps aus ganz Europa kamen zu Hilfe, antibolschewistische russische Formationen kämpften mit. Diese Truppe war eigentlich nur ein zusammengewürfelter Haufen mit mangelhafter Ausbildung und Ausrüstung. Doch jeder baltische Mann fühlte sich verpflichtet, sah es als eine Selbstverständlichkeit an, in diese Schutztruppe einzutreten, wenn er auch nie Soldat gewesen war. Konnte solch eine Organisation überhaupt einen Kampfwert haben? Sie wagte es, den Kampf gegen die östliche Übermacht aufzunehmen. Ein kühnes Wagnis, ein tollkühnes Unterfangen. Siegen oder untergehen, war die Losung. Nie war es inbrünstiger gesungen worden, das alte Lied, als in dieser Zeit: »Das Haus mag zerfallen, was hat's für eine Not, der Geist wohnt in uns allen, und unsere Burg ist Gott.«

Ende 1918 sah es schon nach Untergang aus, und Anfang 1919 war der größte Teil des Landes verloren, Riga und Mitau befanden sich in bolschewistischen Händen. Es war nur noch eine Frage der Zeit, wann Litauen durchstoßen sein würde und sich die rote Flut über Ostpreußen, über ganz Deutschland, über Europa ergießen würde.

Das Blut in den Adern geriet bei diesen Gedanken ins Stokken. Am gefährdetsten waren die Pastoren, die Gutsbesitzer, der ganze Mittelstand.

Was geschah mit Schwager Felix, wie ging es Lotting und Gustav, und Käthes Bruder, Artur, der Bevollmächtigter zweier großer kurischer Güter war? Die Herzen zitterten um die geliebten Menschen, weinten um das Unglück der Heimat. Wenig sprachen sie untereinander davon. Ob es der Pastor, ob es Frau Käthe oder ihre Mutter war, sie fürchteten schwach zu werden. Wie bewunderte Käthe ihre Mutter, die immer ruhig blieb. Nein, wenn sie einmal ihren Sohn in solcher Gefahr wüßte, sie würde verzweifelter sein. Manchmal konnte sie sich nicht enthalten und fing an, vom Bruder zu sprechen, sich Situationen auszumalen, in die er geraten könnte, dann sagte die Mutter: »Er steht in Gottes Hand.« Und damit war für sie die Sache in Ordnung. Sie hätte platzen können vor so viel Ergebenheit, oder war es Stärke? Eines aber war gewiß, die täglichen Morgenandachten wurden auch für sie zu einer Quelle der Kraft. »Sei mir gnädig, Gott, sei mir gnädig, denn auf dich traut meine

Seele, und unter dem Schatten deiner Flügel habe ich Zuflucht, bis daß das Unglück vorübergehe. Ich rufe zu Gott, dem Allerhöchsten, zu Gott, der meines Jammers ein Ende macht«, so hatte heute ihr Mann aus dem 57. Psalm gelesen, und nun begleitete sie dieses Wort den ganzen Tag. Es klang ihr im Ohr, wo sie ging und stand, was sie tat und vornahm. »Sei mir gnädig, Gott, sei mir gnädig«, sie wiederholte sich die Worte unzählige Male und sprach sich die Verheißung vor, »bis daß das Unglück vorübergehe.« Als sie es ihrem Mann sagte, wieviel ihr das heutige Morgenwort gegeben habe, leuchteten seine Augen auf.

»Wie bin ich glücklich, meine Käthe, daß das Wort zu dir spricht, daß es dich bewegt. Alles geht vorüber, ewig ist Gott allein, und bei ihm haben wir Zuflucht. Sein Wort ist ein Geschenk, es gehört zum täglichen Brot, ja, es ist das tägliche Brot.«

Geburtstag war im Pastorat. Am vierten Februar wurde der Pastor fünfundvierzig Jahre alt. Die Kinder hatten Verschen aufgesagt, sie hatten gemeinsam ›Lobe den Herrn‹ gesungen, und nun saßen sie am Frühstückstisch, den eine richtige Torte zierte. Eine Torte, in die Butter und Eier hineingebacken waren, die brave Anne hatte sie aus ihrem Heimatdorf geholt. Nur ein Stück war aus dem Kuchen herausgeschnitten, dies sollte das Geburtstagskind als einziger schon jetzt gleich essen, während die anderen erst zum Nachmittagskaffee davon bekommen sollten. »Oh, wird das schmecken«, rief der Pastor, als er das Stück auf seinen Teller bekam. Die Kinder beobachteten ihn ganz genau, sie verfolgten jede seiner Bewegungen, sahen, wie er den Löffel nahm, einen Bissen abtrennte, jetzt, sie öffneten alle den Mund ... nein, er ließ seine Hand sinken. »So kann ich nicht, entweder die Mutti gibt allen ein Stück, oder ich verzichte«, erklärte er, »diese aufgesperrten Mäulchen kann ich nicht ansehen.« Frau Käthe nahm das Messer in die Hand und schnitt die Torte weiter auf. »Wollt ihr denn überhaupt?« fragte sie. »Ja«, schrien sie, »mir ein großes, mir das größte ...« Der anderthalbjährige Hans wußte noch nicht, worum es geht, aber mitschreien konnte er um so lauter. Er bekam einen Apfel in die Hand gedrückt, dies aber empfand Georg-Andreas, sein älterer Bruder, als Zurücksetzung und stopfte ihm von seinem Stück in den Mund, dabei verkrümelte, beschmierte er ihn, sich und den Fußboden.

»Ach, laß das«, ärgerte sich die Mutter, »Elsi, geh, sag Anne, sie soll auffegen, sie ist im Flur.«

»Anne ist hier nicht«, rief das Kind zurück. Aber dann war ein Geräusch zu hören, weinte es, lachte es?

»Elsi, was machst du denn da? Komm doch her.«

Aufgeregt kam das Kind angerannt. »Onkel Artur, Onkel Artur ist da!«

»Wer? Onkel Artur, sprich keinen Unsinn.«

Und wirklich, wahrhaftig, Artur! Artur humpelte ins Zimmer, lang, mager, unrasiert stand er im Türrahmen.

Mutter war schon bei ihm und schlang die Arme um seinen Hals: »Mein Junge, mein lieber Sohn. Nein, so was! Komm, komm, setz dich, du hinkst ja erbärmlich ... Tasse Kaffee, Stück Kuchen gefällig?«

»Donnerwetter, euch geht es ja gut, fangt den Tag gleich mit Torten an, wir armen Krieger sind froh, wenn wir ein Stück trockenes Brot haben.«

»Geburtstag, mein Lieber, Geburtstag.«

»Ach so, Schwager, natürlich du, herzlichen Glückwunsch, gratuliere. Sieg und Frieden! Gustav läßt dich auch schön grüßen.«

»Gustav? Hast du ihn gesehen, gesprochen?«

»Beides. Er ist in der Landeswehr wie ich auch.«

»Du auch, erzähle, erzähle der Reihe nach ...«

»Weißt du, erst will ich mich waschen, und dann erzähle ich, dann wird berichtet ...«

»Ja, natürlich, warmes Wasser, Handtuch, reine Wäsche ...«

»Letzteres ist sehr wichtig, ich besitze nur das, was ich auf dem Leibe habe, und das ist erdenschwarz. Wenn möglich auch Rock und Hose von Hochwürden, meinem Schwager.«

Die Frauen liefen hin und her, um ihm alles Gewünschte zu bringen.

»Sag mir nur noch schnell, weißt du etwas von Balzer und Lotting?« fragte Stephani mit verhaltenem Atem.

»Nein, nichts, Gustav sagte mir, Balzer hätte die Stadt nicht verlassen wollen, aber ob sie nicht vielleicht doch geflüchtet sind ... Riga und Mitau mußten aufgegeben werden ...«

»Ja, das hörten wir ... aber bitte geh, geh nur dich erfrischen!«

»Ich mache es schnell ...«

Nachher saßen sie alle um den Tisch, das unterbrochene Frühstück fortsetzend, erst mußte Artur essen, bekam ein Stück

Torte, das er vorzüglich fand. »Weißt du, ein zweites Stück«, sagte er, »wirst du mir ja nicht anbieten, daher werde ich es mir selbst nehmen, das macht man so, das sind Kriegsmanieren.«

»So wirft der Krieg auch meine Pläne über den Haufen ... und was bleibt zum Nachmittag?« wollte Käthe wissen.

»Dein Hausfrauengenie wird schon einen Rat finden«, erklärten die Männer.

Und dann erzählte Artur. Eines Tages, bald nach Weihnachten, sei Gustav mit seiner Frau bei ihm vorgefahren. Ja, er habe Riga verlassen, seine Töchter seien schon im Herbst zu einer bekannten Familie nach Berlin gefahren, er mit seiner Frau sei noch dageblieben, aber jetzt habe es immer mulmiger ausgesehen, da habe er sich Pferd und Schlitten gekauft, sei noch schnell zu Lotting gefahren, aber sie wollte nicht ohne den Mann weggehen, und er hatte erklärt, er müsse auf jeden Fall bleiben. So sei er denn mit Wera allein losgefahren, er selbst habe sich schon bei der Landeswehr gemeldet, und Wera wolle er auf einem Bauernhof, der nur drei Kilometer von hier entfernt lag, unterbringen.

»Ich bot Wera an, bei mir zu bleiben, das ganze Schloß stehe ihr zur Verfügung, da die Besitzer fort sind«, erzählte Artur weiter, »aber das lehnte Gustav ab, Wera, so schien es mir, hätte es vielleicht ganz gern getan, aber Gustav sagte: ›Ich danke dir für das Angebot, aber hier ist mir die Sache zu unsicher ... das große Gut ... du Stellvertreter des Barons ... dort auf dem Bauernhof im Walde, bei Letten, ist Wera sicherer.‹ So fuhren sie ab. Ab und zu habe ich Wera dort besucht, sie hatte es natürlich sehr einsam ... Ich war auch bei der Landeswehr gemeldet, sollte aber zuerst noch dafür sorgen, daß die großen Vorräte vom Gut für die Verpflegung der Truppe geborgen würden. Das tat ich denn auch, einen großen Teil hatte ich schon abtransportiert, da ... ich weiß selbst nicht, wie schnell das alles kam ... eines Abends hieß es, die Bolschewiken sind da ... Wo? Auf dem Hof.

›Um Gottes willen, gehen Sie nicht hinaus‹, riet die Wirtin. Ich blieb und wartete auf das, was kommen würde ... Da kam der Gärtner und erklärte mir, er hätte den Auftrag erhalten, mich diese Nacht zu bewachen, morgen kämen die Roten, und dann würden sie mich abholen. Hmmm ... das war nun eine schlimme Aussicht. Das Abendbrot blieb mir im Halse stekken ... Ist's vielleicht deine letzte Mahlzeit, dachte ich. Der Gärtner setzte sich vor die Tür meines Schlafzimmers, und ich stand darin und rauchte eine Zigarette nach der anderen ... Scheußliche Situation!« – »Ich wäre durchs Fenster gesprungen«, rief Frau Käthe dazwischen. »So, und weiter, ich mußte doch Schlitten und Pferd haben, wenigstens ein Pferd, und vielleicht standen schon Wachen am Stall ... Außerdem klopfte der Gärtner, verlegen stand er vor mir: ›Herr‹, sagte er, ›ich bin unschuldig, die Bolschewiken haben mich bedroht, ich mußte gehen, die Wache vor Ihrer Tür zu übernehmen. Wenn Sie jetzt fliehen wollen, ich werde Sie nicht hindern, keinen Lärm schlagen, ich werde nichts sehen und hören, aber eins bitte ich zu bedenken, Herr, ich habe eine Frau und zwei Kinder, fliehen Sie diese Nacht, dann werde ich erschossen ...‹ Sollte ich mich von ihm an Edelmut übertreffen lassen? So ganz traute ich ihm auch nicht ... jedenfalls beschloß ich, zu bleiben. ›Geh, leg dich hin‹, sagte ich ihm, ›du kannst ruhig schlafen, ich werde nicht fliehen ...‹

›Danke, Herr, danke!‹ Er ging hinaus.

Ist so eine Nacht lang, die Gedanken kommen und gehen ... man kann sich ihrer nicht erwehren, so sehr man gegen sie kämpft, immer wieder ist die Frage da: Ist es vielleicht doch deine letzte Nacht? Gott sei mir armem Sünder gnädig! War es denn noch nicht hell ...? Alles dunkel ... Dann bin ich wohl etwas eingenickt.« In atemloser Spannung lauschten die drei Arturs Bericht ... Wie ging es weiter? »Ich wachte davon auf, daß der Gärtner mich ansprach. Er küßte mir beide Hände. ›Danke, Herr, danke. Wir wußten, daß Sie ein guter Herr sind, aber daß Sie so gut sind, habe ich nicht gedacht, in großer Angst habe ich die Tür aufgemacht, als Sie auf mein Klopfen nicht geantwortet hatten, ich dachte bestimmt, Sie wären fort, aber Sie waren da, Gott sei Dank! Meine Aufgabe ist zu Ende, ich hatte nur die Pflicht, Sie in dieser Nacht zu bewachen, was Sie jetzt machen, geht mich nichts an, ich gehe an meine Arbeit.‹ – ›Ich auch‹, erklärte ich, frühstückte wie immer, ließ den Einspänner vorfahren wie gewöhnlich, um aufs Nebengut zu fahren, es gelang mir, ein Brot in den Schlitten zu schmuggeln und sonst nichts, im kurzen Pelzchen, so wie jeden Tag, setzte ich mich in einen Schlitten und fuhr los. Nichts nahm ich mit, um keinen Verdacht zu erregen, gar nichts, nur ein reines Taschentuch, das war alles ... Kaum war ich den Blicken des Hofes entschwunden, schlug ich die Richtung zu dem einsamen Bauernhof ein, um Wera mitzunehmen ...«

»Hast du sie mitgenommen? Gott lohne es dir!« dankte ihm der Pastor.

»Die Bauern wußten nichts, bei ihnen war noch niemand gewesen, sie hofften, es käme auch niemand, und waren sehr froh, daß ich die deutsche Dame mitnahm, sie war für sie nur eine Gefahr. Wera wollte natürlich gleich packen und war entsetzt, als ich verlangte, sie solle so kommen, wie sie stehe, nur den Pelz und ein Handtäschchen. Wir mußten doch damit rechnen, daß wir unterwegs untersucht würden, und wehe uns, wenn man uns als Flüchtlinge erkannt hätte ... die erschossen sie auf der Stelle ... so konnten wir noch als harmlose Spazierfahrer gelten ... auch unwahrscheinlich, aber immerhin eine Chance, durchzukommen ... Aber jetzt welchen Weg? Hauptstraßen unbedingt meiden, nur verschneite Waldpfade, am besten ohne frische Spur, nur die Richtung halten ... aber wo, wo verläuft die Front, wie weit sind die Bolschewiken schon vorgedrungen? In ein Gehöft zu gehen konnte ich nicht wagen, vielleicht war es schon von den Roten besetzt. Den ganzen Tag über haben wir keinen Menschen getroffen, wir fuhren, fuhren, lauernd spähend, ob nicht jemand schon auf uns ziele ... Wie spät war es eigentlich geworden, schon drei Uhr nachmittags, unser braver Gaul war pausenlos sieben Stunden gelaufen und auf verschneiten Wegen ... dem mußte ich etwas Ruhe gönnen ... das Brot schnitt ich in Stücke, drei Viertel bekam das Pferd und ein Viertel aßen wir ... Wißt ihr, wie gut Brot schmeckt? Nein ... das wißt ihr nicht ... Ich weiß es jetzt ... Es begann zu dämmern. Wir waren durch Wald gefahren, kamen auf freie Flächen, mündeten wieder in einen Wald, und so ging es weiter. Doch jetzt wurde die Spur deutlicher. Hier waren schon Schlitten gefahren, hier waren viele geritten ... die Geleise wurden immer tiefer, ausgefahren, ausgetreten war der Schnee ringsum, auf der freien Fläche waren überall Pferdespuren zu sehen ... hier waren Truppen ... Freund oder Feind ... In der Ferne erblickten wir Häuser, da tummelte sich etwas, Reiter ... Mir blieb das Herz fast stehen, plötzlich vor uns, neben uns einer ... Wera schreit auf: ›Die Landeswehr, wir sind gerettet.‹ Unsere braven Jungen auf Posten, nach Flüchtlingen spähend ... Gleich wurden wir ins Quartier gebracht, alles war gut organisiert, das Pferd wurde versorgt, wir kamen in die Wärme, es gab zu essen, zu trinken und zu schlafen. ›Stephani, Gustav Stephani‹, sagte einer, wie er Weras Namen hörte, ›der ist doch nebenbei in der Abteilung ... sind Sie verwandt mit ihm ... ?‹

›Verwandt? Mein Mann .... ‹

›Das muß ich ihm gleich sagen ... ‹ Nun ja, so fanden wir uns dann ...«

»Meines Bruders Glück ... das muß doch unbeschreiblich gewesen sein«, bemerkte der Pastor.

»Warum hast du Wera nicht mitgebracht?« fragte Käthe.

»Sie wollte nicht, Gustav und ich haben ihr sehr zugeredet, aber sie half gleich mit beim Kochen für die Scharen von Flüchtlingen. Ich hätte nie gedacht, daß Wera so tüchtig sein kann. Sie war bei allen beliebt und wollte durchaus in Gustavs Nähe bleiben.«

»Meinen Bruder als Soldaten kann ich mir auch nicht gut vorstellen«, bemerkte Stephani.

»Du würdest staunen, ich habe es auch nicht für möglich gehalten, aber in kürzester Zeit, in wenigen Tagen ist dein ›Ich‹ ausgelöscht, und du bist nur ein Teil der Truppe. Ich habe es ja an mir selbst erfahren, in den vier Wochen, die ich da war, hatte ich nur einen Gedanken, ›die Truppe‹, was die verlangte, wurde getan, wenn man es auch bisher noch nie gemacht hatte. Man hungert, man kämpft, man leidet, und alles ist selbstverständlich.«

»Man wird auch verwundet«, ergänzte die Schwester.

»Richtig, habt ihr einen Arzt, ich muß zu einem.«

»Ja, wir haben einen, er ist ein Überbleibsel aus der deutschen Besatzungszeit, war als Kriegsgefangener am Lazarett tätig und blieb hier, als die Deutschen abrückten. Er ist Jude und hat sich in eine hübsche Tochter Krettingens verliebt.«

»Das ist erfreulich, aber es interessiert mich viel mehr zu erfahren, wo er wohnt.«

»Wir bitten ihn natürlich, herzukommen, ich schicke gleich zu ihm«, versprach der Pastor.

»In drei Wochen muß ich gesund sein, man entließ mich nur unter der Bedingung, daß ich mich gleich behandeln lasse.«

»Was hast du denn?« fragte die Mutter besorgt.

»Nur so einen kleinen Streifschuß, den ich bei einem Patrouillengang erhielt, er hat einiges Fleisch heruntergerissen.«

»Ist es gefährlich?« erkundigten sich die Frauen.

»Solange keine Blutvergiftung hinzukommt, nicht, daher zum Arzt, der soll es verhindern ...«

Als er kam, legte er einen neuen Verband an und verordnete Bettruhe.

»Das ist das beste, was er tun konnte«, sagte der Verwundete zufrieden, legte sich hin und schlief und schlief, einmal rund um die Uhr, so erschöpft war er.

Wie schnell drei Wochen vergehen. Die Wunde war soweit

geheilt, daß er ohne Beschwerden gehen konnte. Von einer Verlängerung seines Aufenthaltes wollte er nichts wissen und reiste ab. Gott schütze ihn!

500 Jahre unter fremdem Joch, 500 Jahre Unterdrückung hatten die Litauer erlebt. Sie hatten sich beugen und verstecken müssen, zuerst unter den Polen, dann unter der russischen Herrschaft. Aber ein Freiheitsfunke hatte immer unter der Asche geglimmt, ab und zu war eine Stichflamme emporgeschossen, die sogleich mit grausamen Mitteln erstickt wurde. Und doch hatten diese scheinbar erfolglosen Ausbrüche eine große Wirkung, der Funke erhielt dadurch neue Nahrung und blieb am Leben.

Nach 500 Jahren, als die Stunde endlich kam, lebte er zu einer hellen Flamme auf. Ein alter Staat wurde neu geboren. Einem jungen Staat geht es wie einem neugegründeten Haushalt. Wohl hat er durch die Aussteuer das Nötigste erhalten, und Litauen war von den Siegermächten ausgesteuert worden, aber nun hieß es, zu beweisen, daß man auf eignen Füßen stehen konnte. Mit der Freude, mit der Begeisterung allein ist noch nichts getan. Wohl wohnte jetzt ein Sohn des Volkes im ehemaligen russischen Gouvernementspalais. Es hatte aufgehört, eine Zwingburg zu sein. Aber die Begeisterung über die erlangte Freiheit mußte sich in harte, nüchterne Arbeit wandeln. Litauen war ein armes Volk, ein Volk von Bauern ohne Bodenschätze, nur auf die Landwirtschaft allein aufgebaut, es besaß keine Industrie, keine kulturellen Einrichtungen, ein großer Prozentsatz der Bevölkerung waren Analphabeten. Zum Aufbau des Staates war Geld nötig, viel Geld, daher mußte gespart werden. Das Geld mußte im Lande bleiben, wer ins Ausland reisen wollte, mußte hohe Ausreisegebühren bezahlen. Südfrüchte, Genußmittel wurden mit hohem Zoll belegt. »Eßt unsere einheimischen Äpfel«, hieß es. »Trinkt unsere gute Milch.« Durch solche vernünftige Finanzpolitik schaffte sich die Republik Litauen eine stabile Währung.

Neue Grenzen hatten sich gebildet, und die evangelische Kirche war von dem Konsistorium in Mitau und Warschau, dem sie bisher angehört hatte, getrennt. Die alten Bindungen waren gelöst. Sie mußte sich selbst verwalten.

Hatte das nicht alles noch Zeit, lohnte es sich überhaupt, damit anzufangen? Denn die Kriegsgefahr war noch nicht vorüber. Die bolschewistischen Heere standen an der Grenze Litauens. Würde es ihnen gelingen, den Durchbruch nach Ostpreußen zu erzielen? Wer stand ihnen entgegen? Nur die schwachen baltischen Verbände. Da aber zeigte es sich, welch eine Kraft in einer Truppe steckt, die von einer Idee getragen wird. In erbitterten Kämpfen war es den baltischen Formationen gelungen, den bolschewistischen Ansturm aufzuhalten. Wenn das nicht geglückt wäre, dann hätte sich die rote Flut nicht nur über Litauen, nicht nur über Ostpreußen, sondern auch über ganz Deutschland ergossen, dann wäre das übrige Europa auch nicht davor verschont geblieben. Wo stand denn sonst überhaupt noch ein Schutzwall? Es gab keinen. Und nicht nur aufgehalten wurden die Bolschewisten, sondern die Balten traten zu kühnem Gegenangriff an.

Es gelang ihnen, im Norden Dorpat zu nehmen und im Süden Mitau. Den Höhepunkt und damit die Entscheidung des Krieges brachte die Erstürmung Rigas durch den Vortrupp der Baltischen Landeswehr am 22. Mai 1919.

Der Widerstand des Feindes war gebrochen, und schon im darauffolgenden Sommer befand sich kein einziger bolschewistischer Soldat mehr in den Ostseeprovinzen. Nicht nur das Baltikum war für dieses Mal gerettet, sondern Europa auch. Tausenden von Menschen, die in den Gefängnissen Rigas geschmachtet hatten, war das Leben gerettet, aber für viele waren die Befreier zu spät gekommen. War Schwager Felix darunter? War er ein Märtyrer der Kirche geworden? Wann würde man das erfahren, wie würde man Nachricht erhalten? Von Gustav und Artur war auch nichts zu hören. Wo sollten die Gedanken sie suchen? Jeden Tag wurde im Pastorat die Post mit zitternden Händen in Empfang genommen. Wieder nichts. Kein Brief. Ging denn die Post überhaupt schon? Man hoffte es, Genaues wußte niemand. Da, eines Tages, ein Brief. Aus Riga? Nein, aus Berlin. Aus Berlin? Hermanns Handschrift und Berlin ... er war doch in Moskau. Stephani riß den Brief auf.

Berlin, 25. Mai 1919
Schiffbauer Damm 31

Lieber Bruder!
Aus einer Hauprstadt in die andere bin ich gekommen. Aus Moskau nach Berlin. Der Tausch ist ein großes Glück.

Erinnerst Du Dich an den warmen Sommerabend auf der Veranda bei Dir, da erzählte ich von einer Sängerin, und stelle Dir vor, die hat uns herausgeholt. Durch die schwedische Botschaft forderte sie mich zu einem Konzert nach Helsinki auf. Wir, Lenchen konnte ich mitnehmen, fuhren hin, fanden allerdings weder die Sängerin, noch fand ein Konzert statt, wohl aber Geld und Fahrkarten nach Berlin. Ist das nicht wie ein Wunder? Ich habe eine Stelle gefunden, allerdings nur als Organist an einem Krematorium . . . es drückt etwas aufs Gemüt, jeden Tag nur Begräbnislieder zu spielen, aber der Mensch gewöhnt sich an alles. Die Privatstunden, die ich gebe, bringen mich wieder ins Leben zurück. Hast Du etwas aus Riga gehört? Wir machen uns große Sorgen um die.

Dein Bruder Hermann

Gott sei Dank, Hermann und Frau waren herausgekommen, und die Geschwister im Baltikum . . . Gott erbarm sich ihrer!

Als Stephani in der Heimatstadt ankam, waren die Blumen auf den Gräbern verwelkt. Sein Jugendfreund und Schwager, der geliebte Mann seiner Schwester, lag unter der Erde. Er, der ruhige, besonnene Mann, der ihn oft zur Mäßigung gemahnt hatte, der alles, was er tat, überlegt hatte, er war dahingerafft. War er auch ins Gefängnis geschleppt worden wie so viele Amtsbrüder? Nein, eben nicht. Gustavs Kompagnon, die Rechenmaschine, hatte ihn in seiner Dachstube über seiner Wohnung versteckt gehalten. Einmal hatten sie auch dort eine Haussuchung vorgenommen, aber die war flüchtig gewesen, und dann blieb das Haus mit dem Versteck des Pastors unbehelligt. Dafür suchten sie das Pastorat auf, fanden niemand vor, denn Lotting war mit den Kindern in Gustavs Wohnung gezogen, zertrümmerten die Möbel und suchten in anderen Häusern nach weiteren Opfern.

Wie war es denn aber doch zu dem Unglück gekommen?

»Am letzten Tag, am 21. Mai – am 22. Mai eroberte der Stoßtrupp der Landeswehr die Stadt«, erzählte Lotting dem Bruder, »also einen Tag vorher, kam eine lettische Frau, sie habe gehört, sagte sie, ihr Pastor sei hier, sie bitte ihn, um Gottes willen gleich, sofort zu kommen, ihr Mann liege im Sterben, sie könne ihn doch nicht wie einen Hund verrecken lassen . . . Man versuchte sie zu beruhigen, aber Felix hatte ihren Jammer gehört, kam herzu und erklärte sogleich, mitgehen zu wollen.

Es war nicht weit, und alles ging glatt. Wie das so üblich ist, hatten sich einige Nachbarn eingefunden. Sie sangen und beteten, es war schon fast zu Ende ... da wurde die Tür aufgerissen, und herein polterten drei wilde Gesellen mit Flinten in den Händen. Einen Augenblick stutzten sie, dann riß der eine sein Gewehr hoch und schoß. ›So‹, brüllte er, ›jetzt wirst du mit dem Blödsinn aufhören.‹ Ihn hat's getroffen, ihn allein, er war auf der Stelle tot. Der Freund, der ihn versteckt hatte, brachte mir die Nachricht. Wie ein Bruder hat er mir beigestanden, euch konnte ich nicht erreichen. Beerdigt haben wir ihn zusammen mit all den vielen andern Opfern dieser schrecklichen Zeit.«

Ihre Augen waren leer geworden vom vielen Weinen. Sie sah und hörte noch nichts von ihrer Umgebung, sie war noch dabei, umdenken zu lernen »ohne ihn«. Warum mußte es so kommen? Hier half kein Sichwehren, groß und schwer stand das »Warum« vor ihr. Warum die vielen Opfer? Alte und Junge, Frauen und Männer.

Es trieb Stephani, noch einmal zum Friedhof hinauszufahren. Er mußte einmal allein sein, allein mit dem Leid, mit dem Schmerz um die vielen Toten.

Langsam ging er die Reihen entlang. Wild stürmte es in seinem Innern. Er war noch weit entfernt von dem »dein Wille geschehe«. War das Gottes guter und gnädiger Wille? Warum bricht und hindert nicht Gott allen bösen Rat und Willen? Ist der Teufel stärker als er? War seine Macht zu Ende? Wenn ja, dann hatte der recht, der den Schuß abgefeuert und geschrien hatte: »Hör auf mit dem Blödsinn.« Freund, Schwager, stiller Schläfer, was würdest du dazu sagen? Ich lehnte es einst ab, den Teufel als Person anzuerkennen.

Sehe ich nicht jetzt seine teuflische Fratze in hundertfacher Gestalt? Freund, hast du ihn auch so erlebt, als er dir den Todesstoß gab?

Deine Hand habest du zum Segen erhoben, erzählte die Frau nachher, als der Schuß fiel. Der Kranke lebt, vor dessen Bett du zusammenbrachst: »Der Herr segne und behüte dich ...« Das waren deine letzen Worte hier auf Erden, spürtest du diesen Segen?

Wo blieb der Schutz des Allmächtigen?

Brüsk wandte sich Stephani ab und ging schnellen Schrittes den Hauptweg entlang, zu den Gräbern seiner Eltern. Vater, Mutter, Onkel Victor, hier ruhten sie nebeneinander.

Wie hoch die Birke geworden war, seit er sie gesehen. Das letzte Mal war sie noch klein und unscheinbar gewesen, und jetzt überragte sie das weiße Marmorkreuz.

Er setzte sich auf die Bank. Wie konnte er es wagen, hier an das Grab der Eltern mit so aufrührerischen Gedanken zu kommen, mit so wirren, in solch einem Aufruhr? Störte er ihren Frieden?

»Aber Mutterchen«, entschuldigte er sich, »Mutterchen, so schlimm hast du es nie erlebt. Du hast nicht den Teufel in menschlicher Gestalt gesehen, wie er durch die Stadt, durch das Land, durch die Welt rast.«

Und was würde sie antworten? »Mein Sohn, du mußt ihm das Kreuz entgegenhalten, das Kreuz, an dem der Erlöser hing. Am Kreuz wurde der Sieg erfochten, der Sieg des Lebens über Tod und Teufel.« Wußte er das nicht? Er, ein Diener der Kirche?

Wissen, was ist Wissen? Jeden Sonntag in der Kirche, an jedem Krankenbett, bei jeder Amtshandlung verkündigte er es. Wo war sein Glaube, seine Zuversicht geblieben? Er hatte sie verloren, geraubt war sie ihm. Die Geschichte der Menschheit war mit Blut geschrieben, gemordet und geplündert wurde bis auf den heutigen Tag, und würde es in Zukunft je anders sein? Der Teufel hatte das Regiment, nicht Gott.

»Mutterchen, sieh mich nicht so vorwurfsvoll, so traurig an. Ich kann nicht anders ...«

Die goldnen Buchstaben auf dem Kreuz, mit denen ihre Namen eingemeißelt waren, funkelten im Schein eines Sonnenstrahls, der darauf fiel. Onkel Victor, der Vater und Mutterchen, ihre Namen konnten darauf stehen, denn sie hatten geglaubt, glauben ist mehr denn wissen. Und er? Müde erhob er sich, es ist schwer, mit Gott zu hadern, mit Gott zu kämpfen, zu ringen! »Ich elender Mensch«, dachte er, »wer wird mich erlösen von dem Leibe dieses Todes«, so hatte Paulus geseufzt, so hatte auch er gefühlt. Seine Gestalt straffte sich. Wenn auch Paulus, der große Apostel, das auserwählte Werkzeug, Stunden der Verzweiflung, der Tiefe kannte ... konnte er von sich etwas anderes erwarten ... »Ist Gott für uns, wer mag wider uns sein?« Es war ihm so, als ob er, der Verzweifelte, der Niedergeschlagene, plötzlich wieder an sein Kapital herankam, an sein Vermögen ... es war ja gar nicht vernichtet, er hatte seinen Reichtum behalten, den konnte ihm kein Teufel, kein Tod rauben ... Er hatte wieder die Kraft des Wortes ... »in dem allem überwinden wir weit um des willen, der uns geliebet hat ...« Nur festhalten, sich daran klammern ... In seinem Ringen und Kämpfen hatte er es nicht gemerkt, daß er wieder am Grabe des Freundes angelangt war.

Aber als ein anderer stand er jetzt davor. Die Kraft des Wortes durchdrang ihn, sicherer, fester war er geworden. Er konnte wieder die Hände falten. Der Schlüssel zu seinem Reichtum war nicht verloren, er befand sich wieder in seinem Besitz. Mit einer feierlichen Gebärde nahm er seinen Hut ab und sprach vor sich hin: »Denn ich bin gewiß, daß weder Tod noch Leben, weder Engel noch Fürstentümer noch Gewalten, weder Gegenwärtiges noch Zukünftiges, weder Hohes noch Tiefes mag uns scheiden von der Liebe Gottes, die in Christo Jesu ist, unserm Herrn.«

Lotting war mit ihren Kindern nach Riga zurückgefahren, nachdem sie den ganzen Sommer beim Bruder in Krettingen verbracht hatte. Es war ein harmonisches Zusammensein gewesen. Alle waren darauf bedacht gewesen, der Schwester Liebes zu erweisen. Die Kinder hatten sich mit ihren Vettern und Basen im Garten getummelt, und die Sonne hatte sie gebräunt, daß sie nicht mehr wie blasse Stadtkinder aussahen.

Es war Herbst geworden, und die Kartoffeln mußten eingebracht werden. Mögen andere Länder ihre Früchte speisen, Litauen hatte seine Kartoffeln. Gab es etwas Schmackhafteres als eine ausgewachsene, frisch aus der Erde genommene Kartoffel, wenn sie dampfend auf den Tisch kam? Flaumig zart war ihr Fleisch, sie sättigte Tier und Mensch. Nie mundete sie so gut wie in der Zeit ihrer Ernte.

Wieder kamen die Frauen ins Pastorat, um aus dem Garten des Pastors dies notwendige Nahrungsmittel zu bergen. Jedes Jahr wiederholte sich dieses Fest, denn ein Fest mußte es trotz der Arbeit werden. Morgens gingen die Frauen, ohne sich aufzuhalten, gleich hinaus. Gefrühstückt hatten sie zu Hause, nur Mare nicht. »Vergiß die Mare nicht«, ermahnte der Pastor stets seine Frau. »Ja, natürlich, das weiß ich doch«, erwiderte sie ärgerlich, »Mare bekommt Kaffee und ein Stück weichen Kuchen.« Mare war ein besonderer Schützling des Pastors. Ihr Gesicht war entsetzlich entstellt, niemand hatte das Kind, das mit einer Hasenscharte und einem Wolfsrachen geboren war, zum Arzt oder ins Krankenhaus gebracht, so war sie aufgewachsen und alt geworden mit diesem furchtbaren Mal im Gesicht. Sie trug immer ein Tuch vor dem Mund, und ihre Sprache war so undeutlich, daß Frau Käthe sie nicht verstehen konnte. Es gab aber in der ganzen Gemeinde wohl kaum einen Menschen, der so geschätzt wurde wie Mare. Sie war unendlich fleißig. Nach dem Tode ihrer Mutter wohnte sie allein in der Stube, die an einer Scheune angebaut war. Alle, auch die verlokkendsten Angebote von den Bauern ringsum hatte sie abgelehnt, sie ging zu jeder Arbeit, zu der man sie rief, und verdiente sich so ihr Brot. Nur ihre Selbständigkeit gab sie nicht auf. Jedes Jahr zur Kartoffelernte kam sie ins Pastorat, umsonst natürlich wie alle übrigen.

Es hätte sie schwer gekränkt, wenn der Pastor ihre Arbeit hätte bezahlen wollen. Das mußte er auf irgendeinem anderen Wege tun. Mare hatte so sanfte graue Augen, die einen mit einem Ausdruck ansahen, daß, wie die Pastorin sagte, »Tränen aufstiegen«. So etwas Hilfloses, so etwas Rührendes lag darin.

Zum Mittagessen kamen die Frauen und Mädchen ins Haus, dabei beobachtete Frau Käthe, daß jeder sich umsah, ob Mare nichts entgehe, die eine rückte einen Stuhl für sie in die Ecke, dicht ans Regal, das ihr als Tisch dienen konnte, die andere brachte ihr den Teller mit dem Essen. Sie wollte abseits sitzen, aber doch so, daß sie alles sehen und an den Gesprächen teilhaben konnte. Wenn man das so sah, wie sich die Menschen um sie bemühten, wie sie ihr das Unglück tragen halfen, dann meinte man, alle Menschen seien gut – oder lag es nur an diesem bescheidenen, arbeitsamen Menschen, der ohne Klage diese furchtbare Entstellung hinnahm? Der Pastorin war sie unheimlich, sie hätte sich auch gern mit ihr unterhalten, aber sie verstand sie nicht, und ob Mare ihren Worten folgen konnte, ließ sich nicht feststellen. So sah sie sich immer erst nach einer Dolmetscherin um, wenn sie Mare etwas zu sagen hatte. Ihr Mann konnte das viel besser. Zu ihm kam sie, mit ihm sprach sie, erzählte ihm und er verstand sie, aber der Pastorin ging die so schwer Gezeichnete aus dem Wege. Warum nur? Vielleicht war es deren Gesundheit und Schönheit, die sie scheu machte.

Das Mittagessen bei dieser Gemeinschaftsarbeit im Pastorat mußte ein Schmaus sein, ein fetttriefender Schmaus. Der Herbst war die Zeit des Hammelessens, geschmortes Lammfleisch mußte es sein und dazu saure Gurken, und hinterher gab es zur Erfrischung eine Apfelsuppe, die richtig temperiert wurde, nicht zu kalt, aber auch nicht zu warm.

Und dann ging es wieder hinaus in den Garten. Zehn bis zwölf Frauen beendeten an einem Tag die Arbeit.

Um die Vesperzeit kam die Pastorin mit einem großen Korb voll Äpfel auf den Acker und verteilte ihn. Und Mare? Wie aß die? Für sie wurde der Apfel gerieben, und sie schob sich den

Brei mit dem Löffel hinter ihr Tuch in den von keinem Gaumen geschlossenen Mund. Wie schluckte sie nur? Sie mußte mit dem Finger nachhelfen ... Oh, welch eine Plage! Erst wenn es dämmerte, wurde Schluß gemacht und mit Kaffee und Kuchen für die freundliche Hilfe gedankt.

Litauen stand im Zeichen des Aufbaues. Die Bahn fing an zu verkehren, allerdings fuhr sie noch nicht jeden Tag, sondern nur dreimal die Woche. Für jedes Handgepäck mußte eine Fahrkarte gelöst werden, die nach Gewicht berechnet wurde. Eine Waage aber gab es noch nicht auf der Station in Krettingen. Ein Bahnarbeiter ergriff die Amtstasche des Pastors, schaukelte sie einige Male auf und nieder und erklärte dann mit Bestimmtheit: »Fünfzehn.« Genau, als man zu Hause nachwog, zeigte die Waage fünfzehn Pfund.

Die Post begann Briefmarken zu verkaufen, noch nicht richtig gezähnte, sondern kleine viereckige Papierchen mit Handdruck, ungummiert, aber der Anfang war gemacht.

Das Wichtigste jedoch waren die Schulen. Jedes Dorf sollte einmal eine Schule haben, fürs erste begnügte man sich, in den größeren Orten welche einzurichten. Krettingen aber bekam ein Progymnasium. In Schönbergs Haus am Markt wurde es untergebracht. Gespart und entbehrt hatte der alte Apotheker, um sich das Haus zu bauen, als Sicherheit fürs Alter. Er war verschollen, seine Töchter als Frauen zaristischer Offiziere umgekommen, und seine Frau war gestorben, allein und verlassen von den Ihrigen. Fremde Menschen hatten sie auf den Friedhof gebracht, wo sie neben ihren Sohn gebettet wurde, an dessen Grab sie in sechsundzwanzig Jahren nie getreten war. Was waren nun alle Sicherungen, aller Besitz? Der neue Staat nahm den Besitz in Treuhand.

Mädchen in der Tracht der Gymnasiastinnen, braunes Kleid und schwarze Schürze, Jungen in dunklen Jacken mit breitem Ledergurt saßen in den Räumen, um zu lernen. Sie wollten alle lernen, selten fand sich jemand darunter, der es nicht ernst nahm.

Der Kirchenälteste Ensin kam mit seinem jüngsten Sohn zum Pastor, der war ein großer Bursche geworden. Etwas verlegen standen sie da und preßten ihre derben Hände ineinander, daß sie knackten.

»Ja«, meinte Ensin, »das ist nun der Junge, Herr Pastor, dem Sie bei Ihrem ersten Kalendebesuch bei uns versprachen, Sie würden ihm mal helfen, Lehrer zu werden. Nun gibt er mir keine Ruhe, ich mußte zu Ihnen kommen.«

»Das freut mich«, ermunterte der Pastor, »daß du bei deinem Vorsatz geblieben bist, ins Progymnasium mußt du gehen.«

»Das geht nicht so ohne weiteres, ich weiß noch zu wenig«, bekannte der Junge.

»Wir möchten Sie, Herr Pastor, bitten, ihm Stunden zu geben ... wir werden uns auch erkenntlich zeigen ...«

»Ich habe versucht, allein zu lernen«, sagte der Junge, »aber ich komme nicht weiter, wenn Sie mir helfen würden ...«

»Sein Versprechen muß man halten«, sagte der Pastor, und sie machten gleich einen Stundenplan ...

Im Progymnasium gab der Pastor nicht nur die Religionsstunden für die Evangelischen, er wurde auch gebeten, die Deutschstunden in den oberen Klassen zu übernehmen.

Es ging ein frischer Wind durch das Land, ein Erwachen.

Einen Kirchenchor mußte die Gemeinde haben, unbedingt. Der Pastor warb für ihn und sammelte die Sangeswilligen im Pastorat. Kein einziger von ihnen kannte Noten. Frau Käthe wurde ans Klavier gesetzt, er selbst sang vor und sang mit, und da er ja alles mit leidenschaftlicher Hingabe betrieb, hörte er nicht eher auf, als bis Frau Käthe aufstand und energisch verlangte: »So, jetzt Schluß, keinen Ton mehr, du bist völlig heiser, und die Sänger müssen ins Bett.«

»Ach, noch einmal, wenigstens noch einmal«, bettelte er wie ein Kind, »bis zur nächsten Woche ist alles vergessen. Es sitzt noch nicht fest, die zweite Stimme, bitte, die zweite Stimme.« Wer konnte da widerstehen? Aber es war zu viel, viel zu viel ... Die Aufgabe im Progymnasium wuchs sich auch immer mehr aus. Es ging ja bei ihm nicht anders, seine Stunden versuchte er so inhaltsreich, so interessant wie möglich zu gestalten, und das nahm Zeit und Kraft in Anspruch. »Vor einem Volk, das es so ernst mit seinem Aufbau nimmt, muß man Achtung haben«, sagte er zu seiner Frau.

»Ich wünschte nur, du hättest auch ein bißchen Achtung vor deiner Gesundheit. Es ist doch kein Tag mehr ohne Hetze, kein Abend mehr frei, und jeder Sonntag ist besetzter als der Wochentag.«

Leider wurde dieser Aufschwung sehr bald für die Evangelischen durch Schwierigkeiten in der Neubildung der kirchlichen Verwaltung gehemmt. Wohl ermächtigte der Innenminister den Propst, eine Generalsynode einzuberufen, aber er verhinderte durch seine Einmischung eine gedeihliche Entwicklung.

Die Pastoren und Vertreter der Gemeinden, der deutschen, litauischen und lettischen, traten in Kaunas zusammen. Aber der litauische Staat setzte das vom Zarentum ausgeübte Vetorecht fort und gab nicht seine Zustimmung für die von der Synode einstimmig zu Führern der Kirche gewählten Männer. Er wollte andere Personen haben, die aber die Synode ablehnen mußte.

Es entspann sich ein jahrelanger Kirchenkampf. Dem einmütigen Widerstand der Evangelischen setzte die Regierung einen immer härter werdenden Druck entgegen. Das hatte zur Folge, daß sich eine geschlossene Gesamtkirche bildete, wie sie früher in dem Maße nicht bestanden hatte.

Die Verbindung unter den Gemeinden wurde reger, Pastorenkonferenzen fanden statt, in denen Richtlinien ausgearbeitet wurden. Es wurde ein neues Kirchengesetz geschaffen, das den neuen Verhältnissen entsprach. Die Regierung war bestrebt, die Verbindung ins Ausland zu unterbinden. An der neugegründeten Universität in Kaunas sollte auch eine evangelische Fakultät angegliedert werden. Dagegen mußte sich die evangelische Kirche wehren. Bei ihrem geringen Bedarf an Nachwuchskräften, alle fünf Jahre einen Pastor, wäre es eine Torheit gewesen, dafür die Ausbildung im Lande überhaupt in Rechnung zu ziehen. Im Nachbarstaat, in Deutschland, konnten die evangelischen Studenten eine bessere, vielseitigere Ausbildung genießen, als es in Litauen möglich gewesen wäre. Aber es sollte alles litauisch werden, und der Kampf nahm immer schwierigere Formen an.

Wenn auch der Pastor seine Filialgemeinden nach wie vor nur mit Pferden erreichen konnte, so gab es doch jetzt auch schon Bahnverbindungen. Die Deutschen hatten Bahnen gebaut, das kam jetzt der neuen Republik zugute. Die Züge sausten nicht und brausten nicht, sie bummelten gemächlich durch Wälder mit dunklen Tannen und hellen Birken, an Weiden und Mooren vorüber, auf denen Erlengebüsche und Wacholdersträucher wuchsen. Man kam aber vorwärts und hatte das angenehme Gefühl, daß ein Verkehrsunfall bei diesem Tempo unmöglich sei. Oder doch? Mit einem Mal fuhr ja der Zug langsam, ganz langsam.

Der Pastor beugte sich zum Fenster hinaus. Weit und breit

war kein Haus zu sehen, es war ja auch eben eine Station gewesen, man war mitten in einem Walde, und der Zug hielt. Warum?

Alle Männer heraus! Wozu? Die Feuerung war ausgegangen, und wie soll eine Lokomotive laufen, wenn sie nichts zu essen bekommt? Kohlen gab es keine, man fuhr mit Holz. Und da standen Holzstapel, nicht nur einer, viele! Die Männer sprangen über den Graben, ergriffen die Kloben, einer reichte sie dem andern bis in den Heizraum hinein. Es ging flink bei dieser Gemeinschaftsarbeit.

Bald konnte die Lokomotive wieder einen Pfiff ausstoßen, und der Zug trottelte weiter.

Aber wenn dieses Holz verheizt und das Ziel noch nicht erreicht war, was dann?

Keine Sorge, Wälder gibt es genug, an Arbeitern fehlt es auch nicht, und Zeit, was spielt Zeit für eine Rolle, wenn man vierhundert Jahre gewartet hatte . . .?

Der letzte Sonntag im Kirchenjahr. In dunklen Kleidern gingen die Menschen zum Gottesdienst. An Kanzel und Altar hingen schwarze Decken. Ernst und feierlich brannten die Kerzen, die zum Gedenken an die Entschlafenen entzündet waren.

Nur in den Vasen auf dem Altar grünten ein paar Tannenzweige . . .

In der Heimat würde Lotting mit ihren Kindern und den vielen anderen Trauernden zum Friedhof pilgern, um Kränze niederzulegen, Kränze für die Eltern, Kränze am Grabe des Mannes und Vaters ihrer Kinder.

So fern, so weit liegen sie, nur die Gedanken können dorthin eilen. Gestern waren der Pastor und seine Frau auf dem Friedhof gewesen, an den Gräbern ihrer kleinen Söhne.

Kein Bild, keine Fotografie besaßen sie von ihnen, nur in ihren Herzen lebten sie weiter, diese Kinder, die ihnen große Freude und tiefen Schmerz ins Leben gebracht hatten.

Es war hier Sitte, daß man an diesem Tage eine besondere Fürbitte im Gedenken an die Verstorbenen beim Pastor anmelden konnte. Die Leute nannten es »eine Danksagung«.

»Heute lasse ich Gott danken«, sagten sie. Das kostete etwas, je nach Belieben, es war ein Opfer, das dargebracht wurde. Dem Pastor war dieser Ausdruck fremd gewesen, er hatte ihn zuerst nicht recht passend gefunden. Wie? Sollte man Gott für einen Tod danken? Erst mit der Zeit erfaßte er den Sinn, der darin lag, begriff, wie tief und schön diese Sitte war.

Sie umschloß beide, den Lebenden und den Toten.

Gott danken für alles, was er dem Dahingeschiedenen an Hilfe und Segen zuteil werden ließ.

Gott danken, daß er einem diesen lieben Menschen, dieses Kind geschenkt hatte, die ihnen das Leben so reich gemacht hatten in Freude und in Leid.

Gott danken, daß du, der du nicht mehr hier auf Erden weilst, und ich, der ich noch nicht vollendet bin, in Gottes Hand geborgen sind.

Durch einen Federstrich am grünen Tisch war das Memelland vom deutschen Reich abgeschnitten worden. Im Namen des Völkerbundes hatten französische Truppen seinen Schutz übernommen. Die Stadt, in der einst eine preußische Königin ihren letzten Zufluchtsort gefunden hatte, gehörte nicht mehr zu Preußen.

Im Winter des Jahres 1923 marschierten litauische Truppen in Memel ein, und die Franzosen, die Beschützer sein sollten, sahen tatenlos zu und zogen sich dann ganz zurück.

Als Trost wurde dem Memelgebiet von den Siegermächten eine Autonomie zugesichert. In allen inneren Angelegenheiten, den kulturellen: Kirche, Schule, Gericht sollten sie sich frei und selbständig verwalten können, alle Organisationen, die die Verbindung mit der Außenwelt herstellten wie Post, Bahn, Zoll, sollten in die Hände der Republik Litauen übergehen.

Nun gibt es in der Geschichte der Menschheit viele Beispiele für verheißene Autonomien, für verliehene Selbstverwaltungen, aber kein Beispiel dafür, daß diese Versprechungen gehalten wurden.

Wenn der Mächtigere es für seinen Vorteil erachtet, sie zu ignorieren, dann achtet er sie nicht.

Deutschland lag am Boden, es hatte den Krieg verloren, und die Siegermächte drückten beide Augen zu, wenn es galt, ein Unrecht zu sehen, das dem Besiegten geschah.

Der Memelstrom war Grenze geworden. Litauen erstreckte sich bis Tilsit. Krettingen und Memel waren nun nicht mehr durch eine Grenze getrennt. Nicht ohne Schmerz hörten die evangelischen Gemeinden, wie fremdes Wesen dort eindrang und die deutsche Ordnung zu zerstören drohte.

Es war die Zeit der Unruhe, eine Zeit des Umbruchs.

Die ungeklärten kirchlichen Verhältnisse drückten, dazu stellten sich noch wirtschaftliche Sorgen im Pastorat ein, denn der Staat sperrte allen evangelischen Geistlichen die Besoldung, die er ihnen für die Führung der Standesregister zugesichert hatte. In Litauen war die Trennung von Kirche und Staat noch nicht vollzogen.

Die Filialgemeinden gerieten in dieselben Schwierigkeiten. Kantor Kanning war gestorben, und der neue, der sich gemeldet hatte, zog sich zurück, als er hörte, wie kärglich das Gehalt des Kantors war.

Wie sollte das weitergehen?

Die Unterstützungskasse, die bisher alle Gemeinden der Diaspora mit Geldmitteln versehen hatte, war durch die Revolution vernichtet.

Die Zukunft sah dunkel aus. In letzter Zeit machte dem Pastor sein Herz zu schaffen, noch gelang es ihm, die Anfälle vor seiner Frau zu verheimlichen. Er wollte sie nicht noch mehr belasten, denn sie trug ihr siebentes Kind unter dem Herzen.

Sie hatte es nicht gewollt und gemeint, an ihren vier Kindern hätten sie genug. Unglücklich war sie darüber gewesen und oft so mißmutig, wie er sie bisher nicht gekannt, sollte er ihr da noch mit seinem Leiden kommen?

Am 8. August 1923 wurde im Pastorat ein kleines Mädchen geboren. Sieben Kinder hatten nun in dem weiten geräumigen Hause das Licht der Welt erblickt, sieben Kinder in ein und demselben Hause, aber in drei verschiedenen Staaten. Die beiden großen Töchter und Helmut waren in Rußland geboren, die drei darauffolgenden Söhne in Deutschland (Ober-Ost), und jetzt die Kleine, das Hanneli, in der Republik Litauen. Ein lebendiges Beispiel für das wechselvolle Geschick des Ostens. Eins aber war immer dasselbe geblieben, das evangelische Pfarrhaus. Wenn Frau Käthe die Freude sah, mit der die anderen Kinder das Körbchen der kleinen Schwester umstanden, wie sich die großen Schwestern darum bemühten, die Kleine einmal zu wickeln, zu versorgen, wenn sie ihres Mannes Glück sah, wenn er die Kleine auf den Arm nahm, dann konnte sie es nicht begreifen, daß sie dieses liebliche Wesen nicht mit tausend Freuden herbeigesehnt hatte. Ein Glück hatte sie ins Haus gebracht, ein unbeschreibliches. Die Welt war heller geworden, seit diese zarte Blume aufgeblüht war.

Das Hanneli taufte Pastor Stephani selbst. Als er die Mahnung an die Paten richtete, daß sie für eine christliche Erziehung zu sorgen hätten nächst den Eltern oder auch ohne sie, da zitterten seine Lippen. Nur seine Frau hatte es bemerkt. Sie erschrak, welche Gedanken quälten ihn? Sie sah ihn forschend an, aber er sprach dann wieder ruhig weiter. Hatte sie sich versehen?

In den nächsten Tagen wurde ihr Verdacht bestätigt. Vor der Taufe hatten sie ihre Polstermöbel neu beziehen lassen und freuten sich beide daran, wie hübsch sie aussahen.

»Vielleicht kannst du damit auch was anfangen«, sagte er zögernd. »Ich, wie kommst du darauf? Ich allein? Wir haben es doch für uns, für unser Haus gemacht.«

»Ach nun ja, ewig lebt keiner, und es könnte doch sein, daß du, mein Liebes, mach nicht so ein entsetztes Gesicht, du bist viel jünger als ich, allein bleibst.«

»Und deshalb wolltest du die Möbel beziehen lassen? Ich kann sie überhaupt nicht mehr sehen. Immer werde ich an diese Worte von dir denken müssen.«

»Ach, mein liebes Vollblut, immer noch gehst du so steil hoch und bist doch Mutter von fünf Kindern, ist es nicht vernünftig, wenn ich mal über die Zukunft nachdenke, eine Pension kriegst du nicht, darüber müssen wir uns klar sein, bei dem Kirchenkampf ... nichts wird dir der Staat geben.«

»Ach, bis dahin ist er längst beigelegt, und du hast noch hundert Jahre zu leben, wehe, wenn du das nicht tust, mutest du mir vielleicht zu, allein mich durchzuquälen ...«

»Wenn es von mir abhinge ...«, sagte er, sie wehmütig ansehend, »Hanneli schreit ...« Beide standen sie gleich darauf an dem Körbchen der Kleinen. Wo waren alle schwarzen Gedanken geblieben? Vor Hannelis Schrei, vor ihrem Lächeln versanken alle Nöte.

Die evangelische Synode tagte in Kaunas. Es war ein Sommertag in schönster Pracht, und die Pastoren berieten und sprachen, machten Vorschläge und verwarfen sie. Es schien kein Ende nehmen zu wollen, schließlich hieß es, Schluß der Debatte, Mittagspause, um vier Uhr Weiterberatung.

Stephani erklärte, nach dem Mittagessen einen Spaziergang machen zu müssen. Sein Kopf sei wüst und leer geworden. Einige Amtsbrüder schlossen sich ihm an. Wohin? Er schlug vor, den Spuren deutscher Vergangenheit nachzugehen und sich die Ruine der Ordensburg anzusehen. Alle stimmten ihm zu.

Wo war denn die Burg? Sie gingen über den Platz, auf dem das schöne Rathaus stand, das noch aus der Hansezeit stammte, da kam ein alter Jude daher. An ihn wurde die Frage gerichtet, wo die Burg sei, die ganz alte. Er zuckte die Achseln, von so was habe er noch nichts gehört, sein Lebtag nichts erfahren. Burg? Burg? Was ist das ...? Man ließ ihn laufen. »Vielleicht weiß der da drüben uns besser aufzuklären«, und die Gruppe bewegte sich auf den Mann zu, es war auch ein Jude, aber ein Jüngerer. Eine Unterhaltung entspann sich. Bei aller Mühe, die sie sich auf beiden Seiten gaben, kam man zu keinem Ergebnis.

»Historiker ist der eben offenbar auch nicht«, bemerkte einer lakonisch. Da packte einen der geistlichen Herrn der Eifer. In unverfälschtem Jiddisch redete er auf den Mann ein: »Nun wo werd Ihr nicht wissen, wo sain die Drepplachs?« – »Och, die Drepplachs (Überreste – Brocken), die Drepplachs woll der Herr wissen, ja, die ...« natürlich, die kannte er, das wußte doch jeder, wo die waren. Er erbot sich gleich, den Führer zu spielen, und führte die Herren aus der Stadt hinaus zu den Resten deutscher Vergangenheit in diesem Lande.

Es waren wirklich nur Mauerbröckel, die geblieben waren. Was Menschenhand gebaut hatte, das war verschwunden, zerbröckelt, was aber Gott geschaffen hatte, die breiten glitzernden Ströme der Memel und der Wilja, die hier zusammenflossen, die hohen Ufer und das liebliche Flußtal, in dem die Stadt lag, das alles bot sich in unverminderter Schönheit dem Auge.

Der Nachmittag brachte eine Einigung über die Zusammenstellung des Konsistoriums, es wurden aus den drei verschiedenen Gemeinden, der deutschen, litauischen und lettischen je ein Senior gewählt, die dann die kirchliche Verwaltung übernehmen sollten. Dieser Vorschlag wurde der Regierung zur Bestätigung eingereicht.

Aufrecht und gradlinig stand die evangelische Kirche in diesem Kampf. Sie stand allein da, denn die Hoffnung, daß sie sich der Kirche im Memelgebiet hätte anschließen können, erfüllte sich nicht.

Die nationale Partei in Litauen hielt das Staatsruder in den Händen. Die hatte sich einen Mann ausgesucht, der ihr genehm war, und der sollte nach ihren Wünschen die evangelische Kirche litauisieren. Gegen diese Vergewaltigung bildeten Pastoren und Gemeinden eine gemeinsame Front.

Verschlungen und unübersichtlich sind die Wege, die Gott die Menschheit führt. Drohte nicht dem kleinen Häuflein der Evangelischen in diesem Lande Untergang, zum mindesten Zersplitterung? Wie lange würde es standhalten? Aber da erlebte man das Wunder, daß je stärker der Druck, desto größer die Einmütigkeit wurde, daß ein Erwachen durchs Land ging. Allenthalben entstanden deutsch-evangelische Schulen, sammelte sich die Jugend zu ernster Besinnung und zu frohem Spiel.

Der Unterstützungsverein war dahin, aber im Gustav-Adolf-Verein gewannen die Diasporagemeinden einen neuen Helfer.

Exaudi, der letzte Sonntag vor Pfingsten, das war der Tag des Gustav-Adolf-Vereins im Memelgebiet. Das Interesse für die Glaubensbrüder, die so nahe vor ihren Türen waren, nahm von Jahr zu Jahr zu. Es war erhebend zu sehen, wie sich aus den bescheidenen Anfängen eine große Gemeinschaft gebildet hatte. Ein warmer Strom herzlichen Verstehens ging von den Männern aus, die diesen Verein leiteten.

In diesem Jahr war Pastor Stephani gebeten worden, den Festgottesdienst zu halten. Am Nachmittag sollte er auf der Versammlung von dem Leben der Gemeinden in der Diaspora erzählen.

Die große Kirche war zum Gottesdienst bis auf den letzten Platz gefüllt, und am Nachmittag mußte die Versammlung im Freien gehalten werden, weil es keinen Raum gab, der die Massen hätte fassen können.

Das Memelgebiet war ein reiches Land, das sah man schon an den Wagen und Tieren. Wie blinkte das Geschirr an den blankgeputzten, großen Pferden. Ganze Reihen Kutschwagen waren aufgefahren und standen vor der Kirche. Dies Gebiet hatte den Aufstieg Preußens mitgemacht, ein wohlmeinender Staat hatte für die Bewohner gesorgt, sie hatten nicht unter hartem Druck wie ihr Nachbar Litauen leiden müssen.

»Meine lieben Glaubensbrüder!« begann Pastor Stephani seine Ansprache, »keine Grenze trennt uns mehr voneinander, ohne Paß, ohne Zollschranken können wir hin- und herfahren. Ich weiß, daß ihr sagen müßt, leider, leider ist es so, und seid versichert, wir fühlen mit euch mit. Ein hartes Schicksal hat euch getroffen. Es sieht bei euch anders aus als bei uns, eure Häuser sind größer, eure Wagen und Pferde zeugen von Wohlstand, eure Schulen und Kirchen sind prächtiger. Ihr seid viele, wir sind wenige. Aber ein gemeinsames Band, das Glaubensband, umschlingt uns alle, und daß ihr dieses Band festigen wollt, daß ihr die Verbindung mit uns sucht, das danken wir euch. Wir hoffen auf eure Hilfe, um unsere Kirchen und Schulen unterhalten und ausbauen zu können. Ihr habt mit Schulen keine Sorgen. Hat euer Kind ein bestimmtes Alter erreicht, dann schickt ihr es in die Schule – jedes Dorf hat doch seine Schule – und ihr müßt es sogar, es herrscht ein Zwang. Wir haben aber jetzt erst damit anfangen können. Unsere Gemeinden bestehen in der Hauptsache aus Bauern und Handwerkern, von denen viele weder schreiben noch lesen können. Es fehlt an Lehrern, an Erziehern. Schularbeit ist eine der wichtigsten Aufgaben in der Diaspora.

Eure Hilfe darf nicht nur aus Geldmitteln bestehen, wenn die auch sehr nötig sind, wir bitten: betet für uns! Ich kann aus eigener Erfahrung euch sagen, was es bedeutet, wenn man nach vielen Meilen weiter Amtsfahrt müde und abgespannt heimkehrt und dann einen Gruß von den Glaubensbrüdern vorfindet, der einem sagt: wir denken dein, wir nehmen teil an deinem Schaffen, an deinen Leiden und Freuden.

Mit frischem Mut greift man wieder zu seiner liebgewordenen Arbeit. Ich hörte einmal, wie in eurem Kirchenvorstand beraten wurde, ob man sich einen neuen Teppich kaufen soll, nun, an solche schönen Dinge dürfen wir in der Diaspora nicht denken, unsere Beratungen gelten dem Loch im Kirchendach, ob wir es schon in diesem Jahr decken lassen können oder ob wir uns noch weiter damit behelfen müssen, Waschschüsseln aufzustellen, um den Regen aufzufangen.

Helft uns unsere Löcher stopfen!«

Es war ein schöner Tag gewesen, dieses Fest in großer Gemeinschaft. Frohgemut kehrten Pastors am Montag nach Hause zurück.

Aber was war hier für eine Aufregung gewesen!

In Krettingen sollte an dem Sonntag Lesegottesdienst stattfinden, doch da war der Pastor gekommen, den die Regierung durchaus als Führer der evangelischen Kirche einsetzen wollte, und hatte sich die Kirchenältesten holen lassen und erklärt, er werde den Gottesdienst in der Kirche zu Krettingen halten. Der Kirchenvorstand lehnte es ab, ihm die Schlüssel zu geben. Darauf holte er sich am Sonntagmorgen die Polizei und nahm von dem Glöckner die Schlüssel.

Schnell, wie der Wind, hatte sich diese Eigenmächtigkeit herumgesprochen. Was? Unser Pastor nicht zu Hause, und ein fremder will sich hineindrängen? Das gibt es nicht. Auf zur Kirche! Die Deutschen und die Litauer füllten die Bänke. Als der Pastor auf den Altar hinaustrat, erblickte er einen menschenvollen Raum. »Da sieht man eben«, dachte er, »die Leute wollten, aber sie werden nur verhetzt. Sie sind ja gekommen.«

Die Gemeinde sang das Eingangslied. Das Lied war zu Ende, die Orgel schwieg. Der Pastor schickte sich an, den Eingangsspruch zu verlesen, da hob eine helle Stimme wieder an, die anderen fielen ein, und die Gemeinde sang weiter. Der Pastor machte ein Zeichen, daß sie aufhören sollten, aber es war wie ein Strom, der nicht aufzuhalten war. Der Choral endete, kleine Pause, aber nur so lange, um einmal richtig Luft zu holen, der Pastor setzte zum Sprechen an, doch schon ging seine Stimme unter in dem nächsten Liede. Er gab Sunde ein Zeichen, daß er mit der Liturgie beginnen solle, der zuckte nur mit den Achseln, wie sollte er?

Das rauschte und brauste schon ohne Orgel, daß die Fensterscheiben zitterten, er konnte doch nicht dreinfahren, außerdem hatte er Angst vor den Bauern. Die hätten ihm nachher Vorwürfe gemacht. Der Pastor ließ die Hände sinken, einmal mußten sie doch aufhören. Wie lange konnten sie das aushalten? Aber da kannte er die Litauer schlecht, die hatten eine jahrelange Übung in ihren Gebetsstunden, die kannten das ganze Gesangbuch auswendig, die brauchten keine Orgel, kein Buch, die beherrschten alle Weisen. Es war wie ein Urstrom, und die Deutschen wurden mit fortgerissen. Sie sangen ohne Unterlaß. Irgendwer hatte die Polizei benachrichtigt. Die erschien, stellte sich mit dem Rücken an die Eingangstür und beobachtete. Nichts Verdächtiges konnte sie entdecken. Die Leute sangen, der Pastor stand am Altar ... alles, wie es sich gehört ... das schien doch alles in Ordnung zu sein ...

Ja, wie lange es ihnen erlaubt war, zu singen, das konnte die Polizei wirklich nicht beurteilen ... nach einer Weile verließ sie still die Kirche.

Um zehn Uhr hatten sie angefangen, und um ein Uhr sangen sie noch mit derselben Kraft.

Um zwei Uhr verließ der Pastor die Kirche, um seinen Zug zu erreichen. Bald darauf ging die Gemeinde ruhig auseinander.

In den nächsten Tagen trat der Kirchenvorstand zusammen. Die Männer erzählten, berichteten, was würde werden? Am Ende kämen sie vors Gericht, dann würden sie aber einmal die Wahrheit sagen ... ja, sie hatten Mut. »Hier im Pastorat«, dachte der Pastor, aber er beruhigte sie, denn er hoffe, daß es keine schlimmen Folgen für die Gemeinde haben würde, es sei ja nichts passiert, keiner sei angegriffen worden. Das Unrecht liege beim Gegner, der sich die Schlüssel mit Polizeigewalt angeeignet habe.

Dagegen müsse der Kirchenvorstand Einspruch erheben.

Das geschah auch.

Noch unter dem Eindruck des Festes im Memelgebiet faßte der Pastor mit seiner Frau den Entschluß, eine Pastorenkonferenz nach Krettingen einzuladen, an der auch die Amtsbrüder aus dem Memelland teilnehmen könnten. Stephani brachte diese Einladung auf der Synode in Kaunas vor und bekam eine freudige Zusage. Da der Kirchenkampf noch immer weiterging, war es durchaus notwendig, das Bewußtsein für die evangelische Sache in allen Gemeinden anzuregen und zu stärken. Krettingen machte nun den Anfang. In Zukunft sollten auch in anderen Gemeinden solche Zusammenkünfte stattfinden.

Die Freude über diesen Beschluß war in der Gemeinde Krettingen groß. Wie die Kinder, die ihren Geburtstag nicht erwarten können, benahmen sich alle, Männer und Frauen.

»So was haben unsere Augen noch nicht gesehen, und es darf an nichts fehlen«, versprachen sie, »auch unsere Kinder werden wir mitbringen, damit sie sehen, einmal sehen, daß wir auch viele Pastoren haben, daß wir auch viele sind.«

Wann, wann sollten die Gaben gebracht werden? Butter und Eier könnten ja schon zeitiger da sein.

»Ja, das ist eine gute Idee«, lobte die Pastorin, »wir müssen die Kuchen doch schon zeitiger backen, das kann man doch nicht am letzten Tage tun.«

»Siehst du, Pastorchen, das hat meine Frau auch gesagt, geh und frag, hat sie gesagt, was zum Backen nötig ist, das muß die Woche vorher hingebracht werden. Es soll an nichts fehlen.« Und bei jeder Ablieferung erfolgte dann noch die Frage: »Pone (Herrin), wird es auch genug sein?« Dabei war der Korb bis an den Rand gefüllt, ohne die Hühner und Enten, die erst gebracht werden sollten.

Zum Backen und Kochen erboten sich die Schwestern Keller, die waren Meisterinnen auf diesem Gebiet, die hatten in ihrem Leben in großen Hotels in Petersburg die Wirtschaft geführt und nun, da sie älter geworden waren, waren sie zurückgekehrt und wohnten in ihrem hübschen Hause an der Danje. Sie hielten Haus und Garten in vorbildlicher Ordnung.

In den letzten Tagen war ein Kommen und Gehen im Pastorat, es wurde gebracht und aufgestellt und ausgepackt. Für zwölf Gäste mußten Schlafgelegenheiten geschaffen werden. Wie brachte man das fertig? An Betten fehlte es nicht, aus der Gemeinde wurden so viele angeboten, daß jeder auf zwei Unterbetten und drei Oberbetten hätte schlafen können, aber die Zimmereinteilung mußte überlegt werden. Und der Speisezettel! Das waren Beratungen, es wurde vorgeschlagen, abgelehnt, wieder bedacht, angenommen, zurückgezogen ... immer fiel Fräulein Keller noch etwas Schöneres ein. An Vorräten fehlte es ja nicht, man hatte die Wahl, und wenn die Pastoren eine ganze Woche geblieben wären, auch dann wäre noch was übrig geblieben.

Am 1. November war alles zum Empfang bereit. Stephani ging noch einmal in die Kirche hinüber, um dort nach dem Rechten zu sehen. Von oben bis unten war diese gesäubert worden, voller Stolz zeigten der Glöckner und seine Frau jeden Winkel. Es war auch wirklich kein Stäubchen zu sehen.

Im Pastorat wurden unterdessen die letzten Betten bezogen. Durch das ganze Haus zog ein Duft von frischgebackenem Kuchen und gutem Mokka, es roch alles nach Seife und Sauberkeit.

Schon abends kamen die ersten Gäste an, und am nächsten Vormittag waren alle vollzählig versammelt. Die Amtsbrüder aus Memel mit dem Generalsuperintendenten wurden erst am nächsten Tag zum Hauptgottesdienst erwartet.

Nach dem Mittagessen, das Fräulein Kellers Kochkunst alle Ehre antat, begannen die Beratungen. Den Tag beschloß ein liturgischer Gottesdienst.

Am nächsten Morgen war schon früh Leben und Bewegung in und um die Kirche. Von weither waren die Leute gekommen und hatten Kinder und Kindeskinder mitgebracht. In Reih und Glied zogen die Schulkinder zur Orgelempore hinauf, der Kirchenchor versammelte sich. In festlicher Stimmung war die ganze Gemeinde.

»Sogar mit dem Auto ist einer gekommen«, berichtete aufgeregt eine Frau.

»Mit dem Auto, mit einem richtigen Automobil, geh, geh, du phantasierst«, lachte eine andere sie aus.

»Aber wirklich, wahrhaftig, ich hab's mit meinen eignen Augen gesehen«, schwor die erste.

»Von wo ist es denn gekommen?« wollten andere wissen.

»Von Bajoren, so über den Marktplatz hin«, sie wies mit der Hand die Richtung, »dann zum Pastorat hin.«

»Dann muß ich mein Pferd auf einen Hof fahren«, erklärte der Schmied Skirt und band es vom Kirchenzaun los, »das scheut wie verrückt vor diesen knatternden Luders.« Er setzte sich in den Wagen und fuhr mit seinem Araber-Halbblut auf einen Nachbarhof.

»Der Generalsuperintendent von Memel wird es gewesen sein«, belehrte ein Mann die Frauen, »der ist mit noch zwei Pastoren angekommen.«

Nein, so etwas hatte die Gemeinde noch nicht erlebt, so einen Zug von Pastoren, ein ganz langer Zug, voran schritten der Propst und Senior der deutschen Gemeinden mit dem Generalsuperintendenten, dann kamen die Senioren der litauischen und lettischen Gemeinden und dann die anderen, fünf, acht, zehn, fünfzehn, noch kein Ende, achtzehn waren es, ganz genau gezählt, achtzehn Pastoren in Krettingen in der evangelischen Kirche.

Die Schulkinder sangen, sie sangen so schön, daß einem die Tränen in die Augen kamen. Der Pastor hatte selbst mit ihnen geübt, jeden Tag, was war das überhaupt für ein Glück mit der Schule, aber dafür konnten sie auch das Lied so hell und schön singen: »Schönster Herr Jesu, Herrscher aller ...« Man dachte wirklich, die Englein singen. Sogar Sunde hatte für diesen Tag geübt, er spielte ja ganz anders, man merkte es seinem Spiel an, daß er sich Mühe gab, und der Pastor freute sich darüber, dann kam der Kirchenchor an die Reihe, die Leute fanden es sehr gut, nur der Pastor warf einen besorgten Blick nach oben, werden sie durchhalten, es ging bedenklich auseinander, aber alle Stimmen erreichten doch gleichzeitig den Schluß. Der Pastor atmete auf. Es war nicht nur für die Gemeinde ein Höhepunkt, sondern auch für sein Leben, für seine Amtstätigkeit. Hatte er es doch erreicht, wie es sein Vorgänger empfohlen, sein Nachfolger müsse sich dem inneren Aufbau der Gemeinde zuwenden. War ihm das geglückt ...? Der deutsche Gottesdienst war zu Ende. Die Pastoren drängten sich in die kleine Sakristei, um sich zu erwärmen, denn die Kirche konnte nicht geheizt werden. Öfen hatte keine Kirche in der Diaspora. Nur in dem kleinen Ofen der Sakristei knisterte das Feuer und bot Gelegenheit, in den kurzen Pausen sich zu erwärmen.

Doppelt so lange dauerte der litauische Gottesdienst, und die Pastoren kamen verfroren wie die Eiszapfen ins Pastorat.

Und hier, ein Paradies, eine warme Stube, heiße Suppe, knuspriger Braten, es war zum Übermütigwerden. An der langen Tafel herrschte eine fröhliche Stimmung.

Abgemacht, richtig, wer machte diesen vernünftigen Vorschlag? Stephani hatte die Gäste alle begrüßt, der Propst ihm und den Gemeindevertretern, die auch bei Tisch saßen, gedankt, und nun nichts mehr, Schluß damit, keine Reden mehr, ohne Störung sollte sich jeder dem köstlichen Mahle hingeben können.

Nun ja, ausgezeichnet, aber wo Pastoren sind, da muß doch geredet werden ... anders geht es doch nicht.

Zum Schluß stand denn auch der Schodensche, der nächste und liebste Amtsbruder des Krettingenschen, auf. »Setzen, hinsetzen«, schrien die anderen. Aber er blieb ruhig stehen, dieser große Mann, der sie alle um Haupteslänge überragte, den sie alle liebhatten, den der Krettingensche eine »anima candida«, eine schneeweiße Seele, nannte. Schmunzelnd sah er sich nach allen Seiten um: »Auch auf die Gefahr, euren Unwillen zu erregen, meine lieben Amtsbrüder, ich muß etwas sagen. Mir ist ein Lutherwort eingefallen. Luther hat einmal gesagt: Wenn ich zu meiner Seligkeit so eifrig wäre, wie Nachbars Karo beim Fressen, dann käme ich gewiß in den Himmel. Ich möchte das auf mich beziehen. Wenn ich zu allen guten Werken so eifrig wäre, wie ich hier in diesen Tagen bei den Mahlzeiten gewesen bin, die eine immer schmackhafter als die andere war, dann käme ich auch in den Himmel (ich auch, ich auch, erschollen die Zwischenrufe).

Nun ist es recht und billig, daß ich der Hausfrau, die uns die Genüsse zubereitet hat, herzlich danke (wir auch, wir auch).

Wenn ich hierher, nach Krettingen komme, habe ich das Gefühl, nicht nur einen Kameraden vorzufinden, sondern zwei ...« Stürmischer Beifall folgte diesen Worten.

In dieser beschwingten Stimmung, in diesem Gefühl der einmütigen Gemeinschaft, drängte es alle, einen Beweis ihrer Verhandlungsbereitschaft, einen Gruß dem Präsidenten der Republik, zu übermitteln. Der Krettingensche wurde beauftragt, dieses Schreiben aufzusetzen.

Am nächsten Morgen, als die Pastorin den Frühstückstisch vorbereitete – die Herren sollten im Laufe des Vormittags abfahren –, erscholl plötzlich im Nebenzimmer, in dem fünf Pastoren schliefen, ein Krach, ein Bums ...

»Fritz, hör doch, da ist was passiert, ein Lärm . . .« Der Pastor eilte schon herbei. Als er die Tür auftat, bot sich ihm ein Bild . . . er mußte einstimmen in das Gelächter ringsum.

Ein Bett war zusammengekracht, und einer der jüngeren Herrn saß mit zerzausten Haaren samt allen Decken und Kissen auf dem Fußboden.

Alle die geistlichen Herren, mangelhaft bekleidet, umstanden den Verunglückten mit unverhohlenem Vergnügen.

Der eine hatte sich eingeseift und war im Begriff, sich zu rasieren, der andere trocknete seine triefenden Haare, weil er eben vom Waschtisch kam, der dritte hielt Stiefel und Schuhbürste in der Hand, um seinem Schuhwerk neuen Glanz zu verleihen, der vierte lag noch im Bett und schrie: »Hilfe, Rettung, sonst geht es mir wie ihm.«

»Hauruck«, rief Stephani und reichte dem gefallenen Amtsbruder beide Hände, »hauruck!« Sie benahmen sich alle wie eine Bande ausgelassener Schüler. Stephani zog aus Leibeskräften, der Verunglückte sprang auf, die Hände zusammenlegend bat er: »Bitte um Entschuldigung!«

»Hier wird nichts entschuldigt«, drohte ein anderer, »bleibst eben zur Strafe hier, bis du das Ding wieder in Ordnung hast . . . nein, so was, wird ja immer schöner . . . Möbel zu demolieren . . . rein wie die Vandalen . . . na, der arme Stephani.« Aber der arme Stephani kam sich sehr reich vor.

Gehörte nicht zu rechter Gemeinschaft auch Fröhlichkeit und Frohsinn!

Es war ein gesegnetes brüderliches Zusammensein gewesen.

Der Schodensche Amtsbruder schrieb ins Gästebuch ein:

»Die Menge der Gläubigen war ein Herz und eine Seele und sie hatten alles gemeinsam.«

In diesem Jahr ging Frau Käthe am Heiligabend mit allen Kindern in die Kirche. Die beiden Großen sangen schon im Schülerchor mit, die drei Kleinen saßen bei ihr in der vordersten Bank, rechts und links die beiden Buben und das Hanneli auf ihrem Schoß. Es war für sie ein beglückendes Erlebnis, mit all ihren fünfen am Christabend in der Kirche zu sein, und ihr Mann würde ihnen allen das Evangelium verkünden. Hanneli hatte ihre Handschuhe hinunter geworfen und bemühte sich, ihre Händchen so zu falten, wie die Brüder es taten. Es gelang ihr aber nicht ganz, wie schwierig es doch war, die Finger richtig ineinander zu kriegen. Bald so, bald anders versuchte sie es.

Da setzte die Orgel ein, erstaunt sah sie sich um, nach unten, nach vorne, von wo kam das eigentlich, die Mutter zeigte nach oben zur Empore hin. Erfreut rief sie: »Elsi, Trudi!« Als der Schülerchor ›Ihr Kinderlein kommet‹ anfing zu singen, stimmte sie auch ein, aber sie wiederholte nur immer die Anfangsworte so laut, daß es alle hören konnten.

»Papi, Papi«, jauchzte sie, als der Pastor auf den Altar trat, »Hanneli auch da.«

»Sssst«, machte die Mutter und legte ihr leicht die Hand auf den Mund, »ssst, mußt ganz still sein.«

Sie war es dann auch und verfolgte aufmerksam jede Bewegung des Vaters.

Hu, wie das kalt war! Als sie heimgingen, knirschte der Schnee unter ihren Füßen. Immer schneller wurden ihre Schritte. Der Mond am wolkenlosen Himmel schien die Kälte noch zu erhöhen. Die beiden Schwestern hatten das Hanneli in die Mitte genommen und liefen mit ihr, sie ab und zu in die Höhe schwenkend, voraus. Die Kleine jauchzte bei jedem Schwung laut auf, heissa, wie sie flog. »Nicht zu doll, Kinder!« mahnte die Mutter.

Als sie zu Hause aus ihren Hüllen geschält wurde, verkündete sie stolz: »Hanneli auch in der Kirche, bei Papi und Christkind.«

Auf den Papi mußte gewartet werden, denn er mußte noch die litauische Andacht halten, und diese Zeit wurde so lang.

»Ich muß noch die Mähne und den Schweif an die Rosse kleben«, sagte er, eilig seinen Pelz abwerfend, als er nach Hause kam.

»Schon geschehen«, versicherte Frau Käthe.

»Wer hat es gemacht?« Unwillig klang seine Stimme.

»Ich«, bekannte seine Frau.

»Ach, warum hast du das getan, du weißt gar nicht, wie ich es mir gedacht habe.«

»Na, anders hättest du es nicht machen können als die Mähne am Kopf und den Schweif hinten.«

Nun mußte er lachen. »Ja, aber ich wollte die Mähne scheren ...«

»Und vielleicht auch noch färben ... sei nicht so pingelig. Nur soviel Zeit, um eine Tasse Kaffee zu trinken, wird dir noch zugebilligt, hier sind die frischen Kümmelkuchen, und dann zünden wir den Baum an.«

»Bitte nur die Kerzen, darf ich das vielleicht tun?«

»Ja, aber mach schnell, ich kann die Kinder nicht mehr bändigen.«

Und wenn die Eltern sich auch nur Kleinigkeiten schenken konnten, für die Kinder hatte die Phantasie ihrer Liebe reiche Gabentische hergerichtet. Elsi hatte ein neues Kleid und Bücher, Trudi trotz ihrer dreizehn Jahre noch eine Puppe, ein Baby, Hanneli war doch schon so groß geworden, und sie wollte wieder etwas zum Wickeln haben.

»Das schönste für die Jungen sind doch die Pferde«, stellte Frau Käthe fest.

»Rosse sind es«, korrigierte sie ihr Mann, »Homer kannte keine Pferde, und meine Söhne sollen im klassischen Geist erzogen werden.«

»Das ist ja zum Schreien komisch, aber das glaube ich nun nicht, daß unser braver Tischler Petrowski, der diese Tiere geschaffen hat, etwas von klassischem Geist weiß.«

»Bitte, sieh dir doch die Nüstern an, die habe ich mit so feurigem Rot angepinselt, sie sprühen förmlich, so was tut kein gewöhnliches Pferd.«

Als die Kinder schlafen gingen, mußten die Rosse mit. An ihre Betten banden sie sie an. Der Vater war in so fröhlicher Stimmung, daß er auf alle Wünsche und Bedenken einging. Und wenn die Tiere in der Nacht gestohlen werden würden?

Eine Glocke ward jedem Roß um den Hals gehängt. Sicher ist sicher. »Die sehen jetzt wie Kühe aus«, höhnte Elsi.

»Wenn sie sich bewegen, wird es läuten, und dann wacht mein Kind auf und schreit«, sorgte sich Trudi.

»Unsinn, heute seid ihr alle müde und werdet fest schlafen und wunderschön träumen . . . Gute Nacht, meine Lieben.«

So als ob Meeresbrausen sich gelegt hätte, eine Windstille eingetreten sei, kam es ihnen beiden vor, als sie sich noch einmal in der Weihnachtsstube hinsetzten. Sie waren beide so müde, daß sie zuerst kein Wort sagten. Frau Käthe nahm einen Kunstkalender zur Hand, den ihr Bruder ihnen geschickt hatte. Sie blätterten darin und besahen sich gemeinsam die Bilder. Es waren Reproduktionen von Gemälden alter Meister. Das Bild von Corregio ›Madonna das Kind anbetend‹ stellte Frau Käthe vor sich hin auf den Tisch und sagte: »So, da bleibt es über die ganzen Feiertage stehen, damit wir es immer betrachten können und uns daran erfreuen. Ich finde es bezaubernd.«

»Und warum gefällt dir dies so besonders?« fragte der Pastor.

»Sieh doch nur die Farben, diese tiefen, satten Farben ... aber das Schönste, das Wunderbarste ist der Ausdruck im Gesicht der Madonna ... diese reine Freude ...«

»Reine Freude«, wiederholte er ihre Worte, »in meinem Gesicht wird sie gewiß nicht so zu sehen gewesen sein, aber empfunden habe ich auch eine reine Freude, als ich euch, dich mit allen unsern Kindern, heute in der Kirche sah. Innige Bitten erfüllten mein Herz, daß unsere Kinder ihr Leben lang sich zur Anbetung im Gotteshaus sammeln mögen.«

Nach einer Weile sagte sie: »Geht es dir auch so, daß dir ein bestimmtes Wort einfällt, das dich dann begleitet ... wenn ich den Baum ansehe, dann klingt es mir in den Ohren: ›Freuet euch ...‹«

»Welches meinst du?«

»Die Stelle aus dem Philipperbrief mit dem doppelten ›Freuet euch ...‹, jedes Jahr hast du sie vorgelesen, sie steht im Andachtsbuch zum heutigen Abend ...«

»Ich hol' es gleich«, erklärte er bereitwillig.

»Nein, bitte nicht, wieviel Jahre sind es nun schon, daß am Heiligabend dieses Wort unsern Tag beschloß?«

»Fünfzehn«, ergänzte er.

»Fünfzehn Jahre, fünfzehn Mal habe ich es von dir vernommen ... es ist mir teuer geworden ... Manchmal habe ich mich gefragt, warum ich es so mag? Zuerst hat es mir jedenfalls das Wort ›Lindigkeit‹ angetan. Es ist so weich, so sanft, so eigenartig, es durchfließt einen so ...«

Er lächelte: »Luther war nicht nur Sprachschöpfer, sondern auch Dichter ... und du bist es beinah auch, weil du so fein nachempfinden kannst.«

»Warum willst du es denn heute abend nicht hören, wenn du es so liebst?«

»Doch, doch, ich will es, aber du sollst mir deine Gedanken sagen ...«

»Ich soll dir meine Gedanken dazu sagen ...«

»Ja, manchmal stelle ich mir vor, daß mich jemand fragen würde, sagen Sie mir mal, worin besteht eigentlich das Wesen der evangelischen Geistlichen? Beim katholischen ist es ganz einfach, er ist der Mittler zwischen Gemeinde und Gott, und der russische Priester ist eine Art Vorsänger der Hymnen, Lobpsalmen, der vorspricht, vorbetet ... und der evangelische Geistliche?«

»Nun und zu welcher Ansicht bist du gekommen?«

»Soll ich es sagen? Ich denke, du mußt es besser können?«

»Wie bescheiden du geworden bist, erinnerst du dich noch unserer Gespräche, als du mit Lotting hier zum ersten Besuch warst? Damals sagtest du, ach, die Pastoren, die glauben doch selbst nicht, was sie predigen.«

»Du, jetzt bin ich aber rot geworden, ich muß mich noch nachträglich schämen. So ein oberflächliches Geschwätz ... Zum Beweis, daß ich an deiner Seite doch etwas reifer geworden bin, du mich in eine andere Welt geführt hast, will ich es dir sagen, wie ich das Wesen eines evangelischen Geistlichen sehe: im unablässigen Forschen in der Heiligen Schrift, im Leben durch Gottes Wort.«

»Und da wären wir mitten im Philipperbrief des Apostels. Darin ist die wahre Religion enthalten, das wirkliche Leben mit Gott durch sein Wort, keine Dogmatik, sondern das herzliche Verhältnis zu ihm und zu seinen Mitmenschen. Paulus ist ein Gefangener, dem täglich Marter und Tod droht, er ist aber imstande, der Gemeinde, seiner Gemeinde, zuzurufen: Freuet euch ... und sorget nichts ... es gibt ein Mittel, das auch über das Schwerste hinweghilft ... seine Bitten vor Gott darzutun, und zwar mit Dank, und das ist die Hauptsache. Ob Gott die Bitten erfüllen wird, das bleibt dahingestellt, aber sicher ist, daß statt der Unruhe der Friede Gottes in das Herz einzieht. Darum: Freuet euch in dem Herrn allewege, und abermals sage ich: Freuet euch.

Eure Lindigkeit lasset kund sein allen Menschen. Der Herr ist nahe. Sorget nichts, sondern in allen Dingen lasset eure Bitte im Gebet und Flehen mit Danksagung vor Gott kund werden.

Und der Friede Gottes, welcher höher ist, denn alle Vernunft, bewahre eure Herzen und Sinne in Christo Jesu!«

Auf der Rückkehr aus der Filiale Garsden hatte es den Pastor überfallen. Wie ein Blitz hatte es ihn getroffen. Rasende Schmerzen waren es, die bis in die Fingerspitzen ausstrahlten. Er stöhnte laut auf. Der Glöckner, der sein Kutscher war, kehrte sich erschreckt um. Er konnte ihm kaum erklären, was ihn quäle. Dabei schnürte ihm eine Angst die Kehle zu, er wußte nicht warum, weshalb? Der Kutscher trieb die Pferde an. Ach, es war noch so weit bis nach Hause. Er hatte doch schon Ähnliches gehabt, aber es war schneller vorübergegangen, hatte bald aufgehört, heute nahm es kein Ende. Wo waren sie jetzt? Mühsam hob er den Blick, noch eine Stunde, wenn sie auch schnell fuhren, noch eine ganze Stunde ... und dabei meinte er, es keine Minute mehr ertragen zu können. Ein Krampf war es, ein regelrechter Krampf, ein fürchterlicher, schmerzhafter, der sich nicht löste.

Als er zu Hause ankam, taumelte er förmlich ins Haus, vorüber an seiner Frau, die ihn freudig begrüßen wollte, hinein ins Schlafzimmer, es gelang ihr kaum, ihm den Pelz auszuziehen, da fiel er auch schon aufs Bett nieder. »Zum Arzt, hol den Arzt«, war alles, was er sagen konnte.

»Was ist mit Papi«, fragten die Kinder. Die Mutter winkte nur ab. »Anne, Anne, schnell zum Doktor, der Pastor ist sehr krank.« Anne hatte schon ihr Umschlagtuch über den Kopf geschlagen und rannte davon. Aus der Schlafstube drang lautes Stöhnen. Wie helfen, was sollte sie tun? Was Heißes, was Kaltes? Ihr Mann wand sich vor Schmerzen. Sie dachte, es sei vielleicht ein Gallensteinanfall, wie er ihn vor Jahren einmal gehabt hatte, sie tauchte ein Tuch in heißes Wasser und brachte es ihm, um eine Kompresse zu machen. Er schüttelte den Kopf: »Kein Gallenanfall«, aber nahm das heiße Tuch und drückte seine Finger hinein. Das Stöhnen wurde leiser, hörte allmählich auf. »Gott sei Dank, es läßt nach, es löst sich.«

»Ich bringe dir noch ein heißes Tuch, an die Füße ... sind sie kalt?« Aber da hörte sie auch schon den Arzt kommen. Als der hereinkam, sah ihn der Pastor an: »Ich glaube, Herr Doktor, ich habe schlecht geträumt, jetzt ist alles vorüber, alles gut, ich könnte gleich aufstehen ... So plötzlich, wie es kam, ist es auch wieder vergangen. Was ist das nur?«

Der Doktor untersuchte ihn genau und widmete seinem Herzen besondere Aufmerksamkeit.

»Nun, was war es?« wollte der Pastor wissen.

»Es kommt eben mal so ein Anfall vor«, antwortete der Arzt ausweichend. »Daß Ihr Herz nicht in Ordnung ist, das habe ich Ihnen doch schon mal gesagt, und daß Sie sich schonen müssen. All diese Fahrten, Aufregungen sind zu viel für Ihr Herz. Ich schreibe Ihnen Tropfen auf, die Sie täglich einnehmen sollen, und noch solche, die nur für den Bedarfsfall sind, falls sich ein Anfall wiederholen sollte, aber das braucht nicht zu sein ...

Heiße Bäder sind gut, vielmehr Füße und Hände in heißes Wasser tauchen, wirkt erleichternd.« Er schrieb die Rezepte auf und verabschiedete sich. Frau Käthe begleitete ihn hinaus, sie ging bis zur Gartenpforte mit ... »Sie werden sich erkälten«, mahnte der Arzt. Sie machte eine abwehrende Bewegung, war es kalt? Sie fühlte nichts. Nur die große Angst um das Leben des Mannes erfüllte sie. »Es steht schlimm, Herr Doktor, bitte sagen Sie mir die Wahrheit, ich bitte Sie ...«

»Warum regen Sie sich so auf, der Pastor fühlt sich doch im Augenblick recht wohl«, antwortete er vorsichtig.

»Ist es angina pectoris?«

»Ja«, antwortete er kurz.

»Dann ist es aus«, sie schlug die Hände vors Gesicht.

»Warum, ich bitte Sie, warum sind Sie so pessimistisch ... es leben, kann ich Ihnen sagen, Hunderte von Menschen jahrelang mit dieser Herzkrankheit.«

»Aber nicht mein Mann«, sagte sie, sich verabschiedend, »er nicht.«

Jetzt gleich ins Schlafzimmer zurückzugehen war ihr unmöglich. Einen Augenblick nur, einen Augenblick, sie trat schnell ins Arbeitszimmer ihres Mannes, da stand sein Schreibtisch. Sie warf sich über ihn: »Ich kann nicht, ich kann nicht, ohne ihn kann ich nicht leben. Hab Erbarmen, Herr Gott, hilf.«

»Wo bleibst du«, hörte sie ihren Mann nach ihr rufen.

»Gleich, gleich, ich komme schon«, antwortete sie, »ich will nur die Rezepte zur Apotheke schicken.«

»Ist der Glöckner noch da, schick ihn doch ...«

»Ja, ich sehe nach, dann komme ich ...« Sie strich sich über die Haare, wischte sich die Augen ... so konnte sie sich ihm nicht zeigen. »Wehe mir«, warnte sie sich selbst, »wehe, wenn ich ihn noch aufrege, ich muß ganz ruhig sein.«

»Was hat dir denn der Arzt noch gesagt ...«

»Nichts Besonderes ...«

»Du sprachst doch noch mit ihm ...«

»Dasselbe, was er dir gesagt hat, das hat er mir auch gesagt ... du mußt dich schonen ...« Er sah sie zweifelnd an, aber er begnügte sich damit. Er war so glücklich, daß die Schmerzen vorüber waren, daß die Erleichterung eingetreten war, daß er nichts anderes mehr hören wollte, daß er an nichts anderes mehr dachte ... »Ist das nicht schön, so behaglich im Bett zu liegen und sich von seiner lieben Frau umhegen zu lassen, weißt du was, bring mir etwas zu essen, ich habe Hunger, und dann werde ich schlafen ... ich bin müde ...«

Es gab keine Zeit mehr im Pastorat, keinen Morgen, keinen Abend. Es gab nur Herzanfälle und Pausen, immer heftiger wurden die Krämpfe und immer kürzer die Entspannungen. Drei Ärzte standen am Bett des Pastors, und keiner konnte helfen.

Sie zogen sich zur Beratung zurück und zeigten dann Frau Käthe, wie sie die Kampferspritzen handhaben sollte. Das schaffte kurze Linderung seiner Qualen, oft, oft mußte sie die wiederholen, und es war ihr, als steche sie sich selbst jedesmal die Nadel ins Herz.

Eine Woche nur, nur eine Woche lag ihr Mann zu Bett, dann sollte er versuchen aufzustehen.

Es war am Mittwoch vor Gründonnerstag, der Amtsbruder aus Deutsch-Crottingen war zur Vertretung herübergekommen, um Gottesdienst zu halten. Das sollte der einzige Passionsgottesdienst für die Gemeinde sein, denn alle Geistlichen waren in ihren eignen Gemeinden unentbehrlich. Stephani war aufgestanden, um den Amtsbruder zu begrüßen. Er fühlte sich aber sehr elend. Kaum war der Pastor in die Kirche gegangen, so verlangte er, sich hinzulegen. Seine Frau ging ins Schlafzimmer, um die Aufräumungsarbeiten zu beschleunigen, da hörte sie die Kinder schreien: »Kampfer, Kampfer ...«

Mit zitternden Händen griff sie nach der Spritze, in der Aufregung fiel ihr die Nadel hinunter ...

Als sie dann ins Zimmer stürzte, es hatte alles nur Sekunden gedauert, da war es zu spät. Noch war das Gesicht verkrampft, im nächsten Augenblick glättete es sich schon ...

Er war tot.

Nur ein Vierteljahr nach der Pastorenkonferenz in Krettingen, diesem Höhepunkt im Leben des Pastors und seiner Gemeinde, rüsteten sich die Amtsbrüder wieder zu einer Fahrt dorthin. Sie kamen alle, alle, nicht ein einziger fehlte. Des Osterfestes wegen war die Beerdigung auf den dritten Feiertag festgesetzt worden.

Am Abend des zweiten Ostertages wurde der Sarg in die Kirche gebracht. Als Frau Käthe am späten Nachmittag im Vorbeigehen aus dem Fenster sah, staunte sie über die vielen Menschen, die auf der gegenüberliegenden Seite standen. Was wollten sie da? Den Fackelzug sehen – den Fackelzug? Für wen? Für ihren Mann, den Pastor, den Vater ihrer Kinder ... er ... er würde aus dem Hause getragen werden, um nie mehr wiederzukommen.

Das ganze Leid, ihre große Not, ihr tiefer Schmerz packten sie mit solcher Gewalt, daß sie zusammengesunken wäre, wenn ihr Bruder sie nicht umfangen hätte. Er dachte, sie zergehe ihm unter den Händen, so zitterte und flatterte ihr Körper, dabei kam kein Ton aus ihrem Munde, sie hatte die geballten Fäuste vors Gesicht gepreßt. Dieser lautlose Jammer ergriff ihn, ergriff ihn so, daß ihm die Tränen flossen. Welches Schicksal traf seine liebe Schwester, Witwe zu sein mit fünf kleinen Kindern. Gott erbarm sich ihrer!

Die Jugend, seine Jugend, um die er sich gesorgt, an die er bis zuletzt gedacht, für die er gearbeitet, schritt zu beiden Seiten des Sarges mit Fackeln in den Händen. Sie trug das Licht in die dunkle Nacht. Für ihn schwangen die Glocken vom Turm und riefen ihn zum letzten Mal in seine Kirche. Aus allen Häusern der Stadt traten die Menschen und säumten schweigend den Weg.

Der Zug hatte die Kirche erreicht. Die Fackeln verglühten auf dem Kirchenplatz. Die Glocken schwiegen, und vor dem Altar wurde der Sarg aufgebaut. Würde er wieder verkündigen? Da sprach doch eine Stimme. Es war nicht seine, aber die Worte waren dieselben, die Verheißungen hörten nimmer auf:

»In deine Hände befehle ich meinen Geist, du hast mich erlöset.«

Die Gemeinde lauschte. Nein, er ist nicht tot, *unser Pastor.*

Zeitgenossen erinnern sich

Christabel Bielenberg:
Als ich Deutsche war
1934 – 1945
dtv 1494

Margret Boveri:
Verzweigungen
dtv 10011

Rudolf Fernau:
Als Lied begann's
Lebenstagebuch
eines Schauspielers
dtv 1092

Werner Finck:
Alter Narr – was nun?
Die Geschichte
meiner Zeit
dtv 1044

Ursula von Kardorff:
Berliner
Aufzeichnungen
dtv 1692

George F. Kennan:
Memoiren eines
Diplomaten
dtv 10096

Bruno Kreisky:
Die Zeit, in der wir leben
dtv 1618

Lew Kopelew:
Aufbewahren für
alle Zeit!
dtv 1440
Und schuf mir einen
Götzen
dtv 1677

Yehudi Menuhin:
Unvollendete Reise
Lebenserinnerungen
dtv 1486

Gerald Moore:
Bin ich zu laut?
Erinnerungen eines
Begleiters
dtv 1217

Nicolas Nabokov:
Zwei rechte Schuhe
Im Gepäck
dtv 1500

Gregor Piatigorsky:
Mein Cello und ich
und unsere
Begegnungen
dtv 1080

Hans Graf von
Lehndorff:
Ostpreußisches
Tagebuch
dtv 2923
Menschen, Pferde,
weites Land
dtv 10162

dtv